언어와 혁명

언어와
혁명

김영찬 지음

—

혁명 이후의 한국문학

**차
례**

프롤로그
혁명의 기억

　모든 것은 혁명에서 시작되었다. 1960년대를 열어젖힌 4·19혁명은 자유와 민주주의라는 근대적 가치에 대한 열망의 표현이었으며 근대화라는 시대적 요청에 대한 격렬한 응답이었다. 곧이어 발발한 5·16 군사쿠데타는 뜨거운 혁명의 열기를 잠재우고 굴절시켰지만, 그럼에도 혁명의 정신은 제 갈 길을 결코 멈추지 않았다. 그것은 일상과 풍속과 내면 속에 더욱 깊숙이 스며들었고, 문학도 예외가 아니었다. 자유와 평등을 향한 열망은 문학정신이 뿌리박은 토대였고, 문학은 그 자체로 내면화된 혁명의 형식이었다. 혁명의 기억은 문학의 자기 정체성이 자라나오는 원점이었다.

　특히 4·19 이후 꽃핀 1960년대 문학은 보이든 보이지 않든 4·19

혁명에 대한 참조를 통해 자신의 정신과 육체를 만들어갔다. 4·19 이후 문학의 주체들에게 혁명은 저마다 다른 방식으로 기억되고 그 의미가 매번 새롭게 재구성되는 역동적인 사건이었다. 그들은 4·19 혁명의 기억과 의미를 점유하려는 해석적 쟁투를 통해 문학적 주체성을 정립해나갔고, 이를 통해 제각기 방식으로 혁명을 내면화했다. 즉 이들에게 혁명은 일종의 원장면(primal scene)이다. 정신분석 임상에서 신경증자 탄생의 기원이 되는 원장면이 그 자체로 사후적으로 상상되고 구성된 하나의 허구일 수 있음은 잘 알려져 있다. 그럼에도 그것은 주체에게 실질적인 효과를 발휘한다. 1960년대 문학의 주체들에게 4·19혁명이 바로 그러했다. 혁명은 시간이 흐르면서 저마다 달리 기억되고 표상되며, 또 그것이 혁명 이후의 주체를 만들어갔다. 그들에게 혁명은 자신의 세계관과 문학적 관점에 따라 각기 달리 사후적으로 상상되고 구성된, 주체 탄생의 원장면이다.

그렇다면 왜 1960년대 문학인가? 무엇보다 1960년대는 한국사회 모더니티의 출발 지점이다. 혁명과 반혁명의 연이은 발발과 그 두 가지 서로 다른 가치 지향의 충돌 및 경합, 상호 습합이 만들어낸 긴장과 역동의 현실화가 한국사회의 모더니티를 구조화했다. 이를 통해 정치적 경제적 문화적 권력 시스템과 이데올로기 지형에 이르기까지, 한국사회에서 강력한 지배력을 행사한 자본주의 지배구조의 원형이 이 시기에 빚어졌다. 1960년대 문학은 저 한국사회 모더니티에 대한 반응이자 응답이다. 문학은 각기 다른 목소리로 지배권력이 잠식해가던 자유와 평등의 가치를 소환해 문학적 언어와 형식의 프리즘으로 숙고하고 확산했다. 그리고 5·16군사쿠데타 이후 본격화된 근대화 드라이브의 외설적인 물결에 속절없이 휩쓸리면서도 문학은 끊임없이 그에 대한 의심과 저항의 시선을 작동했고 불온한 질문을 멈추지 않았다. 이 시기의 문학은 이를 통해 언어와 형식과 정신의 차원에서 문학적 모더니티의 기본 구조를 쌓아올렸다. 그런 의미에서 1960년대가 오늘의 기원인 것처럼, 1960년대 혁명 이후의 문학은 해방 이후 20세기가 저물 때까지 지속된 근대문학 정신의 기원이다.

근대문학 정신이란 무엇인가? 자본주의 근대와의 불화를 정신적 동력으로 삼는 문학, 개인의 몸과 마음에 압축되는 전체 사회의 모순과 갈등을 상상력의 근간으로 삼는 문학이 있었다. 이를 일컬어 광의의 모더니즘이라 할 수 있다면, 혁명 이후 1960년대 문학이 바로 그 앞자리에 놓인다. 즉 1960년대 문학은 20세기 후반기 한국문학의 정신적 바탕을 구조화했던 광의의 모더니즘이라는 문학적 프레임이 형성되던 시기의 문학이다. 1960년대 문학은 전쟁의 참상과 피해의식을 극복하고 혁명의 기억을 자양분으로 삼아 광의의 모더니즘의 장기지속을 준비했다. 문학적 모더니티의 관념체계가 이 시기에 구축되기 시작한 것은 물론이고 리얼리즘과 모더니즘의 분화 또한 이 시기에 시작되었으며, 오랫동안 한국문학의 메인스트림을 양분해온 이른바 '창비 계열'과 '문지 계열'의 협동과 긴장도 이 시기에 뿌리를 두고 있다.

문학이 한국사회가 당면한 과제를 상상력으로 감당하고 전사회적 소통과 공감의 네트워크 속에서 남다른 위세를 발휘하던 '문학의 전성시대'는 그렇게 시작되었고 20세기가 저물면서 결국은 종언을 맞았다. 문학의 전성시대는 이제 가고 없지만, 바로 그렇기 때문에 그 기원으로서 1960년대 문학을 돌아보는 작업은 남다른 의미를 갖는다. 헤겔의 말처럼 이성의 시간은 현실의 운동이 종결되었을 때 비로소 도래한다. 문학도 마찬가지다. 끝에 섰을 때 기원의 의미는 더욱 선명해진다. 1960년대 문학의 흔적을 더듬고 돌아보는 이 책의 작업은 황혼을 통과한 자의 시선으로 문학의 전성시대에 보내는 뒤늦은 애도이자 역사화다. 그것은 이제 멀어져가버린 기원에 대한 사유이며 오늘의 문학에 대한 우회적 성찰이다.

이 책에서 논의의 방점은 이른바 4·19세대 문학에 찍혀 있다. 하지만 부제인 '혁명 이후의 문학'은 흔히 4·19세대로 일컫는 김승옥, 이청준, 박태순 같은 새로운 세대의 문학은 물론이고 최인훈, 손창섭, 이호철 같은 그 전세대의 문학까지 포괄한다. 이들의 문학에는 5·16 이후 박정희 지배체제에 의해 질식되고 스러져가는 혁명의 기억을 자기만의 방식으로 붙들려는 분투가 있었고, 억압적인 사회를 어떻게든 살아내는 자율적인 개인과 문학의 존재 방식에 대한 반성적 성찰이 있었다. 그들은 말을 통제하는 권력의 감시와 억압의 시선에 짓눌리고 움츠러들면서도 말하기를 멈추지 않았다. 많은 경우 회의와 좌절, 체념과 허무, 권태와 우울, 무력감과 냉소주의가 이들의 문학을 지배하지만, 그럼에도 불구하고 그들은 각자 저마다의 언어와 형식으로 괴물 같은 시대와 싸우고 있었다. 이 책은 그 싸움의 흔적을 추적한 기록이다.

1부는 '문학의 정치'라는 타이틀로 (당대에 스스로를 65년 세대라 지칭했던) 4·19세대 문학의 언어와 형식을 만들어나간 정신구조의 해명에 초점을 맞췄다. 4·19세대 문학에서 전쟁의 트라우마와 질식된 혁명의 기억이 그들의 내면에서 어떻게 작동하면서 그들 문학의 정체성을 만들어나갔는지가 큰 맥이다. 이 책의 관점은 4·19세대 문학에 대한 무비판적인 정전화(正典化)는 물론 부당한 평가 절하를 모두 멀리한다. 그들의 문학에서 4·19혁명이 갖는 의미를 지나치게 단순화하거나 특권화하는 시각도 마찬가지다. 1부에서는 그런 관점에서 주어진 현실을 승인하고 문학에서 정치를 분리해내는 그들 문학의 논리가 어떻게 자기 세대 문학의 가치를 혁명의 지속 불가능성 위에 정초하는지, 또 그 비정치적 제스처가 어떻게 역설적이게도 또 다른 정치성의 차원과 만나게 되는지를 그들 문학의 실상에 밀착해 헤아려보았다. 그런 가운데 정치와 탈정치의 분열과 모순으로 흔들리며 저개발 모더니티에 대응하는 문학의 고유한 자리를 확보해나갔던 4·19세대 문학의 내면풍경의 지도가 여기서 세세히 그려질 것이다.

2부 '증상과 성찰'에서는 최인훈, 김승옥, 이청준의 소설을 중심으로 이들 소설에 나타나는 신경증적 주체/언어의 증상과 이를 둘러싼 자기 성찰의 의미와 맥락을 밝혔다. 이들의 소설은 지배권력의 억압과 강제에 맞닥뜨려 회피와 자기은폐, 자기기만의 가면을 쓰고라도 무력한 개인의 가치를 옹호하고 문학의 자리를 지켜내려 했던 시도였다. 자기만의 어법과 형식으로 혁명 이후 반혁명과 파행적 근대화의 대세에 저항하는 내면의 윤리와 문학의 권능을 펼쳐 보인 그들의 글쓰기에 대한 심문과 나름의 해석을 담았다.

3부 '거룩한 속물들'에서는 주로 박태순, 손창섭, 이호철 등의 소설이 그려냈던 후진 저개발 모더니티의 자의식, 그리고 그 속에서 현실에 속고 영합하거나 분열하고 일탈하는 속물들의 행방을 추적했던 그들 문학의 현재적 의미를 분석했다. 이 책에서 다루는 이들 작가의 소설에서, 우리는 혁명이 어떻게 내면화되면서 문학적 모더니티를 구축하는 데 보이지 않는 원인이자 동력으로 작용했는지를 확인할 수 있을 것이다. 덧붙여, 오랜 기간 간격을 두고 더듬더듬 써나간 글이라 이 책에 실린 각 장의 일부는 처음 썼던 것에서 많은 수정을 거쳤음을 밝혀둔다.

내가 읽은 4·19세대 문학은 지금 이곳의 문학들과 비평가/문학연구자로서의 나 자신을 비추어 보여주는 문학적 거울이었다. 혹 이 책(특히 1부와 2부)에 나도 미처 의식 못한 회의와 교착, 흔들림이 뒤섞여 숨어 있다면, 그것은 4·19세대 문학에 대한 나의 오랜 복합 감정과 함께 어떤 붕괴와 전변(轉變)의 조울(躁鬱)이 빚어낸 증상일 것

이다. 아마도 그 모든 것을 포함한 것이 내가 읽은 4·19세대 문학의
모습이겠다.

보유(補遺)

　이 책에서 중점적으로 다루는 작가들은 최근의 박태순에 이르기까지 지금은 모두 타계했고 그나마 유일하게 생존한 김승옥은 언어를 잃었다. 나에게는 최근 십여 년간 하나둘 이어진 이들 작가의 부고가 문학이 각별한 위세를 과시했던 한 시대의 종언을 그들의 죽음으로써 뒤늦게 승인하는 사후의 마침표로 읽혔다. 이들의 소설을 읽으면서 문학을 공부하고 자랐던 나의 한 시대도 그렇게 끝났다. 이 책은 저 문학들의 끝에 보내는 애도다.

　마지막으로,
　곤핍한 시절을 무릅쓰고 이 책의 출간을 흔쾌히 허락해준 강출판사 정홍수 형에게 감사하다. 품 넓은 우정과 관대에 더해 또 하나의 큰 빚이 얹혔다. 편집에 노고를 더해준 이명주 님께도 감사를 드린다.

2024년 6월 대구에서, 김영찬

1부

—

문학과
정치

1장
혁명, 언어, 젊음 :
4·19의 불가능성과 4·19세대 문학

1960년에 접어들자마자 일어났던 4·19 사태에 대하여
우리가 갖는 정직한 느낌은 과연 무엇이었을까?
우리는 그것을 알지 못했다.
—박태순, 「무너진 극장」

4·19는 무엇이(아니)었나

　4·19혁명과 1960년대 문학은 통상 원인과 결과의 관계로 한데 묶여 이야기된다. 이에 따르면 4·19는 1960년대 문학의 의미와 가치를 배후에서 결정한 최종 원인이다. 1960년대 문학은 4·19의 성공, 그리고 좌절과 궤를 같이한다는 정과리의 지적[1]도 그런 인식과 맥을 같이한다. 사회정치적 사건인 4·19를 원인으로, 1960년대 문학을 그 직접적인 결과로 설명하는 이런 식의 기계적 인과성의 논리가 갖는 문제

1　정과리, 「자기 정립의 노력과 그 전망」, 『문학, 존재의 변증법』, 문학과지성사, 1985, 23쪽.

점에 대해서는 그간 여러 각도에서 문제제기가 있었다. 예컨대 한국 문학에서 4·19 이후에 본격화되는 문제의식들은 이미 1950년대 후반 부터 나타나기 시작했으므로 "4·19를 60년대 문학의 결절점으로 해석하는 것은 무리"[2]라는 지적이 그렇고, 모더니티'들'의 개별성과 복수성, 차별성을 근거로 "1960년대 이후의 한국문학의 미적 모더니티가 원인과 결과의 관계일 수는 없"음을 지적하는 논리[3]가 그렇다.

그런데 이런 문제제기들이 다양한 관점에서 반복적으로 제출된다는 사실 자체가, 거꾸로 보면 4·19와 1960년대 문학을 결속하는 기계적 인과성의 논리가 그만큼 자명하고 강력한 효력을 지녔음을 반증한다. 그리고 1960년대의 다양한 문학적 흐름을 4·19에서 제기된 자유와 평등이라는 '본질'의 현상적 표현으로 환원하는 문학사 내러티브[4]가 가졌던 지속적인 설득력도 이와 밀접하게 관련된다.[5]

실제로 한국근대문학이 외부의 사회정치적 격변에 많은 부분 영향받고 또 그 영향 속에서 자신의 정신과 육체를 탈바꿈해왔음을 상기해볼 때, 저러한 설명 방식은 일면 나름의 현실적 근거를 지닌다. 예

---

2 하정일, 「주체성의 복원과 성찰의 서사」, 민족문학사연구소 현대문학분과, 『1960년대 문학연구』, 깊은샘, 1998, 14쪽 참조.

3 이광호, 「4·19의 미래와 또 다른 현대성」, 우찬제·이광호 엮음, 『4·19와 모더니티』, 문학과지성사, 2010, 45쪽 참조.

4 대표적으로는 김윤식·정호웅, 『한국소설사』, 문학동네, 2000.

5 문화 분석에서 이런 의미의 '기계적 인과성'(이른바 당구공 인과성)과 '표현적 인과성'의 논리가 갖는 의미와 그 제한적인 유효성에 대해서는 Fredric Jameson, *The Political Unconscious: Narrative as a Socially Symbolic Act*, Cornell University Press, 1981, pp.23~28 참조.

컨대 멀리는 3·1운동과 1920년대 문학, 6·25와 1950년대 문학의 관계가 그러하고, 가까이는 5·18과 1980년대 문학, 현실사회주의의 붕괴와 1990년대 문학의 관계가 또 그러하다. 이는 한편으로는 한국 사회 전체가 당면한 역사적 문제/과제의 부하(負荷)를 어쩔 수 없이 그 자신의 몸에 짊어져야 했던, 불완전한 근대의 역사적 산물로서 한국 근대문학의 존재 방식[6] 자체에서 비롯된 현상이기도 하다. 4·19와 1960년대 문학을 직접적인 영향 관계로 설명하는 통상의 방식이 한편으로 갖는 불가피한 유효함의 근거는 여기에 있다.

그러나 불가피하다고 해서 그것이 전적으로 유효한 것은 아니다. 4·19를 유독 가장 강력한 원인으로 특권화하는 저 역사주의적 설명 방식은, 1960년대 문학의 성격이 4·19와 5·16뿐만 아니라 그 이전의 한국전쟁, 그리고 이어진 개발과 근대화 등과 같은 여러 정치적, 사회경제적 요인들이 겹쳐지면서 만들어낸 복합적인 중층결정의 효과임을 보지 못하게 만든다. 이 점이 중요한 것은 4·19와 1960년대 문학의 관계에 대한 역사주의적 설명이 그 문제틀의 한계 때문에 보지 못하는 바로 그 지점에 1960년대 문학 전체의 특이성이 걸려 있기 때문이다. 그리고 이는 4·19에 대해서도 마찬가지다. 특히 4·19라는 정치적 사건 자체를 어떻게 의미화할 것인가의 문제는 1960년대 문학은

---

6 이에 대한 상세한 설명은 김영찬, 「끝에서 바라본 한국근대문학」, 『비평의 우울』, 문예중앙, 2011, 28~31쪽.

물론이고 이후 이어지는 한국문학사의 흐름에 대한 이해에도 결정적인 포인트가 된다. 그렇다면 한국문학에서 4·19란 대체 무엇인가?

이런 맥락에서 알랭 바디우(Alain Badiou)의 '사건(événement)' 개념을 빌려와 문학에서 4·19를 정치와는 다른 층위에서 발생한 '미학적 사건'으로 보는 최근의 관점[7]은 어느 면 의미 있는 전환이다. 이때 '사건'이란 무엇인가? 바디우에 따르면 사건은 기존의 상황(이미 주어진 것)과 제도화된 지식과는 '다른 것'을 도래시키는 것이다. 그것은 상황 속에서 발생하면서도 그 상황의 규칙에서 절대적으로 분리된, 그래서 기존의 지식으로 환원되지 않고 또 명명할 수 없는 잉여다. 그런 의미에서 사건이란 기존 상황과의 절대적 단절이며, 이 단절과 함께 사건은 진리 산출적 공정을 가동한다. 그 진리의 과정은 사건'에 따라' 상황을 사고하고 상황에 관계하려는 '결정'에서 비롯되는데, 이를 일컫는 것이 바로 사건에 대한 '충실성'이다. 그리고 '주체'란 바로 그 사건에 대한 충실성의 담지자로서, 사건에 대한 응답을 통해서만 구성된다.[8] 그런 의미에서 사건이란 기존의 문법과 지식체계를 교란하고 그와 실질적으로 단절하는, 기존의 언어로는 이름 붙일 수 없는 어떤 불가능성이라고도 할 수 있겠다.

---

7 대표적으로는 이광호, 앞의 글과 김형중, 「문학, 사건, 혁명: 4·19와 한국문학—백낙청과 김현의 초기 비평을 중심으로」, 『살아 있는 시체들의 밤』, 문학과지성사, 2013.
8 '사건', '진리', '주체'에 대한 좀 더 구체적인 설명은 알랭 바디우, 『윤리학』, 이종영 옮김, 동문선, 2001, 53~88쪽 참조.

이광호와 김형중은 바디우의 저 사건 개념에 기대 4·19와 1960년대 문학의 관계를 설명한다. 그에 따르면, 4·19 이후 생산된 문학 텍스트가 바로 그 사건의 주체적 지점이다. 그리고 그런 관점에서 4·19는 기존의 것과 단절하면서 진리를 생산하고 새로운 존재 방식을 결정하도록 강제한 미학적 사건으로 재규정된다.

문학에서의 4·19를 그렇게 미학적 사건으로 정의하면서, 특히 김형중은 1960년대 문학을 '감각적인 것의 재분할'(랑시에르)로 요약되는 문학적 혁명의 실천으로 새롭게 규정한다. 그럼으로써 전후의 문학이나 세계관과 절대적으로 단절하는 새로운 주체와 모더니티의 도래를 이야기할 수 있는 근거가 거기에서 열린다. 4·19를 미학적 사건으로 정의하는 이러한 시각의 장점은, 4·19와 1960년대 문학의 관계에 대한 기존의 역사주의적 통념에서 비롯된 단순화를 교정하면서 '문학'과 '정치'라는 서로 다른 시간의 독자성과 그 접합의 양상에 대한 사고의 전환을 보여준다는 데 있다. 문학'과' 정치라는 문제 설정에서 문학'의' 정치라는 문제 설정으로의 효과적인 이동이 예컨대 그런 것이겠다.

그럼에도 불구하고, 이런 관점의 유효성은 제한적이다. 왜 그런가? 사실 바디우적 의미에서 '사건'이란 기존의 좌표를 뒤흔들고 벗어나는, 그래서 기존의 지식으로는 명명할 수 없는 전적으로 새로운 어떤 것의 출현과 관련된다. 그런데 이들 논의에서 4·19라는 사건의 주체적 지점으로 거론되는 최인훈, 김수영, 김승옥, 이청준 등의 문학이 지향했던 '자유'와 '개인의식'이 과연 그런 의미에서 진정 '사건의 주체'의 자질에 값하는 새로운 것이었다고 할 수 있는지는 의문이다. 무엇보다 바디우가 말하는 사건의 주체란 그들 문학이 강조한 저 자유주의적 개인의 자율성과 자기의식마저도 의문에 부치고 뒤흔들어버리는 주체라고 할 수 있기 때문이다.[9] 더욱이 4·19를 미학적 사건으로 규정하는 그런 관점은 결정적으로 4·19의 사건성을 미학적 차원으로 제한하고 환원해버린다.

바디우를 빌려 말한다면, 사건은 진리의 흔적을 남긴다. 그리고 그 흔적은 주체(의 충실성)를 통해서만 비로소 현현한다. 따라서 우리의 관점에서 먼저 짚어야 하는 것은 '미학적 사건'으로서의 4·19 이전에, '정치적 사건'으로서의 4·19를 1960년대 문학의 주체가 어떻게 받아들이고 또 의미화했는가의 문제다. 그렇다면 1960년대 문학과 비평에서 4·19라는 사건은 어떤 흔적을 남겼으며 또 어떻게 현현했는가?

이 물음에 답하기 위해 여기서는 먼저 4·19세대 문학의 주체[10]에게 4·19가 어떤 방식으로 지각되고 또 그것이 그들의 문학과 비평에서 어떻게 나타나는가를 살핀다. 흔히 4·19 이후의 문학에서 4·19

---

9 실제로 바디우는 정체성의 지향이나 개인주의와 공동체주의, 자유주의 등을 적시해 그것이 사건 혹은 진리 공정과 무관함을 지적한다. 이 점은 알랭 바디우, 『사도 바울』, 현성환 옮김, 새물결, 2008, 27~28쪽 참조.

10 여기서 주로 문제 삼는 것은 특히 스스로를 '65년 세대'라고 명명한, 『산문시대』와 『68문학』을 거쳐 뒤에 이른바 '문지그룹'으로 통칭되는 좁은 의미에서 '4·19세대'의 문학적 주체다. 이후 본서에서 논의하는 4·19세대의 범주는 이에 국한한다.

는 "끊임없이 회귀해서 참조할 중요한 영감의 원천"[11]이었다고 이야기한다. 중요한 것은 4·19세대 문학/비평의 주체에게 저 원점으로서의 4·19가 어떤 방식으로 존재 혹은 부재하면서 작동했는가를 묻는 것이다.

지식과 언어의 프리즘

해방 이후 국가에 대한 시민사회의 최초의 전면적인 저항으로서 4·19는 1960년대 이후 일련의 사회운동들에는 원형적 체험으로서의 위치를 차지한다.[12] 이는 정확히 문학에서도 마찬가지다. 특히 4·19세대 문학의 주체에게도 4·19는 과연 원형적 체험이다. 즐겨 인용되는 김현의 다음 진술은 이를 분명하게 확인해주는 것으로 보인다.

내 육체의 나이는 늙었지만, 내 정신의 나이는 언제나 1960년의 18세에 멈춰 있었다. 나는 거의 언제나 사일구 세대로서 사유하고 분석하고 해석한다. 내 나이는 1960년 이후 한 살도 더 먹지 않았다.[13]

---

11 김병익·김승옥·염무웅·이성부·임헌영·최원식(좌담), 「4월혁명과 60년대를 다시 생각한다」, 최원식·임규찬 엮음, 『4월혁명과 한국문학』, 창작과비평사, 2002, 44쪽.
12 김호기, 「4월혁명의 재조명: 사회학적 해석」, 『문학과사회』, 2000년 여름호, 687쪽.
13 김현, 「책머리에」, 『분석과 해석』, 문학과지성사, 1988, 4쪽.

이는 김현 자신의 문학적 사유를 지탱해왔던 것이 4·19세대로서의 정체성이라는 사후 고백이다. 김현의 이 진술은 그동안 4·19가 이른바 4·19세대 문학의 정신적 원천이었음을 자명한 사실로 확증하는 주된 근거가 되었다. 그런데 이것이 4·19 이후 그가 문학 활동을 시작한 지 20여 년이 지난 뒤의 사후적 회고라면, 당시와 좀 더 가까운 과거의 발언도 있다. 세대론적 비평 쟁투를 통해 4·19세대 문학의 논리를 정립해나갔던 비평가들인 김병익, 김주연, 김치수, 김현 등이 그간의 주요 비평들을 모아 1972년에 펴낸 4인 공동 비평집인 『현대한국문학의 이론』의 서문이 바로 그것이다. 거기에서 그들은 직접적으로 4·19 이후의 분위기를 거론하며 그것을 그들의 문학적 충동의 원천으로 내세운다.

1960년대 초기의 열기와 감동, 우리들의 문학적 충동은 이 시대의 들끓는 분위기와 깊은 관계를 가진다. 대학에서는 독문학, 불문학, 정치학 등 국문학이 아닌 학과에서 수업한 우리들이었으나 이 메마른 땅의 현실과 언어는 우리들의 문학 활동을 그렇게 낯설게 하는 것이 아니었다. 그보다는 오히려, 우리는 우리의 사고를 황폐하게 하는 것들, 우리들의 행동을 무력하게 하는 것들, 우리들의 언어를 공허하게 하는 것들에 깊은 관심을 갖게 되었다. 4·19의 거센 흥분이 지나가고 난 뒤, 우리는 이렇게 하여 역사의 의미와 만났다. 자유의 의미와도 만났다. 무엇을 어떻게 할 것인가.

비록 우리들이 갖고 있는 지식은 빈궁하고, 우리들이 쓰고 있는 언어는 조야하지만, 바로 그렇기 때문에 **우리는 지식과 언어에 대한 무한한 사랑을 지니고 있다. 이 사랑은 역사의 의미, 자유의 의미를 탐구하고 현실의 괴로움을 극복할 수 있는 가장 큰 힘임을 우리는 자부한다.**[14]

"1960년대 초기의 열기와 감동"이, 그 "4·19의 거센 흥분"이 그들 문학적 충동의 원천이었다는 말이다. 그리고 이는 역사와 자유의 의미에 대한 그들의 탐구가 결국은 저 4·19의 영향에서 비롯되었다는 뜻으로 읽을 수 있다. 이러한 4·19세대 비평가들의 자기 발언은, 4·19세대의 문학이 4·19혁명의 역사적 정치적 파장을 문학적으로 소화하고 내면화한 문학이었다는 통상적인 문학사적 평가에 결정적인 근거를 제공하는 것으로 보인다.[15] 특히 4·19세대 문학의 핵심 키워드인 '개인'과 '자유'라는 기표가 외견상 4·19혁명의 정치적 가치 지향과 내용적으로 일치하는 것으로 읽혔다는 점도 그런 문학사적 평가를 가능하게 한 요인이다.

그러나 여기에는 4·19에 대한 직접적인 언표가 주는 자명함의 효

---

14 김병익·김주연·김치수·김현, 「序」, 『현대한국문학의 이론』, 민음사, 1972. 강조는 인용자.
15 최근에 이르기까지 4·19의 문학적 결과를 논하면서 김현의 저 자기 고백은 물론이고 위의 공동 비평집의 서문을 4·19가 1960년대 문학에 남긴 영향의 근거로 제시하는 논의도 적지 않다. 대표적인 사례로 정희모, 「1960년대 소설의 서사적 새로움과 두 경향」, 민족문학사연구소 현대문학분과, 『1960년대 문학연구』, 깊은샘, 1998, 52쪽 참조.

과에 가려지는 어떤 차원이 있다. 그것은 어떤 측면에서 우리가 보면서도 보지 않는 것 혹은 보지 못하는 것이다.[16] 그리고 위의 진술들이 대부분 4·19세대 문학이 4·19의 정치적 영향 아래 형성되었다는 문학(사)적 통념의 맥락 속에서 사후적으로 인용, 독해되면서 그것은 더욱더 보이지 않게 가려져왔다. 그렇다면 그 보이지 않는 것이란 대체 무엇인가?

먼저 위 두 진술의 형식이 각각 1988년과 1972년에 이루어진 사후적 회고라는 점에 주목하자. 실상 이 이전에 1960년대의 시점에서 4·19세대 작가와 비평가 들의 글에서는 기이하게도 4·19에 대한 직접적인 언급을 찾아보기가 쉽지 않다. 이때 문제는 4·19를 직접 화제로 삼는가의 여부가 아니라, 그 4·19에 대한 언급의 부재가 어떤 정신적 지향과 담론적 배치 속에서 작동하는가일 터다. 사실 이들의 문학담론에는 일면 "4월 항쟁과 그 이후에 대해서는 구체적인 입장을 표명하지 않으면서도 '4·19세대'라는 자기 이해를 고집하는 불균형"[17]이 있었다. 그런데 사실, 정확히 말하면 정작 '4·19세대'라는 표현도 1960년대 내내 그들이 선호한 세대론적 자기 지칭은 아니었다. 실제로 이들 비평가들은 1960년대의 세대론적 논의에서도 자기 세대

---

16 맥락과 함의는 조금 다르지만 '가시적인 것'과 '비가시적인 것'의 구조적 연관에 대해서는 루이 알뛰세르, 『자본론을 읽는다』, 김진엽 옮김, 두레, 1991, 21~33쪽 참조.

17 권보드래, 「4월의 문학혁명, 근대화론과의 대결」, 동국대 한국문학연구소, 『한국문학연구』 39, 2010, 272쪽.

를 '4 · 19세대'보다는 '1965년대 작가(와 비평가)'로 명명하기를 선호했다.[18] 이들이 선호한 그러한 세대론적 자기 지칭이 의미하는 것은, 이들이 자기 문학세대의 정체성의 근거를 4 · 19의 정치적 영향보다는 오히려 그들의 문학적 자기선언이 집단적으로 가시화되고 공적(公的)으로 승인되는 그 시점의 문화적 상징성에서 찾고 있었다는 사실이다. 그렇다면 그들에게 4 · 19는 대체 무엇이었는가?

위 인용문으로 돌아가자. 사실 위 김현의 발언 뒤에는 그 발언 자체의 강렬한 아우라에 가려 잘 부각되지 않은 이런 진술이 있다. "나는 변화하고 있지만 변화하지 않고 있었다. 리듬에 대한 집착, 이미지에 대한 편향, 타인의 사유의 뿌리를 만지고 싶다는 욕망, 거친 문장에 대한 혐오……"[19] 김현은 여기에서 "정신의 나이"가 "18세에 멈춰"버려 변하지 않는 것, 즉 자신의 4 · 19세대로서의 정체성은 바로 언어와 글쓰기에 대한 자의식에 있었음을 고백한다. 그런 의미에서 김현의 글쓰기가 "세대의식으로서의 4 · 19와는 거의 무관"하며 그는 단지 "글쓰기의 본질을 '4 · 19스런' 현상으로 인식했을 뿐, 그

---

18 '1965년대 작가(와 비평가)'라는 세대론적 자기 지칭은 1965년 김승옥이 동인문학상을 수상하면서 일련의 새 세대 작가군들이 문단에 등장한 사실을 근거로 한다. '1965년대 작가'라는 표현은 1966년 김현의 글 「미지인의 초상」에서 처음 발견되고, 이후 김병익 등의 글에서도 반복적으로 사용된다. 김현, 「미지인의 초상—승옥과 성원의 경우」, 『세대』, 1966년 8월호; 김현, 「세대교체의 진정한 의미」, 『세대』, 1969년 3월호; 김병익, 「문단의 세대연대론」, 『사상계』, 1969년 10월호 등 참조.

19 김현, 「책머리에」, 앞의 책, 5쪽.

이상도 이하도 아니다"[20]라는 김윤식의 회고는 진실의 일면을 포착했다고 할 수 있다.

그런데 이것이 4·19와 관련하여 갖는 의미는 그 다음 인용문과 나란히 놓았을 때 더욱 명확히 드러난다. 가령 위 공동 비평집의 서문에서, "4·19의 거센 흥분"과 "1960년대 초기의 열기와 감동"은 "지식과 언어에 대한 무한한 사랑"으로 비약한다. 이는 4·19의 정치적 에너지가 역사와 자유의 의미를 탐구하는 '지식과 언어'라는 문화적 코드로 변환되고 내면화되는 풍경을 보여준다. 그리고 이는 4·19혁명 이후의 자유로운 분위기를 언급하면서 정치적인 것을 괄호치고 4·19를 곧바로 일종의 '문화적 자신감'과 직결시키는 김현의 다른 발언[21]에서도 확인된다. 언어와 내면에서 자유의 거처를 찾았던 4·19세대의 문화적 자유주의[22]의 일면을 새삼 확인시켜주는 대목이다.

이것이 특히 문제적인 것은 정치적 충동과 문화적 충동, 경제적 요구 등이 뒤얽혀 파열한 어떤 충동의 복합체로서의 4·19에서 다른 차원을 거세하고 오로지 문화적 차원만을 따로 떼어내어 특권화하기 때문이다. 4·19를 '문학'이라는 제한된 영역에 가두고 봉합하는 저

---

20 김윤식, 『내가 살아온 20세기 문학과 사상』, 문학사상, 2005, 373쪽.

21 "우리처럼 한 해에—국문과를 제외하고도, 일곱 명씩이나 등단한 것은 유사 이래 처음이지. 4·19로 얻은 만족감. 그런 정신적인 충일감과 아울러 번역작품이 붐을 이루었는데 그것을 소화하는 자신 비슷한 것이 그때 상황이었지." 김승옥·김현·박태순·이청준, 「현대문학방담」, 『형성』(서울대 문리대 학회지), 1968년 봄호, 78쪽.

22 이에 대해서는 김영찬, 『근대의 불안과 모더니즘』, 소명출판, 2006, 237~244쪽 참조.

러한 문화적 지향이 봉쇄하는 것이 무엇인지는 이로써 분명해진다. 그것은 바로 기존 질서의 파괴로서의 정치적 혁명에 대한 상상과 언표다. 그런 측면에서 엄밀히 말하면 여기에는 4·19는 존재하지 않는다. 아니 차라리, 그것은 존재하지 않는 방식으로 존재한다. 이들의 언표 속에서 4·19는 언어와 지식의 주체로서의 문학적 정체성의 보증을 위해 소급적으로 호출되는 일종의 상상적 기표로서만 존재하는 까닭이다.

이는 4·19의 그러한 문화적 내면화가 실제 현실에 대한 무관심과 구조적으로 정확히 짝을 이룬다는 사실에서도 간접적으로 확인된다. 실제로 당시 신세대 작가들에 대한 전후세대 작가들의 비판 중 하나는 그들이 현실에 대해 극히 무관심하다는 점이었다. 가령 서기원은, 젊은 세대는 무관심할 수밖에 다른 도리가 없어 "극단적인 정치에의 무관심"을 가지게 되었다는 박태순의 발언을 논거로 끌어들이면서 정치와 현실에 대한 젊은 작가들의 무관심을 비판한다.[23] 이는 당시 신세대 문학에 맞서 구세대의 전후문학을 옹호하는 맥락에서 나온 것이지만 비판은 나름 정곡을 짚었다고도 할 수 있다. 과연 4·19 세대의 소설과 비평에서 외부의 정치적 현실에 대한 관심은 실제로 쉽게 찾아볼 수 없다. 그리고 당대의 비교적 객관적인 평가에서도 그 점은 흔히 지적된다. 가령 "(신세대의 문학은—인용자) 모든 종류의

---

23 서기원, 「전후문학의 옹호」, 『아세아』, 1969년 5월호, 233쪽 참조.

사회현실과 관련되는 이슈에 대해서 한결같이 대담한 무관심을 반영한다"[24]는 천이두의 지적이 대표적인 사례다. 그 대신 4·19세대 작가와 비평가 들에게 발견되는 것은 차라리 "정치에 대한 불신과 혐오"[25]라는 것이 사태에 대한 정확한 지적일 것이다.

물론 김현은 작가가 그리는 현실이란 "작가의 세계 속에 완전히 소화된 현실"[26]임을 주장하며 그에 반박한다. 하지만 현실을 '내적 현실'로 한정하는 그런 인식 자체가 이미 뒤집어보면 '내적으로 소화되지 않은' 직접적인 현실을 문학의 관심에서 배제하고 있음을 보여주는 것이기도 하다. 이때 직접적 현실(혹은 정치)에 대한 그런 혐오와 무관심은 의식적이었든 무의식적이었든 그 자체가 이미 문화적 차원 바깥의 사건적 실체로서 4·19를 지워나가는 담론화 과정과 같은 맥락에 있는 것이다.

그렇게 4·19세대의 비평에서 4·19는, 그것이 갖는 정치적 사건성을 삭제하고 이를 언어와 지식의 체계 속에 포섭하려는 사후적 의미화에 의해 규정된다. 이 언어와 지식의 체계는 물론 외국 문학과 사상의 학습을 통해 습득되고 체화된 '개인의식'과 '자유'라는 키워드를 중심으로 구축된 것이다. 그리고 그렇게 재의미화된 4·19는 4·19세

---

24 천이두, 「문학사적 위치—교훈과 유희」, 『월간문학』, 1969년 12월호, 133쪽.
25 전상기, 「문화적 주체의 구성과 소시민 의식—'소시민' 논쟁의 비평사적 의미」, 상허학회, 『상허학보』 13, 2004, 499쪽.
26 김현, 「1968년의 작가상황」, 『사상계』, 1968년 12월호, 134쪽.

대의 세대적 정체성과 연대의식을 확인하는 주체화의 계기로 기능한다. 그런데 이 지점에서 홍미로운 것은, 4·19에 대한 4·19세대의 이런 사후적 전유와 의미화가 4월혁명 직후 펼쳐지던 4·19에 대한 담론화 작업의 양상과 갖는 의미심장한 구조적 상동성(相同性)이다.

사실 4·19혁명 당시 그 중심에는 대학생보다는 넝마주이와 구두닦이, 빈민과 부랑자, 창녀와 고등학생 등의 주변부 마이너리티의 존재가 있었다. 혁명 직후의 기록에 따르면, "이들의 생활에는 안녕이 없기에 홍분에 찬 이들의 행동은 물불을 몰랐다."[27] 4·19혁명의 와중을 "모든 기성의 질서들이 무시되는 혼란의 시기"[28]로 규정하는 박태순 소설 「무너진 극장」의 묘사도 바로 저 하위주체들에 의한 폭력과 무질서의 사태를 향해 있다. 그러나 4월 26일 이후 혁명의 주체로서 이들 주변부 마이너리티-하위주체의 존재는 역사에서 지워져버린다. 대학생들의 '질서 회복' 운동과 더불어 이루어진 혁명에 대한 담론화 작업은 4·19 이후의 정치적 공간에서 4·19의 실질적인 행동 주체였던 그들 하위주체들에 의해 분출되던 혼돈과 무질서의 흔적을 지우고 그 대신 청년-대학생을 4·19의 유일한 주체로 부각하는 것으로 나타났다.[29]

---

27 조화영, 『4월혁명투쟁사』, 국제출판사, 1960, 222~223쪽.

28 박태순, 「무너진 극장」, 『월간중앙』, 1968년 8월호, 409쪽.

29 그 전후의 경과와 실상에 대해서는 김미란, 「'젊은 사자들'의 혁명과 중발되어버린 '그/녀들': 4월혁명의 재현 방식과 배제의 수사학」(여성문학연구회, 『여성문학연구』 23, 2010)과

그런데 사실을 말하자면 그 폭력과 무질서야말로 기존의 질서를 교란하고 뒤흔드는, 명명할 수 없는 것으로서 (바디우적 의미에서) '사건'이 도래하는 형식이 아닌가. 청년-대학생을 혁명의 주체로 부각하는 과정은 따라서 저 '사건'을 순화해 기존의 질서와 체계 안에 포섭하는 과정이었다. 4·19혁명의 중심에 있었던 하위주체들에 의해 새겨진 혼돈과 폭력, 무질서의 얼룩을 지우고 그것을 순결과 이성 혹은 지성이라는 레토릭으로 대체했던 그 배제와 포함의 담론 작용은 4·19세대의 문학 담론에서 형태를 바꾸어 반복된다고도 할 수 있다. 4·19에서 정치를 배제하고 그것을 '자신감'이라는 주관적 심리와 '지식과 언어'라는 문화적 상징자본의 정신적 원천으로 재의미화하는 데서 드러나는 것이 바로 그것이다.

조로(早老), 억압, 냉소주의

그렇다면 소설에서는 어떤가. 4·19세대의 소설에서 4·19는 어떤 방식으로 존재 혹은 부재하는가? 어쩌면 푸코의 말처럼 혁명에서 중요한 것은 혁명 자체가 아니라 혁명을 일으키지 않은 사람들 혹은 어쨌거나 혁명의 주동자들이 아닌 사람들의 머릿속에 일어나는 그 무

김주현, 「'의거'와 '혁명' 사이, 잊힌 여성의 서사들」(같은 책) 참조.

엇일지도 모른다.[30] 그 점에서는 4·19혁명 또한 다르지 않다. 중요한 것은 4·19라는 사건이 개인의 의식과 감성을 자극해 이전과는 다른 어떤 것으로 변화시켜놓았다는 사실이다. 4·19 직후 "우리는 혁명에서 비로소 자유와 민주주의를 찾았고 시민사회와 시민적 인간을 몸소 체험했다"[31]는 안병욱의 진술이 암시하듯이 혁명은 자유와 시민적 인간에 대한 자기의식과 감각을 일깨웠다. 혁명으로서 4·19의 흔적은 바로 그렇게 일깨워진 의식과 감각이 일상적 삶 속에서 내면화되는 모습에서 찾을 수 있을 것이다.

1960년대 문학에 각인된 4·19의 흔적 또한 그런 방식으로 존재한다. 따라서 문학에서 4·19의 흔적은 단순히 혁명에 대한 직접적인 언급이나 재현의 차원에만 있지 않다.[32] 하지만 그렇다고 작가가 4·19를 어떻게 그렸고 또 그에 대해 어떤 태도를 보여주는가가 중요하지 않은 건 아니다. 그 지점은 그들이 영향받은 4·19가 실제로 어떤 4·19이며 또 그것이 어떤 의식과 감성의 맥락 속에 존재하는가가 한층 직접적이고도 분명하게 드러나는 장소다. 그렇다면 4·19세대

---

30 미셸 푸코, 「혁명이란 무엇인가?」, 미셸 푸코 외, 『자유를 향한 참을 수 없는 열망: 푸코-하버마스 논쟁 재론』, 정일준 옮김, 새물결, 1999, 171쪽.

31 안병욱, 「利의 세대와 義의 세대」, 『사상계』, 1960년 6월호, 101쪽.

32 그럼에도 문학에서 4·19혁명은 지속적으로 직접적인 재현의 대상으로 등장했다. 1960년대 문학에서 4·19의 형상화에 대해서는 오창은, 「1960년대 소설의 4·19혁명 관련 양상 연구」(중앙대 석사논문, 1998)와 김지미, 「4·19의 소설적 형상화」(한국현대문학회, 『한국현대문학연구』 13, 2003) 참조.

작가들은 4·19를 어떻게 그렸는가?

　소설가 박태순은 "혁명으로서의 4·19는 그 4·19가 일어난 순간에 끝나는 것이 아니라 바로 그 순간부터 시작이 된 것"[33]이라고 말한 바 있다. 혁명은 그것이 일어난 바로 그 순간이 아니라 이후의 심화, 확대 과정을 통해 비로소 스스로를 실현하고 완성한다는 말이겠다. 그러나 정작 '5·16이 돼버린 4·19'[34]라는 사태를 직접 몸으로 살고 있는 당대의 작가들에게, 그러한 거시적 관점을 가능케 하는 원근법적 거리의 확보는 쉽지 않았을 것이다. 이들에게 혁명은 현재형으로 지각되지 않는다. 오히려 4·19는 일어나자마자 5·16에 의해 중단된, 지금은 이미 소실되고 희미해진 잃어버린 가능성으로 인식된다. 그리고 바로 이것이 1960년대 문학이 혁명으로서의 4·19와 마주할 때 부딪혔던 한계 지점이었다.[35]

　그러한 딜레마는 특히 4·19가 5·16에 흡수 통합되어버린 현실을 자신의 삶 속에서 승인하고 또 그럴 수밖에 없다고 생각했던 4·19세대 작가들의 인식과 태도에 의해 더욱 강화되었다. 이들의 소설에서

33　박태순, 「4·19의 민중과 문학」, 강만길 외, 『4월혁명론』, 한길사, 1983, 275쪽.

34　권보드래·천정환, 『1960년을 묻다』, 천년의상상, 2012, 61쪽.

35　1960년대 작가들이 4·19를 자신 있게 다룰 수 없었던 조건을 환기하는 김윤식의 다음 발언도 이와 관련하여 새겨볼 만하다. "4·19라는 역사적인 급변을 문학 쪽에서 과연 자신 있게 다룰 수 있느냐 하는 것입니다. 4·19의 이상주의인 자유의 개념이 전부 다 현실에서 유리되어 나가고, 흩어져 나갔다는 겁니다. 그러니까 작가들 중 60년대에 등단한 사람들이 그런 분위기에서 정직했냐 안 했냐, 하는 것이 문제의 초점이 되는 겁니다." 구중서·김윤식·김현·임중빈(좌담), 「4·19와 한국문학」, 『사상계』, 1970년 4월호, 310쪽.

4·19가 과거에 잠깐 빛을 발했다가 지금은 상실한 어떤 젊음이나 열정의 표상으로 등장하는 경우가 많은 것도 이와 무관하지 않다. 가령 4·19세대 작가 중에서 유일하게 4·19혁명을 정면으로 다뤘던 박태순의 「무너진 극장」도 그 점에서 예외가 아니다. 다음은 「무너진 극장」의 결말이다.

> 그러나 우리는 나이를 먹어갔으며, 어떤 철학자의 말처럼 '한순간의 흥분을 너무 과대평가하여 기억하는 것의 무의미함'을 어느덧 배우기 시작하였으며 그리하여 우리가 힘들여 끌어올렸던 그 무질서의 위대한 형식이 역사성 속의 미아처럼 다만 한순간의 고립에 불과하고 말았음을 깨달았을 때에는 어느덧 저 기성의 제복을 걸쳐입고 있음을 보았다. 그것은 마치 그날 밤에 우리가 저질렀던 그 놀라운 긴장감의 파괴가 시시한 것이지나 않았는가 하는 부당한 생각조차 가져다줄 때가 많은데, 물론 거기에 대해서는 나의 사적인 느낌으로 완강히 부인해두는 수밖에 없을 것이었다. 마치 진실을 엿본 듯한 느낌으로……[36]

4·19와 그 "무질서의 위대한 형식"은 결국 젊은 시절의 "한순간의 흥분"에 불과했으며 세월이 흘러서는 한갓 "한순간의 고립"으로 판명되었다. 그리고 "나이를 먹어"가며 "배우기 시작"했다는 표현에서

---

36 박태순, 「무너진 극장」, 『월간중앙』, 1968년 8월호, 419쪽.

드러나는 것처럼, 그것은 젊은 한때 품었던 환(幻)의 멸(滅)을 수락할 수밖에 없는 성숙/사회화의 내러티브 속에 배치된다. 이렇게 보면 작가에게 4·19는 나이를 먹고 현실논리를 내면화하면서 자연스럽게 유실될 수밖에 없는 젊음의 가치로 받아들여졌던 셈이다.[37]

그런데 여기에는 이 인용문만으로는 잘 보이지 않는 어떤 사실이 있다. 그것은 4·19에 대한 이러한 화자의 회고적 시선이 비롯되는 시점이 혁명이 일어난 지 십 년도 채 지나지 않은 시점, 화자(혹은 작가)의 나이가 아직 20대에 불과한 그 시점이라는 사실이다. 여기에서 징후적으로 드러나는 것은 이를테면 급격한 조로(早老)의 표정이다. 그리고 이 조로한 젊음의 표정이 가장 극명하게 드러나는 소설을 우리는 익히 알고 있다. 김승옥의 「서울 1964년 겨울」(1965)이 바로 그것이다.

사실 김승옥의 소설에서 4·19혁명에 대한 직접적인 언급은 찾아볼 수 없다. 그렇다고 하더라도 그의 소설에 4·19의 그림자가 존재하지 않는 것은 아니다. 그것은 부재하면서 존재한다. 김승옥의 소설에 등장하는 대학생들의 의식과 대화 속에 당시 젊음을 뒤흔들었던 강렬한 사건인 4·19가 기이할 정도로 아무런 흔적도 남기고 있지 않다는 사실은, 어찌 보면 그 자체가 하나의 증상이다. 4·19가 일면 젊

---

37 박태순은 1970년대 이후 개작을 통해 4·19에 대한 이런 감각을 수정하는데, 이에 대해서는 여기서 따로 논하지 않는다.

음의 표상이라 할 수 있다면, 그것은 5·16 이후 그들의 삶과 의식에서 어느새 흔적도 없이 사라져버렸다. 그들이 스스로를 "늙어버린 원숭이"[38]라고 말하는 것은 저 젊음의 상실을 스스로 의식하는 자학적, 체념적 제스처다. 따라서 어떻게 보면 김승옥 소설에서 반복되는 좌절한 젊음의 환멸과 자기방어로서의 위악은 그 자체로 '좌절한 혁명'의 상징적 형식이라고도 할 수 있다. 「서울 1964년 겨울」은 이를 좀더 분명하게 드러내는 소설인데, 다음은 그중 한 대목이다. 선술집에서 우연히 만나 술잔을 기울이는 '나'와 대학원생 '안'의 대화다.

"그것은 틀림없이 꿈틀거림입니다. 난 여자의 아랫배를 가장 사랑합니다. 안형은 어떤 꿈틀거림을 사랑합니까?"

"어떤 꿈틀거림이 아닙니다. 그냥 꿈틀거리는 거죠. 그냥 말입니다. 예를 들면…… 데모도……"

"데모가? 데모를? 그러니까 데모……"

"서울은 모든 욕망의 집결지입니다. 아시겠습니까?"

"모르겠습니다"라고, 나는 할 수 있는 한 깨끗한 음성을 지어서 대답했다.[39]

---

38 김승옥, 「환상수첩」, 『환상수첩』, 문학동네, 2004, 12쪽.
39 김승옥, 「서울 1964년 겨울」, 『무진기행』, 문학동네, 2004, 263쪽.

"꿈틀거림"의 연상에서 시작해 "데모"라는 말로써 우발적으로 발화된 4·19는 발화되는 동시에 취소된다. 즉 그것은 이중으로 부인된다. 첫번째는 "데모……"라는 말의 여운을 잘라버리고 화제를 전환하는 "서울은 모든 욕망의 집결지입니다. 아시겠습니까?"라는 발언을 통해, 두번째는 "모르겠습니다"라는 대답을 통해(이때 "모르겠습니다"라는 말은 대화 전개상으로는 실제 그렇지 않지만 그 효과는 "데모"라는 말을 겨냥하는 듯한 울림을 갖는다). 이때 4·19는 "꿈틀거림"이라는 모호한 개인 상징의 연상을 거쳐서만 가까스로 발화될 기회를 얻을 수 있는 어떤 것이고, 그마저도 곧 다급히 부인되어야만 하는 어떤 것이다.

　여기서 작동하는 논리는 무엇인가? 그것은 바로 물신주의적 부인(否認)의 논리다. 물신주의적 부인의 논리는 "알고 있어. 그렇지만……"이라는 표현으로 공식화할 수 있다.[40] 그리고 이는 지젝의 지적처럼 페터 슬로터다이크가 정식화한 냉소주의의 논리와 정확히 일치한다. 그 냉소주의의 핵심적인 의식 상황은 이렇다. "그들은 자

40　물신주의적 부인은 프로이트가 설명하는 페티시즘(fetishism, 물신주의)의 작동 기제다. 프로이트에 따르면 엄마에게 페니스가 없다는 사실에 충격을 받은 아이는 무의식적으로 이를 부인하기 위한 논리를 가동한다. 그것은 '엄마에게 페니스가 없다는 걸 알고 있어. 그렇지만 나는 엄마가 그걸 가지고 있다고 믿어'라는 반응으로 요약된다. 이때 작동하는 '알고 있어. 그렇지만……'이라는 부인의 기본 구조가 바로 물신주의적 부인의 논리다. 물신주의적 부인에 대해서는 지그문트 프로이트, 「절편음란증」, 『성욕에 관한 세 편의 에세이』, 김성일 옮김, 열린책들, 1996, 28~30쪽. 이에 대한 확장된 해석은 슬라보예 지젝, 『이데올로기라는 숭고한 대상』, 이수련 옮김, 인간사랑, 2002, 44쪽 참조.

기들이 무엇을 하는지 알고 있다. 그러나 상황 논리나 자기보존의 욕망이 그렇게 해야 한다고 말하기 때문에 그렇게 행하는 것이다."[41] 위 장면에서 김승옥의 인물들은 이 냉소주의의 공식을 그대로 연기(演技)하고 있는 것이다. 그들은 (4·19가 있었다는 것을) 알고 있다. 그럼에도 불구하고 그들은 (그런 것이 있었다는 것을) 짐짓 모른 척한다. 이때 4·19는 그것이 무엇이었는지 알고는 있지만 이제는 이미 속절없이 지나가버린, 현실논리가 용납하지 않는, 그래서 모른 척하고 부인해야만 하는 그 무엇이다. 그리고 「서울 1964년 겨울」의 결론은 4·19의 물신주의적 부인이라는 이 사태가 무엇과 연관되는지를 분명하게 보여준다. 그것은 바로 '조로(早老)'다.

> "김형, 우리는 분명히 스물다섯 살짜리죠?"
>
> "난 분명히 그렇습니다."
>
> "나두 그건 분명합니다." 그는 고개를 한 번 갸웃했다.
>
> "두려워집니다."
>
> "뭐가요?" 내가 물었다.
>
> "그 뭔가가, 그러니까……" 그가 한숨 같은 음성으로 말했다. "우리가 너무 늙어버린 것 같지 않습니까?"

---

41 페터 슬로터다이크, 『냉소적 이성 비판』, 이진우·박미애 옮김, 에코리브르, 2005, 47쪽.

"우린 이제 겨우 스물다섯 살입니다." 나는 말했다.[42]

겨우 스물다섯 살에, 그들은 이미 늙어버렸다. 4·19는 이렇게 젊음의 종결과 (부정적 의미에서) 삶의 압축성장이라는 내러티브 속에 억압된 방식으로 존재한다. 짧고 억눌린, 그래서 너무 일찍 잃어버린 젊음에 대한 감각. 이것은 젊음의 표상으로서 저 4·19의 억압과 정확히 대응한다. 이때 4·19는 질식된 젊음과 마찬가지로 억압된 어떤 것이다. 4·19는 그렇게 상실과 종결의 감각 속에서(만) 환기된다. 그리고 저 상실과 종결의 감각은 젊음의 상징인 기대, 포부, 야망, 갈망과 같은 정념들[43]이 사그라져버린 자리에서 생겨나는 것이다. 4·19가 부인(否認)이라는 부정적 방식으로, 발화되지 않는 방식으로 가까스로 발화되는 것은, 그것이 그렇게 억압된 것이기 때문이다.

그런데 4·19세대의 소설에서 4·19가 이렇게 조로의 감각 속에서, 그리고 억압된 방식으로 드러나는 까닭은 어디에 있는가?

물음에 답하기에 앞서, 이청준의 소설을 이 지점에 나란히 놓아볼 필요가 있다. 이청준은 소설에서 4·19를 자기 세대 정체성의 표지로 직접 언급하면서 그에 대한 자의식을 표 나게 드러냈던 작가다. 그의 소설에서 4·19에 대한 언급은 주로 장편소설 『씌어지지 않은 자

---

42 김승옥, 「서울 1964년 겨울」, 앞의 책, 286쪽.
43 프랑코 모레티, 『세상의 이치: 유럽 문화 속의 교양소설』, 성은애 옮김, 문학동네, 2005, 17쪽.

서전』에 집중된다. 거기에서 4·19의 경험은 심문관 앞에서 자기 이야기를 강제로 진술해야 하는 상황에 처한 화자 '나(이준)'의 입을 빌려 진술된다. '나'에 따르면 4·19는 "세상을 좀 더 좋은 것으로 만들어보려는 의욕"[44]을 실현할 수 있는 가능성을 엿본 계기였다. 그렇지만 '나'는 곧바로 이어진 5·16으로 인해 그 가능성의 좌절을 맛본다. 그래서 '나'의 입장은 4·19를 5·16과 따로 떼어서 말할 수 없다는 것이다. "따로따로라는 것은 무의미합니다. 나에게는 그 두 사건을 한꺼번에 경험했다는 것이 중요하니까요."[45] 이때 한꺼번에 경험한 두 사건 중 지금 '나'의 의식을 결정하는 지배 요인은 말할 것도 없이 5·16이다.

　4·19는 이렇게 '가능성과 좌절'이라는 특정한 의식 상황의 내러티브 속에 배치된다. 그럼으로써 4·19는 항상 5·16이라는 종결의 기준점에 의해서만 판단되고 규정되는 어떤 것으로 존재하게 된다. 이청준의 소설에서 4·19는 그렇게 5·16 이후의 좌절과 억압의 감각 속에서만 지각되고 이야기할 수 있는 잃어버린 가능성이다. 이는 물론 너무 일찍 잃어버린, 질식되고 억압된 젊음이라는 김승옥의 감각을 다른 방식으로 반복하는 것이다.

　이것이 4·19세대 작가들의 소설에서 4·19가 존재하는 방식이다.

44　이청준, 『씌어지지 않은 자서전』, 『소문의 벽』, 민음사, 1972, 108쪽.
45　이청준, 위의 책, 122쪽.

거기에서 4·19는 지금은 속절없이 지나가버린 순간의 진실로서, 한때의 젊음의 가능성으로서, 지금은 기억나지 않는 "가장 절실하고 순수한 생의 포즈"[46]로서 회고된다. 4·19는 그렇게 종언의 감각 속에서만 지각된다. 그것은 이미 지나가버려 지금은 붙잡을 수 없고 기억나지 않는 어떤 것이고, 심지어 짐짓 모른 척해야 하는 어떤 것이다. 또 그것은 결국은 현실에서 좌절할 수밖에 없는 어떤 것이고, 상황 논리가 용납하지 않는 어떤 것이다. 4·19에 대한 이런 기억의 방식이 환기하는 것은, 4·19를 잠식하고 흡수 통합한 5·16 이후의 체제를 변할 수 없는 공고한 것으로 받아들이고 그에 순응하면서 급속히 소시민적 삶으로 침잠해들어가던 당시 작가-지식인들의 표정이다. 특히 4·19세대의 비평에서 개인의 반성적 의식의 전제로 강조되던 "현실의 전면 수락"[47]이라는 태도가 이를 시사한다.

그런데 이것이 전부인가? 물론 그렇지 않을 것이다. 4·19세대의 문학을 이렇게 비판하고 만다면 너무 단순하다. 그렇다면 우리는 이를 어떻게 이해해야 하는가?

---

46 이청준, 「가수」, 『별을 보여드립니다』, 일지사, 1971, 366쪽.
47 김주연, 「새시대 문학의 성립—인식의 출발로서 60년대」, 『아세아』, 1969년 2월호, 258쪽. 물론 이때 '현실의 전면 수락'은 현실에 대한 객관적 거리화의 필요성을 강조하는 맥락으로 읽을 수도 있다. 하지만 그렇다고 해도, 이것이 현실을 항상-이미 주어진 것으로 받아들이는 태도라는 점만은 변하지 않는다.

정치가 아니면, 문학

그 이전에, 좀 더 나가본다. 다시 김승옥의 소설 「서울 1964년 겨울」로 돌아가자. 소설에서 '나'와 '안'은 너무 늙어버린, 조로한 청춘이다. 그래서 그들은 자기만의 쇄말적인 사물에 유희적으로 집착하며 체념과 냉소의 시간을 흘려보낸다. 그런데 소설의 그런 의식 상황에는 겉으로는 잘 보이지 않는 일종의 전도(顚倒)의 논리가 작동하고 있다. 그 전도란 이런 것이다. 「서울 1964년 겨울」의 인물들이 의미 없는 자기만의 사소한 것에 집착하며 공허한 시간을 흘려보내는 것(결과)은, 그들이 그럴 수밖에 없을 정도로 이미 너무 늙어버렸기 때문(원인)이 아니다. 오히려 사태의 실상은 거꾸로라고 말해야 한다. 즉 그런 자의식적인 자조와 자기 방기, 자기 체념의 유희(원인)가 결국은 그들을 너무 늙게 만드는 것(결과)이다.

그리고 더 나아간다면 이 전도의 논리는 이렇게 고쳐 말할 수도 있다. 즉 젊음은 그들이 너무 급속도로 늙어버려서 상실한 것이 아니다. 오히려 거꾸로 '나'와 '안'의 언행처럼 젊음을 그들 스스로 부인하고 취소하는 수행적(performative) 행위 자체가 그들을 너무 일찍 늙게 만드는 것이다. 그리고 이는 김승옥도, 그리고 그의 인물들도 알고 있다. "우리가 너무 늙어버린 것 같지 않습니까?"라는 '안'의 물음은 바로 이를 의식한 자의식적인 진술이다. 그들은 알고 있다. 그럼에도 불구하고 그렇게 한다.[48]

김승옥의 소설에서 4·19가 모른 척하고 부인해야 하는 그 무엇으로 나타나고 있고 그것이 저 물신주의적 부인/냉소주의의 논리와 관련된다는 점은 앞에서도 지적했다. 다시 한번 말하자면 그 논리는 이렇다. "4·19혁명이 있었다는 건 알고 있어. 그렇지만 나는……"「서울 1964년 겨울」이 4·19혁명과 관련한 4·19세대의 심리 지도와 접촉면을 형성하는 것은 바로 이 지점이다. 그리고 이 소설에 나타나는 물신주의적 부인/냉소주의의 논리는 흥미롭게도 4·19세대 비평가들(특히 김현)의 문학담론의 한 측면과 정확히 일치한다. 왜 그런가? 다음은 김현의 발언이다.

4·19라는 행동 자체가 일종의 사회계층으로서 형성될 수 없는 학생층을 기반으로 해서 일어날 수밖에 없었다는 사실, 4·19에 참여한 대부분의 학생들이 한 10여 년이 지난 오늘에 와서, 마치 30년대 과테말라에서 일어난 혁명대열에 참가한 대부분의 학생들이 그러했듯이, 자기가 속해 있던 계층을 확실히 파악하지 못했기 때문에 기존 사회에 그대로 적응, 쁘띠 부르조아가 되어 현실을 제대로 파악하여 그것을 지양·극복하겠다는 의지를 완전히 잃어버렸잖습니까? 그러한 사실을 적어도 60년대에 출발한 작가들로서는 대부분 최소한도나마 인식하고 있었다는 것이 중요한 일면

---

48 이것은 냉소주의의 공식이지만, 그럼에도 불구하고 김승옥의 소설에는 그 물신주의적 부인의 논리를 내면화하면서 소시민적 삶으로 침잠해 들어가는 자기 자신에 대한 정직한 응시가 있다는 점은 여기서 덧붙일 필요가 있다.

이라고 생각합니다. 자기 자신이 학생층 속에 있으면서 이상이라든가 원리로서 배워왔던 것을 현실에 적용하여 실현 가능하다고 믿은 그 순간에 그것이 좌절된 셈인데…… 그것은 어디에서 온 것입니까. 내 자신의 의견으로는 4·19에 참여했던 사람들이 하나의 계층을 이룰 수 있고, 혹 정치적인 사회적인 면에서 자신의 발언권을 행사할 수 있는 계층을 형성하지 못했다는 데 가장 큰 문제점이 있는 것이라고 봅니다. 결국 자기 자신이 어떤 사회에 뿌리박지 못하고 '뿌리가 뽑혀진 사람'이라는 생각을 하게 된 것이 4·19 이후의 문학 세계의 근본적인 특징이라고 나는 생각하고 있습니다.[49]

이 앞에서 김현은 리얼리즘이 가능한 여건과 관련해 "자유를 획득하려는 노력을 할 만한 사회계층이 형성될 수 있느냐 없느냐"가 "문제의 초점"이라고 주장한다.[50] 김현에 따르면 4·19에 참여했던 학생들이 좌절한 이유는 그 자기 계층을 가질 수 없었기 때문이다. 자기세대가 현실 극복의 의지를 잃고 소시민적 삶에 안주해버린 것도 그때문이며, 60년대에 출발한 작가들이 스스로를 '뿌리가 뽑혀진 사람'으로 생각한 것도 그 때문이다. 그리고 그는 그렇게 "자기계층의 부

---

49 구중서·김윤식·김현·임중빈(좌담), 「4·19와 한국문학」, 『사상계』, 1970년 4월호, 310~311쪽.
50 위의 좌담, 305쪽.

재"[51]로 인해 좌절한 작가들이 이를 "최소한도나마 인식"하고 있었다는 데서 자기 세대 작가들의 문학적 의의를 찾는다. 자기 세대 작가들이 사회에 대해 발언하고 자유를 획득하려는 노력을 하기보다 그럴 수 없는 자기 자신을 응시하는 길로 가게 된 것도 그 때문이라는 것이다.

이 논리의 근저에 깔린 기본 전제를 우리의 관점에서 정리해보면 이렇다. '(자유의 획득이 중요하다는 것은) 알고 있다. 하지만 우리 세대는 (자기계층의 부재 때문에) 자유를 획득하려는 노력을 할 수 없다.' 따라서 김현의 위의 논리는 이렇게 바꾸어 읽을 수 있다. '현실 극복의 의지를 잃고 기존 사회에 순응하는 소시민적 삶이 옳지 않다는 건 물론 알고 있다. 그럼에도 불구하고 우리 세대는 그럴 수밖에 없다.' 이것이 '우리는 알고 있다. 그럼에도 불구하고 그렇게 한다'로 요약되는 물신주의적 부인의 논리임은 더없이 분명하다. 즉 김현의 저 논리는 우리가 김승옥의 소설에서 보았던 물신주의적 부인/냉소주의의 논리를 다른 층위에서 정확히 반복하는 셈이다.

여기서 뚜렷이 드러나는 것처럼, 저 부인의 논리는 문학적 자기 정체성 구축의 논리와도 닿아 있다. 위의 좌담에서 현실과 문학, 정치 상황과 작가의식이 괴리되어 있음을 지적하며 문학이 현실에 밀착하여 그 둘(문학과 정치)을 통일시켜야 한다는 임중빈의 지적에 대해서

---

51 같은 곳.

도 김현은 그런 맥락에서 단호하게 부정한다. "아마 그것은 힘들 겁니다."[52] 냉소주의의 논리는 이처럼 문학에서 정치를 분리해내려는 제스처로 이어진다. 이는 앞에서도 지적한바 4·19에서 정치를 배제하고 4·19를 '언어와 지식'이라는 문화적 상징자본의 논리로 재의미화하는 담론화 과정과 맥을 같이한다. 이는 정치적 사건으로서 4·19의 지속 가능성을 배제하고 자기 세대 문학의 가치와 존재 방식을 그 지속의 불가능성 위에 정초하는 논리다.

이렇게 본다면, 4·19세대의 문학과 비평에서 4·19가 갖는 의미는 전혀 달리 말할 수 있다. 가령 그들에게 4·19가 억압된 것으로 지각되고 있었음은 앞에서도 지적했다. 그런데 그 억압은 어디에서 오는가? 앞서 김승옥의 소설에서 보았던 전도의 논리는 여기서도 작동한다. 즉 그들에게 정치적 사건으로서 4·19는 5·16에 의해 억압된 것이 아니다. 4·19는 오히려 5·16 이후의 체제를 변할 수 없는 삶의 조건으로 수락하며 4·19의 지속 가능성을 봉쇄하고 지워간 그들 삶/문학의 논리가 억압한 것이다.[53]

이것이 4·19세대의 문학과 비평에서 4·19가 부재하면서 존재하는 방식이다. 그들의 의식과 문학에서 4·19의 존재 방식은 현실에

---

52 위의 좌담, 314쪽.

53 4·19세대 비평가의 일원이었던 김병익의 자기 세대에 대한 다음 평가도 그런 측면에서 의미심장하다. "우리의 한글세대는 거의 철저하게 보수 우파적 체계로 고착되어 있었다." 김병익, 「4·19와 한글세대의 문화」, 『열림과 일굼』, 문학과지성사, 1991, 90쪽.

대한 포지셔닝과 문학적 정체성의 구축, 더 나아가 문학주의 혹은 문화적 자유주의를 이념적 토대로 정립해나가는 자기 구성 과정과 밀접하게 연관되어 있다. 이때 그들의 의식 속에서 정치적 사건으로서 4·19혁명은 지속 가능하지 않은, 그래서 부인해야 하는 어떤 것이다. 그리고 이는 5·16에 의해 구조화된 당대의 현실 상황을 주체를 제약하는 변치 않는 선험적인 존재 조건으로 절대화하는 인식과 구조적으로 정확히 짝을 이룬다. 그들 4·19세대의 주체성과 문학적 논리는 그런 전제 위에 구축된다. 그리고 4·19에서 정치를 삭감하고 언어와 지식의 차원으로 대체하는 담론화 방식 또한 그런 전제 위에서 가능해진다.

그런데 단지 이뿐일까? 그렇지 않다. 여기서 밝힌 것은 4·19세대 문학이 4·19의 소환을 통해 자신의 정체성을 정초하는 과정에서 드러나는 정치적, 문학적 토대와 그 함의일 뿐이다. 그렇다면 남겨진 나머지 절반의 진실은 어디에 있는가? 그것은 이를테면 5·16군사쿠데타 이후 박정희 개발독재체제와 긴장하며 문학적 언어로써 현실과 갈등했던 4·19세대 문학이 갖는 문학 고유의 정치성과 관련된 것이다. 이때 중요해지는 물음은 가령 이런 것이다. 4·19의 지속 가능성을 회의하고 5·16 이후의 현실을 선험적인 존재 조건으로 절대화하면서 자유를 위한 싸움에서 문학의 자리를 분리해냈던 4·19세대 문학의 이 비정치적 제스처의 정치적 몫은 어디에 있는가? 이것은 아마도 5·16 이후 체제의 '전면 수락'이라는 순응적, 비정치적 포지션이 그럼에도 불구하고, 아니 바로 그런 한에서 가질 수 있는 정치성과 관련한 물음일 것이다.

이 물음에 대한 대답은 물론 간단치 않다. 4·19세대의 저 냉소주의가 자의든 타의든 5·16 이후의 현실을 전면 수락해야 했던 당대의 많은 대중 및 지식인들의 집단의식과 상당 부분 공감의 접촉면을 형성했고, 또 그것이 문학이라는 형식과 결합하면서 나타나는 양상은 그렇기 때문에 단순히 어느 한 면으로 환원할 수 없는 복잡성을 띨 수밖에 없는 까닭이다. 이것은 곧 정치에서 스스로를 분리한 문학주의가 문학의 자율적 가치의 실현을 통해 이를 수 있는 또 다른 정치의 가능성에 대한 질문과도 무관하지 않다. 그러나 이 단순치 않은 문제에 성실하게 답하기 위해서는 또 다른 기나긴 우회로가 필요할 터, 이야기는 이어진다.

2장
4·19세대 문학의 정치와 탈정치

우리들의 전선은 눈에 보이지 않는다. (……)

그러나 우리는 언제나 싸우고 있다.

―김수영, 「하…… 그림자가 없다」

맹목과 통찰

1960년대는 정치적 혁명과 반혁명의 연이은 발발로 열린 시대였으며 그 둘의 장기지속에 의해 규정된 시대였다. 따라서 모든 시대가 그러하지만 더욱이나 이 시대에 '정치적인 것'이란, 그것을 의식하든 않든 모든 정신활동의 배후에 잠류하던 결정적 인자였다. 물론 문학도 예외가 아니다. 특히 1960년대 문학의 정신적 근원이 다름 아닌 4·19혁명이라는 정치적 사건에 있었음을 환기해보면 이는 더욱 뚜렷해진다. 4·19혁명의 경험은 5·16군사쿠데타 이후 한국적 현실에 반응하는 문학정신을 지탱하는 의식적, 무의식적 기준으로 작용했으며, 그런 의미에서 1960년대 문학의 정신 구조는 그 출발부터 정치적인 것의 내면화에 의해 규정되고 있었다. 물론 이는 4·19를 직접적으로 재현하는가 그렇지 않은가와는 별개의 문제다. 그런 까닭에, 정치성은 문학 외적인 요소가 아니라 1960년대 문학의 정신 구조 내부에서 그 특이성을 결정하는 중요한 내재적 구성요소였다.

그런데 그처럼 문학의 심층에 내면화된 정치도 있지만, 또 다른 차원의 정치도 있다. "문학의 정치는 작가의 정치가 아니다"[1]라는 자크 랑시에르(Jacques Rancière)의 언명이 시사하는 정치가 바로 그것이다. 그것은 물론 현실 정치와 구별되는 문학 고유의 몫으로서 문학의 정치다. 이 장의 문제의식은 이 두 차원의 정치를 함께 고려하면서 1960년대 문학의 한 축인 4·19세대 문학의 정치성을 '다시' 읽어보는 데 있다. 그런데 이때 '다시'란 무엇을 의미하는가?

조금만 돌아가본다. 이를테면, 사태의 진상에 대한 '정확한 읽기'는 한편에서의 맹목을 전제한다. 즉 문제의 본질을 정확하게 보기 위해서 필요한 것은 '더 많이' 보는 것이 아니라 정확한 방식으로 '더 적게' 보는 것이다.[2] 이는 문제의 복잡함을 추상화하는 한편, 사태의

---

1 자크 랑시에르, 『문학의 정치』, 유재홍 옮김, 인간사랑, 2009, 9쪽.
2 폴 드 만에 따르면, '통찰'은 텍스트의 특정 측면에 대한 의도적 간과('눈멂')를 통해서만 가능하다. 그는 그 점을 데리다의 루소 읽기를 통해 논증하는데, 이러한 '통찰'과 '눈멂'의 역설적 상호의존에 대한 해석은 슬라보예 지젝, 『헤겔 레스토랑: Less than Nothing 1』, 조형준 옮김, 새물결, 2013, 504~508쪽 참조.

한 면에 대해서는 의도적으로 눈을 감는다는 것을 의미한다. 문제의 본질에 다가가기 위한 모든 읽기가 그럴 터이나, 이는 4·19세대 문학의 읽기와 관련해서도 마찬가지다. 특히 4·19세대 문학의 정치적 의미에 대한 기왕의 나의 비판적 읽기(특히 본서 1부 1장)에도 어느 면 그런 의도적인 눈 감기가 있었다고 할 수 있다.[3] 그 읽기의 대강은 크게 보면 주어진 현실적 상황을 변하지 않는 존재 조건으로 수락하는 정치적 순응성과 개인적 가치의 특권화, 그리고 거기에서 비롯되는 이데올로기적 주체 태도 등을 겨냥한 것이었다. 물론 이는 어찌 보면 모더니즘 문학이 갖는 (비)정치성의 지배적 성격의 일면을 강조하는 과정에 뒤따르는 불가피한 눈멂이었다고도 할 수 있다.

그러나 여기서 강조해야 하는 것은 그 눈멂을 통해 일부러 시야에 붙잡지 않은 것 또한 4·19세대 문학의 본질을 구성하는 한 면임에 틀림없다는 사실이다. 이 장의 '다시' 읽기는 그 다른 한 면을 다시 시야에 불러들여 문제화하려는 시도다. 이는 달리 말해 "5·16 이후 체제의 '전면 수락'이라는 순응적, 비정치적 포지션이 그럼에도 불구하고, 아니 바로 그런 한에서 가질 수 있는 정치성"[4]에 대한 숙고라고도 할 수 있다.

이는 물론 기왕의 눈멂을 통해 의도적으로 간과한 것의 단순한 '복

---

3 이 이전의 작업은 김영찬, 『근대의 불안과 모더니즘』, 소명출판, 2006 참조.
4 본서 1장의 42~43쪽.

원'을 의미하지 않는다. 1960년대 문학, 그중에서도 특히 4·19세대 문학의 정치성은 어느 한 면으로 환원할 수 없는 복잡성을 지니고 있으며 그것의 중층적 의미를 온전히 파악하기 위해서는 또 한 번의 의도적인 눈멂이 필요하다. 즉 모든 것은 두 번 말해져야 한다. 이 장의 논의는 이번엔 거꾸로, 뜨고 있던 한쪽 눈을 감는 대신 감았던 다른 한쪽 눈을 뜨면서 이루어지는, 또 한 번의 의도적인 맹목을 전제로 한 읽기다. 4·19세대 문학이 갖는 정치성의 진실은 그런 '두 번 읽기'의 사후적 효과로서만 비로소 우리 눈앞에 온전히 떠오를 것이다.

트리비얼리즘 혹은 감수성의 혁명

4·19세대 문학이 갖는 정치성의 성격을 밝히기 위해서는 우선 '소시민 논쟁'[5]의 와중에 제출된 김주연의 '소시민의식'이라는 개념을 경유할 필요가 있다. 왜 하필 소시민의식인가? 왜냐하면 그것은 4·19세대 문학'들'이 공유하는 어떤 핵심을 나름의 방식으로 정확하

---

5 '소시민 논쟁'은 서기원을 비롯한 전후세대와 김현, 김주연 등 4·19세대 비평가 간에 문학과 현실의 관계, 언어의식 등의 문제를 둘러싸고 시작된 논쟁으로, 이후 여기에 백낙청이 「시민문학론」(1969)으로 가세하면서 문학 주체에 관한 논쟁으로 그 범위와 성격이 확산된다. 소시민 논쟁의 경과에 대해서는 전상기, 「문화적 주체의 구성과 소시민 의식―'소시민' 논쟁의 비평사적 의미」(상허학회, 『상허학보』 13, 2004)와 오창은, 「1960년대 소설의 소시민적 성격 고찰」(어문연구학회, 『어문연구』 125, 2005) 참조.

게 포착해내고 있기 때문이며, 김현과 김치수를 비롯한 동세대 비평가들 역시 그에 동의하면서 자기 세대 문학에 대한 의미 부여로서 그것이 갖는 함의를 자신들의 고유한 비평언어로써 보완하고 발전시켜 나가기 때문이다. 그런 측면에서 소시민의식은 『산문시대』와 『68문학』을 거쳐 이후 『문학과지성』으로 이어지는 4·19세대 작가와 비평가 들의 문학정신과 문학 세계의 핵심을 요약하는 기호였다. 특히 소시민의식에는 그 자체로 문학과 정치 혹은 문학과 현실의 관계에 대한 특정한 인식과 태도가 이미 전제되어 있어 우리 논의의 유용한 출발점이 될 수도 있다. 그렇다면 소시민의식이란 대체 무엇인가?

김주연은 1969년에 발표한 「새시대 문학의 성립—인식의 출발로서 60년대」(이하 「새시대」)에서 김승옥, 박태순, 서정인, 이청준, 박상륭 등의 소설을 검토하면서 그 문학적 새로움의 바탕에 있는 것이 소시민의식임을 주장한다. 그에 따르면 소시민의식은 "새시대 문학의식의 기본심리"[6]다. 그리고 그것은 "현대문학이 지향하는 개성적 인간의 현현"(같은 곳)과 관련된다. 그리하여 그 소시민의식은 "개인의 발견"(255쪽), "개인의식의 고양"(256쪽), "아름다운 개성의 창조"(257쪽)와 같은 말로써 거듭 부연된다.

이로써 분명해지는 것은, 김주연이 소시민의식이라는 모호하고 주

---

6 김주연, 「새시대 문학의 성립—인식의 출발로서 60년대」, 『아세아』, 1969년 2월호, 265쪽. 아래에서 이 글을 인용할 경우 쪽수만 적는다.

관적인 개념을 통해 실제로 지시하는 것이 다름 아닌 '미적 주체성'이라는 사실이다. 그리고 더 중요한 것은 그가 소시민의식의 핵심을 흥미롭게도 언뜻 그와 무관해 보이는 '트리비얼리즘'이라는 방법적 태도와 연결시킨다는 점이다. 그에 따르면 트리비얼리즘은 "개인의식의 고양과 긴밀한 협조"를 맺고 있다. 이때 그가 말하는 트리비얼리즘이란 무엇을 의미하는가?

트리비얼리즘은 보통 사소하고 쓸모없는 것을 필요 이상으로 상세히 묘사하는 경향을 일컫는다. 하지만 김주연은 이를 전혀 다른 의미로 사용한다. 그에 따르면 트리비얼리즘이란 그 개념에서 통상적으로 연상되는 '사소한 것에 대한 집착'과 같은 것이 아니다. 오히려 그것은 "'사소한 것의 사소하지 않음'의 확인"(「새시대」, 255쪽)이다. 그는 김승옥의 「무진기행」을 분석하면서 그 트리비얼리즘의 한 예를 이렇게 말한다.

아무튼 **아무에게도 발견되지 않았던 안개라는 소박한 자연이 승옥에 의해 발견되고** 그것이 감상이 아닌 작중 상황으로 꾸며지는 데 성공했다는 사실은 작가의식의 변모를 알리는 결정적인 계기로 볼 수 있다. 그것은 한마디로 승옥의 **트리비얼리즘의 개가**이다.(「새시대」, 255쪽. 강조는 인용자)

김승옥의 소설은 아무에게도 발견되지 않았던 자연을 '발견'했다. 즉 그 이전에 안개는 그저 '소박한 자연'이었을 뿐이지만, 김승옥의 트리비얼리즘에 의해 비로소 결코 소박하지 않은(즉 사소하지 않은) 의미를 부여받았다는 것이다. 김주연은 뒤에서 이 트리비얼리즘을 "사물에 대한 인식의 눈뜸"이라는 표현으로 재차 부연하는데,

> 사건은 있어서 사건인 것이 아니라 느껴서 사건인 것이다. (……) 신과 역사와 자유, 우리 문학을 혼미하게 휩쓸어왔던 모든 공허한 말뿐만의 눈보라는 그 가장 작은 것에서부터 비로소 처음의 의미를 얻어야 한다. 새로운 문학이란 바로 사물에 대한 인식의 눈뜸이다. 일체의 공상과 선험, 편견 그리고 근본적으로는 사실의 종합으로서만 압박을 주는 역사, 수사학으로서의 신, 정신의 허위가 가득 담긴 허세나 가장 거부되어야 할 동양적 체념과 감상에서 감연히 벗어나 하나의 나뭇잎, 겨울방의 한기, 만남의 기쁨에 모두 제 무게를 재어주고 똑같은 논리의 순화으로 전쟁과 삶, 질병과 죽음, 모순과 허무의 추상감각에도 정당한 제 무게를 달아주어야 한다. 사물에 대한 보편인식이란 바로 개성의 부여를 말한다. 개성의 창조—아름다운 개성의 창조이다. 아름다운 것은 위대한 것이다.(「새시대」, 257쪽)

이에 따르면 트리비얼리즘이란 기성의 모든 관습과 통념을 벗어나 모든 사물과 감각에 제 무게를 돌려주는 일이다. 그럼으로써 트리비얼리즘은 사건 혹은 사물을 비로소 그것 자체로서 존재하게 한다. 이는 사물과 감각을 구획했던 기존 관념과 질서를 거부하고 그 사물과 감각을 방(放)해 새로운 질서 속에 재편하는 것이며, 그럼으로써 "사

물로서의 존재조차 무시했던 사물을 그 사물이 지닌 무게만큼 일단 긍정"(257쪽)하는 것이다.

바로 이 지점에서, 트리비얼리즘은 자크 랑시에르가 문학의 정치적 몫이라 일컬었던 바로 그것과 절묘하게 공명한다. 그것은 예컨대 이런 것이다. 즉 기존 언어 혹은 기존 질서와 상징적으로 단절하고 "시간들과 공간들, 자리들과 정체성들, 말과 소음, 가시적인 것과 비가시적인 것 등을 배분하고 재분배하는" '감성의 분할'에 문학이 문학으로서 개입하는 것.[7] (정확히 일치하진 않으나) 김주연이 사물과 감각에 제 무게를 돌려주고 이를 새로운 질서 속에 재편했다고 주장하는 4·19세대 문학의 트리비얼리즘의 의미는 그런 측면에서 랑시에르가 말하는 저 감성의 분할(재분배)과 흡사한 것이었다고 할 수 있겠다.

즉 김주연의 소시민의식이란 크게 보면 독자적인 체제와 질서를 지닌 '문학'에 대한 자의식이면서 동시에 이를 매개로 한 감성의 분할(재분배)을 가능케 하는 방법론을 함축하는 것이었다. 김승옥 소설에 대한 유종호의 저 유명한 '감수성의 혁명'이라는 지칭도 어쩌면 이런 맥락 속에서 재해석될 수 있을 것이다.[8] 그런 측면에서 언뜻 전혀 다른 맥락에 있는 듯 보이는 감수성의 혁명과 소시민의식은 그렇

---

7 자크 랑시에르, 앞의 책, 11~29쪽 참조.
8 김승옥의 소설에 대한 유종호의 평가가 새로운 문학적 식별체계 혹은 감성 분할방식의 등장을 포착한 것이라는 지적은 김형중, 「문학, 사건, 혁명: 4·19와 한국문학—백낙청과 김현의 초기 비평을 중심으로」, 『살아 있는 시체들의 밤』, 문학과지성사, 2013, 103~105쪽 참조.

게 상통한다. 그렇다면 그 감수성의 혁명 혹은 문학의 정치는 어떻게 가능해진다는 것인가?

냉소주의의 역설

1960년대 문학의 정신이 4·19혁명에 근원을 두고 있음을 상기해본다면 답변은 언뜻 어렵지 않아 보일지도 모른다. 실제로 4·19세대 문학이 갖는 정치성의 근거를 4·19에서 찾는 것은 일반적으로 인정되는 독법이다. 특히 4·19세대 문학의 의미를 감성분할의 정치로 요약하고 이를 4·19라는 사건에 대한 문학적 충실성의 결과로 해석하는 시각도 이미 제출돼 있는 터다.[9]

문제는 그런 관점이 과연 4·19세대 문학과 비평의 실재와 부합하는가일 텐데, 그에 대한 대답은 일단 부정적이다. 왜냐하면 무엇보다 4·19세대 문학이 4·19혁명의 지속 가능성을 배제하고 자기 세대 문학의 존재 가치와 방식을 그 지속의 불가능성 위에 정초했다는 것이 보다 사실에 가깝기 때문이다.[10] 즉 4·19세대 문학의 정신 구조 속에서 정치적 사건으로서 4·19의 사건성은 실제로는 의식적인 봉쇄와

---

9 김형중의 같은 글 참조.
10 이에 대해서는 앞장에서 이미 상세히 논증했다.

삭감의 대상이었다. 계층적 근거를 갖지 못한 4·19세대의 특성을 근거로 그들 문학의 의미를 "자유를 획득하려는 노력"의 선험적 불가능성 위에서 찾고 문학과 정치(혹은 자유를 위한 싸움)의 상관성을 단호히 부정했던 김현의 비평적 논리[11]는 그 연장선상에 있었다.

이러한 인식은 김주연의 경우에도 마찬가지다. 그는 정치에 대한 신세대 작가들의 무관심을 지적하며 "정치 곧 현실이 인식의 첩경일 수도 있다"[12]고 주장하는 서기원을 비판하면서 이렇게 말한다.

현실 곧 정치라는 지적은 그것이 우리 사회현실의 동태를 그대로 노출한 한, 사실일 수도 있다. 그러나 현실 곧 정치라는 현실의 보고는 그것 자체로서 별다른 무리가 없다 하더라도 현실 곧 정치를 문학에 있어 인식의 방법으로 삼는다면 이야기는 퍽 참담해진다. 우선 그러한 등식적 인식 방법이 성립된다고 가정할 때 만나게 되는 가장 중요한 위기는 문학 자체가 갖고 있는 고유한 질서의 파괴이다.[13]

'현실=정치'라는 인식을 문학의 방법으로 삼으면 결국은 문학의

---

11 이에 대해서는 구중서·김윤식·김현·임중빈(좌담), 「4·19와 한국문학」, 『사상계』, 1970년 4월호, 310~311쪽과 314쪽의 김현의 발언을 참조할 것.

12 서기원, 「대변인들이 준 약간의 실망—김현씨의 「분화 안 된 사고의 흔적」에 답한다」, 『서울신문』, 1967년 5월 17일.

13 김주연, 「계승의 문학적 인식—'소시민의식' 파악이 갖는 방법론적 의미」(이하 「계승」), 『월간문학』, 1969년 8월호, 277쪽.

고유한 질서를 파괴하게 된다는 주장이다. 이것은 현실 정치로부터의 분리와 고립을 통해 문학의 자율성을 근거 짓는 논리다. "사건은 있어서 사건이 아니라 느껴서 사건"(「새시대」, 257쪽)이라는 말이 암시하는 것처럼, 그에게 문학의 현실은 이미 내면화된 현실이다.[14] 그리고 이 현실의 내면화의 조건은 정치의 배제다. 그 둘은 한몸이다. 그리고 이 현실의 내면화는 바깥의 현실을 내면으로 옮겨놓고 음미하는 "의식의 조작" 혹은 "지적 조작"(「계승」, 276쪽)과 관련된다. 4·19세대식 감성분할의 정치는 역설적이게도 실제 현실에서 정치를 삭감하고 그것을 의식의 조작을 통해 내면의 현실로 치환하는 이 탈정치의 프로세스를 통해 작동한다. 김현의 표현을 빌려 말하면, "감수성의 혁명은 의식의 조작을 통해 가능해진다."[15]

김현은 자기 세대 문학을 향한 서기원의 비판의 핵심을 "역사의식의 결여로 인한(말을 바꾸면 역사의식이 없었기 때문에 노력도 없이 얻게 된) 세련된 언어·세련된 감수성이라는 것"[16]으로 요약한 바 있다. 그런데 이는 그의 본래 의도와 전혀 다른 맥락에서 저 트리비얼

---

14 김현은 김주연의 논리와 같은 맥락에서 그 현실의 성격과 그것이 언어 및 감수성과 맺는 관계를 이렇게 말한다. 즉 현실은 "작가가 완전히 의미를 부여한 현실이며, 작가의 세계 속에 완전히 소화된 현실이다. 그러한 현실은 작가가 부여한 의미를 그대로 나타내기 위해 그 현실에 적합한 언어를 요구한다. 세련된 언어란 이렇게 해서 얻어진다." 김현, 「1968년의 작가상황」, 『사상계』, 1968년 12월호, 134쪽.

15 김현, 「세대교체의 진정한 의미」, 『세대』, 1969년 3월호, 204쪽.

16 김현, 「1968년의 작가상황」, 132쪽. 김현은 그러한 비판에 대해 자기 세대의 문학이 오히려 "역사에 대한 뚜렷한 자각"이 있다고 강변하는데, 여기서 중요한 것은 그것이 아니다.

리즘의 정치가 갖는 가능성의 조건을 다시금 환기한다. 즉 4·19세대식 감성분할의 정치성은 거꾸로 말하면 바로 그 '역사의식의 결여' 혹은 탈정치를 통해서만 작동하는, 즉 정치로부터 문학의 분리를 통해서만 비로소 작동하는 비정치성의 정치성이었다.

그리고 이것이 갖는 의미의 실마리를, 일찍이 김승옥의 소설을 '감수성의 혁명'이라 칭했던 유종호의 다음 평가에서도 가늠해볼 수 있다.

> 맥락 있고 안정성 있는 모든 것을 해체하고 변용시켜 첨예한 미완의 단편적 성격을 띠게 하는 문학에 있어서의 인상주의적 수법은 그 자체가 외적 대상에 대한 소극적 수동성을 전제로 하고 있다. 그리고 이러한 **소극적 수동주의**는 풍요한 종합력을 지향하는 문학의 자세와는 동떨어진 것이다. 외적 사상(事象)의 작용에는 민감하게 반응할 수 있으나 **외적 현실에 대해서는 공헌도 창조적인 작용력도 가하지 못하는 무력한 내면에의 길**은 이렇게 뚫린다.[17]

김승옥 소설의 '소극적 수동주의'는 외적 대상에 민감하게 반응할 순 있으나 현실에는 어떤 창조적인 작용도 가하지 못하기 때문에 문학의 자세와는 동떨어진 것이라는 비판이다. 우리는 김승옥 소설에 나타나는 무력한 내면의 수동주의에 대한 유종호의 이 비판을 우리

---

17 유종호, 「감수성의 혁명」, 『비순수의 선언』, 민음사, 1995, 429쪽. 강조는 인용자.

의 맥락에서 다시 읽을 필요가 있다. 사실을 말하자면, 김승옥의 소설에서 외적 사상(事象)의 작용에 민감하게 반응하는 감수성을 가능하게 하는 것은 역설적으로 외적 현실에 어떤 작용도 가하지 못하는 바로 그 소극적이고 무력한 내면이다. 그 둘은 상호의존적이다. 따라서 거꾸로 말하면, 무력한 내면이야말로 오히려 그 자체가 감수성의 혁명을 가능하게 한다. 가라타니 고진의 표현을 빌려 말하자면 풍경은 '바깥'을 보지 않는 자에 의해 발견된다.[18]

김주연의 소시민의식이 갖는 또 다른 함의가 중요해지는 것은 바로 이 지점이다. 소시민의식에는 이미 그 자체로 이 내면성의 정치적 포지션이 내포되어 있다. 주어진 현실을 있는 그대로 승인하고 긍정하는 "현실의 전면 수락"(「새시대」, 258쪽)이 바로 그것이다. 실상 이 소시민의식이라는 개념에는 세계관 혹은 이데올로기, 현실에 대한 태도, 문학적 의식 등의 여러 층위가 뒤섞여 착종되어 있다.[19] 흥미로운 것은 소시민의식의 본질이 다름 아닌 이 착종을 통해 분명하게 드러난다는 점이다. 그 핵심을 김치수는 좀 더 명확한 언어로 이렇게 정리한다. "소시민이 자신의 소시민이라는 위치에 대해서 자각을 했

---

18 가라타니 고진, 『일본근대문학의 기원』, 박유하 옮김, 민음사, 1997, 36쪽.
19 김주연은 자신의 글이 "지극히 도식적이고 기계적인 편견으로 인해 갖가지로 왜곡, 해석됨으로써 사태의 규명을 불필요한 혼란으로 밀어넣고 있다"(「계승」, 270쪽)고 불평하는데, 사실 그 불필요한 혼란의 원인은 그런 측면에서 애초 그의 글 자체(특히 소시민의식의 개념)가 제공하고 있었다.

을 때 그것은 소시민의식이 된다."[20] 소시민의식은 그렇게 현실에 대한 전면 수락의 태도와 그에 대한 자의식의 작동으로 규정된다. 앞장에서 4·19세대의 문학과 비평에서 드러나는 냉소주의의 기본 논리에 대해 설명했지만, 이 소시민의식에서 관철되는 것 또한 다름 아닌 그 냉소주의의 논리다.

다시 한번 상기하자면, 냉소주의는 "알고 있어, 그렇지만……"이라는 물신주의적 부인(否認)의 공식에 의해 작동하는 이데올로기적 주체 태도다. 이는 현실을 변하지 않는 것으로 수락하고 그 상황의 중력에서 벗어날 수 없는 자신의 무력함을 인정하면서 현실과 그런 자신에 대한 자의식적 거리를 유지하는 태도다.[21] 4·19세대 문학주체에게 그런 냉소주의의 토대는 분명하다. 1960년대 한국사회를 살아가는 그들 자신의 존재 조건에 대한 불편한 자의식이 그것이다. 그불편한 자의식이란 가령 이런 것이다. "그들에게 이를 데 없는 좌절감을 안겨준 4·19 이후의 사태, 좌절감을 안겨준 세대와 체제에 대한 증오를 이겨내지 못한 채 체제 속에 이미 한 발 들여놓고 있다는, 한층 더 나아가서는 체제 유지의 대열 속에 끼어들었다는 의식, 그리고 이런 모든 것에 대하여 스스로는 조금도 어쩔 수 없다는 무력

---

20 김치수, 「60년대 한국소설의 성과―반속주의(反俗主義)로서의 소시민의식」, 『형성』, 1969년 여름호, 139쪽.

21 이에 대해서는 페터 슬로터다이크, 『냉소적 이성 비판』, 이진우·박미애 옮김, 에코리브르, 2005, 46~50쪽 참조.

감."[22] 냉소주의는 환멸을 느낀 이상주의[23]라는 지적을 환기해보면, 4·19의 좌절을 경험하고 5·16 이후 체제를 변할 수 없는 삶의 조건으로 수락하면서 내면으로 침잠해들어갔던 4·19세대 문학정신의 핵심에 냉소주의가 있었음은 충분히 이해할 수 있다.

요점은 4·19세대 문학의 저 냉소주의가 역설적으로 정치와 구별되는 문학 고유의 몫을 창안하는 것을 가능케 한 조건으로 작용했다는 점이다. 특히 그것은 문학적 언어를 통해 감각적인 것의 체계를 재구조화하는 그들 식의 감성분할의 정치를 작동하는 동력이 되었다. 물론 그 감성분할의 정치란 감성과 식별체계의 혁신을 정치를 배제한 문학이라는 고립된 영역의 문제로 환원해버리는, 지극히 제한적이고 비정치적인 그들만의 방식이었다. 하지만 어찌 됐든, 우리는 이를 문학적 자율성의 구축을 통해 한국적 근대에 대응했던, 4·19세대 문학에서 작동한 냉소주의의 역설이라 할 수 있겠다.

미결정의 정치학

4·19세대 작가의 냉소주의가 문학 고유의 몫을 창안하는 동력이

---

22 홍사중, 「30대의 좌표」, 『지성』, 1971년 12월호, 153쪽.
23 테리 이글턴, 『우리시대의 비극론』, 이현석 옮김, 경성대학교 출판부, 2006, 147쪽.

될 수 있었던 것은 무엇보다 그것이 내면성의 구축과 관련되기 때문이다. 냉소주의는 상황의 압력에서 벗어날 수 없음을 자각하는, "사회에 통합된 반사회적 일탈자"[24]의 의식적 태도다. 그리하여 냉소적 주체는 현실에 대해, 그리고 현실에 굴복하고 통합된 자기 자신에 대해 자의식적 거리를 유지한다. 냉소주의는 그렇게 현실(정치)로부터 스스로를 고립시키는 내면성의 구축으로 이어지고, 거꾸로 내면의 가치는 다시 냉소주의를 정당화한다. 그런 측면에서 냉소주의는 내면성의 전제인 동시에 효과이기도 하다. 그 둘은 상호 작용한다.[25] 다른 한편으로 이는 자유가 억압된 현실과 거리를 유지하는 근대적 자유의 한 형태로서 문학의 자율성[26]을 정립하는 하나의 경로라고 볼 수도 있다. 그렇다면 냉소주의의 전제이자 효과로 구축된 내면성은 4·19세대 작가들의 소설에서 어떤 방식으로 그 자신의 자질을 드러내는가? 그리고 그 정치적 의미는 무엇인가?

---

24 페터 슬로터다이크, 앞의 책, 46쪽.

25 루카치의 다음 진술은 이런 맥락에서 냉소주의와 내면성의 구축이 갖는 상호연관성을 암시하는 것으로 고쳐 읽을 수 있다. "완전히 독립된 세계를 이루려는 내면성의 상승은 영혼의 사실일 뿐만 아니라, 현실에 대한 단호한 가치판단이다. 주관성의 이 같은 자기만족은 필사적인 자기방어이자, 외부세계에서 자신을 실현하려는 것이 이미 선험적으로 가망 없고 굴욕적이기에 투쟁을 미리 포기하는 태도이다." 게오르크 루카치, 『소설의 이론』, 반성완 옮김, 심설당, 1985, 116쪽.

26 이는 좀 더 논증을 요하는 문제이나, 여기서는 일단 한 사례로 이를 암시하는 프랑코 모레티의 다음 진술만 짚어보고 넘어간다. "정치적인 삶으로부터 물러서는 특징으로 인해 소설은 콩스탕이 명확하게 규정했듯이 근대인의 자유의 한 측면이다. 그 이하도 그 이상도 아니다." 프랑코 모레티, 『세상의 이치: 유럽문화 속의 교양소설』, 성은애 옮김, 문학동네, 2005, 12쪽.

여기서는 그것이 가장 극적으로 부각되는 공통적인 지점 하나만 일례로 제시한다. 이 지점은 4·19세대 문학의 내면성이 어떤 차원에서 정치 혹은 비정치와 결합하는가를 보여주는 하나의 사례가 될 수 있다. 그렇다면 이 시기 문학의 주체에게 냉소주의적 내면성의 정치적 의미가 극적으로 드러나는 공통의 지점은 어디에 있는가? 그것은 그들의 많은 소설에서 인물들이 아무런 선택이나 결정을 하지 않거나 유보한 채 끊임없이 망설이고 회의한다는 데서 찾을 수 있다. 그들은 서로 약속이나 한 듯 그렇게 한다.

최인훈과 이청준, 김승옥 등의 소설은 그 지점을 비교적 선명하게 보여준다.[27] 그리고 그 근저에는 "무슨 일을 해보려 해도 다 절벽인 사회. 한두 사람 힘으로는 어쩔 수 없는 시대"[28]라는 시대인식이 있고, "역사는 그의 손이 미치지 않는 곳에서 셔터를 굳게 내려놓고 이루어지고 있는 것"[29]이라는 좌절감이 있다. 그런 상황에서 그들은 공통적으로 선택하지 않는 것을 선택한다. 즉 그들은 결정하지 않는다. 예컨대 최인훈의 "사랑과 시간"(『회색인』)과 이청준의 "조율"(『조율

---

27 최인훈은 4·19세대보다 앞선 세대지만 4·19세대 비평가들은 그의 소설이 기술 양식이나 언어에 대한 천착, 내적 상황에 대한 탐구라는 측면에서 자기 세대 작가들의 소설과 긴밀한 관련성 및 영향관계가 있음을 줄곧 지적했다. 김병익, 「일세대의 의미」, 『한국문학』, 1975년 1월호, 317쪽과 김현, 「반성적 언어의 작가—최인훈의 작품 세계」, 최인훈, 『총독의 소리』 해설, 서음출판사, 1978, 433쪽 참조.

28 최인훈, 『회색인』, 문학과지성사, 1991, 33쪽. 아래에서 『회색인』을 인용할 경우는 쪽수만 적는다.

29 김승옥, 『60년대식』, 『내가 훔친 여름』, 문학동네, 2004, 419쪽.

사』)이라는 토픽은 물론이고 김승옥의 "괴로워하며 사이에 위치하는 게 최선의 태도라는 생각"(「확인해본 열다섯 개의 고정관념」) 등은 모두 결정의 자발적 회피라는 작가들 자신의 그러한 선택 지점을 저 나름의 방식으로 상징화한다. 더 나아가 이청준은 『씌어지지 않은 자서전』의 자의식적 화자의 말을 빌려 그 선택의 보류를 자기 세대의 세대적 특징으로까지 부각하며 이렇게 말한다. "(우리 세대는—인용자) 선택에 관해서는 언제까지나 망설이고만 있지요."[30]

바로 이 지점에서 우리는 정치의 핵심은 곧 결정[31]이며 정치적 판단과 실천의 근저에 있는 것 또한 바로 그것임을 환기할 필요가 있다. 그런 측면에서 본다면 그들 소설의 핵심에 있는 선택과 결정의 유보는 결정을 회피하는 비정치적 제스처라고 할 수 있다.[32] 그러한 미결정의 태도는 한편으로 어떠한 선택이나 결정도 상황을 바꿀 수 없음을 자각하는 냉소주의적 주체 태도에서 비롯되는 결과다. 예컨대 어찌 됐든 "게임의 승패는 분명"하기 때문에 자기는 나서지 않고 "방관"(『회색인』, 189쪽)하겠다는 최인훈 소설 속 인물의 태도는 그 지점을 뚜렷하게 보여준다. 하지만 보다 엄밀히 말하면 그것은 냉소주의

---

30 이청준, 『씌어지지 않은 자서전』, 『소문의 벽』, 민음사, 1972, 121쪽.

31 이에 대해서는 칼 슈미트, 『정치신학』, 김항 옮김, 그린비, 2010, 30~52쪽 참조. 칼 슈미트식의 '결정'에 내재한 정치적 반동의 함축은 여기서는 고려하지 않는다.

32 이들의 비정치적 제스처는 어떤 측면에서 칼 슈미트가 결정을 회피하고 대화를 통해 영원한 유보상태에 머물기를 기대하면서 수다를 늘어놓을 뿐이라고 비난했던 자유주의자의 태도와 비견된다. 칼 슈미트, 위의 책, 81~86쪽 참조.

자체를 구성하는 기본 태도라고 하는 것이 보다 정확할 것이다. "알고 있어. 그렇지만……"이라는 물신주의적 부인의 공식 안에는 이미 선택과 결정의 유보라는 태도가 그 자체로 포함되어 있는 까닭이다.

그런데 최인훈의 경우 그 미결정이 "정치는 가까운 데, 제일 가까운 데, 에고의 한복판에 있다"(『회색인』, 205쪽)는 진술에서도 드러나는 것처럼 '모든 것은 정치적이다'라는 인식 위에서 이루어지는 정치적 선택의 성격을 갖는 데 반해, 이청준과 김승옥 등 이른바 4·19세대 작가들의 미결정은 그와 미묘한 차이를 보인다. 그들의 미결정은 오히려 (앞에서도 지적한 것처럼) 문학과 정치의 불가분성에 대한 부인(否認) 위에서 구성되는 비정치적인 선택이다. 달리 말해 그들 4·19세대 작가들이 결여한 것은 가령 "나는 회피하는 것인가. 그렇다. 회피하는 것이다"(『회색인』, 208쪽)라는 진술에서 드러나는 것과 같은, 그 회피를 스스로 문제화하는 최인훈식의 정치적 자의식이다. 따라서 4·19세대 문학에 나타나는 미결정의 태도가 비정치적인 까닭은 그것이 단지 (현실)정치로부터 스스로를 고립시키는 방식이기 때문은 아니다. 오히려 그 회피 혹은 미결정이 갖는 정치적 의미에 대한 자의식과 숙고의 결여가 궁극적으로 그 미결정을 비정치적인 것으로 만든다.

4·19세대 문학의 화자/인물의 태도와 서사 구조[33] 등에서 공히 드러나는 선택과 결정의 유보라는 그 비정치적인 미결정의 태도는 말할 것도 없이 냉소주의적 주체 태도의 일면이다. 4·19세대 문학의

내면성은 바로 그것에 매개된다. 달리 말하면 그들 문학 고유의 내면성은 선택과 결정의 유보에 의해 열린 공간 속에서 구축되고 활성화된다.[34] 앞에서도 암시했듯이 4·19세대 문학의 감성분할의 정치를 가능하게 했던 것은 바로 현실/정치로부터 스스로를 고립시킴으로써 작동하는 그 탈정치적 내면성이다. 4·19세대 문학의 감수성의 혁명 혹은 감성분할의 정치가 저 탈정치의 태도에 의해 가능해진다는 것은 일종의 역설이라 하겠다. 그리고 어떻게 보면 이는 1960년대 근대라는 특정한 정세적(conjunctural) 국면에서 발생한 특수한 현상이라고도 할 수 있다.

그런데 감성분할의 정치와는 또 다른 맥락에서 이 비정치적 제스처가 1960년대 한국사회에서 역설적이게도 정치적인 의미를 띨 수 있었던 근거는 어디에 있는가? 가령 '결정'이 스스로 그 자신의 맥락을 구성하는 것이라면, 그 점에서는 미결정 또한 다르지 않다. 냉소주의적 주체의 비정치적 미결정은 1960년대의 한국적 상황에서 그 자신의 정치적 맥락을 구성한다. 이는 선택과 결정의 유보라는 태도 자체

---

33 예컨대 이청준 소설의 격자구조는 그러한 미결정의 태도를 구조적으로 실현하는 소설적 형식이다. 이에 대해서는 본서 2부 3장에서 상세히 이야기한다.

34 이 지점에서 낭만적 아이러니의 문학에서 '결정'의 지연이 발생시킨 가능성의 공간에서 활성화되는 것이 백일몽임을 지적하는 모레티의 논지가 불가피하게 연상된다. 4·19세대의 문학에서 발생하는 현상도 어떤 측면에선 그와 방불한 까닭이다. 다만 4·19세대 문학의 경우 '결정'의 유보가 열어놓는 것이 보다 큰 차원에서 내면성의 공간이라는 점이 다를 뿐이다. Franco Moretti, *Signs Taken for Wonders*, Verso, 1983, pp.243~247 참조.

가 어떤 측면에서는 은연중 전 국민의 결정과 결단을 부추기던 당시 개발주의 담론과 사회적 분위기에 대한 저항의 지점이 될 수 있는 가능성을 그 자신의 내부에 품고 있었기 때문이다. 한국사회 전체가 개발 드라이브의 와중에 휩쓸려 들어가면서 성공과 출세가 공공연한 개인 삶의 지향점으로 설정되고 개발주의에 대한 자발적 동참이 국민의 덕목으로 장려되던 당시의 분위기를 생각해본다면, '결정' 앞에서 취하는 이들의 유보와 회피가 그러한 개발주의에 대한 소극적 저항과 무관하다고 할 수 없다. 그들에게 문학이란 근대화라는 (어떤 측면에서 불가피하기도 했던) 시대적 요구 앞에서의 회피와 의심을 작동시키는 반동일시(counter-identification)의 공간이었던 셈이다.

1960년대 4·19세대 문학은 그렇게 고립된 내면을 구성하는 한편의 냉소주의와 다른 한편의 소심(小心)과 불안이 작동시키는 저 소극적 반동일시를 통해 자신의 몫을 확보해가고 있었다. 그리고 그 과정은 동시에 문학적 언어를 통한 감성체계에의 개입을 동반했다. 4·19세대 문학이 보여주었던 비정치성의 정치성은 그 두 차원의 상호 중첩 속에서 작동하고 있었다.

문학들, 두 개의 정치 사이에서

앞에서도 밝힌 것처럼 여기서 주목한 것은 4·19세대 문학의 정치성이 갖는 문제의 한 면일 뿐이다. 이에서 더 나아가 이 단순치 않은 문제를 복잡성을 놓치지 않고 온전히 해명하기 위해서는, 앞서 문제의 다른 면을 보기 위해 잠정적으로 감았던 눈을 다시 뜨고 두 개의 맹목 혹은 통찰을 한데 겹쳐놓아야 할 것이다. 이는 감성체계의 재배치와 개발주의에 대한 반동일시로 요약되는 4·19세대 문학의 정치성이 다른 한편으로는 정치적 순응성 혹은 보수성을 그 이면으로 갖고 있었음을 동시에 고려해야 함을 의미한다.

4·19세대의 문학에서, 그 두 개의 서로 다른 정치는 그렇게 모순적으로 결합한다. 따라서 중요한 것은 4·19세대 문학주체의 탈정치적 주체 태도 및 그와 연관된 현실 수리(受理)의 태도가 그들 문학을 어떤 방식으로 구조화하는가를 놓치지 않으면서도, 그럼에도 불구하고, 아니 차라리 바로 그런 한에서 얻어지는 문학 고유의 몫과 그 정치적 효과를 통일적으로 사고하는 것이다. 4·19세대 문학의 정치성은 그 두 개의 정치(혹은 비정치) 사이의 분열 속에서 흔들리며 작동했다. 그리고 어떤 측면에서는 그들 문학의 정치성의 본질은 차라리 그 분열 자체에 있었다고도 할 수 있겠다.

그렇다면 우리가 4·19세대의 문학에서 목도하는 저 냉소주의의 역설, 혹은 문학의 정치와 현실 정치의 분열은 과연 어디에서 기인하는 것인가? 그것은 1960년대 한국의 저개발 근대를 살아가는 특정 세대 작가-지식인의 존재 조건과 의식이 만들어낸 특수한 현상인가, 아니면 그 자체가 문학의 자율성 구축의 논리가 실현되는 불가피한 경로인가? 이는 사실 문학의 정치라는 주제와 관련하여 또 다른 방향에서의 이론적 숙고를 요구하는 단순치 않은 문제다. 어찌 됐든 분명한 것은 4·19세대 문학의 정치성이 그 정치와 탈정치라는 두 가지 상이한 차원이 혹은 겹치고 혹은 충돌하면서 만들어지는 긴장과 모순 속에서 작동해왔다는 사실이다. 저 분열과 모순적 긴장 속에서, 4·19세대 문학은 그렇게 저개발 모더니티에 대응하는 문학의 고유한 자리를 확보해나갔다.

3장
만들어진 기원과 문학적 주체성의 변증법

"나는 회피하는 것인가. 그렇다. 회피하는 것이다."

—최인훈, 『회색인』

복수(複數)의 4 · 19

4 · 19는 지금까지 전후문학과 1960년대 문학을 가르는 중요한 계기로 인식되었다. 기존 문학사에서 4 · 19를 어떤 의미에서 1960년대 문학의 기점이라 보는지는 이미 여러 관점에서 수다한 논의가 있었으니 여기서 다시 되풀이할 필요는 없겠다. 그보다 흥미롭게 보이는 것은 4 · 19혁명의 발발 시점이 정확히 '1960년'이었다는 데서 생겨나는 효과다. 그 사실은 문학사에서 연대기적 의미에서의 '60년대'와 질적인 의미에서의 '60년대'의 절묘한 일치를 그 자체로 보증했으며, 이를 작품으로 뒷받침한 것이 바로 1960년 벽두에 발표된 최인훈의

『광장』이었다.

그런 면에서 4·19가 전후문학과의 결정적인 단절의 계기이자 1960년대 문학의 최종 원인임은 더없이 자명해 보인다. 하지만 중요한 것은 그 자명성에 고착된 시각이 1960년대 문학의 고유성에 대한 복합적이고 중층적인 인식에 장애가 되어왔다는 사실이다. 문제는 거기에서 그치지 않는다. 이는 더 나아가 1960년대 문학에서 차지하는 4·19의 의미, 그리고 4·19의 자장(磁場)이 문학에 작용하는 복합적이고 모순적인 양상까지도 단순화한다.

'1960년대 문학에서 4·19는 무엇이었는가'라는 물음을 새롭게 제기할 필요가 여기에 있다. 그리고 그 물음에 정확히 답하기 위해서는 무엇보다 1960년대 문학의 주체성 형성에 4·19가 어떻게 어떤 방식으로 작용했는가를 (앞장의 논의들과는 다른 각도에서) 좀 더 세밀하게 추적해야 한다. 이와 관련해 우리는 먼저 4·19세대 문학의 주역 중 하나였던 박태순이 오래 뒤에 내놓은 다음 진술에 주목할 필요가 있다.

필자의 감상적 판단에 따르자면, 4·19는 그것을 올바르게 이해하려고 하기보다는 **'일련의 오해의 함수관계'**로 그릇되이 평가하는 데 주력하여 이제 그 역사적 해석이 일반적으로 엉뚱하게 내려져버린 '혁명'이 아닌가 보여질 지경이다. 일련의 오해의 함수관계가 4·19라고 한다면 거기에는 분명히 의도적인 오해가 있으며 편견에 의한 오해도 있다. 그러나, 자기들의 이익을 따져서 그것을 갈무리하기 위해 치밀하게 계산된 오해가 결정적인 것이라 하겠다. 즉 4·19는 지금에 이르도록 제대로 이해된 사건(이럴 때 그것은 '혁명'이 된다)이라기보다는 미국의 변두리에 놓여져서 이데올로기 싸움의 최전방 노릇을 해야 하는 한반도의 남부의 지형적 위치까지를 감안하여 이러한 특수 상황하에서의 자기들 이득을 건사하는 데에 방해를 받지 않게끔 사회구조의 여러 계층(階層이라기보다는 界層)들이 **그 역사적 의의와 성격을 삭감시켜온 사건**(이럴 때 그것은 젊은이들에 의해 이루어진 '학생 의거'가 된다)이었다고 보여진다. **물론 많은 문학인들이 문학작품들을 통해 이런 '삭감 작업'에 기여를 하였다는 점에서 문학을 통해 보여지는 4·19도 예외는 아니었다.**[1]

박태순에 따르면, 4·19는 사회의 각 계층이 자기들의 이해관계에 따라 의도적으로 오해해온 사건이고, 그런 의미에서 '일련의 오해의 함수관계'로 존재해왔다. 그리고 많은 문학인들 또한 그런 식으로 4·19의 역사적 의의를 삭감하는 작업에 기여했다. 이어서 그는 이처럼 "오해된 4·19를 제대로 이해되는 4·19로 원상회복"시켜야 한다고 주장한다. 그러나 여기서 요점은 그러면 4·19의 의의에 대한 제대로 된 이해가 무엇인가가 아니다. 우리가 주목해야 하는 것은 오히려 4·19가 '일련의 오해의 함수관계'였다는 사실 그 자체다. 즉

---

1 박태순, 「4·19의 민중과 문학」, 강만길 외, 『4월혁명론』, 한길사, 1983, 264쪽. 강조는 인용자.

4·19가 각계각층이 자기들의 이해에 따라 의도적으로 오해한 사건이었다는 박태순의 지적은, 본의와 달리 그 자신도 의식화하지 못한 중요한 사실 하나를 암시한다. 그것은 바로 4·19가 과거에 완결돼 현재에 영향을 끼치는 객관적 사건이라기보다 특정한 문학적 관점과 이데올로기에 의해 각기 달리 소급적으로 구성되는 하나의 구성물이었다는 사실이다.

4·19를 '하나의 4·19'가 아닌 '복수(複數)의 4·19'라고 할 수 있는 것은 이 때문이다. 즉 4·19는 하나가 아닌 여럿이다. 그렇게 보면 1960년대 문학의 주체에게 4·19가 어떤 의미를 갖는지를 헤아릴 수 있는 실마리가 자연스럽게 드러난다. 사실은 이렇다. 즉 1960년대 문학에서 4·19는 스스로를 다른 입장들과 차별화하면서 문학적 주체성의 형성을 매개하는, 그리고 이를 둘러싼 의미론적 경합과 쟁투가 벌어지는 일종의 텅 빈 기표(empty signifier)로 작용했다.

이 장에서는 그런 관점에서 4·19세대의 문학적 주체성 형성과 4·19의 관계에 주로 초점을 맞춘다. 그런데 이때도 역시 문제가 되는 것은 이 시기 소설에서 정작 4·19혁명을 재현하거나 주제화하는 소설이 드물었다는 사실이다. '4·19문학의 불모성'에 대한 김윤식의 비판[2]도 한편으론 이를 지적한 것이었다. 이는 4·19세대라 일컫는 작가들의 경우에 특히 그러해서, 박태순의 「무너진 극장」(1968) 정도

---

2 김윤식, 「4·19와 한국문학—무엇이 말해지지 않았는가?」, 『사상계』, 1970년 4월호 참조.

를 제외하면 소설에서 4·19혁명이 직접적으로 다루어지는 경우는 쉽게 찾아볼 수 없다. 그럼에도 불구하고, 4·19의 기억은 4·19세대 문학의 자기 정체성을 구축하는 데 결정적으로 작용했다. 어떻게?

이를 밝히기 위해, 여기서는 이청준의 장편소설 『씌어지지 않은 자서전』을 경유한다. 이 소설이 중요한 것은 이 시기 4·19세대 작가들의 다른 소설과 달리 예외적이게도 4·19를 명시적으로 언급하기 때문이다. 뿐만 아니라 작가는 이를 통해 4·19와 (문학적) 주체성의 관계를 그 자체로 주제화한다. 그럼으로써 이 소설은 4·19세대의 문학 속에서 4·19가 작동하는 하나의 방식을 비춰 보여주는 투명한 거울이 되고 있다. 『씌어지지 않은 자서전』에서 시작하는 것은 그런 까닭에서다.

'가능성과 좌절'의 내러티브

이청준은 4·19세대의 경험과 의식 구조를 소설에서 일관되게 드러낸 작가로 평가된다.[3] 이때 핵심적인 키워드는 바로 '4·19의 가능

---

3 예컨대 김윤식은 「소문의 벽」과 『씌어지지 않은 자서전』을 거론하면서 그 작품들이 60년대와 4·19세대의 본질을 "시대적 징후로 파악"하는 작업이었다고 지적하고, 그런 측면에서 이청준 을 『68문학』 서문의 선언에서 암시된 4·19세대의 세대의식을 작품 속에서 한층 구체화한 작가로 평가한다. 그리고 김현과 김주연 등 당시 4·19세대 비평가들의 평가도 크게 다르지 않

성과 좌절'이라는 표현이다. 즉 4·19로 인해 어떤 가능성을 발견했지만 그것이 5·16으로 인해 좌절되었다는 것인데, 이는 자기 자신을 포함한 4·19세대 문학주체의 의식 상황을 간명하게 요약한다. 『씌어지지 않은 자서전』은 바로 그 '4·19의 가능성과 좌절'이라는 명제를 소설 쓰기의 문제와 관련시켜 서사화한 작품이다. 그런 측면에서 이 소설은 이청준이 4·19세대의 작가와 비평가 들을 대표해 내놓은 자기 세대의 문학적 자기선언이라고도 할 수 있다.[4] 그렇다면 이청준은 4·19를 어떤 방식으로 의미화하는가?

이 소설에서 화자인 '나'(이준)는 그동안 일하던 잡지사인 『새여성』사에서 열흘 동안의 '유예휴가'를 받는다. 와중에 '나'는 잡지사를 계속 다녀야 할지 아니면 퇴직을 해야 할지 망설이면서 고민한다. 그런 '나'는 하는 일 없이 하숙집 근처의 '세느 다방'을 드나들면서 시간을 죽이고 있다. 그러던 어느 날, '나'의 환상 속에 갑자기 심문관

다. 김윤식, 『한국현대소설비판』, 일지사, 1981, 14~16쪽과 254~256쪽 참조.

4 이청준의 『씌어지지 않은 자서전』은 1969년 계간 『문화비평』에 '선고유예'라는 제목으로 연재되다가 타의로 중단된 후 1972년에야 비로소 「소문의 벽」과 함께 단행본으로 묶여 발표됐다. 이 소설은 「소문의 벽」과 함께 자전적 색채가 특히 강한 작품이며, 소설의 화자 '나'(이준)의 이력도 대부분 작가의 실제 이력과 일치한다. 「소문의 벽」에서 연재를 중단당하는 소설가 박준의 이야기도 실제로 이 소설의 연재가 중단되었던 경험을 그린 것이다. 그런 맥락에서 『씌어지지 않은 자서전』의 화자인 '나'는 작가의 분신이라 할 수 있고, 그의 의식과 발언에는 작가의 그것이 고스란히 얹혀 있다. 따라서 소설 속에서 화자인 '나'가 펼치는 담론을 실제 작가의 담론과 굳이 구별할 까닭은 없으며, 작가가 그렇게 의도하지도 않았다. 이후 논의는 이런 전제하에서 전개된다.

이 나타난다. 심문관은 '나'에게 자신의 무죄를 입증할 수 있는 정직한 진술을 요구한다. 그렇게 심문관 앞에서 '나'의 진술이 시작된다. '나'는 정체를 알 수 없는 심문관에게 자기 이야기를 강제로 진술해야 한다. 그런 상황에서 '나'는 무엇을 이야기하는가?

그것은 바로 '허기'다. '나'는 구체적인 이야기는 전혀 하지 않고 시종 '허기'에 대한 이야기로만 일관한다. 그런 '나'에게 심문관은 허기 말고 다른 이야기를 해보라고 추궁한다. 하지만 '나'에 따르면 그것은 자기로서도 어쩔 수 없는 일이다. 그 자신이 "정말로 나의 생애는 허기로 시작되고 허기로 끝나고 그 사이의 연결도 모두 허기의 징검다리로 이어지고 있는 것처럼 그것의 기억밖에 남아 있지가 않았다"[5]고 생각하기 때문이다. 이는 4·19와 관련해서도 마찬가지다. '나'는 4·19의 경험 또한 그 '허기'로만 이야기한다. 그래서 심문관도 지적한다. "당신은 4·19의거까지도 허기라는 것으로만 진술하려 하는군요."(107쪽)

소설에서 허기는 지독한 가난 때문에 먹을 것이 없어 겪어야 했던 어린 시절의 원체험으로 제시된다. 그런데 '나'는 그 허기를 잊었던 유일한 시기가 바로 4·19 직후였다고 말한다. "그리고 그 일 년 동안 나는 허기를 잊고 지냈다는 것입니다."(109쪽) 그리고 이 '허기의 잊

---

5 이청준, 『씌어지지 않은 자서전』, 『소문의 벽』, 민음사, 1972, 155쪽. 아래에서 소설을 인용할 때는 쪽수만 적는다.

음'은 4·19로 인해 주어진 '가능성'이라는 범주와 연동된다.

> 4·19혁명데모에 나섰던 우리 친구들은 별로 데모를 하지 않았어요. 그
> 때 우리는 오히려 마치 허기에 지친 사람이 갑자기 많은 음식을 만났을 때
> 처럼 이것저것 집어삼키는 일에 몰두해 있었지요. 그때부터 본격적으로
> 밀려들어오기 시작한 외서들을 읽어내고 그리고 연사를 초빙해다 강연을
> 듣고 우리들끼리 토론을 하고 그러느라고 바빴어요. 그리고 웬만큼 느긋
> 한 기분이 되었을 때는 농촌계몽이다 사회정화다 해서 직접 사회적 기여
> 를 다짐하고 그 실천에 나섰어요. 결과야 뭐 만족한 것은 아니었습니다마
> 는 우린 정말 세상을 좀 더 좋은 것으로 만들어보려는 의욕에 불타 있었지
> 요. 그런 의욕의 실현 가능성을 우리는 4·19혁명 성공에서 얻고 있었거든
> 요. 아까도 말했듯이 그 결과는 여하간에 우리는 그런 가능성을 가지고 살
> 았어요. 그런데 5·16으로 좌절을 당하고 말았지요.(108쪽)

4·19의 가능성은 외서들을 읽고 연사를 초빙해 강연을 듣고 토론
을 하는 등의 문화적 자유의 누림으로 설명된다. 이는 4·19세대 작
가들이 일반적으로 4·19의 경험을 '정신적 충일감'과 '정신적 능력
의 팽배'로 회고하고 있었던 것과도 상통한다.[6] '나'에 따르면, 이는
마치 허기에 지친 사람에게 음식을 주는 것과 같은 것이다. 다시 말

---

6 김승옥·김현·박태순·이청준(좌담), 「현대문학방담」, 『형성』, 1968년 봄호, 77~78쪽 참조.

해 4·19는 그동안 억압된 채 허기라는 결핍의 증상으로만 부정적으로 표출되던 정신의 욕망이 출로를 찾아 의욕적으로 분출할 수 있었던 시간이다. 이청준의 소설에서 4·19의 가능성은 이렇게 허기를 가라앉히는 의욕과 정신적 충족감으로 번역된다. 그것은 곧 자아의 충만한 정신적 실현과 같은 것이다.

그런 측면에서 이청준에게 '4·19의 가능성'이란 곧 '자기(self)'의 가능성과 등가다. 여기에서 작동하는 것은 4·19가 갖는 역사적, 사회적 의미를 '개인'이라는 프리즘으로 재코드화하는 사사화(私事化)의 방식이다. 이는 4·19와 5·16을 일관되게 '허기'라는 코드로만 진술하는 '나'의 태도에서도 이미 드러났다. 특히 '허기'가 유년 시절의 원체험이기도 했음을 떠올려볼 때, 4·19와 5·16을 전후한 시기에 나타난 허기가 그런 은밀한 개인적 체험과 감각의 연장선상에 있음은 더없이 분명하다. 그리고 그런 방식의 사사화는 5·16으로 인한 좌절을 이야기하는 대목에서 더욱 명확하다.

내가 좌절이라고 말한 것은 하여튼 우리는 그때 세상을 자기 힘으로 개선해나갈 수 있다고 기고만장했는데 그게 안 된다고 했을 때의 그 자기 실망 같은 것이지요. 자기 자신에 대한 내적인 좌절이라고 할 수 있어요. 결국 말할 수 있는 것은 그 일 년 동안 나는 어떤 가능성 속에 살고 있었다는 것입니다. 그것만은 확실한 것이고 또 중요한 것이지요. 그리고 그 일 년 동안 나는 허기를 잊고 지냈다는 것입니다.(109쪽)

4·19 이후 5·16이 일어나기까지의 일 년간은 허기를 잊고 지낸 기간이다. 하지만 5·16은 그 허기를 다시 불러온다. 이 경우 5·16이 다시 일깨운 허기는 좌절의 증상이다. 그리고 5·16으로 인한 좌절이란 다름 아닌 "자기 실망" 혹은 "자기 자신에 대한 내적인 좌절"이다. 이는 앞서 4·19의 가능성이 역사적인 것도 사회적인 것도 아닌 '자기 자신의 내적인 가능성'으로 받아들여진 것과 같은 맥락이다. 그리고 4·19의 가능성을 이야기하는 곳에서 그랬던 것처럼, 이 대목에서도 역시 5·16이라는 사회정치적 사건의 파장은 결국 '자기'의 문제로 환원된다.

여기서 한편 4·19와 5·16이라는 역사적 사건의 의미를 그렇게 개인 속으로 해소해버리는 이청준의 관점을 비판할 수도 있겠다. 하지만 더 중요한 핵심은 그게 아니다. 우리가 주목해야 하는 것은 이것이 애초 4·19와 5·16을 자기 자신을 증명해야 하는 상황 속에 배치한 서술 전략의 결과라는 점이다. 4·19와 5·16이라는 사회정치적 사건은 그렇게 주체의 자기증명을 위해 소환되고 '자기'의 프리즘으로 재해석된다. 그렇다면 이를 통해 작가가 의도하는 것은 무엇인가?

글쓰기의 연출법

우선 (위에서 이미 어느 정도 암시되었을 테지만) 이 소설에서 4·19가 항상 5·16과 한데 묶여 이야기된다는 점에 주목하자. 이는 4·19의 의미가 5·16 이후 지속되는 현재 상황의 관점에서 소급적으로 규정된다는 것, 따라서 5·16 이후의 현실이 4·19의 의미를 사후적으로 상상하고 판단하는 기준점이 된다는 것을 의미한다. 5·16을 참조하지 않고 4·19를 이야기하는 것이 불가능하다는 이 소설의 전제는 그런 맥락이다.

뿐만 아니다. 4·19가 항상 5·16과 한데 묶여 이야기되는 데는 또다른 동기가 있는데, 오히려 소설에서 좀 더 분명하게 표현되는 것은 바로 그 동기다. 다음을 보자.

> 그럼 이번에는 4·19와 5·16을 따로따로 이야기해주실까요? 한꺼번에 말고 말입니다. 한꺼번에 이야기하면 또다시 진술이 추상화되어버리니까.
> 이자는 분명 나의 속셈을 알고 있구나. 나는 번쩍 정신이 들었다.
> ―따로따로라는 것은 전혀 무의미합니다. 나에게는 그 두 사건을 한꺼번에 경험했다는 것이 중요하니까요. 그런 의미밖에 없습니다. 그것의 개별적인 해석은 나에겐 불가능한 일입니다.(122쪽)

이에 따르면, 4·19와 5·16을 따로따로 이야기하는 것은 무의미할 뿐만 아니라 개별적으로 해석하는 것도 불가능하다. 왜 그런가? 자기 자신에게는 무엇보다 그 둘을 한꺼번에 경험했다는 사실이 중요하기 때문이다. 그런 한에서, 4·19의 가능성이라는 기표는 5·16의 좌절이라는 기표와 한데 묶임으로써만 비로소 작동한다. 앞서 지적했듯이 이청준은 이를 '나'가 겪었던 정신적 굴곡의 내러티브로 요약하고 재코드화한다. 4·19는 한편으로 이러한 실존적인 '자기'의 내러티브의 한 계기로서, 그 속에 있음으로써만 의미를 할당받는다.

이때 주목해야 하는 것은 4·19와 5·16을 한꺼번에 이야기해버리면 "또다시 진술이 추상화되어버리"리라는 심문관의 말이다. 과연 '가능성과 좌절'이라는 내러티브는 현실의 구체성을 사상한 지극히 추상적인 요약 방식이다. 그러지 않아도 작가는 이를 충분히 의식한 듯 곳곳에서 심문관의 입을 통해 지적한다. "딩신의 두 사건에 대한 진술은 언제나 추상관념으로 일관해버리는군요."(120쪽) 소설에서 심문관이 '나'의 음모 혐의를 입증할 유력한 증거로 내세우는 것도 바로 '나'가 "판단자료로 삼을 수 있는 모든 구체적인 경험을 회피하는 추상관념"(158쪽)의 진술로만 일관한다는 사실이다. 그렇다면 '나' 혹은 작가는 (5·16까지를 포함하여) 4·19를 왜 그렇게 추상적으로 이야기하는가?

'나'에 따르면 무엇보다 그것은 심문관의 정체를 알 수 없기 때문이고, 그래서 자신에게 불리하게 작용할지도 모를 정보를 섣불리 그 앞에서 노출할 수 없기 때문이다. 4·19와 5·16에 대해 이야기하면서 왜 구체적인 감정을 말하지 않느냐는 심문관의 질책을 들은 후 이어지는 '나'의 생각에서도 이는 분명하게 적시된다.

하지만 이 정체를 알 수 없는 사내에게 4·19와 5·16에 관해서 어떤 구체적인 감정을 이야기할 것인가. 그것은 불가능했다. 어차피 두 가지 진술 방법을 구할 수는 없게 된 것이다. 어느 것 하나를 선택해야 할 입장이다. 함부로 감정 따위를 토해낼 수는 없다. 감정은 일차사고다. 그것은 나를 흥분시키고 말 것이다. 흥분한 말로 4·19와 5·16을 진술한다면 내 혐의에 불리하게 작용할 자료를 사내에게 주게 되어버릴지도 모른다. (……) 그 나의 '해석' 쪽을 택할 수밖에 없다.(112쪽)

감정에 대해 이야기하면 '나'를 흥분시키게 되고 그러면 '나'에게 불리하게 작용할 자료를 사내에게 주게 되리라는 것이다. 이것이 '나'가 일차사고가 아닌 '해석'이라는 이차사고를 중심으로 한 진술 방식을 택한다고 이야기하는 이유다. 여기에서 겉으로 '나'는 '감정'과 '해석' 중 하나를 선택할 수밖에 없다고 말하지만, 이때 문제시되는 감정과 해석의 대립이란 달리 말하면 '자기노출'과 '자기은폐'의 대립과 같은 뜻이다. 소설에 따르면 해석이란 '나'에 관한 자료를 주면서도 최대한 주지 않으려는, 그럼으로써 자신의 진짜 생각을 숨기려는 지적 조작의 방법을 뜻하는 것이기 때문이다. 그렇게 '나'가 '해석', 즉 추상적인 진술 방식을 택하는 것은 자신의 맨얼굴을 노출하지 않고 은폐하려는 전략으로 그려진다. 작가에 따르면 그것이야말로 정체를 드러내지 않는 상대에 맞서 자신 또한 정체를 노출하지 않고 자기 이야기를 효과적으로 진술할 수 있는 전략이다.

여기에서 작동하는 것은 일종의 역설이다. 왜냐하면 이것은 자기를 증명하려는 진술 자체가 자기를 최대한 숨기면서 이루어져야 하는 상황이기 때문이다. 이것은 자신에 대해 '이야기하면서 이야기하지 않는' 전략이다. 이는 거꾸로 '이야기하지 않는 척하면서 이야기하는 것'이라고 말할 수도 있다. 그런 측면에서 이야기하면서 이야기하지 않는다는 것은 그 자체가 특정한 방식으로 이야기하는 것이다. 다시 말하면, 추상적인 진술을 통해 자기를 숨기는 것 자체가 바로 자기를 특정한 방식으로 드러내는 방식이다.

이 점이 중요한 것은, 바로 그것이 다름 아닌 이청준 소설 전체의 서술 전략과도 무관하지 않기 때문이다.[7] 즉 4·19와 5·16을 그런 방식으로 진술하는 것은 (흔히 오해하는 것처럼) 사회적, 정치적 제약과 압박을 의식할 수밖에 없어서, 4·19와 5·16이 분명히 입장을 밝혀 말하기 힘든 대상이어서가 아니다. 그보다 이는 오히려 그의 소설

---

7 정체를 알 수 없는 상대에 맞서 가면의 얼굴 아래 자기를 숨기는 행위가 이청준의 소설 전체에 일관되게 관철되는 서술 전략임은 오생근이 다른 맥락에서 다각도로 설명한 바 있다. 오생근은 이청준 소설에서 자기를 숨기는 가면의 얼굴이 "자유로운 의지를 방해하는 이 세계에 대한 복수이며 반항의 행위"라고 의미를 부여한다. 오생근, 「갇혀 있는 자의 시선—이청준의 작품 세계」, 권오룡 엮음, 『이청준 깊이읽기』, 문학과지성사, 1999 참조.

을 일관되게 관통하는 진술 방식이 4·19와 5·16에도 그대로 적용된 것에 지나지 않는다. 그리고 이 점은 중요하다. 여기서 핵심은 5·16과 함께 묶여 '가능성과 좌절'이라는 '자기'의 내러티브 속에 흡수된 4·19에 대한 서술 전략이 그 자체로 작가 자신의 소설 전체를 일관하는 서술 전략을 그대로 반복하는 것이라는 점이다.

화자/작가가 이 소설에서 4·19와 5·16에 대한 진술을 '허기'에 대한 이야기로만 일관하는 것도 실은 그와 똑같은 맥락에 있다. 이때 그 '허기'는 「소문의 벽」에서 "한 개인의 정신의 궤적과 비밀"[8]에 대한 이야기로 옹호되는 박준 소설 속의 '이상한 버릇' 혹은 '엄살'과 상통한다. 그것이 결국 작가 자신의 소설에 대한 자기 옹호인 것처럼, 『씌어지지 않은 자서전』에서 4·19와 5·16에 대해 구체적으로 진술하지 않고 '허기'에 대한 추상적인 이야기만 반복하는 것 또한 마찬가지다. 즉 그것은 사회적 현실에 대한 직접적인 발언보다 개인의 내면적 진실의 드러냄을 강조하는 자기 자신의 방법론을 수행적으로 연출하는 것이다. 소설 속의 환상 심문 또한 같은 맥락이다. 정체를 알 수 없는 심문관 앞에서 '말하면서 말하지 않는' 진술을 계속하는 '나'는, 실은 소설을 쓰는 작가(이청준)의 역할을 떠맡아 연출하는 것이다.

이것이 4·19와 5·16을 문학적으로 소화하는 이청준 나름의 방식

---

8 이청준, 「소문의 벽」, 『소문의 벽』, 민음사, 1972, 273쪽.

이다. 이청준은 그렇게 글쓰기를 통해 4·19와 5·16을 자기활동과 자기의식의 정신적 기원으로 호명한다. 『씌어지지 않은 자서전』의 소설 공간은 그 글쓰기의 정신적 기원과 방법, 문학적 자기의식이 서로를 비추면서 하나의 작품으로 수렴되는 과정을 연출하는 다층적이고 복합적인 자기반영의 공간이다. 그리고 이 점을 좀 더 분명히 하기 위해, 작품 속에서 개진되는 4·19세대론을 경유할 필요가 있다.

문학적 주체성의 변증법

앞에서 지적한 것처럼 이청준의 소설에서 4·19와 5·16을 개인의 은밀한 내면의 문제로 환원하고 사사화하는 것은 궁극적으로 자신의 문학적 주체성의 전제를 언표하고 연출하는 행위로 기능한다. 심문관 앞에서의 진술이라는 형식을 빌린 4·19세대론이 소설에서 장황하게 펼쳐지는 것도 이와 관련된다. 앞에서 우리는 '가능성과 좌절'로 요약되는 '자기의 내러티브'를 살펴본 바 있지만, 이 4·19세대론의 핵심 또한 바로 그것이다. 이 소설에서 '가능성과 좌절'은 한편으로 한 개인의 특수한 실존적 경험이기도 하지만 다른 한편으로는 세대 전체의 일반적 경험이기도 하다. 달리 말하면, 이청준은 4·19와 5·16을 받아들이는 지극히 개인적인 감각과 태도를 세대 전체에 공통되는 것으로 확장하고 일반화한다. 허기라는 '나'의 특이한 실존적 감각과 반응 양식을 세대 전체의 그것으로 일반화해 4·19세대를 "배가 고파 허둥대는 것 같은 세대"(121쪽)로 규정하는 것도 그렇다.

『씌어지지 않은 자서전』에서 세대론은 4·19세대의 사회역사적 경험과 존재 조건, 그로 인해 형성된 특수한 정신 구조와 태도 등에 대한 입장 표명을 중심으로 펼쳐진다. 그에 따르면, 4·19세대는 "판단을 통해 의지의 틀이 지어지려는"(116쪽) 중요한 시기에 "4·19와 5·16을 일 년 간격으로 거의 동시에 경험함으로써"(113쪽) 다른 세대와는 구별되는 독특한 정신 구조를 형성해간 세대다. 그 세대는 이미 진행 중이던 '판단과 의지의 형성'을 4·19라는 사건을 겪으며 완성해버린 앞 세대와도, "그 의지나 판단 구조의 형식이 5·16혁명과만 상관되어 완성되고 또 아직도 완성되어가고 있는"(117쪽) 뒷세대와도 구별된다. 이렇게 작가는 4·19세대의 특징을 앞뒤 세대와의 차별성을 통해 설명한다. 각기 4·19와 5·16을 어떻게 생각하고 받아들였는가가 그 기준이다. 화자/작가가 그처럼 4·19세대의 입장에서 설명하는 앞뒤 세대의 특징은 각각 이렇다.

우리 앞 세대 사람들에게 상관되고 있는 4·19는 가능성을 의미하는 우리들에게서와는 달리 그들에게는 선택의 문제였습니다. (……) 이 선택과 관련하고 있는 모든 세대들은 어떤 식으로든 한결같이 진지하고 엄숙한 것을 공통으로 지니고 있다는 것입니다. 아마 선택이 그들을 그렇게 만든 것 같습니다. 선택이란 사람을 긴장시키고 엄숙하게 만드니까요. 선택된 것에 대해서도 사람들은 자연 진지하고 엄숙하게 마련이지요. 또 엄숙하고 진지한 만큼 일단 선택된 것에는 투철합니다.(119쪽)

우리들의 다음 세대, 그러니까 5·16을 최초의 인식판단 재료로 경험한 사람들은 전혀 그 선택이 주어지지 않았습니다. 5·16혁명이 너무 세밀하고 완전한 방법으로 그들을 대신하여 그 선택의 결과를 주어버린 것이지요. 5·16은 그들이 자신의 선택거리로 삼을 여지를 남겨놓지 않았습니다. 그들은 다만 그 선택되어진 것을 좇기만 하면 그만인 그런 상황을 살게 되었지요. (……) 그러니까 그들에게는 우리들에게 좌절을 의미하고 있는 그 5·16혁명이 '무선택적인 적응'으로 받아들여진 것인데, 그러므로 선택 앞에 서본 일이 없고 스스로 선택한 것을 가지지 못한 이들은 모든 엄숙한 것, 진지한 것, 그런 것들을 모르며 싫어하고 배척하는 것이지요.(119~120쪽)

이에 따르면 4·19세대의 앞 세대는 4·19를 최종적인 것의 쟁취라는 목적을 위한 선택의 문제로 받아들였던 세대이며, 뒷세대는 처음부터 5·16의 영향에 일방적으로 지배받아 선택이라곤 해본 적이 없는 세대다. 그런 까닭에 앞 세대는 엄숙성의 태도를, 뒷세대는 고민 없는 경박함을 각기 일반적인 세대적 특징으로 나누어 갖게 되었다는 것이다. 여기에는 앞뒤 세대가 모두 4·19세대와는 달리 가능성과 좌절을 함께 절실하게 경험하지 않았다는 것, 그래서 정신의 욕망이 억압되는 데서 오는 결핍의 경험인 허기를 느끼지 않았다는 것이 가정으로 깔려 있다. 이런 세대 구별 자체는 물론 지나치게 관념적이고 자의적이다. 하지만 오히려 여기서 주목해야 하는 것은 화자/작가가 이런 관념적인 세대 구분의 근거를 어디에서 찾고 있는가이다. 화자/작가는 그 근거를 다름 아닌 '선택'의 문제에서 찾고 있는데, 소설에서 앞뒤 세대와는 차별화되는 4·19세대의 특징을 설명하는 중요한 참조점도 바로 그것이다.

　우리들은 우리 앞 세대의 그 엄숙하고 진지한 선택과 우리 다음 세대의 엄숙성과 진지성이 배제된 무선택적 적응의 두 가지 요소를 다 지니게 된 것이지요. (……) 더욱이 그 선택에 관해서는 언제까지나 망설이고만 있지요. 왜냐하면 우리들이 가지고 있는 그 4·19와 5·16은 그들에게서와는 달리 가능성과 좌절로 의미되고 있기 때문입니다. 이 가능성과 좌절, 바로 그 두 요소가 우리들을 선택 앞에 서게 하고 있는 의미도 되겠습니다마는, 불행히도 그 두 요소의 내용이 바로 가능성과 좌절을 말하고 있기 때문에 우리들의 선택을 더욱 망설이게 하는 것입니다. 아시겠습니까. 우리들은 언제나 이 가능성과 좌절을 동시에 느끼며 그래서 용기를 가졌다가도 금방 회의하고 끝내 선택을 보류해버리는 것입니다.(121쪽)

이에 따르면 4·19세대는 각각 엄숙한 선택과 무선택적 적응이라는 앞뒤 세대의 특징을 모두 지니게 된 세대다. 그래서 그들은 선택

앞에서 끊임없이 망설이고 선택을 보류한다. 이는 그들이 중요한 시기에 가능성과 좌절을 한꺼번에 경험했기 때문이다. 이런 4·19세대론이 논리적으로 설득력이 있는지 아닌지는 여기서 관심사가 아니다. 그리고 그 내용의 관념성도 이청준 소설 전체가 갖는 관념적 성격의 연장선상에서 이해할 수 있다. 보다 중요한 것은 이 4·19세대론이 소설에서 실제로 떠맡는 기능이다. 그 기능이란 대체 무엇인가?

이 4·19세대론은 실은 이청준 자신의 창작방법의 핵심을 요약하는 것이다. 무엇보다 『씌어지지 않은 자서전』의 구조 자체가 위의 4·19세대론에서 논의되는 주체의 정신 구조와 행위 방식을 그대로 모방한 형식이다. 예컨대 열흘의 유예휴가를 받고 복직을 할지 퇴직을 할지 선택을 망설이는 '나'의 상황이 그대로 소설 전체의 골격이 되는 것이 그렇거니와, 실제로 이 소설은 유예에서 시작해서(유예휴가) 유예로 끝나는('나'에게 내려진 '당국'의 선고유예) 작품이기도 하다. 그 유예가 위의 4·19세대론에서 강조되는 '선택의 유예'의 메타포임은 말할 것도 없다. 이전에 다니던 잡지사인 『내외』사의 엄숙성(앞 세대)과 지금의 직장인 『새여성』사의 경박함(뒷세대)에 모두 적응하지 못하고 겉돌았던 '나'의 행적도 마찬가지로 소설 속 4·19세대론의 논의 구조를 소설 속에서 연출하는 것이다.[9]

---

9 이런 방식의 수행적 연출은 이청준의 방법론적 자의식에 뒷받침된 것이라 할 수 있는데, 실제로 『조율사』와 「소문의 벽」의 구조와 인물의 행위 또한 이와 흡사한 양상을 보인다. 「소문의 벽」에서 다음 진술은 조금 변형된 형태로 이를 간접적으로 환기하는 흥미로운 대목이다. "박

이청준에게 4·19가 글쓰기의 기원이자 참조점이라면 그것은 이런 맥락에서다. 다시 말하자면, 글쓰기 이전에 글쓰기의 기원이 되는 4·19가 먼저 존재하지 않는다. 오히려 4·19는 글쓰기와 더불어 출현하고, 글쓰기 자체가 거꾸로 4·19의 실체와 의미를 구성해나간다. 그런 의미에서, 글쓰기의 기원은 사후적으로 구성된다. 이청준의 소설 『씌어지지 않은 자서전』은 그렇게 4·19세대의 문학적 주체가 4·19와 5·16을 주체의 기원이자 구성 요인으로 통합하면서 펼쳐가는 독특한 주체성의 변증법을 확인시켜준다.

만들어진 기원

4·19세대 작가들의 소설에서 4·19는 대부분 현재 상황에서의 자기 서술의 한 계기 혹은 참조점으로 존재한다. 『씌어지지 않은 자서전』이 보여주는 것도 바로 그것이다. 이청준의 소설에서 우리가 다시 한번 확인하는 것은, (서두에서 시사했듯이) 4·19세대의 문학에서 4·19가 과거에 이미 완결된 실체적 사건에 머무는 것이 아니라 특정한 문학적 관점과 이데올로기에 의해 소급적으로 구성되는 하나의

준은 마치 그 한 편의 소설을 써놓고서 자신이 직접 주인공이 되어 현실 속에서 그 소설의 사건들을 연출해나가고 있는 것 같았다."(「소문의 벽」, 369쪽)

구성물로서 출현한다는 사실이다. 앞에서 본 박태순의 발언에서, 그는 문학작품을 통한 4·19의 '삭감 작업'에 대해 비판하고 있었다. 하지만 이런 관점에서 보면 그런 '삭감 작업'이란 다름 아닌 현재 시점에서 과거의 4·19를 소급적으로 재구성하고 이를 매개로 문학적 정체성을 정립하는 상징 행위(symbolic act)라 달리 해석할 수 있을 것이다. 4·19세대의 문학에서 4·19는 그런 의미에서 '만들어진 기원'이다.

앞에서 살폈던 것처럼 이청준의 문학적 주체성의 핵심에 있는 것은 '가능성과 좌절'이라는 내러티브와 선택의 유보라는 자의식적 태도다. 그의 4·19세대론에 따르면, 선택을 유보하는 것은 '가능성과 좌절'의 경험이 한편으론 선택을 부추기면서도 동시에 선택을 할 수 없게 만드는 일종의 이중구속(double-bind)의 상황으로 그들을 몰아넣기 때문이다. 이쯤 되면 '가능성과 좌절'은 단지 주체의 기원을 설명하는 내러티브에서 그치지 않는다. 그것은 더 나아가 주체의 의식과 행위의 진로를 그의 의지와는 상관없이 항상-이미 근저에서 결정하는 선험적 원인으로 격상된다. 문학적 주체성의 기원을 구성하는 형식적 행위 자체가 현실에 대한 주체의 책임과 자유를 강조하는 방향으로 나아가기보다 주체를 제약하는 선험적 원인의 결정성을 자기 자신의 존재 조건으로 수락하는 것으로 귀결되는 셈이다.

4·19세대의 소설에서 4·19를 언급하거나 언급하지 않는(혹은 언급하지 않는 방식으로 언급하는) 특정한 방식은 그 작가의 문학적 주

체성의 성격을 그대로 반사한다. 이청준의 소설이 대표적으로 그러했다.

4장

전쟁의 기억과 귀환하는 트라우마

길고 긴 피난민 행렬, 우리들의 무의식

—김혜순, 「우리들의 음화」

전쟁은 어떻게 기억되는가

최인훈은 『광장』 서문에 "구정권 하에서라면 이런 소재가 아무리 구미에 당기더라도 감히 다루지 못하리라는 걸 생각하면 저 빛나는 4월이 가져온 새 공화국에 사는 작가의 보람을 느낍니다"[1]라고 적었다. 4·19가 없었다면 『광장』은 세상에 나오지 못했으리라는 말이다. 비단 『광장』뿐일까. 1960년대 문학 전체가 그러했을 것이다. 『광장』에서 남북을 오가며 본격적으로 펼쳐지는 이데올로기 비판의 풍경은

---

1 최인훈, 「作者의 말」, 『광장』, 정향사, 1961, 2쪽.

한국문학이 비로소 전쟁의 상처와 후유증을 극복하기 시작했다는 결정적인 증거로 꼽힌다. 애초 『광장』에서 제기한 자유와 평등의 문제가 이어진 4·19 이후의 문학에서 다양한 문학적 표현을 얻었다는 것도 익히 알려진 사실이다.

최인훈의 말처럼 이를 가능케 한 것이 4·19임은 충분히 인정할 수 있다. 그리고 "경악에서 감성으로, 체험에서 언어로, 물리적 현상에서 자의식으로, 실존주의에서 시민의식으로, 역사의식에서 세대의식으로"[2]와 같이 요약되는 새로운 세대의 문학도 그 변화의 계기를 4·19에서 찾았다. 여기에 전쟁의 영향을 마모시킨 시간의 흐름도 무시할 수 없다. 실제로 김병익도 저러한 전환이 가능했던 데에는 "전쟁이란 대재변이 흔들었던 혼란으로부터 소생하여 바라크로부터 영구 건물을 세울 만큼 세월이 흘렀다는 시간의 효력이 작용"[3]했다고 지적하고 있었다. 시간의 흐름과 혁명이 일깨운 정신적 자각, 이것이 4·19 이후의 한국문학이 전쟁이 남긴 후유증을 극복하고 현실에 대한 비판적 거리를 확보하는 새로운 문학으로 전환하게 된 계기였다는 얘기다.

하지만 그뿐일까? 4·19 이후의 한국문학은 과연 전쟁의 상처와 후유증에서 자유로워진 것일까? 과연 4·19의 영향과 혁명의 기억은

---

2 김병익, 「60년대 문학의 위치」, 『사상계』, 1969년 12월호, 215쪽.
3 같은 곳.

한국문학에서 6·25에서 비롯된 혼란과 상처, 절망과 패배의식을 말끔히 씻어낼 수 있었을까?

여기서 요점은 한국문학에 끼친 4·19의 영향이 과장되었다는 게 아니다. 문제는 오히려 4·19의 의미에 대한 그 특별한 강조가, 그리고 그것이 만들어낸 문제의식의 장(場)이, 보면서도 보지 않는 혹은 볼 수 없는 어떤 영역을 만들어내고 있다는 사실이다. 보면서도 보지 않는, 혹은 볼 수 없는 그것은 과연 무엇인가? 4·19 이후 한국문학의 정체성 형성에 작용한 중요한 결정 요인으로서 6·25가 바로 그것이다.

우리의 의문은 (기존의 문학사가 가르치는 것처럼) 4·19 이후의 한국문학에서 6·25가 과연 객관적 거리화의 대상, 혹은 성찰의 대상으로만 존재했을 뿐인가 하는 것이다. 당연히 그렇지 않다. 6·25는 인식의 객체였을 뿐만 아니라 작가의 의식을 보이지 않게 짓누르고 문학의 정신 구조를 지배한 능동적인 요인이기도 했다. 이와 관련하여 다음 김승옥의 발언은 다시 한번 주목할 만한 가치가 있다.

우리 세대의 문학은 어떤 의미에서는 6·25문학이라고 봐야 해요. 4·19세대의 문학이라고들 하지만 사실은 우리 세대가 어린 시절에 겪은 6·25 이후의 체험담들이 결국은 우리 60년대 문학의 기본적인 배경이 된다고 봐야 하지 않을까. (……) 50년대 작가들은 6·25를 체험했고 그래서 보고서를 쓰듯이 사실 나열로 그쳤지만, 우리가 6·25의 의미를 나름대

로 해석했다고 봐야겠죠.[4]

김승옥의 소설을 읽은 이라면 이 발언은 다소 의아하게 들릴지 모른다. 왜냐하면 그의 소설에는 전쟁이 흐릿한 배경으로 처리된 「생명연습」과 「건」 정도만 있을 뿐 6·25는 거의 중요하게 언급되지 않기 때문이다. "우리 세대가 어린 시절에 겪은 6·25 이후의 체험담들이 결국은 우리 60년대 문학의 기본적인 배경이 된다"는 이 지적은 그래서 더욱 의미심장하다. 여기에 김승옥은 그가 "6·25를 어떻게 봐야 할 것인가 하는 주제"를 가지고 작품을 썼으며 "데뷔작 이후에 쓴 소설들도 거의 모두 그런 주제들"이었다는 발언을 덧붙인다.[5] 사실 그의 말처럼 김승옥의 6·25 체험은 문화적 경제적 체험까지도 포괄하는 광범위한 것이었다. 그것은 다양한 각도로 굴절되어 김승옥 소설의 정신 구조에 어떤 형태로든 흔적을 남겼다. 그런 의미에서 자기 세대의 문학이 '6·25문학'이었다고 한 김승옥의 회고는 그의 소설에 관한 한 전혀 과장이 아니다.

그리고 적어도 저 발언에서 확인할 수 있는 것이 하나 있다. 그것

---

4 김병익·김승옥·염무웅·이성부·임헌영·최원식(좌담), 「4월혁명과 60년대를 다시 생각한다」, 최원식·임규찬 엮음, 『4월혁명과 한국문학』, 창작과비평사, 2002, 32쪽 참조.
5 6·25와 함께 김승옥 소설의 (무)의식을 근원에서 지배한 것은 여순사건이다. 이에 대해서는 김미란, 「여순사건과 4월혁명, 혹은 김승옥 문학의 시공간 정치학」, 대중서사학회, 『대중서사연구』 22, 2009 참조.

은 김승옥을 비롯한 4·19세대의 문학에서 6·25가 단지 유년 시절에 겪은 과거의 기억에 머물지 않고 지금 현재의 글쓰기를 견인하는 사건으로 수시로 소환되고 있었다는 사실이다. 이는 4·19세대 문학의 정체성 형성이 6·25의 기억을 나름의 방식으로 해석하고 가공하는 작업과 결코 무관하지 않았음을 보여준다.

그렇다면 4·19 이후의 문학에서 6·25는 어떻게 기억되고 있었는가? 그리고 1960년대 문학, 나아가 4·19세대의 문학이 소환하는 6·25의 기억은 어떻게 작동했는가?

6·25와 5·16, 비동시성의 동시성

일반적으로 4·19 이후의 한국문학은 전쟁의 후유증에 짓눌려 있던 전후문학의 한계를 극복했다고 평가된다. 6·25의 경험으로부터 역사적 인식론적 거리를 확보할 수 있었다는 것이 그 근거다. 그럼으로써 이 시기에 이르러 전쟁이 야기한 피해의식과 패배의식에서 점차 벗어나게 되었다는 얘기다. 그러나 전후문학에서와 같은 날것의 비명과 절규가 존재하지 않는다고 해서 이 시기의 문학이 6·25의 상흔에서 온전히 자유로워진 것은 아니다. 6·25의 상흔은 겉으론 극복된 것처럼 보였을지 몰라도 심리적 차원에서는 그렇다고 하기 힘들다. 오히려 6·25의 영향은 5·16의 심리적 파장과 겹쳐져 또 다른 형태로 깊숙이 내면화되었다. 4·19 이후의 한국문학에서 6·25의 영향은 그렇게 그 밖의 여러 다른 요소들과 뒤섞여 정체를 드러내지 않은 채 작가의 의식 속에서 보이지 않게 작동한다.

중요한 것은 작가들 의식의 심층에서 6·25의 기억과 피해의식이 이후 펼쳐진 역사적 사회적 흐름과 사건을 받아들이는 하나의 중요한 척도로 기능했다는 사실이다. 1960년대 문학에서 4·19 의식의 무화(無化) 현상과 그 원인의 일단을 진단하는 김윤식의 다음 지적은 이런 관점에서 다시 음미해볼 필요가 있다.

근대역사 이후, 한국에서는 모든 역사적 사건이 역사 쪽에서 일방적으로 강요되어졌기 때문에 사람들은 이미 그러한 사건에 대해 운명적인 체념으로 수용하는 태세를 갖춰, 종당에는 그것이 의식을 잠식해왔음을 지적할 수 있을 듯하다. 어떤 반응, 저항을 보여 보았자 역사의 너무도 강한 폭풍이 살아 있는 의식 따위를 거미줄처럼 날려버리는 형국이었다. 여기서 간과할 수 없는 점은 번번이 폭풍에 날아가버리는 거미줄에 저마다 익숙해진 나머지, 그것을 당연한 것으로 마침내 전면적으로 수락해버리는 사고의 경화현상을 드러낸다는 점이다. **4·19의 의식을 무화시킨 상당한 이유의 하나가 6·25를 전면 수용한 의식의 마비 현상에서 필연적으로 유래된 것이 아니었을까.** 6·25와 4·19가 그 이념상 외부의 강제냐, 내부의 자발성이냐가 분명함에도 불구하고, 많은 개개인에게는 동일한 불가항력의 역사의 작위로 수락하도록 강제한 그 의식의 획일성이 작용한 것이

아니라면 어째서 4·19의 이념이 무화되었다고 설명할 수 있을 것인가.[6]

이에 따르면 6·25와 4·19는 똑같이 많은 개개인들에게 불가항력적인 역사의 작위(作為)를 전면적으로 수락해버리는 의식을 낳았다. 6·25라는 폭력적인 역사의 경험에서 비롯된 운명적인 체념의 태도가 4·19 의식의 무화라는 현상에 결정적인 원인으로 작용했다는 지적이다.

여기서 우리가 보아야 하는 요점은, 개인의 의식을 잠식한 과거 6·25의 기억이 이후 그와 성격이 전혀 다른 4·19와 5·16 같은 현재의 정치적 사건을 바라보는 관점과 태도에 결정적인 영향을 끼쳤다는 사실이다. 달리 말하면 이는 4·19와 5·16, 그리고 급격한 근대화 등의 사회정치적 변동들을 받아들이는 감각이 의식의 심층에서는 하나같이 6·25의 심리적 파장의 영향력 아래 포섭되고 있었음을 시사한다. 특히 4·19에서 경험한 가능성이라는 범주가 5·16이라는 외적 강제에 의해 왜곡되고 좌절된 경험은, 수동적인 피해의식으로 내면화된 6·25의 기억이 그 위에 오버랩되는 것을 가능케 한 조건이었다. 아울러 전쟁 이후 한국사회의 재편성 과정에서 냉전이데올로기와 분단체제가 삶과 의식을 근원에서 제약하는 요인으로 직간접적으로 작용했던 현실 상황도 그러한 의식 작동의 조건을 제공했다.

---

6 김윤식, 「4·19와 한국문학」, 『한국문학의 논리』, 일지사, 1971, 259쪽. 강조는 인용자.

이와 맥락이 똑같진 않지만, 4·19 이후의 한국문학에서 한국적 근대 경험의 요체를 6·25의 경험과 동일한 것으로 지각했던 선례는 다름 아닌 최인훈의 소설이다. 최인훈은 『회색인』 『서유기』 「하늘의 다리」 「크리스마스 캐럴」 연작 등의 소설에서, 당대의 한국사회를 삶의 안정성이 뿌리째 흔들리고 의지할 발판마저 상실한 혼란스러움으로 요약한다. 6·25의 기억을 출렁거리는 LST(전차양륙함, landing ship tank) 체험으로 집약하는 그에게, 현재는 여전히 그렇게 "멀미" 나는 "LST의 시대"[7]였고 삶의 풍경은 "늘 피난배―LST의 모습이었다."[8] 그의 LST 피난 체험에서 극대화된 뿌리 뽑힘과 혼란의 감각은 그렇게 현재 한국사회의 모습을 인식하는 선험적인 틀로 작용했다.

거대한 피난민촌. 삼천만 명의 피난민. 50년대의 피난민. 60년대의 피난민. 70년대의 피난민.(「하늘의 다리」, 66쪽)

삶은 여전히 어수선한 대로였다. 피난길의 그 북새판처럼 어수선한 채로였다. 삶 자체가 영원한 피난길이거나 한 것처럼. 삶이란 게 한없는 피난길이라. 어디에 목적지가 있다는 게 잘못 생각이고 종착지 없는 피난길이다. 그리고 그런 길에서 사람이 죽고 또 낳는다. 어디서 와서 어디로 가

7 최인훈, 「낙타섬에서」, 『총독의 소리』, 문학과지성사, 1980, 210쪽.
8 최인훈, 「하늘의 다리」, 『하늘의 다리/두만강』, 문학과지성사, 1994, 62쪽. 이후 쪽수만 적는다.

는가.(「하늘의 다리」, 103쪽)

한국의 현실은 "거대한 피난민촌"이고, 삶은 어수선하고 불확실함 속을 헤매는 피난길이다. 최인훈에게 지금 현재 한국적 삶의 경험은 그렇게 전쟁의 와중에 파괴적으로 극대화된 유동성 및 불안정성에 대한 체험과 동일시된다. 과거와 현재의 서로 다른 시간성은 이미지 의 유사성을 매개로 뒤섞이고 겹쳐진다. 6·25의 기억은 그런 방식으 로 현재의 삶을 해석하는 프리즘으로 작용한다.

최인훈이 현재의 삶을 전시 피난의 감각으로 지각한다면, 형태는 조금 달라도 6·25라는 프리즘으로 현실을 바라보는 이런 방식은 비 단 그만의 것은 아니었다. 이는 전쟁을 직접 겪지 않은 세대에게서도 또 다른 형태로 유사하게 나타난다. 예컨대 4·19세대 작기의 선두 주자인 김승옥은 자신의 소설 「건」에 대해 언급하는 자리에서 이렇게 적었다.

이 작품 속의 방위대 본부에 대한 습격, 소각(燒却) 사건은 실제로 내가 순천(順天)에서 자라면서 겪었던 사건이고, 내가 자란 정신적 풍토는 실제 로 친척 중의 한 사람은 빨치산이고 다른 한 사람은 빨치산을 잡아 죽여야 하는 경찰이란 식의, 사상(思想)의 횡포(橫暴)가 우리의 전통적 인간관계 위에 군림하는 것을 피부로 느껴야 하는 곳이었다. 사상과 조직은 적어도 나의 경우 인간을 살게 하기 위해 있는 것이 아니고 인간을 죽이기 위해서 있는 것으로 생각되었다. 이 생각은 많은 세월이 지나갔고 어떤 의미건 내 나름의 사상을 가지게 된 지금의 나의 내면 밑바닥에도 무겁게 버티고 있는 것이다.[9]

전쟁의 와중에 '사상의 횡포'를 피부로 느꼈던 까닭에, 지금까지도 사상과 조직이란 인간을 죽이기 위해 존재할 뿐이라는 인식이 내면 깊숙이 자리 잡았다는 얘기다. 세계관이 일면 과거의 충격에 대한 방어를 통해 형성된다는 점을 감안하면, 이는 6·25가 작가의 세계관 형성에 지배적인 요인으로 작용하고 있었음을 보여주는 사례다.

이처럼 1960년대의 작가들에게 6·25의 기억은 보이든 보이지 않든 당대의 문제적 상황을 해석하는 결정적인 준거였다. 다시 말해 그들에게 6·25는 5·16으로 인한 4·19의 좌절과 폭력적인 근대의 경험을 나름의 방식으로 해석하고 이미지화하는 데 영향을 끼친 중요한 경험적 표상이었다. 하지만 그런 가운데서도 주목되는 것은, 전쟁을 몸으로 겪은 세대인 최인훈과 간접적으로 경험한 4·19세대를 가르는 결정적인 차이다. 그 차이는 최인훈의 경우 6·25의 영향이 소설의 표면에 직접적으로 의식화돼 드러나는 반면 4·19세대 작가들의 경우 보이지 않게 숨어 내면화된다는 데 있다.

개인의 의식 속에서 모든 경험은 순차적으로 쌓이기보다 하나의

---

9 김승옥, 「자작해설」, 『뜬세상에 살기에』, 지식산업사, 1977, 167쪽.

경험 위에 다른 것이 겹쳐지거나 시간의 선후가 뒤바뀌는 등 굴절과 왜곡의 과정을 겪는다. 역사와 시간성은 그런 방식으로 의식 속에서 다양한 방식으로 혼합되고 뒤섞인다. 한 개인의 기억의 집합체와 의식의 전체성은 그런 방식으로 형성된다. 그런 의미에서 기억을 지배하는 논리는 일직선적 흐름과 적층의 논리가 아니라 일종의 '비동시성의 동시성'의 논리다.[10] 1960년대 문학에서 작동되는 6·25와 4·19, 5·16의 기억이 바로 그러하다. 이들은 각기 다른 시간성을 갖는 전혀 다른 성격의 사건들이지만, 의식의 심층에서 한데 뒤섞여 서로가 서로를 간섭하면서 복합적인 형식으로 존재하고 있었다. 그리고 그 복합적인 기억 체계의 일부이면서도 그 체계 전체를 제약하고 포괄하는 것, 그것이 바로 6·25의 기억이었다고 할 수 있다. 그런 측면에서 6·25의 기억이란 이후의 모든 사회정치적 기어들을 지배하고 규정했던, 기억 체계의 최종심급이었다.[11]

특히 6·25와 5·16은 외부에서 강제된 힘에 무기력하게 노출되었던 경험이라는 점에서 유사성을 지닌다. 가령 이청준의 소설에서 그렇듯이, 4·19세대 작가들의 의식 속에서 그 두 사건의 심리적 파장

---

10 일반적으로 기억 속에서 이전 시대의 경험들은 시간순으로 연속되기보다 '이전'과 '이후' 없이 동시에 현전하고 포개진다. 이러한 경험의 공간적인 구조에 대해서는 라인하르트 코젤렉, 『지나간 미래』, 한철 옮김, 문학동네, 1998, 396쪽 참조.

11 이러한 기억 체계의 논리는 알튀세르가 말했던 모순의 과잉결정(overdetermination)의 논리와 흡사하다. 모순의 과잉결정에 대해서는 루이 알튀세르, 『마르크스를 위하여』, 고길환·이화숙 옮김, 백의, 1990, 231~249쪽 참조.

이 때로 명확히 구분되지 않고 겹쳐져 나타나는 것도 그런 의미에서 우연이 아니다. 주체가 경험한 어떤 사건이 특별히 폭력적이거나 억압적인 사건일 경우 주체의 의식 속에서 항상 현재형으로 회귀하는 사건은 시제의 파괴를 동반한다.[12] 6·25와 5·16이 전혀 다른 성격의 사건이면서도 의식 속에서 겹쳐지고 동일화되는 것은 기억 체계의 논리 위에 이런 사정이 특별히 더해지기 때문이기도 하다. 그렇게 작가들의 의식의 심층에서, 5·16으로 인한 좌절의 경험, 근대화 과정의 어수선한 혼란 등은 내면에 잠재한 6·25의 기억과 감각을 불러오고 그와 겹쳐진다. 이 시기 작가들의 의식을 지배한 것은 이러한 특수한 비동시성의 동시성의 경험이었다.

6·25는 그렇게 현재를 지각하는 프리즘으로, 보이지 않는 효과로 존재했다. 그런데 이뿐인가? 그렇지 않다.

6·25라는 트라우마

앞서 6·25의 기억이 4·19 이후 한국문학의 의식 구조를 지배한 최종심급임을 밝혔지만, 문제는 거기에서 그치지 않는다. 특히 4·19 세대의 문학에서 6·25는 단지 작가의 의식 구조를 지배하는 외부의

---

12 오카 마리, 『기억·서사』, 김병구 옮김, 소명출판, 2004, 55쪽 참조.

현실적 요인으로만 존재하지 않았다. 그것은 동시에 그들의 문학적 주체성을 형성하는 데 결정적으로 작용하는 의식 내부의 한 계기로 통합된다.

1950년대에 성인으로서 6·25를 겪은 전후문학 작가들과는 달리 1960년대에 등단한 4·19세대 작가들이 6·25를 유년기에 간접적으로 경험했다는 사실은 중요하다. 그들은 "50년대 소설가들과는 뭔가 다른 방식으로 전쟁을 체험"했고, 그래서 이들에게 전쟁은 구체적인 개인의 기억 속에 하나의 강렬한 '외상(外傷)'으로 각인되고 내면화된다.[13] 그처럼 아직 인식 능력이 채 갖추어지지 않은 유년기에 겪은 6·25의 기억은 그들에게 정체 모를 불안과 공포의 형태로 각인되었고 그 상처가 이후 그들의 세계 인식이나 문학적 태도에 영향을 주었으리라는 것은 충분히 짐작할 수 있다. 이청준이나 김승옥의 경우 유년기의 체험이 성인이 된 후에도 근원적인 정서 혹은 사유법을 이루고 있으며 그때 받은 상처가 아물기는커녕 더 깊은 병으로 작용하고 있다는 김병익의 지적은 이 점을 적시한다.[14]

전형적인 사례는 이청준의 소설이다. 이청준은 4·19의 '가능성과 좌절'을 그 자신의 세대적, 문학적 정체성의 근거로 내세웠다는 점에서, 김승옥과 함께 4·19세대 문학의 중심에 서 있었던 작가다. 무엇

---

13 김형중, 「김승옥 중·단편 소설 연구」, 한국문학이론과비평학회, 『한국문학이론과 비평』 6, 1999, 34쪽.
14 김병익, 「분단의식의 문학적 전개」, 『상황과 상상력』, 문학과지성사, 1979, 23~24쪽.

보다 이청준 소설에서 6·25의 기억은 원체험의 형식으로 소설의 근원에 자리 잡고 있었고, 그의 핵심 테마인 진술의 불가능성이라는 토픽도 그와 밀접하게 관련된 것이었다.

이청준의 소설에서 6·25의 기억은 '전짓불 체험'에 집약된다. 전쟁의 와중에 한밤중에 손전등을 든 사람이 방문을 열고 너는 남과 북중 어느 편이냐를 묻는다. 불빛 때문에 뒤에 선 사람의 정체를 알 수 없는 상태에서 어떻게 대답하느냐에 따라 운명이 갈릴 수도 있는 상황이다. 그렇게 정체를 알 수 없는 전짓불 앞에서 어린아이가 느꼈던 극도의 무력감과 공포는 좌우 이데올로기 대립이 낳은 폭력적인 역사의 트라우마로 각인된다. 이청준은 「소문의 벽」에서 그 전짓불의 공포를 무대화하면서 이를 1960년대의 상황에서 글쓰기 주체가 직면한 곤경으로 치환한다. 진술을 강요하는 전짓불 앞에서 정직한 진술이 불가능했던 것처럼, 권력의 감시의 시선 앞에 놓인 지금 이땅의 작가 또한 그렇다는 것이다. 6·25의 기억의 중심에 있는 전짓불의 공포는 그렇게 정직한 진술을 불가능하게 하는 1960년대의 억압적 상황의 상징으로 치환된다. 게다가 "전짓불은 그의 의식 속에서 엄청나게 확대되어갔다"[15]는 진술에서도 암시되듯이, 전짓불은 이내 작가가 처한 시대적 조건의 상징을 넘어 초자아의 감시라는 형태로 글쓰기 주체의 내면의 한 계기로 확장된다.[16]

---

15 이청준, 「소문의 벽」, 『소문의 벽』, 민음사, 1972, 381쪽.

중요한 것은 이청준의 소설에서 주로 '전짓불의 공포'에 집약된 6·25의 기억이, 그와 별 상관없어 보이는 소설들의 여타 요소들까지도 수렴하면서 의미 구조 전체를 지배한다는 사실이다. 그의 소설에서 6·25는 그렇게 부재하면서 현전한다. 이는 「병신과 머저리」(1966)에서부터 확연하다. 「병신과 머저리」는 의사인 형과 화가인 동생을 통해 전후세대와 4·19세대의 의식 및 행동방식을 극적으로 대비시키면서 4·19세대가 앓는 질환의 문제를 제기한다. 소설에서 화가인 '나'는 그리던 그림을 완성하지 못한 채 무기력한 시간을 흘려보내고 있다. '나'의 무기력함은 "사실로서 오는 것에 보다 순종하여, 관념을 파괴해버릴 수 있는 힘"[17]을 가진 형과 대조적이다. 그런데 '나'는 왜 그토록 무기력한 것인가. 작가는 '나'가 앓고 있는 증상의 특수성에서 원인을 찾는다. "6·25의 전상자"인 형은 아픔의 원인을 알고 있는 반면 '나'는 환부가 어디에 있는지 알 수 없다. '나'의 아픔은 환부 없는 아픔이다.

나는 멍하니 드러누워 생각을 모으려고 애를 썼다.

나의 아픔은 어디서 온 것인가. 혜인의 말처럼 형은 6·25의 전상자이지만, 아픔만이 있고 그 아픔이 오는 곳이 없는 나의 환부는 어디인가. 혜

---

16 이에 대한 보다 상세한 논의는 김영찬, 『근대의 불안과 모더니즘』, 소명출판, 2006, 94~115
쪽 참조.
17 이청준, 「병신과 머저리」, 『별을 보여드립니다』, 일지사, 1971, 117쪽.

인은 아픔이 오는 곳이 없으면 아픔도 없어야 할 것처럼 말했지만 그렇다면 지금 나는 엄살을 부리고 있다는 것인가.

나의 일은, 그 나의 화폭은 깨어진 거울처럼 산산조각이 나 있었다. 그것을 다시 시작하기 위하여 나는 지금까지보다 더 많은 시간을 망설이며 허비해야 할는지도 모른다.

어쩌면 그것은 나의 힘으로는 영영 찾아내지 못하고 말 얼굴일지도 모를 일이었다. 나의 아픔 가운데에는 형에게서처럼 명료한 얼굴이 없었다.(「병신과 머저리」, 117쪽)

이 환부 없는 아픔이라는 문제는 등단작인 「퇴원」(1965)에서부터 등장한 이청준 소설의 중요한 출발점이다. 환부가 없다는 것은 그 아픔이 형의 경우처럼 외부의 작용에서 기인하기보다 내면의 문제에서 비롯되는 것임을 시사한다. 일찍이 김윤식은 이를 '허무'라는 형이상학적 질병으로 의미화하고, 그런 측면에서 이청준의 소설이 환상적 기준과 현실의 낙차에 좌절하여 형체 없는 질병을 앓았던 김승옥 소설과 맥이 닿는다고 지적했다.[18] 그리고 당시 평단의 해석이나 이후 논의도 이에서 크게 벗어나지 않는다. 그러나 저 환부 없는 아픔을 단지 허무라는 형이상학적 질병으로 환원해버리면 이청준을 포함한 4·19세대 문학이 앓았던 증상의 복합성은 지나치게 단순화된다. 그

---

18 김윤식, 「앓는 세대의 문학」, 『한국문학의 논리』, 일지사, 1974, 237~242쪽 참조.

렇다면 이청준이 말하는 환부 없는 아픔이라는 증상은 실제로 과연 무엇이며 어디에서 오는 것인가?

이때 우리는 이 소설에서 의식 구조의 각기 다른 지배요인으로 암시되는 '형=6·25/'나'=4·19와 5·16'이라는 이분법적 도식을 액면 그대로 받아들여선 안 된다. 오히려 형이 6·25의 전상자라는 사실에 가려져 있는, 그리하여 텍스트 표면에 부각되지 않고 부재의 형식으로 숨어 있는 사실은, '나'의 상처 또한 6·25와 결코 무관하지 않다는 점이다. 보이지 않는 병인(病因)의 중심에는 의식 깊숙이 숨어 부재하면서 현전하는 6·25의 상처가 있다. 이를 '환부 없는 아픔'이라 한 것은, 드러내면서도 드러내지 않는 이청준 특유의 표현 방식이다. 이와 관련해 '병신'과 '머저리'라는 표현을 빌려 전후세대와 4·19세대의 차이를 설명하는 김병익의 다음 지적은 그래서 사뭇 의미심장하다.

이청준과 김승옥이 세계를 강박적인 공포와 현란한 불안으로 인식하고 있다면 그것은 세계를 처음 알기 시작한 소년기의 체험에서 빚어진 것이다. 그들이 손창섭 혹은 서기원과 다른 것은 후자가 자신의 병원을 분명히 알고 있는 병신임에 비해 그들은 소년기 체험의 잠재화 때문에 병원을 분명히 알 수 없는 머저리라는 점이다.[19]

---

19 김병익, 앞의 글, 24쪽.

이에 따르면 (이청준과 김승옥이 대표하는) 4·19세대 작가들은 소년기에 겪은 전쟁 체험의 잠재화로 인해 병원을 알 수 없는, 즉 환부 없는 아픔을 앓고 있는 '머저리'들이다. 이청준과 김승옥이 앓는 원인 모를 증상의 근원을 6·25 체험의 잠재화에서 찾는 김병익의 이 지적은 「병신과 머저리」의 인물에도 적중한다. 다시 말해 이는 「병신과 머저리」속의 4·19세대 주인공인 '나'가 앓는 질병의 근원도 다른 무엇이 아닌 6·25 체험의 잠재화에 있음을 암시한다. 일찍이 소년기에 겪었으나 그 체험의 잠재화 때문에 알 수 없는 그것. 이를 다른 이름으로 부른다면 그것은 바로 '트라우마'다.[20] 트라우마는 명확하게 상징화할 수 없고 의미화할 수도 없는 보이지 않는 상처다. 그런 의미에서 저 환부 없는 아픔이 트라우마의 다른 이름임은 더없이 분명하다.

그렇게 본다면, 이청준의 '환부 없는 아픔'이란 상징화할 수 없는 6·25의 트라우마를 환기하는 알레고리로서의 증상이며 동시에 그 트라우마에 대한 방어로서 만들어진 대체표상이라고도 할 수 있다. 그런데 이청준의 소설에서 본시 환부 없는 아픔이란 4·19세대 젊음

---

20 트라우마는 주체에게 오랫동안 지속적인 효과를 야기하면서 주체의 삶을 강력하게 지배하는 충격적인 사건으로, 강박적 반복행위 속에서 주체에게 반복적으로 되돌아오는 강렬한 경험이다. J. Laplanche and J.-B. Pontalis, *The Language of Psycho-Analysis*, Trans., Donald Nicholson-Smith, W·W·Norton&Company·Inc., New York, 1973, pp.465~469 참조.

의 병리적 정체성을 요약하는 중요한 키워드가 아닌가. 즉 그것은 또 다른 한편으론 5·16으로 인한 가능성의 좌절이 만들어낸 상처이기도 하다는 말이다. 환부 없는 아픔이라는 기호에 6·25와 5·16이라는 서로 다른 두 개의 기억이 그렇게 하나로 겹쳐지는 셈이다. 이청준의 소설에서 보이지 않는 6·25의 트라우마는 그렇게 5·16으로 인한 좌절의 상처 위에 덧씌워져 '환부 없는 아픔'의 함의를 더욱 복합적이고 중층적인 것으로 만든다.

4·19세대로 함께 묶이진 않지만, 이제하의 경우도 있다. 그의 소설 「기차, 기선, 바다, 하늘」(1967)은 이 시기 소설에서 6·25가 어떻게 트라우마로 귀환하는지를 극적으로 예시한다. 4·19 이후의 정신적 환멸과 허무를 그린 이 소설에서, 모든 상처와 파국의 뒷면에 자리 잡고 있는 것은 인물들이 유년기에 겪은 "전쟁으로 인한 어떤 악몽"[21]이다. 그러나 그 악몽은 구체적인 형태가 아닌 '눈먼 공포'라는 추상적인 형태로 등장한다. 소설의 주인공 '나'의 유년 시절, 텅 빈 학교 운동장에서 급작스럽게 맞닥뜨린 참혹한 정적의 풍경에 가위눌린 어린 '나'와 친구들은 알 수 없는 공포에 사로잡혀 굳어버린다. 그 공포는 어디서 오는지 알 수 없지만 그럼에도 분명히 숨어 존재하는 사악한 응시에 대한 반응이다.

---

21 이제하, 「기차, 기선, 바다, 하늘」, 『기차, 기선, 바다, 하늘』, 홍성사, 1978, 212쪽. 이하 쪽수만 적는다.

그것이란 눈먼 공포였다. 전쟁으로 인한 것이었든 인간의 밑바닥에 처음부터 근원적으로 잠재해 있는 공포였든, 밑천이 드러나버린 세상에 그것은 적나라하게, 제 모습을 감추지도 않고 여차하면 뛰어나올 기세로 기회만 노리고 있었던 것이다.(「기차, 기선, 바다, 하늘」, 194쪽)

공포에 질린 아이들은 환청을 듣는다. "달아나! 달아나! 달아나지 않으면 죽어."(192쪽) 그러나 그들은 달아날 수 없다. 왜냐하면 그들은 "먼저 도망치면 반드시 먼저 죽"(193쪽)는다는 본능적인 감각에 사로잡혀 있기 때문이다. 여기에서 아이들이 마주치는 공포의 근원은 무엇인가? 그 실체는 바로 전쟁의 와중에 경험했던 비행기의 폭격이다. 그러나 이제하의 소설에서 그것은 구체화된 형상으로 그려지지 않는다. 오히려 그것은 정체를 알 수 없는 불가항력적인 무언가에 대한 공포라는 심리적 반응으로 추상화되고, 심지어는 '인간의 밑바닥에 근원적으로 잠재해 있던 공포'로 일반화된다.

이제하의 소설에서 저 공포는 강박적으로 반복되는 전쟁의 트라우마다. 유년기에 겪은 전쟁의 기억은 그렇게 트라우마로 귀환한다. 트라우마는 상징화 혹은 재현에 저항하는 억압된 사건의 기억이다. 이 소설에서 유년기의 전쟁 체험이 뚜렷하게 그려지기보다 숱한 말줄임표 속에서 가까스로 환기되고 나아가 정체를 알 수 없는 '눈먼 공포'라는 형태로 모호하게 추상화되는 것은 6·25의 기억이 갖는 트라우마로서의 지위를 분명하게 시사한다.

이제하의 소설은 이런 형태로 4·19세대 작가들의 소설에서 6·25의 기억이 내면화되는 방식을 한편으로 공유한다. 그의 소설에서 '눈먼 공포'로 귀환하는 트라우마는, 김승옥의 소설 「건」에서는 또 다른 방식으로 의식을 지배한다. 「건」은 여순사건을 배경으로 한 소설이다. 작가에 따르면 「건」은 6·25 이후 "사상(思想)의 횡포(橫暴)를 피부로 느껴야" 했던 "내 성장의 정신적 풍토를 추체험(追體驗)"하는 과정에서 씌어졌다.[22] 특히 이 소설은 자기 세대의 문학이 "어린 시절에 겪은 6·25 이후의 체험담"을 바탕으로 "6·25의 의미를 나름대로 해석"했다고 밝힌 김승옥의 회고에 정확히 부합하는 소설이기도 하다.

그런데 「건」에서 김승옥은 이데올로기적 좌우 대립이나 전쟁의 흔적을 직접적으로 그리지 않는다. 오히려 그가 그리는 건 한 소년의 위악적인 성장 과정이다. 그러나 이 소설에서 전쟁의 참상은 재현되지 않으면서도 소설의 의미 작용에 결정적으로 관여한다. 이는 위악적인 행위를 통해 어른의 세계로 진입하는 '나'의 성장이 전쟁의 트라우마를 방어하면서 이루어지는 데서 나타난다. 「건」에서 그 트라우마는 어떤 강렬한 이미지의 형태로 간접적으로 재현된다. 그것은 밤새 죽어간 빨치산의 시체 옆에서 '나'를 엄습하는 빨간 벽돌 더미의

---

22 김승옥, 앞의 글, 167쪽.

이미지다.

　　내가 몸을 돌렸을 때 두어 발자국 저편에 벽돌이 쌓여 있는 더미의 강렬한 색깔이 나의 눈을 찔렀다. 엉뚱하게도 나는 거기에서야 비로소 무시무시한 의지(意志)를 보는 듯싶었다. 적갈색과 자주색이 엉겨서 꺼끌꺼끌한 촉감의 피부를 가진 괴물이, 밤중에 한 남자가 몸을 비틀며 또는 고통을 목구멍으로 토하며 죽어가는 것을 바로 곁에서 묵묵히 팔짱을 끼고 보고 있다가 그 남자가 드디어 추잡한 시체가 되고 그리고 아침이 와서 시체를 구경하러 사람들이 몰려들었을 때, 나는 모든 걸 다 보았지, 하며 구경꾼들 뒤에서 만족한 웃음을 웃고 있었다.

　　나는 고개를 얼른 돌려버렸다. 다시 시체가 있었다. 그리고 그 시체가 누운 거기에서 풀밭이 시작되었고 풀밭이 끝나는 곳에는 벽돌 만드는 흙을 파내오는 주황빛 언덕이 있었다. 그리고 그 언덕에서부터 까만색 레일이 잡초를 헤치고 뱀처럼 흐늘거리며 이쪽으로 뻗어오고 있었다. 아무래도 설명할 수 없는 감정을 던져주는 구도(構圖)였다. 방금 잠깐 쑤시고 간 그 강렬한 색채들 때문에 나의 눈은 눈물이 나도록 쓰리었다. 나는 한 손으로 이마를 두드려 어지러움이 가시게 하며 휘청휘청 학교로 돌아왔다.[23]

　　"무시무시한 의지(意志)"로써 '나'를 압도하는 빨간 벽돌 더미의

23　김승옥, 「건」, 『무진기행』, 문학동네, 2004, 65～66쪽.

이미지를 목격한 후 '나'는 어지러움을 느낀다. 이 어지러움은 앞서 이제하가 정체를 알 수 없는 '눈먼 공포'라고 표현한 것과 방불하다. 여기서 벽돌 더미는 '나'에게 "고개를 얼른 돌려"버리게 만드는 "괴물" 같은 것으로 다가온다. 특히 거기서 '나'가 보는 것이 어떤 "무시무시한 의지(意志)"라는 데 주목하자. 그 '무시무시한 의지'란 '나'를 압도하고 공포에 질리게 하는 어떤 것이지만, 소설에서 더 이상 구체적으로 언급되진 않는다. 그럼에도 불구하고, 자신이 좋아하던 윤희 누나를 윤간하는 계획에 적극적으로 가담하는 등 이후 이어지는 '나'의 위악적인 행위는 분명 그 '무시무시한 의지'가 불러일으킨 불안에 대한 과잉방어다. '나'가 보는 저 '무시무시한 의지'에는 사람들을 죽음으로 몰아가는 전쟁의 횡포를 감지하는 데서 오는 충격과 공포가 스며들어 있다. 그것은 '나'가 의식하진 못하지만 '나'의 무의식을 지배한다. 그것은 트라우마다.

4·19세대 작가들의 소설에서 6·25는 그렇게 정체를 알 수 없는 트라우마로 내면화된다. 6·25의 효과는 그런 방식으로 작동한다.

허구적인 혹은 텍스트적인

4·19 이후의 한국문학에서 6·25는 당대 현실의 횡포와 그에 직면한 주체의 곤경을 또 다른 방식으로 환기하는 트라우마로 귀환한다.

그것은 의식 속에서 현재의 상황 감각에 포개지고, 보이지 않는 부재 원인으로 작용한다. 그리고 이는 4·19세대 소설의 경우에 더욱 뚜렷하다. 그들의 소설에서 6·25는 단순히 배경이나 대상에 머물지 않고 그런 방식으로 깊숙이 내면화되어 소설의 정체성 한가운데에서 살아 움직이고 있었다.

정신분석의 논리에 따르면, 증상은 원인을 사후에 소급적으로 구성한다. 달리 말하면, 개인의 기억에 흔적을 남긴 오래전 사건의 내용과 의미는 현재의 시각에서 사후에 재해석되고 재구성된 것이다. 즉 트라우마는 현재 시점에서 허구적으로 구성된다. 그런 측면에서 유년 시절의 트라우마는 현재의 상황이나 관심에 의해 촉발되고 재해석된 사후적 상상의 산물이다.[24] 프로이트에 따르면 이것은 무의식의 층위에서 일어나는 사건이다. 중요한 것은 이것이 4·19세대의 소설에서 6·25가 기억되는 방식이기도 하다는 점이다. 그들의 소설에서 6·25는 실제 그대로의 역사적 사건의 형태가 아니라 현재 시점의 상황에 영향받아 역으로 재구성되는 어떤 것으로서 존재한다.

---

24 프로이트는 '늑대인간'의 임상분석에서 신경증 환자의 병인(病因)으로 작용하는 유년 시절의 원초적 장면이 사후에 상상적으로 구성된 허구일 수 있음을 지적한다. 그에 따르면, 현재의 증상(결과)이 과거의 트라우마(원인)를 사후적으로 구성한다. 중요한 것은 이때 소급적으로 구성된 원인은 그 자체로 허구적인 것임에도 불구하고 의식의 심층에서 실제적인 효과를 발휘한다는 사실이다(지그문트 프로이트, 「늑대인간」, 『늑대인간』, 김명희 옮김, 열린책들, 1996, 178~179쪽과 194~196쪽 참조). 사후성(事後性, Nachträglichkeit)의 논리로 요약할 수 있는 이에 대한 상세한 설명은 J. Laplanche and J.-B. Pontalis, 앞의 책, pp.111~114 참조.

그런 측면에서 그들 소설에서 6·25는 허구적인 것인 동시에 텍스트적인 것이다. 그리고 이 점은 중요하다. 왜냐하면 바로 그 속에서 4·19세대 작가들의 문학적 주체성의 형성이 이루어지고 있었기 때문이다. 가령 이청준의 소설이 대표적이다. 이청준은 예컨대 「병신과 머저리」 같은 소설에서 환부 없는 아픔으로 현전하는 6·25의 트라우마를 이후 소설에서 의식적으로 재구성하는 길로 나아가며, 그것을 글쓰기 문제의 중심에 옮겨와 주체 구성의 방법적 계기로 전환한다. 이청준 소설의 중심에 있는 '전짓불의 공포'는 저 6·25의 트라우마를 매개로 한 주체 구성의 드라마를 보여주는 대표적인 사례다.

이청준의 소설에서 재연되는 6·25의 트라우마를 경유한 주체의 구성은 가령 (「건」 같은) 김승옥의 소설에서도 또 다른 방식으로 나타난다. 4·19세대의 문학에서 6·25는 그렇게 존재한다. 즉 그것은 내면의 심층에서 주체의 의식을 지배하는 보이지 않는 원인으로, 그럼으로써 주체의 구성을 매개하는 원체험으로 작동한다. 그런데 이뿐일까? 그렇지 않을 것이다. 4·19 이후 한국문학과 6·25의 상관관계를 다시 새롭게 조명해야 하는 이유다.

2부

증상과
성찰

1장
예술의 공포와 소설의 운명

이 무시무시한 위안.

—헤겔, 『역사철학강의』

「하늘의 다리」의 문제성

최인훈의 「하늘의 다리」는 1970년 5월 3일부터 8월 30일까지 『주간한국』에 연재된 중편소설이다. 이야기는 전쟁 때 피난을 내려와 그림으로 생계를 유지하며 살아가는 가난한 화가 김준구를 주인공으로 펼쳐진다. 소설에서 자세히 명기되진 않지만, 그 시점은 KAL기 피납 사건(1969년 12월 11일)이 있은 지 일주일가량이 지난 때부터 그 이듬해인 1970년 5월경 사이로 어림잡을 수 있다. 이 사이에, 월남한 화가 김준구가 겪는 다기한 사건들과 만남, 그로부터 촉발된 상념, '하늘에 떠 있는 여자의 다리'의 환각을 매개로 해 펼쳐지는 예술에 대한 성찰 등이 소설을 이끌어나간다. 이런 대강의 경개(梗槪)에서도 짐작할 수 있듯이, 이 소설은 당대 한국사회를 살아가는 예술가의 상황과 예술의 존재 방식에 대한 성찰의 보고서로 읽힌다. 그런 측면에서 일찍이「하늘의 다리」가 "정신의 높이를 첨예하게 드러낸 예술론"[1]이라 평한 김윤식의 지적은 정곡을 짚었다.

그럼에도 이 소설은 발표된 당대는 물론이고 비교적 최근까지도 적극적인 평가에서 소외되어왔다. 최인훈이 이 소설에 남다른 애착을 보이면서 여러 자리에서 그 중요성을 강조해왔음을 고려해볼 때이는 다소 의외라고 하겠다. 예컨대 최인훈은 그 스스로「하늘의 다리」가 "미학적인 의미에서 자기 고유의 정신적인 초점이 잡혀 있"고, 그래서 그 이전의 작품들에 비해 "분열상이라고 할까 그런 것이 비교할 수 없이 정돈된"[2] 작품이라고 자평하면서 "60년대 내 소설 전반하고도 맞먹을 정도의 무게가 있는 것"[3] 같다고 자부했다. 이런 정황에도 불구하고「하늘의 다리」에 대한 논의가 오랫동안 활발하지 않았던 것은 작품이 갖는 특이한 난해성 때문으로 짐작된다. 무엇보다 사실적 수법으로 이야기가 전개되면서도 곳곳에서 아무런 맥락 없이 출몰하는 '하늘의 다리'라는 비현실적인 형상이 사실성의 경계를 무너뜨리면서 소설을 이질적이면서도 모호하고 혼란스러운 수수께끼로

---

1 김윤식, 「최인훈론—성물의 공간 1」, 『월간문학』, 1973년 1월호. 228쪽.
2 최인훈·진형준(대담), 「기억을 찾아서 가는 소설의 길」, 『상상』, 1994 여름호, 216쪽.
3 위의 글, 219쪽.

만든다. 특히 의미를 알 수 없이 끊임없이 미끄러지는 '하늘의 다리'라는 독특한 환각의 풀기 힘든 상징성이 예의 난해성에 큰 몫을 보탰을 것이다.

가령 「하늘의 다리」에 대한 최초의 본격적인 논의인 김윤식의 글이 발표된 뒤 또 다른 본격적인 작품론[4]이 나오기까지 근 27년의 공백이 있었다는 점이야말로 이를 보여주는 뚜렷한 증상이다. 더욱이 그 다른 글이 작품에 대한 정확하고 꼼꼼한 분석보다는 모호하고 추상적인 논리로 일관한다는 점도 그 증상의 일부이긴 마찬가지다. 이런 상황에서 다시 몇 년을 걸러뛴 뒤 어떤 차원에서건 이 소설에 대한 관심과 논의의 폭이 조금씩 넓어지고 있는 것은 여하튼 반가운 일이다. 이는 「하늘의 다리」라는 작품 자체의 문학적 성취를 해명하는 차원을 넘어 최인훈의 세계에서 이 작품이 갖는 의미를 재구성하고 그럼으로써 최인훈 문학의 성좌를 더욱 촘촘하게 그려보는 작업의 토대가 될 수 있기 때문이다.

그럼에도 불구하고 최인훈의 「하늘의 다리」가 갖는 의미와 맥락이 이로써 제대로 해명되었는지는 의문이다. 이 소설은 한 실패한 화가의 삶을 통해 생활과 예술이 서로에게 침투하고 서로를 견인하며 만들어내는 예술적 자의식과 성찰의 드라마를 그린다. 「하늘의 다리」의

---

4 김인호, 「'허깨비'로 예견되는 미래의 미적 형식—최인훈의 「하늘의 다리」를 중심으로」, 『작가세계』, 2000년 봄호.

이런 면모가 갖는 문학적 의미에 대해 후속 논의들은 각기 나름의 답변을 제시하곤 있지만, 무엇보다 이 작품에서 그려지는 생활과 예술의 관계라는 문제 설정을 최인훈 문학의 연속성 속에서 해명하는 논의[5]는 많지 않다. 특히 작품 자체의 내적 논리, 소설에서 개진되는 예술론 등과 긴밀하게 관련된 '하늘의 다리'라는 핵심 이미지의 수수께끼를 아예 건너뛰거나 애초의 작의(作意)와는 동떨어진 다분히 자의적인 해석에 기우는 경우도 많다. 이것이 문제적인 것은, 무엇보다 저 '하늘의 다리'라는 환상에 걸려 있는 작가의 의도, 그리고 이를 매개로 펼쳐지는 예술론의 구체적인 면면과 함의가 바로 소설의 핵심이기 때문이다. 하늘의 다리의 이미지를 중심으로 구조화된 작품 자체의 내적 논리를 재구성하는 작업이 무엇보다 먼저 필요한 이유다.

앞서 최인훈이 「하늘의 다리」가 "60년대 내 소설 전반하고도 맞먹을 정도의 무게"를 갖는다고 자평했다 했거니와, 그는 이 이전에 그런 사후적 평가의 근거 중의 하나를 이렇게도 시사했다.

---

5 각기 논점과 입장은 다르지만 이 문제를 다룬 논의로는 다음 글들을 주목할 수 있다. 양진오, 「삶과 예술의 갱신―최인훈의 「하늘의 다리」를 중심으로」, 한국문학이론과비평학회, 『한국문학이론과 비평』 34, 2007; 황경, 「회화적 추상과 소설의 형식―최인훈의 「하늘의 다리」」, 한국비평문학회, 『비평문학』 36, 2010; 서세림, 「짝패들을 통한 예술가의 자기 복제과정과 후일담―최인훈의 「하늘의 다리」 연구」, 경남대 인문과학연구소, 『인문논총』 41, 2017; 김현주·이상재, 「한국적 근대에서의 예술과 예술가의 초상―최인훈의 「하늘의 다리」를 중심으로」, 한국어문학국제학술포럼, *Journal of Korean Culture* 48, 2020.

「하늘의 다리」를 통해서 그 이전보다 훨씬 분명하게 예술에 대한 나의 입장을 정리할 수 있었는데 이후로 그 입장에서 근본에서는 달라지지 않고 있다.[6]

단편적인 코멘트지만 여기에는 「하늘의 다리」가 그 이전과 이후를 이어주는 고리이자 중요한 전환의 시작이었음이 시사된다. 그 핵심은 이 소설이 개진하는 "예술에 대한 입장"에 있다. 사실 『광장』 이후 「구운몽」 『회색인』 『서유기』로 이어지는 최인훈의 소설들에 예술에 대한 담론이 다종 다기한 형식으로 삽입된다는 것은 익히 알려진 사실이다. 그리고 이는 최인훈 소설의 정체성과도 무관하지 않다. 「하늘의 다리」는 그런 앞선 소설들의 연장선상에 있으면서도 화가-예술가를 주인공으로 삼은 본격적인 예술가 소설이다. 그런 만큼 여기에는 이전 소설들에 비해 예술이란 무엇이고 또 어떠해야 하는가에 대한 한층 본격적인 성찰이 담겨 있다. 그런 의미에서 「하늘의 다리」는 '소설로 쓴 예술론'이라는 평가에 값한다. 아니, 소설론이 좀 더 정확한 말이겠다. 화가를 등장시켜 미술적 발상과 화법으로 문제를 사유하고 풀어가고 있지만, 최인훈의 궁극적인 관심은 이를 통해 자기 소설의 근거와 존재 방식을 묻는 것이었기 때문이다.

「하늘의 다리」가 최인훈의 문학 세계에서 중요한 맥점이라 보아야

---

6 최인훈, '작가의 말', 『남들의 지붕 밑에서』, 청하출판사, 1992, 3쪽.

하는 것은 작품의 이런 면모와 정황 때문이다. 그리고 무엇보다 여기에는 최인훈 소설의 방법론이 대면한 문제 상황에 대한 고통스러운 자기 분석이 있다. 따라서 「하늘의 다리」에 대한 읽기가 갖는 의미는 단순히 한 작품에 대한 해명의 차원에 머물지 않는다. 이런 문제의식을 바탕으로, 여기서는 작품 자체의 내적 논리를 재구성하면서 그 문학적 자기분석의 집약으로서 「하늘의 다리」가 최인훈의 문학 세계에서 차지하는 의미와 맥락을 따라가본다.

현실의 음모, 생활의 공포

순수미술에 뜻을 두고 있으나 실패를 거듭하고 생계를 위해 그림을 그리는 화가 김준구가 있다. 전쟁 중 LST(전차양륙함, landing ship tank)를 타고 월남한 그는 부두 노동, 미군부대 등을 전전하다가 지금은 간신히 그림으로 밥을 벌어먹고 있다. 그는 생활의 불안에 시달리는 무력한 생활인이자 전락한 예술가다. 소설을 이끌어가는 사건은 크게 둘이다. 그 하나는 옛 은사인 한동순 선생의 편지를 받으면서부터 시작된다. 편지는 딸인 성희가 집을 나가 소식이 묘연하던 중 서울에서 어느 비어홀의 여급으로 있다 하니 찾아달라는 내용이다. 그는 편지를 받고 곧 성희를 수소문해 만나지만 그녀는 종내 다시 종적을 감추고 그 사이 한 선생이 죽었다는 소식을 듣는다. 이 사건은 깊이 묻혀 있던 과거의 기억을 불러오는 동시에 "거대한 피난민촌"[7]에서 실패한 화가로 전락하고 만 자기의 처지를 고통스럽게 돌아보게 만든다.

다른 하나는, 하늘에 떠 있는 다리를 목격하는 것이다. 전자가 예측할 수 없고 감당하기 힘든 삶의 무게를 일깨우는 외부의 사건이라면 '하늘의 다리'는 일종의 증상이라고도 할 법한 (무)의식 내부의 사건이다. 아무렇지 않게 하늘에 떠다니는 여자의 다리를 보는 그는, 그 형상을 '착각'이라고 말한다.

보도에 내려서서 조금 걸어가다가 준구는 또 '그 착각'을 일으켰다. 그것은 착각이라기보다 '허깨비'라고 하는 편이 옳았다. 갠 밤하늘에 여자의 다리 하나가 오늘도 걸려 있다. 허벅다리 아래만 뚝 잘린 다리다. 쇼윈도에 양말을 신겨 거꾸로 세워놓은 마네킹의 다리가 하늘 한가운데 애드벌룬(氣球)처럼 떠 있는 것이다. 창백한 큼지막한 달이 떠 있는 하늘은 밝고 싸늘하다. 다리는 달빛을 받아 별처럼 빛난다. 발을 아래로 제대로 허공을 밟고 선 다리는 한쪽뿐인데 허벅다리 위에서 끝나 있다. 그런데 그 끊어진 대목이 마네킹과 다르다. 끊어진 대목에서 피는 흐르지 않는다. 있어야 할 둥근 절단면이 없는 것이다. 아무리 뒤로 돌아가서 절단면을 보려고 해도

---

7 최인훈, 「하늘의 다리」, 『하늘의 다리/두만강』, 문학과지성사, 1994, 66쪽. 아래에서 이 소설을 인용할 때는 인용문 뒤에 쪽수만 적는다.

보이지 않는다. 절단면은 자기 그림자를 밟으려고 할 때처럼 시선에서 벗어난다. 끊어진 다리. 그런데 끊어진 자리가 없다.(26쪽)

하늘을 즈려밟고 둥실 떠 있는, 절단면이 보이지 않는 끊어진 여자의 다리. "그것은 마네킹의 다리가 아니라 분명히 살아 있는 사람의 다리였다."(27쪽) 한 번만이 아니다. 김준구에게 그 '허깨비'는 아무 맥락도 없이 수시로 목격된다. 그리고 작가는 그에 대한 묘사를 곳곳에서 거의 유사한 방식으로 반복한다. 그렇다면 저 다리는 도대체 무엇인가? 그것은 무엇을 의미하는가?

이런 물음에 최인훈 자신은 일찍이 '하늘의 다리'가 "에로스의 심볼이자 미의식의 심볼이며, 실존적인 고독의식과 사회적인 비판의 상징"이라 답했다.[8] 에로스, 미의식, 고독의식, 사회적 비판, 그 모든 것의 상징이란 얘기다. 이후 논의도 크게 다르지 않다. 해석은 여러 갈래인데, 대략 이렇다. "예술의 진정성을 성찰케 하는 내적 상징",[9] "예술적 이상 혹은 예술가로서의 존재 방식에 대한 은유",[10] "예술적 승화의 가능성을 심문하는 미학적 장치",[11] "전도된 세계의 이미

---

8 최인훈 · 진형준(대담), 앞의 글, 218쪽.
9 양진오, 앞의 글, 88쪽.
10 황경, 앞의 글, 392쪽.
11 장문석, 「실패의 '전통'으로 유비를 탈구축할 수 있는가—1960~70년대 최인훈의 소설 쓰기와 한국 근대(문학)의 '전통'」, 한국현대문학회, 『한국현대문학연구』 53, 2017, 269쪽.

지", [12] "현실과 이상을 연결하고자 하는 예술의 욕망", [13] "풍속에 대한 자유로운 탐구를 제약하는 금기의 산물" [14] 등등. 그렇다면 '하늘의 다리'의 진짜 의미는 이중에서 무엇인가?

사실을 말하자면, 이런 물음은 그다지 의미가 없다. 그보다 여기서 핵심은 이처럼 (작가 자신의 논평까지도 포함하여) '하늘의 다리'의 상징성에 대한 해석이 하나로 모이지 않고 각자의 초점에 따라 여러 갈래로 갈리는 것 자체가 오히려 그것의 어떤 특성을 보여주는 징후라는 점이다. 실제로 소설에서 '하늘의 다리'는 특정한 어느 한 의미에 고정되지 않고 끊임없이 의미를 일탈하고 미끄러지면서 관심의 초점을 이동시킨다. 예컨대 그것은 김준구의 의식의 흐름 속에서 성희의 다리와 그의 '뻗 다리', 화폭에 그린 다리, 한강변에서 발견된 여자 사체의 다리 등과 연쇄적으로 연결되면서 끊임없이 움직인다.

'하늘의 다리'가 무엇을 의미하는가, 라는 물음이 그리 생산적이지 않은 것은 이 때문이다. 최인훈의 말처럼 그것은 저 모든 것을 의미할 수 있지만 거꾸로 아무것도 의미하지 않을 수도 있다. 이런 측면에서 들뢰즈와 가타리라면 아마도 그것이 무엇을 '의미'하는가가 아

---

12 김건우, 「신화적 만남과 우리—최인훈의 「하늘의 다리」와 자기동일성의 길」, 『문학과사회』 2020년 봄호, 381쪽.

13 김현주·이상재, 앞의 글, 167쪽.

14 정영훈, 「풍속소설의 가능성과 한계—「하늘의 다리」론」, 한국현대문학회, 『한국현대문학연구』 62, 2020, 325쪽.

니라 어떻게 '작동'하는가를 물어야 한다고 말했을 것이다.[15] 들뢰즈와 가타리의 저 말이 무의식의 운동을 두고 한 말이라면, 이는 '하늘의 다리'에도 적중한다. 하늘의 다리는 아무리 그리려고 해도 그려지지 않는다. "잘린 다리 하나가 그림의 공간 속에 들어앉아 주지를 않는 것이다."(100쪽) 이렇게 소설에서 하늘의 다리는 마치 무의식처럼 상징화되지 않는 것, 상징화에 저항하는 어떤 것으로 나타난다. 그것은 의식에 붙잡히지 않고 그려지지도 않으며 오히려 끊임없이 의미를 일탈하면서 움직인다. 그리고 작동한다. 어떻게?

처음엔 무덤덤하게 받아들여진 다리의 환상적 이미지는 수시로 다른 이미지들과 접속하면서 의미를 생성하고 이동하고 부풀려간다. 그의 머릿속에서 하늘의 다리는 시각적 유사성을 매개로 소설에 등장하는 실제 인물들의 다리와 연쇄적으로 연결된다. 이를 지렛대로 해서, 환영 속의 다리는 의식의 흐름을 타고 생활과 예술에 대한 그의 상념을 이끌어낸다. 하늘의 다리는 그렇게 김준구의 의식을 자극하면서 사유를 촉발한다. 이때 하늘의 다리와 실제 다리의 의식적 몽타주가 이끌어내는 상념은 크게 두 가닥인데, 그 둘은 바로 생활의 공포와 예술의 공포다.

이 둘을 차례로 살펴보자. 먼저 생활의 공포. 집 나간 딸을 찾아달라는 옛 은사 한 선생의 편지는 생활의 무게에 시달리는 전락한 예술

---

15 질 들뢰즈 · 펠릭스 가타리, 『안티 오이디푸스』, 김재인 옮김, 민음사, 1997, 195쪽.

가로서의 자신을 고통스럽게 되돌아보게 만드는데, 그 정점에 성희가 있다. 김준구는 비어홀을 찾아 성희를 만난 후 생각한다. "한 선생의 딸이 비어홀에서 술을 따르는 것을 보았을 때, 그는 슬프다기보다 그로테스크하다는 느낌을 받았다. 섬뜩하고 무서웠다."(75쪽) 그렇게 그는 "괴담(怪談)과 같은 무서움"(같은 곳)을 느꼈다. 여급으로 전락한 스승의 딸에게서 전락한 자기를 보기 때문이다. "자기가 비참하다는, 자기도 비참해질 수도 있다는 증거—그것이 성희였다."(76쪽) 그렇게 성희는 "세상살이의 피 묻은 두려움"(75쪽)을 일깨우는, 다시 말해 생활의 공포를 환기하는 존재다. 하늘에 떠 있는 다리는 성희의 다리와 겹쳐지는 착각을 통해 그의 의식의 흐름 속에서 생활의 공포에 대한 감각과 접속한다. 성희가 자기 집을 찾아왔을 때, 성희를 보고 그는 생각한다. "더욱 놀라기는 그녀의 다리가 먼저 보였고 준구에게는 그것이 그의 환상의 다리로 보였다."(43쪽) 이런 연상은 계속된다.[16]

그리고 하늘 복판에 붕 떠 있는 다리가 가끔 보인다. 왠일인지 성희의

---

16 그리고 여기에, 김준구의 '삔 다리'도 빼놓을 수 없다. 계단을 내려오다 발을 헛디뎌 낙상하는 바람에 삔 다리. 몸의 사정은 환자의 사회생활과 무관하지 않다고 하며 "몸이 마음이요 개인이 사회"(92쪽)라고 말하는 한의사의 진단을 그가 굳이 옮겨놓고 있는 데서 그 '삔 다리'가 전락의 공포를 은연중 몸으로 드러내는 표식임이 암시된다. 그리고 이러한 상징적 거세의 이미지는 묘하게도 허벅다리 위에서 잘려버린 '하늘의 다리'의 이미지와 알게 모르게 오버랩된다.

다리라는 생각이 난다. 성희를 알기 전부터 보아온 환상이니 그럴 리가 없는데도 어쩌다 퍼뜩 그렇게 이어지자 그 두 가지 오브제는 단단히 들러붙어서 서로 그림자가 되고 몸이 되고 하면서 떨어지지 않게 됐다. 사실 흡사한 일이었다. 성희는 분명히 이 도시의 어딘가에 있으면서 준구에게는 그 하늘의 다리나 진배없는 환상이었다.(93쪽)

성희가 "하늘의 다리나 진배없는 환상"이었다는 진술에 주목하자. 그 둘은 모두 붙잡으려 하지만 붙잡을 수 없는, 그리려 하지만 그릴 수 없는 어떤 것이다. 왜 그릴 수 없는가? 김준구는 성희의 얼굴에서 "막다른 골목의 벽"을 느낀다. "이런 벽 앞에서는 모든 이야기, 모든 앎, 그런 게 소용없어진다."(42쪽) 성희의 얼굴은 "앎이 많은 자가 되려 헤매게 되는" "미궁(迷宮)"(43쪽)이다. 그러니 그려지지 않는 것이 당연하다. 생활의 공포는 삶의 불확실함과 비참한 전락의 예감에서 오는 것이기도 하지만 그처럼 불가해한 현실을 자신의 앎으로는 감당할 수 없다는 무력감에서 오는 것이기도 하다. (하늘의 다리처럼) 현실에서도 붙잡을 수 없고 그림으로도 붙잡히지 않는(그녀는 실종되고 그림으로도 그려지지 않는다) 성희는 이를 환기하는 존재다. 하늘의 다리/성희의 다리는 이처럼 기존의 모든 앎이 속절없이 무력해지는 지점을 암시한다. 그것은 공포다. 바로 이 지점을 고리로 하늘의 다리/성희의 다리는 한강변에서 발견된 여자 사체의 다리와 겹쳐진다.

그 계기는 김준구가 3월의 어느 날 신문에서 살인 사건 기사를 읽게 되면서 찾아온다. 실제 1970년 3월 17일 강변3로에서 권총으로 살해당하고 변사체로 발견된 정인숙 사건이 그렇게 끼어든다. 그는 신문 삼면이 넘치게 찍힌 "피살자의 다리"를 보고 대뜸 "성희가 피살당했다"(109쪽)고 생각한다. 또 그 연상은 다시 하늘의 다리로 이어진다. "하늘의 다리는 한강변에 떨어졌던 것이다."(110쪽) 그뿐만이 아니다. 와우아파트 붕괴 사건(1970년 4월 8일)은 다시 한번 하늘의 다리를 소환한다.[17] 김준구가 그리던 그림은 밤하늘에 다리가 걸려 있고 그 아래로 도시의 집들이 있는 구도였다. 그는 현실에서 바로 그 도시의 집들이 무너져내린 것을 보고 "어떤 오싹함"(110쪽)을 느낀다. 그는 생각한다.

캔버스 밖에 있는 사람의 다리가 그림보다 더 환상적이고, 캔버스 밖에 있는 집이 그림보다 더 쉽사리 뭉개지는 것을 보고 불쌍하고 무능한 환쟁이는 질려버린 것이었다. 사람과 집을 그렸다 지웠다 하는 어느 보이지 않는 손. 이름 없는 화가. 보이지 않는 붓. 준구는 상대가 안 되는 화가와 그만 맞닥뜨리고 만 것이었다. 안개의 저편에 있는 노래 같은, 소금장수 귀신처럼 얼굴 없는 이 익명(匿名)의 예술가. 이런 공간 배치(配置). 등줄기

---

17 정인숙 사건과 와우아파트 붕괴 사건의 전말과 그에 대한 「하늘의 다리」의 형상화에 대해서는 송은영, 『서울 탄생기: 1960~70년대 문학으로 본 현대도시 서울의 사회사』, 푸른역사, 2018, 295~301쪽 참조.

에서 옆방 한구석에 놓인 트렁크까지의 사이에 흐르던 전류 같은 것이 성희와 피살 시체와 하늘의 다리 사이에 흐르는 것을 보았다. 그들이 준구 몰래 가맹(加盟)하고 있는 음모의 공간 같은 것.(111쪽)

"성희와 피살 시체와 하늘의 다리"의 몽타주는 "그들이 준구 몰래 가맹(加盟)하고 있는 음모의 공간"으로 지각된다. 이는 마치 그려지지 않는 성희의 얼굴처럼 기존의 모든 앎이 무력해지는 공간이다. 여기서 그를 급습하는 공포는 자기가 알 수도 제어할 수도 없는, 그래서 무력하게 지켜볼 수밖에 없는 불가해한 현실의 흐름 앞에서 느끼는 공포다. 하늘의 다리에서 성희의 다리로 이어지고 다시 여자 사체의 다리로 이어지는 잇단 환유의 연쇄가 환기한 공포는 와우아파트 붕괴사건을 접하면서 그렇게 정점에 달한다. 최인훈은 이처럼 곳곳에서 하늘의 다리와 실제 다리의 이미지를 끊임없이 겹쳐놓으면서 무력한 생활인의 불안과 공포를 환기한다. 그리고 소설에서 이는 김준구가 경험하는 예술가로서의 공포와도 긴밀히 연결된 것으로 나타난다. 어떻게?

예술의 공포와 딜레마

사실 소설에서 하늘의 다리를 매개로 환기되는 생활의 공포와 예술의 공포는 애초 분리된 것이 아니다. 이야기가 전개되는 과정에서 그 둘은 수시로 교차하고 서로의 의미를 보충하면서 한 방향으로 수렴돼나간다. 가령 화가 김준구의 예술가로서의 자의식은 예측할 수 없는 불확실한 삶과 전락의 불안에 시달리는 생활인의 공포와 곳곳에서 교차하며 그 위에 오버랩된다. 그리고 이를 매개하는 것은 그가 그리고 있는(실은 잘 그려지지 않는) 그림이다. 그가 화폭에 옮기던 것은 집들이 늘어선 도시의 밤하늘에 여자의 다리가 하늘을 밟고 있는 그림이었다. 그런데 정인숙 사건을 접하자 그는 애써 캔버스에 붙잡아두려 한 "하늘의 다리는 한강변에 떨어졌"(110쪽)다는 착각에 휘말리고, 와우아파트가 무너진 소식을 접하고는 "또 한 번 그의 캔버스가 찢어지는 소리를 들었다"(같은 곳)고 말한다. 그리고 애초에 화폭에 그리려고 한 하늘의 다리/성희의 다리는 퍼지고 뭉개지기만 할 뿐 그림 속에 제대로 들어앉아주지도 않았던 터다.

앞의 인용문에서 김준구가 "성희와 피살 시체와 하늘의 다리" 사이를 흐르는 전류를 느끼고 이를 자기 몰래 행해지는 음모라 일컫는 것은 자신을 압도하는 알 수 없는 힘의 횡포를 감지한 생활인으로서의 무력감의 표현이지만, 다른 한편 예술가로서의 무력감의 토로이기도 하다. 사람과 집을 자기 맘대로 지웠다 그렸다 하는 "상대가 안 되는 화가" 혹은 "소금장수 귀신"으로 표현되는 거대한 현실의 악의(惡意)를 "불쌍하고 무능한 환쟁이"로서는 종잡을 수도 따라잡을 수도 없다는 예술가로서의 절망감이 생활인의 공포 위에 겹쳐지는 것이다. 그 현실은 기존의 모든 앎을 무력화하고 그림의 오브제가 화폭에 온전히 들어앉는 것을 방해하는 치명적인 장애물이다. 그것은 캔버스를 찢어버리고 오브제인 다리를 화폭에서 떼어내 한강변에 던져버린다. 이처럼 아무리 애써도 하늘의 다리가 제대로 그려지지 않는 것, 그마저도 방해하는 거대한 현실의 음모, 이 모든 상황은 예술가로서 그의 예정된 실패를 암시한다. 예술의 공포는 바로 이 지점에 걸려 있다. 그렇다면 저 예술의 공포란 과연 무엇인가?

먼저, '사과 한 알'의 공포가 있다. 화가 김준구는 지금 자신이 겪고 있는 예술가로서의 공포를 세잔의 사과에 대한 해석을 통해 설명한다. 세잔의 사과란 무엇인가? 세잔이 그린 사과는 사과를 자기로부터 밀어제쳐 사과가 그것대로의 독립된 실체로서 존재하도록 하려는 노력의 산물이었다.[18] 다시 말해 세잔의 사과는 일체의 주관이나 관념, 관습이나 통념 등 기성의 인간적인 것들이 배제된 객관적 실체를 그리려는 노력의 결정체다. 그러나 김준구는 그 세잔의 사과가 주는 감각을 공포라고 말한다.

그에 반해서 세잔은 풍속에서 해방되려고 했어. 사과 한 알에야 신화고 풍속이고 관련시킬 재주가 없지 않나? 어떠한 주술(呪術)적인 의미도 어

---

18 세잔의 사과에 대한 이런 해석과 그것이 갖는 미술사적·문명사적 의의에 대해서는 D. H. 로런스, 「세잔과 상투형」, 김종철 옮김, 『예술의 창조』, 김윤수 엮음, 태극출판사, 1977, 127~158쪽 참조.

떠한 풍속적인 정서도 배제한 오브제의 조형—이것이 세잔의 길이었네. 그가 한 일은 틀림없는 과학이라 할 만한 것으로 말하자면 미술공학(美術工學)같은 것이라고 할 수 있겠지. 아무런 인간적인 의미—신화적 위안이나 풍속적 안전감을 갖지 않은 사물 자체란 것은 얼마나 무서운 것인가. 나는 그것이 과학자 세잔이 발견한 공포라고 생각하네.(114쪽)

세잔의 사과가 왜 무섭다는 것인가? 왜냐하면 거기엔 일체의 인간적인 의미가 배제되어 있기 때문이고 따라서 "신화적 위안"이나 "풍속적 안전감"도 존재하지 않기 때문이다. 그것은 "매정스럽게 제 선(線)의 밖에 있는 것들을 몸부림쳐 떼쳐버리고야 비로소 자기를 지킬 수 있는"(98쪽) 세계다. 그것은 그렇게 인간적 현실로부터 멀어지는 세계이고, 예술이란 그래서 공포다. 그에 따르면 "무서움. 삶의 무서움에 대해서 또 하나의 무서움을 만들어내는 것. 그게 예술이다."(48쪽) 김준구가 그림을 그리지 못하는 것은 자기로서는 그 공포를 감당할 수 없다고 생각하기 때문이기도 하다. 그가 하늘의 다리도, 성희의 다리도 제대로 화폭에 옮겨놓지 못하는 이유가 바로 여기에 있다. 하늘의 다리와 성희는 모두 그에게 '사과 한 알'과 다름없는 존재인 까닭이다. 그는 세잔의 사과처럼 "하늘의 다리. 그 허깨비도 바로 무엇인가를 떨쳐버리고 그렇게 있고 싶은 물건"(98~99쪽)이라고 생각하며, 성희 또한 마찬가지다. 더 큰 문제는 그렇게 사물에서 떼어버려야 하는 "제 선(線)의 밖에 있는 것들"이 김준구의 눈에는 어쩔 수 없이 보인다는 사실이고 그럼에도 그 정체마저 붙잡을 수 없다는 사실이다.

더러워서 못 살겠다. 그게 이 도시의 선(線)에, 색깔에 보이는 것이었다. 그런데 딱히 어느 선에 어느 색깔이라고 잡을 수가 없다. 과연 미술이라는 방법으로 이 느낌의 정체를 잡을 수 있는 것인가. 그런 생각만 하게 된다. 그래서 그림 한 장을 그릴 수 없다. 사과 하나에 그런 느낌을 준다는 것은 어떻게 가능한가. 악한 사과와 착한 사과라는 것이 있단 말인가. 없다면, 미술이란 얼마나 무서운 예술인가. 준구에게는 그 무서움을 감당할 준비도 없었다.(98쪽)

그는 그림 한 장을 그릴 수가 없다. "이 도시의 선(線)에, 색깔에" 묻어나는 인간적 현실의 정체를 알 수 없기 때문이다. 그런데 그걸 왜 알아야 하는가? 그는 자기 자신이 어쩔 수 없이 "그림 한 장 그리기 위해서도 문명 비평가가 돼야 하는 이 나라 서울"(72쪽)의 예술가임을 뼈아프게 자각하기 때문이다. 그리고 그것이 삶의 불확실함 속에서 방황하는 자기의 상황을 이해하는 길이기도 하기 때문이다. 그러나 캔버스를 찢어버리고 오브제를 한강변에 내던져버리는 저 현실의 정체는 미술의 눈으로는 도무지 종잡을 수도 없고 떼어내려 해도 떼어낼 수 없다. 그것은 또 다른 공포다.

어떠한 "신화적 위안"이나 "풍속적 안전감"도 없는 사물을 대면해야 하는 공포. 그리고 그림의 선과 색깔에 묻어나는 어떤 느낌의 정체를 붙잡을 수 없다는 데서 오는 절망. 이것이 김준구가 맞닥뜨리는 예술의 공포를 요약한다. 바로 이 지점에서 예술의 공포와 생활의 공포는 서로를 견인한다. 여기서 아무런 '신화적 위안'이나 '풍속적 안전감'도 없는 사물에서 예술가로서의 그가 느끼는 공포에는 기댈 수 있는 아무런 (안정적인 풍속이나 신화 같은) 발판도 없는 "거대한 피난민촌"(66쪽) 같은 현실에서 느끼는 생활인으로서의 공포가 투영되어 있다.

그의 절망은 자기의 그림에서 하늘의 다리를 감싸던 후광이 사라지는 상징적인 대목에서 극대화된다. "너무나 사(私)적인 기억에 의지하고 있는 그 후광"(108쪽)의 사라짐은 성희가 실종된 후 처음 목격되고, 정인숙 사건과 와우아파트 붕괴 사건을 접한 뒤에 다시 한번 목격된다.[19] 그리고 그는 절망한다.("준구는 틀림없이 절망했다", 같은 곳) "하늘의 다리는 성스러운 손이 닿은 물건처럼 후광에 싸여 있었다. 바로 그것이었다. 그러나 다음 순간에 후광은 사라졌다. 너무나 공(公)적인 장소에 비친 그 후광은 햇빛처럼 감춰진 것이었다."(111쪽) 성희의 실종과 정인숙/와우아파트 사건은 그의 그림의 배면에서 보이지 않게 영향을 끼치는 어떤 공적인 것의 실재(the Real)를 암시

---

19 최인훈은 이 후광의 사라짐을 두 번에 걸쳐 거의 비슷한 문장으로 반복적으로 묘사하며 강조한다.(108쪽과 111쪽)

한다. 후광의 사라짐은 그것의 정체를 알아내고 담아내지 않으면 그의 그림은 한낱 "사제(私製)의 토템"(108쪽)에 지나지 않을 것임을 암시하는 자의식의 작용이다.

　김준구의 예술가로서의 딜레마는 바로 이 지점에 걸려 있다. 세잔의 사과 한 알처럼 그는 인간적인 현실을 그림의 선과 색깔 바깥으로 밀어낼 수 없다. 인간적 현실을 지탱하는 신화적 위안과 풍속적 안전감이 없는 사물 자체란 공포이기 때문이다. 그렇다고 그 선과 색깔에 인간적 현실의 느낌을 입힐 수도 없다. 그 현실의 정체를 알 수도 없을뿐더러 그가 경험한 현실이란 신화적 위안이나 풍속적 안전감과는 거리가 먼,[20] 차라리 그것을 뒤흔드는 파괴적인 힘이기 때문이다. "공포를 극복한 목숨의 힘—그게 문화"(115쪽)라고 생각하는 그의 입장에서, 그 공포는 반드시 극복되고 길들여져야 하는 것이다. 하지만 그것은 불가능하다. 모든 시대는 "자기 시대의 점잖음"(115쪽) 즉 문화를 가져야 하지만 우리는 그럴 수 없기 때문이다. 이는 대도시 서울을 "이끼가 끼지 않는" "굴러가는 돌"처럼[21] 어수선한 난장판 같

---

[20] 김준구가 생각하는 이런 한국적 현실은 다음 구절에서 비유적으로 설명된다. 이때 "우상"(偶像)이나 "위패요 염주", "자기보다 더 큰 무엇을 습관적으로 부르는 동작" 등은 "신화적 위안"이나 "풍속적 안전감"과 의미상 유사한 계열이다. "이 고통스런 삶을 경영하면서 아무 우상(偶像)도 없이 사는 지가 벌써 얼마나 되는가. 길이 다급하다 보니 바가지 한 짝은 놓지 않았으나 위패요 염주 따위는 집어 던진 지 오래다—우리네는. 준구는 진정 안타까웠다. 이럴 때도 입이나 손이 자기보다 더 큰 무엇을 습관적으로 부르는 동작을 모르고 살아온 삶이 처량했다."(104쪽)

[21] 최인훈은 다음 구절에서 김준구의 입을 빌려 문화를 '이끼 앉은 돌'에 비유한다. "그런데 그

은 피난민촌으로 경험하는 그의 입장에선 당연한 논리다.

　김준구는 이 딜레마를 미술가로서는 풀 수 없다고 생각한다. 그것은 그에게 풀 수 없는 수수께끼다. 그리고 이 모든 사유를 촉발한 중심에, 성희가 있다.

　성희의 일만 해도 그래. 나는 그 사건 전체를 세잔의 사과처럼 오브제로밖에는 이해하지 못하고 있네. 나에게 준 충격—그것만은 확실한 것이지만 나는 그 풍속적 의미도, 신화적 의미도 밝힐 힘이 없네. 다만 확실한 것은 감각적 공포일 뿐, 그 이상은 내게는 풀 길 없는 수수께끼일 뿐이야. 그리고 미술이라는 내가 전공하는 방법으로써는 해결할 수 없네. 미술가는 그런 것은 몰라도 되는 것일까? 만일 그렇다면 전문가로서만 산다는 것은 얼마나 두려운 일인가? 사람은 전문가이자 시민이니, 자기가 전공하는 일이 과연 어떤 시민적 의미를 가지는가를 알아야 하지 않겠나? 실은 그동안 나는 그림을 하나 손대고 있었는데 내 그림은 자꾸 캔버스의 테두리를 벗어나서 급기야 놀라 자빠질 곳으로 나를 데리고 가더군.(115쪽)

　오직 감각적 공포만이 확실할 뿐, 모든 것이 수수께끼다. 그림으로 그려보려 하지만 그마저도 쉽지 않다. 자기를 압도하는 현실의 풍

동안의 역사가 얼마나 변화가 심했었나? 굴러가는 돌에 이끼가 끼지 않는다는 말이 있지 않은가? 진짜란 것은 이끼가 앉아야 하는 것일세. 그게 문화라는 것이지."(114~115쪽)

속적 의미와 신화적 의미는 도대체 알 수가 없는데 그걸 알지 못하면 그림 하나도 제대로 그릴 수 없는 상황. 이것이 화가 김준구가 처한 상황이다. 오히려 모든 앎과 수고를 무력화하는 캔버스 바깥의 세계가 그림의 세계를 침범하고 무너뜨린다. "삶을 위해 삶을 떠나는 삶의 모습"(70쪽)이 예술이라 생각했던 그의 미술적 인식은 그렇게 벽에 부딪힌다. 삶을 위해 삶을 떠나려 하지만 오히려 바로 그 삶은 예술이 삶을 떠나지 못하게 가로막는 결정적인 장애물로 작용함을 깨닫기 때문이다. 그렇게 이 지점에서 '사과 한 알의 공포'는 시민이 아닌 전문가로서(만) 산다는 것의 공포로 확장된다. 예술이란 현실로부터 멀어지는 방법적 추상(抽象)이고 그래서 "환쟁이는 캔버스 밖으로 나가서는 안" 되지만, 그는 "인간의 마을에 대한 믿음 없이는 방법적 고립도 불가능하다는 것"(116쪽)도 알고 있다. 하지만 그의 문제는 "인간의 마을에 아직 믿을 만한 것이 있는지 없는지"조차도 알 수 없다는 데 있다. 그리고 그는 이 딜레마가 미술의 방법으로는 해결될 수 없을 것이라 말한다. 그렇다면 소설로는 가능할 것인가? 화가 김준구는 친구인 소설가 한명기에게 이렇게 적는다.

여보게 나에게 믿음을 주게. 인간의 마을에 아직 믿을 만한 것이 있는지 없는지, 나의 이 공포가 무지한 소치이고 미술이라는 제한된 인식으로는 알아볼 길이 없으나 소설로는 알 수 있는 무슨 까닭이 있는지 없는지 알려주게, 그런 소설을 써주게.(116쪽)

미술이 아닌 소설이라면 과연 저 공포를 길들이고 인간의 마을에 믿을 만한 것이 있는지 알 수 있을 것인가? 최인훈의 「하늘의 다리」는 이처럼 방법적 고립의 공포에 직면한 화가의 딜레마를 통해 자기 소설의 문제를 사유하는 소설이다. 화가를 등장시켜 화가의 발상으로 이야기를 풀어가고 있지만, 화가인 김준구가 직면한 공포와 딜레마에는 사실 최인훈 자신의 소설 쓰기에 대한 고민과 자의식이 거의 그대로 투영되어 있다. 무엇보다 원산 출신으로 전쟁 때 LST를 타고 남하해 예술가로 살아가는 김준구의 이력과 뿌리 잃은 자로서의 자의식은 모두 작가 자신의 그것을 그대로 옮겨놓은 것이며, 이것이 전작인 『회색인』과 『서유기』의 주인공 독고준의 그것과도 상통하는 것임은 말할 것도 없다. 특히 풍속의 구체성보다 방법적 추상으로 기울었던 것이 앞선 최인훈 소설의 경향이었음을 고려할 때, 방법적 고립의 공포와 딜레마를 고백하는 「하늘의 다리」가 그런 자신의 소설에 대한 자기 점검으로서의 의미를 갖는다고 할 근거는 충분하다.

소설의 궁지, 소설을 돌아보는 소설

바로 이 지점에서 우리는 잠시 『회색인』의 한 구절을 「하늘의 다리」의 옆에 나란히 놓아볼 필요가 있다. 미술적 방법의 한계에 대한 김준구의 저 자의식과 그에 이르는 행적은 흥미롭게도 『회색인』의 주인공 독고준의 그것을 그대로 반복하는 것이기 때문이다. 다음은 『회색인』에서 펼쳐지는 독고준의 상념이다.

그는 그림으로 하면 몬드리안을 끼리꼬보다 더 좋아하였다. 더 순수하기 때문에 일상(日常)의 선입관을 너덜너덜 달고 나타나는 끼리꼬나 달리의 그림보다 완전한 형식의 노름(도박)을 하는 몬드리안의 화면에 더 끌렸던 것이다. 그러나 몬드리안의 세계는 문학으로서는 만들어내기 불가능한 것이었다. 기하학과 같은 무조건의 보편성은 더욱이 산문의 경우에는 불가능한 일이다.

이처럼 독고준의 소설은 언제나 서장(序章)에서 무너지기가 일쑤였다. 그것은 구체적인 조명과 옷과 무대 위에서 자연스러운 시간을 따라 일어나는 드라마가 아니고 언뜻 머리에 스치는 어떤 그림에서 시작하기 때문이었다. 그는 소설가이면서(이려고 하면서) 화가처럼 발상(發想)하고 있었던 것이다."[22]

여기서 독고준은 자신이 "소설가이면서(이려고 하면서) 화가처럼 발상(發想)하고 있었"다고 말한다. 「하늘의 다리」는 문학적 글쓰기에 대한 이 화가적 발상을 실제 화가를 등장시켜 그대로 소설로 옮겨

---

22 최인훈, 『회색인』, 신구문화사, 1967, 134쪽.

놓은 듯한 작품이다. 그런 측면에서 화가의 눈과 발상으로 세상과 예술을 이해하는 「하늘의 다리」의 그림 그리기가, 소설가이지만 화가처럼 발상한다는 『회색인』의 주인공 독고준의 소설 쓰기를 소설로써 재연(再演)하는 것이라 볼 여지도 충분하다. 화가처럼 발상하는 독고준의 소설이 언제나 서장에서 무너지는 것처럼, 「하늘의 다리」에서 김준구의 그림도 뭉개지고 무너진다. 『회색인』에서 몬드리안 같은 "완전한 형식의 노름(도박)"이 문학에서는 불가능하다는 독고준의 인식이 「하늘의 다리」에서 '방법적 고립'의 한계에 대한 자각으로 변주되는 것도 그렇다. 더욱이 「하늘의 다리」에서 최인훈은 화가의 입을 빌려 사과 한 알에서 모든 관념과 풍속을 배제한 세잔의 그림을 "미술공학(美術工學)"(114쪽)으로 비유하는데, 이 또한 몬드리안 그림의 '기하학적 보편성'에 대한 『회색인』의 이해와 상통하는 것임은 물론이다.

그런 측면에서 볼 때 「하늘의 다리」의 예술론(소설론)은 『회색인』에서 단편적으로 시사되는 예술론의 확장이기도 하지만, 최인훈 소설 전체의 문제의식과 방법론을 거울처럼 반사하는 문학적 자기성찰의 소설적 집약이기도 하다. 예컨대 「하늘의 다리」에서 김준구가 성희의 실종과 정인숙 사건/와우아파트 붕괴 사건을 접하고 자기 그림에서 후광이 사라지는 것을 목격하는 대목을 보자. "너무나 사(私)적인 기억에 의지하고 있는 그 후광"(108쪽)은 "너무나 공적(公的)인 장소"(111쪽)에 비치자마자 가뭇없이 사라진다. 이 장면에서 최인훈은 예술의 성취가 저 '공적인 장소'에 대한 탐구와 무관하지 않음을 암시하는 것이지만, (앞에서 보았던 것처럼) 김준구는 "인간의 마을"에 믿을 것이 있는지 없는지조차 알 수 없다고 말한다. 그러면서 김준구는 이를 소설로는 알 수 있는지 알아봐달라고 하는데, 그러지 않아도 최인훈의 소설은 이미 김준구의 청탁을 오래전부터 들어주고 있었다.

무엇보다 『회색인』은 이땅의 "인간의 마을"에 과연 "믿을 만한 것이 있는지 없는지"를 끊임없이 의심하고 회의하는 데카르트적인 방법적 회의로 가득차 있는 소설이다. 방법적 회의는 최인훈의 소설들에서 전개되는 사유의 특징이기도 한데,[23] 그런 의심과 회의가 종결되지 않고 끊임없이 거듭된다는 것 자체가 화가 김준구가 소설가 친구에게 알아봐달라고 했던 "믿을 만한 것"이 한국적 현실에는 존재하지 않음을 반증하는 최인훈식의 증명이다. 최인훈 소설의 맥락에서 이때 인간의 마을에 '믿을 만한 것'이 존재하지 않는다는 것은 (최인훈의 어법으로) '공(公)'이 존재하지 않는다는 말과 같다. 달리 말하면 한국사회에는 삶을 안정되게 지탱할 수 있는 연속적 바탕이나 보편성, 혹은 문화적 동일성이 존재하지 않는다는 것이 최인훈의 생

---

23 특히 『광장』의 주인공 이명준은 자아의 확실성을 증명하는 데카르트의 방법적 회의를 이렇게 명시적으로 모방하기도 한다. "에고라는 낱말 속에는 밥이며, 신발, 양말, 옷, 이불, 잠자리, 남부금, 담배, 우산…… 그런 물건이 들어 있지 않았다. 오히려 어떤 물건에서 그것들 모두를 빼버리고 남는 게 에고였다. 모든 것을 의심한 다음까지, 덩그렇게 남는 의심할 수 없는 마지막 것. 철학도(哲學徒) 이명준에게 의미 있으며, 실감 있는 에고란 그런 것이었다." 최인훈, 『광장』, 정향사, 1961, 61~62쪽.

각이다. 이에 대한 비관적 인식은 최인훈의 소설에서 다양한 표현으로 반복되는데, 예컨대 한국의 상황을 "고전적(古典的) 생활의 질서가 아직 잡히지"[24] 않았고 "자기의 매너의 보편성, 특수 속의 보편성이라는 대지에 굳게 발을"[25] 딛지 못했다고 요약하는 것이 대표적이다. 이것이 최인훈 소설의 지속적인 문제의식이었음은 「하늘의 다리」가 완결된 이듬해인 1971년 10월에 발표된 소설 「갈대의 사계 3」(『소설가 구보씨의 일일』 6장)에서도 다시 한번 확인된다. 거기서도 구보씨는 이렇게 말한다.

스스로 '실감'이라고 생각하는 내용은, 실감임에는 틀림없지만 아주 좁은 시야에 비치는 '私'의 세계에 지나지 않을 수도 있다. '私'의 느낌은 아무리 절실하더라도 서사시가 되지는 못한다. 아무리 뛰어나도 그것은 서정의 세계다. 눈먼 개인의 심장의 뛰는 소리다. 세상의 지평선이 보이는 '公'의 세계 속에 있는 개인을 그리자면, 그 사회에 '公'이, 공기가 있어야 한다. 그 '公'은 워싱턴에 모스크바에 있는 것이라는 것을 배운 세월이 구보씨의 피난 살림이었다.[26]

'공(公)'의 세계 속에 있는 개인을 그리려면 그 사회에 먼저 '공

---

24 최인훈, 『회색인』, 289쪽.
25 최인훈, 「크리스마스 캐럴 V」, 『크리스마스 캐럴/가면고』, 문학과지성사, 1976, 169~170쪽.
26 최인훈, 『소설가 구보씨의 일일』, 문학과지성사, 1991, 138~139쪽.

(公)'이 있어야 하지만, 피난민촌 같은 한국사회에 그런 것은 존재하지 않는다는 얘기다. 자신의 그림이 공적인 빛에 비추어보면 한낱 "사제(私製)의 토템"에 지나지 않을 것이라는 「하늘의 다리」의 절망은 여기에서 그 상호텍스트적 맥락을 얻는다.[27]

「하늘의 다리」는 그렇게 인간의 마을에 믿을 만한 것이 존재하지 않는, 혹은 '공(公)'이 부재하는 한국적 현실에서 소설이 처한 존재 상황을 묻는 소설이다. 그리고 화가 김준구가 직면하는 공포와 딜레마에는 최인훈 자신의 소설이 처한 문제 상황에 대한 자의식이 투영된다. 그런 측면에서 「하늘의 다리」에서 그려지는 공포와 딜레마는 자신의 소설이 직면한(했다고 생각하는) 문제를 그대로 극화(劇化)한 것이라 할 수 있다. 그것은 (세잔이나 몬드리안 같은) 화가의 발상법, 달리 말해 풍속의 구체(具體)를 떠난 방법적 추상에 대한 반성적 성찰이기도 하지만, 다른 한편 비록 실패하더라도 그러한 접근법이 불가피함을 확인하는 일종의 자기 점검이기도 하다. 이때 세잔의 사과 한 알의 공포란 다름 아닌 자신의 소설 쓰기에서 느끼는 최인훈

---

27 「하늘의 다리」와 관련한 최인훈의 다음 논평도 이를 뒷받침한다. "의견의 일치란 여기서는 문화적 동일성을 말한다. 우리는 현재 그런 동일성이 미형성(未形成)인 시기를 오래 살고 있다. 이런 시대를 사는 사람들은 자기 인생에게 어떤 안심입명(安心立命)을 주기를 누구보다 바라면서 어디에서도 그것이 얻어지지 않는 상태에 놓이게 된다. 나는 이런 무정형의 공포를 우리 시대의 가장 큰 문제라고 생각한다."(최인훈, 「입명의 형식」, 『문학과 이데올로기』, 문학과지성사, 1980, 352쪽) 여기서 '공'의 부재는 '문화적 동일성'의 미형성이라는 표현으로 부연된다.

자신의 공포다. 그리고 최인훈 자신도 어느 자리에서 이 공포를 이야기하고 있었다.

나는 늘 내가 소설에 접근하는 것이 어떤 의미에서 자기 모국어의 대지에서부터 출발을 하지 않고 마치 외계인이 로케트를 타고 점점점점 대지를 향해 내려가면서 충돌을 전전긍긍하여 기어를 확 꺾는 식의 거꾸로 된 비상(飛翔)이 확실하다고 생각하고 있어요. (……) 다만 그것은 땅으로부터 위로 올라오는 것이 아니라 허공중에서 땅으로 내려가면서 계산을 까딱 잘못하면 그 순간에 그야말로 현실로부터 이별이 될 수밖에 없는 완전히 인공적인 현실이었고, 이런 현실에 의해서 작업을 오래 하다 보니까 **어떤 공포감** 같은 것이 느껴졌어요. 과연 이것이 내가 생각하는 그런 것인가, 혹은 소설가로서의 무능력을 그때마다 간신히 돌파하는 데 지나지 않는 것인가, 다른 사람들은 넓은 땅 위에서 춤을 추면 그것이 그대로 산문의 노래가 되는데 나는 공중에 거꾸로 서서 무언가를 해보고자 하는 것이 아닌가, 그런 **예술가로서의 본능적인 공포**가 있더구만요.[28]

최인훈은 자신의 글쓰기가 허공중에서 땅으로 내려가는 거꾸로 된 비상(飛翔)이었으며 현실로부터 멀어질 가능성을 내포한 "완전히 인

---

28 최인훈·김현(대담), 「변동하는 시대의 예술가의 탐구」, 『신동아』, 1981년 9월호, 224~225쪽. 강조는 인용자.

공적인 현실"의 제작이었음을 고백한다. 풍속의 구체를 떼어버린 이러한 방법적 추상의 작업은 『서유기』에서 극대화되고 「총독의 소리」 연작에서 정점에 달했음을 우리는 알고 있다. 공중에 거꾸로 서서 현실과의 이별을 감내하는 이런 방식의 글쓰기가 "예술가로서의 본능적인 공포"를 불러왔다는 최인훈의 고백은 「하늘의 다리」에서 언급되는 "방법적 고립"의 공포가 최인훈 자신의 소설 쓰기가 안고 있는 딜레마에 대한 자의식을 반영하는 것임을 보여주는 것이다.

최인훈의 문학 세계에서 「하늘의 다리」가 갖는 위치는 이 소설이 그처럼 (허구적 설정을 빌린) 자기 소설에 대한 문학적 자기 점검이라는 사실과 무관하지 않다. 이와 동시에 「하늘의 다리」는 일종의 문학적 전환점으로서의 의미 또한 지니고 있었다. 가령 『광장』 이후 「구운몽」 『회색인』 『서유기』로 이어지는 최인훈의 소설은 대부분 '고고학적 탐구'라 이름할 수 있는 것이었다. 이 소설들이 대부분 지금의 현실과 의식 구조가 어떻게 형성되었으며 그 속에서 '나'는 무엇인가라는 물음을 물으면서 과거와 기억의 지층을 파헤치는 방식으로 전개되기 때문이다. 과거의 현실을 사실적으로 그리든(『회색인』) 아니면 꿈이나 환상을 통한 비사실주의적 수법을 동원하든(「구운몽」 『회색인』) 이 점은 마찬가지다. 반면 「하늘의 다리」는 당대적 현실을 배경으로 당시 실제 벌어진 사회정치적 사건들을 등장시키면서 어지러운 현실을 관망하는 예술가이자 생활인으로서의 반응과 고민을 그린다. 더욱이 이 소설은 허구적 설정을 기반으로 하면서도 한편으론 실제 작품 연재 시점과 바로 맞닿은 1969년 말에서 1970년 초를 시간적 배경으로 그 사이에 벌어진 현실의 사건들(KAL기 피납, 정인숙 사건, 와우아파트 붕괴)에 대한 반응을 즉각적으로 담아낸다.[29] 그런 측면에서 「하늘의 다리」는 과거의 기억을 탐구하는 '고고학'에서 예술가소설의 형식으로 당대의 현실을 성찰하는 '고현학'으로의 전환을 알리는 출발점[30]이라 할 수 있다.

이토록 불가피한, 소설의 운명

「하늘의 다리」는 소설로 쓴 소설론이다. 이 소설에서 최인훈은 소

---

29 「하늘의 다리」에는 소설이 씌어진 시점과 맞닿은 시점에서 벌어진 이 당대적 사건들을 신문을 통해 접하고 이에 반응하는 화가 김준구의 모습이 그려지는데, 이런 수법은 『소설가 구보씨의 일일』의 방식과 유사하다. 이는 「하늘의 다리」가 『소설가 구보씨의 일일』에 앞서 그와 근사한 발상과 방법으로 씌어진 것임을 확인할 수 있는 일면이다. 『소설가 구보씨의 일일』에서 신문을 보고 신문의 내용에 대해 생각하고 말하는 장면이 많음을 지적하고 그 의미를 소설가의 '윤리적 실패'로 읽는 논의는 신제원, 「최인훈의 문명론과 문학예술론을 통해 본 『소설가 구보씨의 일일』 연구」, 민족어문학회, 『어문논집』 93, 2021, 185~192쪽 참조.

30 구재진은 최인훈의 『소설가 구보씨의 일일』이 미래의 눈으로 과거를 보는 '고고학'에서 현재의 눈으로 현재를 보는 '고현학'으로의 전환을 보여주는 작품이라 평가한다. 그러나 이와 달리 고현학으로의 전환은 그 이전에 이미 「하늘의 다리」에서 부분적으로 시작되었고 그 점에서 『소설가 구보씨의 일일』보다 앞서 있었다고 보는 것이 옳다. 구재진, 「최인훈의 고현학, '소설노동자'의 위치―『소설가 구보씨의 일일』 연구」, 한국현대문학회, 『한국현대문학연구』 38, 2012, 319~324쪽.

설 쓰기에 대한 자의식을 화가의 입을 빌려 화가의 발상으로 펼쳐놓는다. 사실 최인훈은 이 이전에도 이미 등장인물의 생각이나 다양한 형태의 메모, 노트, 코멘터리 등을 통해 소설의 곳곳에서 나름의 예술론 혹은 문학론을 개진해왔다. 「구운몽」 『회색인』 『서유기』 등의 소설에서 그 점은 특히 두드러진다. 이 소설들에서 최인훈의 문학론은 인물 간의 대화나 의식의 흐름에 얹혀 펼쳐지거나(『회색인』 『서유기』) 해체적 서사의 군데군데에 부분적이고 파편화된 형태로 삽입된다.(「구운몽」 『서유기』) 이 소설들에서 펼쳐지는 문학론은 예술 일반론일 경우도 있고 한국적 상황의 특수성 속에 놓인 예술(문학)의 존재 방식에 대한 성찰인 경우도 있지만 대부분 일회적인 단상(斷想)의 형식이다. 또 다른 한편에서 그것은 (지금 쓰고 있는) 자기 소설의 특성과 방법에 대한 자기반영적 코멘터리의 성격을 띠면서 소설에 대한 작가의 자의식을 드러내는 장치[31]로 기능하기도 한다.(「구운몽」 『서유기』) 어떤 경우든 이 이전 최인훈의 소설 속에 등장하는 문학론은 등장인물의 삶의 구체성과 어느 정도 분리된 관념적 주장이나 파편적 단상, 이론적 에세이의 성격을 벗어나지 않았다.

형상화된 예술론으로서 「하늘의 다리」의 의미는 무엇보다 바로 이 지점에 걸려 있다. 「하늘의 다리」는 당대적 현실의 한가운데서 자기

---

31 이에 대한 상세한 논의는 김영찬, 『근대의 불안과 모더니즘』, 소명출판, 2006, 163~173쪽 참조.

자신의 글쓰기가 안고 있는 문제 상황을 '소설로 쓴 소설론'의 형태로 극화(劇化)한 자기반영적인 예술가소설이다. 여기에는 어지러운 현실을 무력한 방관자로 지켜볼 수밖에 없는 생활인으로서의 당대적 감각과 그런 상황에서 소설은 어떠해야 하는가에 대한 성찰이 뗄 수 없이 결합해 있다. 이는 「하늘의 다리」의 예술론이 이전 소설들의 그것과 어떤 지점에서 갈라지는지를 시사한다. 즉 「구운몽」 『회색인』 『서유기』 등의 소설에 등장하는 예술에 대한 성찰이 등장인물의 생활의 문제와 유기적으로 결합되지 않은 이론적 혹은 관념적인 것이었다면, 「하늘의 다리」에서 비로소 그 둘은 유기적으로 결합한다. 「하늘의 다리」는 그렇게 생활의 면면에 대한 사실적 재현과 예술론이 조화롭게 결합해, 그 자체로 생활의 실감이 입혀진 소설론(예술론)이 되고 있는 소설이다. 그런 측면에서 이 소설은 당대적 현실을 살아가는 생활인이자 예술가로서의 일상과 예술에 대한 성찰을 담아낸 『소설가 구보씨의 일일』의 (한층 균형 잡힌) 허구적 버전이라고도 할 수 있다.

소설은 현실을 떠나 자기만의 자율적이고 인공적인 세계를 구축하는 것이지만 현실은 이를 방해하는 치명적인 장애물이다. 현실의 장애는 종잡을 수도 없고 지금 이 땅의 작가에겐 그럴 능력도 조건도 없지만, 그럼에도 불구하고 그 장애물과 어떻게든 함께 살아야 하는 것이 최인훈이 생각하는 소설의 운명이다. 최인훈은 「하늘의 다리」에서 해결할 수 없는 방법적 고립의 공포를 겪는 화가의 입을 빌려 그

런 상황에서 자기 소설이 처할 수밖에 없는 딜레마를 극화한다. 그가
볼 때 기댈 수 있는 아무런 보편성과 문화적 동일성이 없는 한국적
상황에서 그 딜레마는 불가피하다. 최인훈에게 그것은 비록 그 진흙
탕에 걸려 넘어지더라도 어쩔 수 없이 감당할 수밖에 없는 그의 소설
의 실존적 조건이다. 「하늘의 다리」는 그 불가피한 딜레마를 문제화
하면서 소설이 가야 할 길을 묻는다. 그리고 그 답변은 이미 최인훈
자신의 소설이 스스로 보여주고 있었다.

2장
식민(植民)의 성찰, 고통의 유희

아아, 지혜가 지혜로운 자에게 아무런 쓸모도 없는 곳에서
지혜를 갖는다는 것은 얼마나 무서운 일인가!
―소포클레스, 「오이디푸스 왕」

지적 풍속의 탐사

최인훈의 「크리스마스 캐럴」은 1963년부터 1966년에 걸쳐 발표된
연작소설이다.[1] 제목에서도 어느 정도 짐작할 수 있듯이, 최인훈이
이 소설에서 문제 삼는 것은 '크리스마스'라는 이식된 풍속이다. 그
는 이 소설에서 크리스마스를 맞아 남들처럼 외박을 하며 즐기려는

---

1 연작의 발표 지면은 각각 다음과 같다. 「크리스마스 캐럴 1」, 『자유문학』, 1963년 6월호; 「속
크리스마스 캐럴」, 『현대문학』, 1964년 12월호; 「크리스마스 캐럴 3」, 『세대』, 1966년 1월호;
「크리스마스 캐럴 4」, 『현대문학』, 1966년 3월호; 「크리스마스 캐럴 5」, 『한국문학』, 1966년
여름호.

'옥이'의 시도를 저지하기 위해 '나'(철)와 아버지가 꾸미는 엉뚱한 계략, 와중에 펼쳐지는 희극적 대화, 겨드랑이의 이상한 통증 때문에 밤마다 거리를 배회하는 기이한 산책 등을 그린다. 작품의 중심은 역시 크리스마스 때문에 벌어지는 희극적 상황과 이를 매개로 다방면으로 펼쳐지는 대화와 관념적 담론이다. 그런데 크리스마스 풍속이 중심에 있긴 하지만, 실상 이 소설에서 중요한 것은 크리스마스 자체가 아니다. 오히려 소설이 제기하는 핵심 문제는 그보다는 크리스마스 풍속을 문제적인 것으로 만드는 한국적 근대의 상황이다. 이 작품을 두고 작가가 "기독교를 측심추로 사용한 우리 시대의 지적 풍속의 탐사"[2]라 한 것은 그런 뜻에서다.

그러나 「크리스마스 캐럴」 연작은, "만만치 않은 수준의 성취를 이룩한 존재임에도 불구하고 그 성취에 상응할 만큼의 관심을 끌지 못"[3]했다는 지적까지 있을 만큼 유독 논의에서 소외되었다. 아마도 소설의 난해함 때문일 것이다. 그러나 예컨대 『서유기』 같이 특히 비사실주의적인 수법이 극대화된 소설에서 그런 것처럼, 최인훈 소설의 난해성은 비단 이 소설에만 해당되지 않는다. 오히려 더 중요한 원인은 그 난해함을 유발하는 소설문법의 성격이 다분히 이질적인데 있다. 특히 말장난으로 가득 찬 종잡을 수 없는 대화가 소설의 상

---

2 최인훈, 「원시인이 되기 위한 문명한 의식」, 『문예중앙』, 1979년 겨울호, 227쪽.
3 이동하, 「통행금지 시대의 문학—최인훈의 「크리스마스 캐럴」 연작」, 『소설과 사상』, 1995년 12월호, 243쪽.

당 부분을 차지하고, 도대체 무엇을 말하려는지 정확히 알 수 없을 정도로 끊임없이 미끄러지는 의미는 독자를 혼란스럽게 만든다. 최인훈 소설에서 대화나 토론이 통상 조리 정연한 관념의 전달 수단으로 활용됨을 고려할 때, 「크리스마스 캐럴」 연작이 보여주는 이런 특성은 사뭇 이질적이다. 게다가 이 연작은 연속되는 하나의 이야기이면서도 문체와 방법의 비일관성, 단절과 분열을 특징으로 한다. 이모든 것이 최인훈의 다른 소설들과도 구별되는 이 소설만의 독특한 난해함을 만들어내는 요인이다.

중요한 것은 난해함을 유발하는 「크리스마스 캐럴」 연작의 그런 무질서하고 분열된 형식적 특징을 작가가 말하고자 하는 바와 관련시켜 통합적으로 해석하는 것이다. '어떻게 말하는가'는 '무엇을 말하는가'의 문제와 밀접하게 관련되기 때문이다. 이때 '무엇을 말하는가'의 문제는 다른 측면에서도 중요하다. 이 연작에 대한 이해가 다분히 한국문화의 식민성 문제에 집중되었던 저간의 사정을 돌아보면 특히 그렇다. 물론 그것은 「크리스마스 캐럴」 연작의 핵심에 있는 문제의식의 하나다. 그러나 이 연작에 투여된 작가의 문제의식은 거기에서 그치지 않는다. 이는 「크리스마스 캐럴」에서 "우리 머리 속에 있는 '초자아'의 원산지를 추적해보았다"[4]는 작가의 발언에서도 분명히 드러난다. 이 발언이 은연중 암시하는 것은, 이 소설의 핵심이

---

4 최인훈, 앞의 글, 같은 곳.

무엇보다 한국적 근대인이자 작가-지식인으로서 '나'의 존재 조건에 대한 성찰이라는 사실이다.[5] 그렇다면 그 성찰이란 대체 무엇인가? 그것은 또 어떤 결론으로 귀결되는가?

전통의 공허와 무의미

최인훈의 「크리스마스 캐럴」 연작은 이식된 크리스마스 풍속에 대한 이야기에서 시작해 거기서 드러나는 한국의 기형적인 문화 상황을 문제 삼는다. 하지만 그것은 소설의 일부분일 뿐 정작 핵심은 다른 데 있다. 실제로 이 소설에서 크리스마스는 연작 1과 연작 2에서만 직접적으로 문제시될 뿐이고, 연작의 후반부에서는 이야기의 핵에서 물러나 주변화된다. 예컨대 연작 3의 이야기를 이끌어가는 화소(話素)는 크리스마스가 아닌 '나'가 받게 되는 '행운의 편지'이고, 연작 4에서는 유학 시절의 경험, 연작 5에서는 '나'의 겨드랑이에 돋아난 가래톳의 고통이다. 「크리스마스 캐럴」에서 크리스마스 풍속은 그 자체가 탐구 대상이라기보다 주로 이야기를 이끌어내고 각각 분리된 다른 이야기들을 서로 연결해주는 연작의 고리로 작용한다. 즉 크

---

5 「크리스마스 캐럴」은 그런 측면에서 이 시기 최인훈의 다른 소설들과 함께 상호텍스트성의 그물망 속에 긴밀하게 엮여 있는 작품이다. 겉보기에 혼란스럽고 모호해 보이는 이 소설의 의미는 그런 상호텍스트성에 대한 고려 속에서만 보다 분명해진다.

리스마스 풍속은 한국적 근대의 상황과 관련한 문제의식을 촉발하고 그와 무관치 않은 여러 갈래의 문제들에 대한 사유를 유도하는 출발점일 뿐이다.

그렇다면 이 연작에서 서로 분리된 듯한 이질적인 이야기들을 일관하면서 이를 통섭하는 핵심 토픽은 무엇인가? 앞서 암시한 것처럼 그것은 바로 한국적 근대의 상황을 살아가는 지식인의 정체성과 존재 조건이다. 이는 연작 1과 2에서 '나'(철)와 아버지의 희극적인 대화에 얹혀 유희적이고도 우회적인 방식으로 가볍게 제기된 후, 연작 4에서는 철의 유학 시절에 경험한 서구 문화의 실상과 한국의 왜곡된 이식 문화의 성찰을 통해 반추되고, 마지막으로 연작 5에서는 밤 산책 과정에서 벌어지는 사건과 내면 탐구를 통해 다른 각도에서 확대 심화된다. 겉보기에 일관성 없는 이질적인 단절과 분열로 특징지어지는 이 연작의 심층에서 관철되는 내적 일관성과 논리성을 찾는다면 그 단서는 바로 이 지점에 있다.

먼저 연작 1과 2의 핵심 이야기는 외견상 크리스마스에 외박을 하려는 옥이를 집에 붙잡아두기 위해 '나'와 아버지가 벌이는 희극적인 상황이다. 그 과정에서 묘사되는 대화의 양상은 시종 핵심을 비껴나가고 이리저리 미끄러지는 요령부득의 말장난이다. 작가는 어떤 측면에서 그 요령부득을 의도한다. 애초 옥이의 시도를 저지하자는 취지에서 출발한 '나'와 아버지의 대화는 처음의 목적조차 그들 스스로 망각하면서 대화 자체의 유희에 탐닉하는데, 이 또한 작가의 의도를 따르는 것이다. 그 대화는 도무지 뜬금없고 종잡을 수 없이 어지럽지만, 여기에는 앞서 지적한 핵심 토픽의 단서가 전혀 엉뚱한 형태로 보이지 않게 숨어 있다. 먼저 '나'와 아버지의 대화를 보자. 대화는 예컨대 이런 식이다.

"계집애들한테는 얘기했자 끝장이 없구나. 철아, 우리 남자들끼리 얘기해보자. 글쎄 크리스마스에 온통 이렇게 난리를 하니 어떻게 된 일이냐."

"글쎄요."

"크리스마스면 예수가 난 날이라지. 예수교인이면 밤새 기도두 드리고 좀 즐겁게 오락도 섞어서 이 밤을 보내면 되련만 온 장안이 아니, 온 나라가 큰일이나 난 것처럼 야단이니 도대체 이게 어떻게 된 거니?"

"아버님 손 데시겠어요."

아버님은 황급히 담배를 비벼 끄면서 나한테 고맙다는 치사를 하였다. 나는 아버님이 군자라는 생각을 새삼스럽게 했다.

"창피한 일이 아니냐?"

"글쎄요."

"창피한 일이다. 정신이 성한 사람이 보면 얼마나 우스꽝스럽겠느냐. 넌 남의 제사에 가서 곡을 해본 적이 있느냐?"

"뭐, 없어요."

"그것 봐라. 원래 옛날에는 종족마다 수호신이 있지 않았니? 그래서 한 해에 한두 번씩 제사를 크게 차려서 신을 위로했지. 옛날에 한 종족이 다른 종족에 굴복했다는 증거는 정복자의 신을 섬기는 것이었지."

나는 아버님의 말씀을 잠깐 중단시키고 말했다.

"아버님, 말씀이 좀 불온해지십니다."

"불온하다니? 얘가 너는 나를 사상적으로 몰 생각이냐?"[6]

예수를 종족신에 비유하며 크리스마스 풍속을 "남의 제사에 가서 곡"을 하는 것쯤으로 못마땅하게 여기는 아버지와 '나'의 대화다. 대화의 표면만 본다면 이를 정복/피정복이라는 문화적 식민화의 논리에 대한 비판[7]이라거나 문화적 정체성 상실의 위험성에 대한 지적[8]이라고 해석할 여지는 충분하다. 그러나 그보다 여기서 정작 중요한 것은, 이 대화의 기이한 전개방식이다. 그 기이함은 크리스마스를 두고 그런 논리를 펼치는 아버지의 말에 대한 '나'의 반응에서 기인한다. '나'는 일견 타당한 아버지의 말에 대해 "글쎄요", "아버님 손 데시겠어요", "아버님, 말씀이 좀 불온해지십니다" 등의 말로써 대응하는데, 여기에서 드러나는 '나'의 태도는 판단 유보, 회피, 딴전 피우기다. 그리고 소설에서 '나'의 그런 태도는 시종 일관된다. 실제로 소설

---

6 최인훈, 「크리스마스 캐럴」, 『크리스마스 캐럴/가면고』, 문학과지성사, 1976, 15~16쪽. 이후 쪽수만 적는다.

7 서은주, 「'한국적 근대'의 풍속─최인훈의 「크리스마스 캐럴」 연작 연구」, 상허학회, 『상허학보』 19, 2007, 448쪽 참조.

8 양윤모, 「서구 문화의 수용과 혼란에 대한 연구─최인훈의 「크리스마스 캐럴」 연구」, 우리어문학회, 『우리어문연구』 14, 1999, 129~130쪽 참조.

의 많은 대화에서 '나'의 전형적인 반응은 수시로 발화되는 저 "글쎄요"라는 말로 집약된다.[9]

'나'의 그런 반응은 아버지와 '나'가 나누는 대화의 성격을 결정한다. 그것은 바로 공허함과 무의미성이다. 이들의 대화는 시종일관 한곳에서 계속 겉돌거나 엉뚱한 방향으로 미끄러지며, 대화의 그런 양상은 공허한 말장난에 의해 한층 강화된다. 그리고 그 말장난의 대부분은 다음 같이 사자성어나 속담 등을 패러디하는 방식으로 이루어진다.

"내 생각으로서는 아마 이렇다. 부자지간은 서로 도(道)를 더불어 이야기할 수 있는 상대로서, 말하자면 도우(道友)라 할까, 그런 점으로 본 것 같단 말이야. 옛사람들은, 사람과 사람 사이의 여러 관계 가운데서 철학적인 담화를 나눌 수 있는 사이를 으뜸으로 친 모양이야. 말하자면 부자지간을 길동무로 보았단 말이지."

"옳습니다. 서양 사람들은 아마 섹스의 관계를 으뜸으로 본 것이죠. 부자지간은 그런 까닭에 서로 경쟁할 처지에 있는 수컷과 수컷으로 본 것입니다. 박력 있는 견햅죠?"

"박력이라니?"

---

9 예컨대 이런 식이다. "옥이의 기쁨을 아버님은 빼앗을 작정이세요?"/"얘 그건 무슨 말이냐?"/"글쎄요."/"네가 금방 말해놓고 글쎄라니."/"제가 그런 말을 했던가요?"(19~20쪽).

"야만인의 건강한 눈이란 말씀입니다."

"그래서 넌 찬성이란 말이냐?"

"글쎄올습니다."

"뜨뜻미지근하구나."

(……)

"알겠다. 만은 그렇더라도 결론이랄까 판가름 같은 걸 내려볼 수 없겠니?"

"정 소원이시라면 그야 쉬운 일입니다."

"어떻게?"

"양편이 모두 옳다는 것입죠."

"황희정승의 흉내를 내는구나."

"네 너도 옳고 나도 옳다, 그러므로 다 옳다."

"음 황희정승도 옳기는 옳아."

"아버님도 옳습니다."

"너도 옳다."

우리는 박장대소하면서 앙천대소하였다.

아버님은 말씀하시는 것이었다.

"이게 곧 부자유친이 아니겠니?"

"옳습니다."

우리는 또 다시 박장대소에 앙천대소하려고 하였으나, 그것은 조금 전에 실시한 바 있으므로, 그만두기로 하였다.(77~78쪽)

전통적인 부자관계를 상징하는 부자유친(父子有親)이라는 말이 갖는 함의는 이렇게 공허한 말장난의 연속을 통해 풍자적으로 해체된다. 특히 이 장면에서, 「크리스마스 캐럴」 연작을 일관하는 부자간의 공허한 말장난과 딴전 피우기의 태도가 의도하는 것이 무엇인지가 간접적으로 드러난다. 그것은 바로 "도(道)를 더불어 이야기할 수 있는" 관계로서 '부자유친'이라는 말을 무색하게 하는, 무의미한 말과 의례적 제스처만 남은 공허한 형식적 관계가 되어버린 부자관계의 희화화다. 그런 방식의 희화화는 곳곳에서 나타난다. 소설에서 전통적인 유교적 부자관계를 반영한 담화 관습이 아무런 내용 없이 공허한 방식으로 출몰하는 것도 같은 맥락이다. 다음 대목이 전형적인 사례다.

"아버님 소자는."

잠깐 끊었다가

"소자가 불민한 탓이옵니다."

"무엇이 불민하단 말이냐?"

"소자는 항시 지척에 모시고 있으면서도 한 가지도 마음 흡족하실 일을 못해 드리옵고 행동거조가 슬기롭지 못하여……"(33쪽)

유교적 부자관계의 담화 관습을 패러디하는 이런 식의 담화는 아버지와 '나' 사이의 종잡을 수 없는 대화 속에서 모습을 달리해 반복되면서 유교적 전통의 담화를 희화화한다. 이것은 본래의 맥락과 토대에서 이탈해 아무 의미 없이 껍데기만 남은 형식적 발화다. 원래의 담화 관습의 의미를 뒷받침하는(했던) 유교적 이념의 알맹이가 빠진 채 의고투의 껍데기만 상황의 맥락과 동떨어진 채로 엉뚱하게 출현한다. 그리고 이는 형식적 포즈의 기계적 반복[10]으로 실연되는 '나'의 언행을 희극적으로 과장하는 데 기여한다. 더욱이 이는 시종 딴전을 피우고 초점을 흐리면서 나름 진지한 주제마저 공허한 무의미의 한가운데로 미끄러져가게 만드는 '나'의 대화 방식과 한데 어우러져 부자간의 대화 자체를 희화화해버리는 효과를 낳는다. 즉 유교적 부자관계라는 의례의 틀 속에서 능청스런 말장난의 연속으로 진행되는 이 부자간의 대화는 그 자체로 그 대화가 실연하는 형식적 의례와 담화 관습의 공허함을 희극적으로 폭로한다.

「크리스마스 캐럴」 연작에서 부자간 대화의 이런 희화화 방식을 통해 드러나는 것은, 형식적 관습으로만 남아 있는 (유교적) 전통의 공허함이다. 특히 부자관계는 유교적 이념에 기초한 가족 구조의 중심이고 그런 의미에서 말 그대로 모든 전통 및 전통적 관계의 상징으로도 해석할 수 있다는 점에서, 그런 작가의 의도는 분명하다. 이는 곧 기델

---

10 참고로 베르그송은 넓은 의미에서 이 기계적 반복을 '웃음'의 근원으로 보았다. 앙리 베르그송, 『웃음—희극성의 의미에 관한 시론』, 정연복 옮김, 세계사, 1992, 17~18쪽 참조.

수 있는 전통의 상실이라는 현재적 상황에 대한 진단이다. 그에 따르면 전통은 이미 의미 없는 껍데기로만 남아 있고, 그렇기 때문에 아무런 성찰 없이 거기에 기대는 것은 공허하고 우스꽝스러운 것이다.

이것이 당대의 문화 상황에 대한 최인훈식의 진단이다. 중요한 것은 이것이 단지 문화 상황의 진단에만 그치지 않고 '나'의 정체성과 행위 좌표를 정위(定位)할 수 있는 어떤 가능성의 조건에 대한 탐구와 결부된다는 점이다. 그 탐구는 연작 1과 2, 그리고 부분적으로 연작 5에서 가볍고 우회적인 방식으로 한국의 기이한 문화 상황에 대한 진단을 통해 진행되지만, 최인훈의 시선은 거기에서 머물지 않는다. (특히 연작 4에서) 서구 문화의 이념과 풍속에 대한 진지한 성찰이 거기에 덧붙여진다. 그렇다면 '나'가(혹은 작가가) 보는 서구 문화란 무엇이며 그것은 '나'의 문제와 어떻게 관련되는가?

부재하는 연속성, 토대 없는 정체성

「크리스마스 캐럴」 연작 4~5의 이야기는 희극적 톤이 지배하는 연작 1~3에 비해 상대적으로 진지한 톤으로 펼쳐진다. 철의 영국 유학 시절을 삼인칭으로 그리는 연작 4에서, 한국의 문화적 상황과 대비되는 서구 문화의 풍속이 집중적으로 진단된다. '그'(철)는 그곳에서 서구인들의 생활 습속과 감정 가운데 튼튼히 뿌리박은 학문과 문화를 뿌리 없는 한국의 그것과 대조하며 절망감을 느낀다. 그 절망감은 (흔히 잘못 짐작하기 쉬운 것처럼) 단지 서구 문화의 우월성을 확인하는 데서 오는 것이 아니다. 그보다 절망감은 한국의 근대문화가 서구의 그것처럼 생활 습속이나 풍속과 일치되지 못하고 부재하는 토대 위에 어색하게 덧씌워져 있음을 다시금 확인하는 데서 기인한다. 그리고 이는 단순히 문화 비판의 차원에 그치지 않고 근대의 지식인으로서 '그'(혹은 작가)가 서 있는 자리에 대한 고통스러운 자각에 의해 뒷받침된다.

연작 4에서 '수호성녀' 이야기를 중심으로 한 서구 문화에 대한 나름의 진단은 한국의 문화 상황의 문제점을 거꾸로 비추는 거울의 역할을 한다. 「크리스마스 캐럴」 연작의 전체 구조가 그런 식이다. 즉 이 연작에서 작가는 서구의 문화와 한국의 문화 풍속을 대조하는 가운데 콤플렉스와 중압감을 겪는 지식인의 현재를 성찰한다. 연작 4의 의미와 기능 역시 그 맥락에 놓인다. 소설에서 '그'(철)가 유학 시절에 직접 보고 경험하는 서구인들의 문화란 가령 이런 것이다.

스무 해. 이십 년 동안 같은 일을 하고 있다는 것은 현기증이 나게 하는 사실이었다. 그것이 무슨 일이든. 같은 일, 같은 모습, 같은 일과, 같은 표정, 같은 집념. 그 거대한 손때 묻은 시간의 쌓임이 그에게는 부러운 것이었다. 반역하기 위해서도 먼저 그것들이 있어야 했다. 그는 늙은 선장의 수집품 중에서 중세 해적이 쓰던 것이라는 해골이 그려진 해도를 보았을

때도 그런 것을 느꼈다. 해골의 표. 그것을 유럽인은 피부로 이해한다. 이
사회에는 모두가 피부로 이해되는 것뿐이다. 그런 상징 속에서 산다. 그런
상징들은 그들의 신경이며 세포며 눈알이며 손톱 새에 긴 때다. 반대로 우
리에게는 그것들은 학문이며 논리며 교양이며 요컨대 관념이다. 이 틈
새. 그것을 메꾸는 것.(117쪽)

'그'의 판단에 따르면, 서구인들의 문화란 "거대한 손때 묻은 시간
의 쌓임" 위에 구축됐다. 때문에 그것은 그들의 피부 속에 각인돼 있
다. '그'가 그곳의 대학 교수들에게서 "학문은 무슨 막연한 것이 아니
고, 그 손가락으로 주무르고 이기고 꿰매는, 아교풀이고 암말의 허벅
지 안가죽이고 쇠못이고 구두창"(106쪽)이라는 사실을 확인하는 것
도 같은 맥락이다. 서구인들의 문화에 대한 이런 생각은 최인훈의 다
른 소설에서도 표현과 맥락을 달리하여 곳곳에서 반복된다. 『회색인』
에서 서구인들에게 기독교가 "몸에 '스며 있다'는 표현이 단순한 비
유에 그치지 않은 즉물(卽物)적 진실"[11]이라고 말하는 것이 그 하나
의 사례다. 그럼으로써 서구인들은 "자기의 매너의 보편성, 특수 속
의 보편성이라는 대지에 굳게 발을"(169~170쪽) 딛고 있는 반면, 우
리의 경우 발을 디딜 그 '대지'가 존재하지 않는다. 그래서 우리의 것
을 가지지 못하고 남의 것을 뒤집어쓴 채 어쩔 줄 몰라 하는 모습, 그

11 최인훈, 『회색인』, 문학과지성사, 1991, 170쪽.

것이 최인훈이 표현하는 한국의 문화 상황이다.

이때 '그'가 서구인들에게서 보는 것은 바로 그들의 이념과 생활 감정, 습속, 종교, 학문 등 모든 것을 규율하는 바탕으로서 전통의 체화다. 그들은 이를테면 "거대한 손때 묻은 시간의 쌓임" 속에서 살아간다는 것이다. 그는 그런 방식으로 서구 문화의 보편성을 가능하게 하는 특수성으로서 전통의 중요성을 강조한다.

서구 문화를 바라보는 그런 시각은 당연하게도 한국의 현재 상황과 그 안에 놓인 지식인으로서 '나'의 문제에 대한 비판적 인식에 의해 정위된 것이다. 최인훈이 그렇게 서구 문화의 체화된 전통을 특별히 강조하는 것은 한국사회의 지식인이 겪는 정신적 고통의 근원을 다름 아닌 그 전통의 부재에서 찾기 때문이다. 그는 그 전통을 "에고의 좌표를 정위(正位)하려고 할 때" 반드시 요구되는, 시간축에서 형성되는 연속성의 체계로 이해한다. 이는 『회색인』에서 "현대 한국인이 방황하고 자신이 없는 것은 어떤 '연속'의 체계 속에 자기를 자리매김하지 못하고 있으며 또 사실상 불가능하기 때문"[12]이라는 독고준의 발언과도 맥을 같이한다.

이에 비추어볼 때, 앞에서 옥이의 외박을 막기 위해 아버지와 아들('나')이 나눴던 대화의 숨은 의미가 좀 더 분명하게 드러난다. 작가는 그 대화를 통해 한갓 내용 없는 제스처로 전락해버린 공허한 전통

---

12 위의 책, 99쪽.

으로 사태에 대처하려 할 때 발생할 수 있는 우스꽝스러움을 부각하는 것이다. 우스꽝스러울 뿐만 아니라 그것은 무력하기도 한 것인데, 왜냐하면 그들은 외래의 풍속을 좇아가는 옥이의 외박을 결국 저지하지 못하기 때문이다. 그리고 저지하는 방법이라는 것도 도박을 하면서 옥이에게 일부러 돈을 잃는 따위의 꼼수이거나 "나는 쉰다섯이다. 나는 너보다 더 인생을 살았다. 그러니까 내 말이 옳다. 응 알았지?"(17쪽)라는 식의 억지일 뿐이다.

그러나 무엇보다 여기에서 최인훈의 강조점은 부자관계를 중심으로 한 전통적 체계로서의 '가족'이 이제는 더 이상 정체성을 정박하고 행위를 규율하는 가치의 기준으로 기능하지 못한다는 사실에 있다. 그에 따르면, 가치를 확정하고 '나'의 좌표를 정위하는 "어떤 '연속'의 체계"로서 기능했던 '가족'은 이제 존재하지 않는다. 「크리스마스 캐럴」에서 "우리들의 근대선언은 효도는 없다, 그러므로 우리는 자유다, 이렇게 되는군요"라는 '나'의 발언은 이런 맥락에 있다.[13]

「크리스마스 캐럴」 연작에서 최인훈이 이야기하는 것은 지식인으로서 '나'의 주체화를 가능하게 하는 바로 그 "연속의 체계"의 부재이고, 그로 인한 정신적 고통이다. 우리의 전통은 이미 해체되어 껍데기로만 남아 있다. 그렇다고 서구의 문화에 오롯이 기댈 수도 없

---

13 이는 "가족이 없다, 그러므로 자유다. 이것이 우리들의 근대선언이다"라는 『회색인』에서의 진술을 다른 표현으로 변주하는 것이다. 위의 책, 110쪽.

다. 그것은 "경험적인 것을 선험적인 것처럼 위장"(170쪽)하는 술수에 넘어가 "남의 다리만 긁고 있는 희극 배우"[14] 같은 꼴을 연출하는 것이다. 그래서 이 땅의 지식인은 그 어디에도 기댈 수 없고 주체성의 좌표를 정위할 수도 없다. 그렇게 보면, 따라서 '나'는 아무것도 아니다.

> 저 늙은 외국인 여자가 가지고 있던 두 가지가 나에게는 다 없다. 바이블도, 한 장의 가죽도. 그리고 저애들의 팻 부운도. 나에게는 약속도 없다. 당장에는. 이것은 확실하다. 그러니까 나는 누구도 아니다. 비릿하고 시크므레한 이 속의 메스꺼움─이 나다."(123쪽)

"나는 누구도 아니다"라는 자각이 무엇을 의미하는지가 이쯤이면 분명해졌을 것이다. 이 자각은 「크리스마스 캐럴」 연작의 '나'의 언행에서도 여러 형태로 암시된다. '나'가 아버지와의 대화에서 "글쎄요"라는 어사를 연발하는 것도 실은 이와 전혀 무관하지 않다. 다음 대목도 마찬가지다. 연작 5에서 겨드랑이에 솟은 가래톳 때문에 고통받던 '나'가 야밤에 산책을 하면서 만난 경찰관과의 대화다.

> "아아 그게 아니라니깐요!"

---

14 위의 책, 189쪽.

나는 부르짖었다. 경관은 대경실색해서 나를 쳐다보았다.

"네? 그게 아니라뇨?"

"난 아니란 말씀이에요."

"네? 뭐가 아닙니까?"

"난 아무것도 아니란 말씀예요!"

"그럼, 그럼."

경관의 얼굴은 무섭게 빠른 의혹이 빛이 스치고 지나갔다.

"그럼 당신은 누굽니까?"

내 목구멍에 굵은 통나무가 콱 막혔다.(102쪽)

경관은 '나'를 암행 나온 고위 관리쯤으로 오인하고, '나'는 극구 부인한다. "아아 그게 아니라니깐요!" 그러면서 '나'는 자기의 진짜 정체성을 발설한다. "난 아무것도 아니란 말씀예요!" 이 장면은 흥미롭게도 알튀세르(L. Althusser)의 호명(interpellation) 이론을 떠올리게 한다.[15] 여기서 자기가 아무것도 아니라는 '나'의 고백은 (알튀세르가 말한 의미에서) 주체 구성을 가능하게 하는 대타자(Other), 즉 최인훈식으로 말하면 보편성의 토대가 지금의 '나'에게는 존재하지 않음을 다른 방식으로 이야기하는 것이다.

---

15 주체 구성의 메커니즘을 설명하면서 알튀세르가 예로 드는 것이 바로 경찰관의 호명에 대한 개인의 응답이다. 루이 알튀세르, 「이데올로기와 이데올로기 국가장치」, 『아미엥에서의 주장』, 김동수 옮김, 솔, 1991 참조.

"그럼 당신은 누굽니까?"라는 경관의 물음에 '나'는 말문이 막힌다. 그리고 나중에야 가까스로 이 물음에 대한 대답을 찾는다. 그것은 바로 "비릿하고 시크므레한 이 속의 메스꺼움—이 나다"라는 것이다. '나'의 정체성은 바로 그 '비릿한 메스꺼움' 속에 있다. '나'의 정체성에 대한 이런 인식은 그 자체로 중요하다. 왜냐하면 바로 이러한 자기인식이야말로 「크리스마스 캐럴」 연작이 이르게 되는 의미 있는 결론과 직결되는 까닭이다. 이를 살피기 위해서는 그 이전에 먼저 연작 5의 금지된 산책이 갖는 의미를 좀 더 자세히 들여다볼 필요가 있다.

고통의 쾌락, 쾌락의 고통

「크리스마스 캐럴」 연작 5의 중심은 겨드랑이에 돋은 '파마늘'의 통증 때문에 밤에 잠을 못 자고 도심을 배회하는 이야기다. 통행이 금지된 시간에 '나'가 밤거리를 돌아다니는 것은 방 안에 들어가기만 하면 '파마늘'의 통증이 기다렸다는 듯이 '나'를 엄습하기 때문이다. '나'에 따르면 "내 겨드랑이에 생긴 이변의 전모"는 "어김없이 밤 열두시부터 새벽 네시 사이에 솟구친다는 것. 방에 있으면 쑤시고 밖에 나가면 씻은 듯하다는 것"(155쪽)이다. '나'가 깨닫는 '파마늘'의 이런 특징은 중요하다. 그것이 단지 '나'의 금지된 산책을 촉발하는 계기가 되기 때문만이 아니라 한국의 정치적, 사회문화적 현재 상황에 대한 문제제기를 함축하는 상징이 된다는 점에서 그렇다.

"밤 열두시부터 새벽 네시 사이"는 통행금지 시간과 일치한다. 그 시간에 방 안에 있을 때만 찾아오는 겨드랑이의 통증은 통행금지로 인한 정신적 고통과 심리적 불편함을 상징한다. 최인훈이 「크리스마스 캐럴」에서 크리스마스 풍속을 이야기하는 진정한 의도는 바로 여기에 있다. 즉 그가 크리스마스를 문제 삼는 것은 단순히 외래의 풍습에 무자각적으로 휩쓸리는 문화적 식민성을 비판하기 위해서만은 아니다. 오히려 작가의 착안점은 크리스마스이브에는 예외적으로 통행금지가 적용이 안 된다는 바로 그 사실에 있다. 크리스마스는 그럼으로써 통행금지라는 제도 자체를, 그것의 불합리함을 역으로 환기하는 효과적인 상징이 될 수 있기 때문이다.

그렇다면 여기서 문제시되는 통행금지란 과연 무엇인가? 소설에서 그것은 한국의 정치적 억압성의 상징으로 나타난다, 라고 말한다면 핵심의 절반만을 말하는 것이다. 물론 그것은 두말할 나위 없는 사실이다. 하지만 이 소설에서 통행금지를 문제 삼는 작가의 의도는 거기에만 그치지 않는다. 이때 문제시되는 통행금지의 의미는 『소설가 구보씨의 일일』에서 통행금지 제도를 언급하는 다음 대목과 나란히 놓았을 때 더욱 분명해진다.

한밤중의 시간을 거리에 나오지 못하게 되어 있는 이 제도야말로 해방

후 우리 생활의 가장 큰 문제라고 생각한다. 이것이 우리 사회의 문명의 근본 터부이다. 12시부터 4시까지, 네 시간 동안이지만 실은 그렇지 않다. 밤에 거리에 나간 사람이면 10시쯤부터 벌써 바빠진다. 10시 이후의 두 시간은 온전한 두 시간이라 할 수 없는 것이다. 4시 이후의 두 시간도 또한 자연스러운 시간이 아니다. 통행금지가 '방금' 끝난 시간이기 때문이다. 따라서 그 두 시간도 온전치 못하다. 이렇게 해서 실지 금지되는 네 시간은 앞뒤로 두 시간씩, 먹물처럼 번져서 결국 여덟 시간이 된다. 이십사 시간의 1/3이 이렇게 '금기(禁忌)'의 시간이다. (……) 통행금지가 가까워지면 모든 사람이 조급해진다. 어디론가 떠나려는 사람들. 빨리 집으로 돌아가려는 사람들이 서로 교통의 순서를 다툰다. 택시는 금방 난폭해진다. 모든 서비스가 거칠어진다. 피난민들이 마지막 열차에 매달리는 풍경이다.[16]

통행금지는 이런 식으로 '하루'라는 시간의 자연스러운 연속성을 파괴한다. 그럼으로써 그것은 그 연속성 위에 구축돼야 할 안정적인 생활 감각을 어지럽히고 삶 자체의 연속성을 교란한다. 「크리스마스 캐럴」에서 통행금지를 보는 시각도 이와 크게 다르지 않다. 그리고 여기서 크리스마스란 한국인의 삶에 특징적인 그 하루라는 시간적 연속의 단절을 거꾸로 환기해 보여주는 계기다. 통행금지는 그렇게 개인에게서 스스로 자율적으로 쓸 수 있는 시간을 강제로 몰수함

---

16 최인훈, 『소설가 구보씨의 일일』, 문학과지성사, 1991, 168쪽.

으로써 개인의 정체성을 지탱하는 연속성의 바탕을 파괴한다.

연작 5의 '나'는 금기를 위반하는 밤 산책을 나서면서 그 문제 상황의 한가운데로 걸어 들어간다. 처음에 '나'의 산책은 통행금지라는 "이 도덕률을 지키는 한 내 겨드랑은 요절이 나고 나는 죽을지도 모른다"(155쪽)는 절박감에 강제로 떠밀린 것이었다. 하지만 '나'는 차차 그 밤 산책에서 쾌감을 느끼며 즐기게 된다. '나'는 밤거리를 산책하면서 한국의 문화적 식민성을 야유하는 외국인 남자와 대화를 나누고, 4·19혁명에 가담했던 학생들의 무리가 벌이는 기괴한 매스게임을 구경하며, 5월 16일 새벽에 쿠데타에 가담한 "심야의 집단 산책자들"(180쪽)을 만나기도 한다. 그럼으로써 야밤의 도심을 배회하는 '나'의 금지된 산책은 그 자체로 한국 현실의 이모저모를 하나하나 더듬어보는 성찰의 형식이 된다. 즉 '나'의 밤 산책은 한국의 현실을 앓는 정신적 아픔이 무의식 속에서 강제한, 그럼에도 종국에는 스스로 즐겁게 떠맡게 되는 고통스런 성찰의 형식이다.

그리고 이 성찰적 산책은 '나'에 대한 새로운 인식을 동반한다. 앞에서 '나'는 "나는 누구도 아니다. 비릿하고 시크므레한 이 속의 메스꺼움―이 나다"(123쪽)라고 말했다. 그리고 나서 '나'는 입안에 토해낸 "토사물―나의 핵(核)을 천천히 씹어보자"(같은 곳)라고 말을 잇는다. 애초 메스꺼움과 구토는 자기에겐 정체성의 닻을 내릴 곳이 없다는 절망적인 인식에서 비롯된 증상이다. 하지만 여기서 '나'는 자기 안의 메스꺼움이 바로 '나'이고, 토사물이 나의 핵(核)이라고 말한다.

'나'의 자기인식은 그렇게 메스꺼움과 토사물과의 동일시 속에서 완성된다. "나의 핵(核)"인 "토사물"을 천천히 씹어보겠다는 의지. 그것은 바로 메스꺼운 자신의 현실을 회피하지 않고 그 자체로 받아들이겠다는, 그리고 그 증상을 기꺼이 앓아보겠다는 윤리적 의지다.

'나'의 겨드랑이에는 서서히 날개가 돋아났고 '나'는 그 때문에 고통스럽다. 이 고통은 '나'가 받아들이는 바로 저 증상의 고통과 다르지 않다. 그 속에서 "나는 짐승처럼 신음한다."(185쪽) 여기서 '나'(혹은 작가)가 말하는 것은 무엇인가? 다름 아닌 그 증상이야말로, 그리고 그 증상이 야기하는 고통이야말로 바로 나다, 라는 얘기다. 소설에서 '나'가 날개가 야기하는 고통이 "끝까지 내 문제다. 나만의 문제다"(185쪽)라고 말하는 것 또한 같은 맥락이고, "날개는 내 마음이다"(같은 곳)라는 진술도 마찬가지다. 여기에서 드러나는 것은, 고통스런 현재 상황을 회피하지 않고 불가피한 자신의 존재 조건으로 받아들이면서 다른 곳이 아닌 바로 그 안에서 무언가를 찾아나가겠다는 성찰과 탐구의 의지다.

애초 '나'의 밤 산책은 견딜 수 없는 가래톳의 고통 때문에 강제로 내몰린 결과였다. 그러나 차차 그걸 즐기는 쪽으로 "나의 산책의 성격은 변질되기 시작하였다."(163쪽) 그럼으로써 '나'는 그 안에서 고통 속의 쾌락을 발견한다. '나'는 이를 "이 무서운 고통을 거느린 것일망정 내가 얻은 하렘의 쾌락"(185쪽)이라고 말한다. 이런 변화는 중요하다. 「크리스마스 캐럴」 연작이 도달하는 최종 결론과 관련되기 때문이다. 다음 구절을 보자.

> 나는 밤의 서울에 홀려버렸다. 온 성이 잠든(마녀의 요술로) 가운데를 공주를 찾아 헤매는 왕자가 바로 나라고 하면 과히 틀리는 말이 아니겠다. 그렇다고 내가 꼭 공주를 찾으려고 다니는 것은 아니다. 허름한 가로등, 광장, 판잣집, 골목에 버려진 연탄재, 트럭들이 오징어처럼 다림질해놓은 쥐의 시체—이런 모든 것들이 나의 공주다. 나는 하렘을 순시하는 sultan 이다. 나는 그녀들을 골고루 사랑한다. 나도 전에는 용모를 가려서 여자를 사랑했지만 지금은 여자면 누구나 사랑한다. 서울역 광장의 공중변소를 나는 사랑한다. 그렇다고 해서 내가 '더러움'에 치우치는 것은 아니다. 창경원의 차단한 고풍의 담을 못지않게 나는 사랑한다. 나는 그녀들 모두를 오르가즘에 올려놓기를 바란다. 그리고 내게는 그런 힘이 있다. 그녀들은 내가 만지기만 하면 벌써 색색 숨을 몰아쉬기 시작하는 것이다. (……) 나의 하렘—나는 서울을 점령하였다. 나는 그녀들의 하나하나에 대한 자상한 성력(性歷)을 따로 방대한 기록으로 만들어두고 있다.(181쪽)

이렇게 '나'는 "서울을 다시 보게 되었다."(173쪽) 최인훈은 여기에서 도심 풍경을 인격화하는 데서 더 나아가 성애화(sexualization)한다. 이를 통해 그는 밤 산책에서 만나고 보게 되는 사물들을 '나'와의 감각적 관계 속에서 바라보고 거기에 애정을 투여하고 있음을 드러낸다. 이 지점에서 '나'의 밤 산책은 연작 전반부의 추상적인 고담준론의 세계에서 벗어나 '바깥' 혹은 '나'를 둘러싼 구체적인 물질적 현실의 세계로 나아가는 계기로 의미화된다. 즉 여기에는 경험적인 것을 경험적으로 만나려는 작가의 의지가 투사되어 있다. 애초 방 밖을 벗어나 서울의 거리를 배회한다는 설정부터가 이미 이를 암시한다.

최인훈은 이 앞에서 '나'가 산책 중에 만난 어느 외국인의 입을 통해 "경험적인 것을 선험적인 것처럼 위장"(170쪽)하는 한국의 문화적 식민성에 대한 신랄한 비판을 펼친 바 있었다. 서구인들의 문화는 "거대한 손때 묻은 시간"이 쌓여 피부 속에 각인된 손으로 만져지는 경험적인 것이지만 아무런 경험의 축적 없이 서구를 따라잡으려는 조급함이 앞선 우리는 그것을 어떤 선험적인 것 혹은 절대적인 보편성으로 받아들인다는 얘기다. 현실의 모든 것을 '나'의 감각과의 관계 속에서 바라보고 사랑하는 여자를 대하듯 만지고 쓰다듬으며 경험적으로 만나려는 '나'의 밤 산책은, 그런 측면에서 저 문화적 식민성을 넘어서는 글쓰기의 방법론을 연출하는 것이라고도 할 수 있다. '나'가 밤 산책을 "심미적 잠행(審美的 潛行)"(173쪽)이라 명명하는 것도 그런 맥락에서 의미심장하다. 여기에서 우리가 보는 것은 주어진 선험 혹은 보편의 관념을 벗어나 한국적 경험의 실감과 구체성 속에서 글쓰기의 근거를 찾아나가려는 작가의 의지다.

소설에서 '나'는 그 밤거리 산책에서 쾌락을 발견한다. 그것은 물론 고통 속의 쾌락이다. 왜냐하면 그 산책은 여전히 "날개의 구속"을 받고 있는 까닭에 "완전한 자유의 유희―즉 멋이 아니고 타율적이며, 고통에 묶여"(182쪽) 있는 것이기 때문이다. 마찬가지로 최인훈에게 글쓰기는 고통스런 즐거움이다. 그의 글쓰기는 저 강제된 타율성 자체를 존재 조건으로 하는, 그리고 거기서 오는 고통 속에서 자신의 자율적 근거를 확보하려는 심미적 실천인 까닭이다. 「크리스마스 캐럴」이 이르게 되는 결론은 바로 이것이다. 이 소설을 한국적 근대의 구속과 억압에 묶여 있는 지식인의 의식 상황, 그리고 나아가 글쓰기의 존재 조건과 방법을 성찰하는 알레고리라 할 수 있는 것은 이 때문이다.

글쓰기, 고통스런 즐거움

최인훈의 「크리스마스 캐럴」은 난해한 작품이다. 그 난해함은 무엇보다 소설의 대부분을 차지하는 '나'와 아버지의 종잡을 수 없는 말장난으로 가득한 대화 내용이 많은 부분을 차지하고 있는 데서 기인한다. 그 이면에 있는 것은 주제의식을 명징하게 전달하기보다 무질서한 형식 속에 흐트러트리는, 질서화를 거부하는 작가 특유의 형식 충동이다.

「크리스마스 캐럴」에서 그 특이한 형식 충동은 주제 자체를 지워가는 이해할 수 없는 대화 양상에서만이 아니라 현실과 환상, 진담과 농담 등이 어지럽게 뒤섞여 있는 데서도 나타난다. 특히 금지된 산책의 와중에 '나'가 맞닥뜨리는 일련의 사건과 장면들이 대표적이다. 거기에는 현실과 환상이 뒤섞인 채 한국의 사회문화적 현실과 4·19, 5·16 같은 정치적 사건을 연상시키는 각종 이미지와 언어들이 비논리적으로 어지럽게 콜라주되어 있어 이를 그 자체로 이해하기는 그리 쉽지 않다. 눈알이 빠지거나 머리가 잘리고 두개골이 부서진 학생들의 무리가 벌이는 기이한 매스게임 장면이 그런 사례 중 하나다. 그러나 우리가 거기서 읽어야 하는 것은 바로 그 이해할 수 없는 어지러움 자체야말로 최인훈이 경험한, 그리고 이 소설에서 전달하려고 하는 한국사회의 진정한 실체라는 점이다. 자신의 소설이 "현실의 어이없음에 맞먹는 표현형식"[17]이라고 한 최인훈의 생각은 그런 방식으로 관철되는 셈이다.

그렇게 보면 이 소설의 '이해할 수 없음'은 이해할 수 없는 한국사회의 현실에 대한 의식적 반응을 표현하는 형식이다. 이는 한국적 근대를 성찰하면서 그 성찰의 난경(難境)을 동시에 무대화하는 방식이다. 그리고 그 자의식적 성찰의 이면에는 구속과 억압이라는 타율성 자체를 글쓰기의 조건으로서 받아들일 수밖에 없는, 그럼에도 불구하고 계속되어야 할 심미적 실천의 의지가 작동하고 있다.

따라서 「크리스마스 캐럴」은 단지 한국의 문화적 식민성, 그리고 억압과 통제가 만연한 기이한 문화적 상황을 서구 근대의 그것과 견

---

17 최인훈, 『화두』 1, 민음사, 1994, 340쪽.

주어 진단하는 데 머물지 않는다. 오히려 이 소설에 대한 해석의 중심점은 그런 근대 한국의 상황을 고통스럽게 자각하는 지식인으로서의 자기의식과 글쓰기의 존재 조건에 대한 성찰이라는 차원으로 이동되어야 한다. 그런 맥락에서 이 소설의 문제의식은 『회색인』과 『서유기』의 그것과 궤를 같이한다. 일찍이 최인훈은 『회색인』의 성격을 의식의 "발생학적 추적"으로, 『서유기』의 주제를 "자기 안에 있는 남"의 의식 구조에 대한 탐구로 규정한 바 있다.[18] 이 소설들이 모두 한국의 근대를 살아가는 개인의 존재 조건에 대한 고고학적 탐구라는 얘기다. 「크리스마스 캐럴」의 성격 또한 이와 다르지 않다. 이 소설에서 "우리 머릿속에 있는 '초자아'의 원산지를 추적해보았다"는 자평도 이를 확인시켜준다.

물론 「크리스마스 캐럴」 연작이 그 문제성이나 성취에서 『회색인』이나 『서유기』만큼의 비중과 무게를 갖는다고 하긴 힘들다. 하지만 이 소설은 『광장』에서 시작해 『회색인』과 『서유기』를 거쳐 『총독의 소리』와 『소설가 구보씨의 일일』로 이어지는 최인훈 작품 세계의 사슬에서 여러모로 중요한 고리가 되는 작품일뿐더러, 다른 소설들과는 미묘하게 구별되는 특이한 문법의 독특한 매력을 보여주는 작품이기도 하다. 최인훈은 「크리스마스 캐럴」에서 억압과 통제의 고통을 자기 것으로 끌어안고 경험적인 것의 실감과 구체(具體)를 경험적인

---

18 최인훈, 「원시인이 되기 위한 문명한 의식」, 『문예중앙』, 1979년 겨울호, 225쪽.

방식으로 만나려는 심미적 실천의 의지를 보여준다. 이 소설은 이를 연출하는 인상적인 자기성찰의 무대다.

3장
자기기만의 현상학

세상이란 그런 것, 제 탓이 아닙니다.

—라클로, 『위험한 관계』

여기에 자기기만이 있다

김승옥 소설의 중심에 있는 것은 불안과 절망, 혼란과 분열, 자학과 가학으로 뒤범벅된 청춘의 자의식이다. 혁명에 뒤이은 반혁명, 급격한 근대화의 물결에 휩쓸려 떠밀려가는 자아를 추스르려는 절망에 찬 청춘의 방황과 분투를 그만큼 생생한 언어와 감수성으로 보여준 소설은 일찍이 없었다. 그런 김승옥 소설의 면모에 대한 당대의 평가는 '개인의식의 확립'이라는 표현으로 요약된다. 김승옥 소설의 핵심 문제가 '자기(自己)'에 있다는 김현의 평가[1]에서부터 시작해서, 그의 소설에서 "자의식의 내면구조의 파악"[2]과 "인간의 내적 상황의 탐구"[3]가 이루어지고 있으며 그 의미가 "개인의 발견"[4]에 있다고 하는 일련의 평가들이 그런 맥락에 있다. 그리고 이는 아직까진 부인할 수 없는 자명한 문학사적 사실이다.

그런데 그처럼 '개인의식의 확립' 혹은 '개인의 발견'에 방점을 찍을 때, 그 개인의식이 지극히 어둡고 병리적인 것이라는 사실은 상대적으로 소홀히 취급된다. 가령 김현의 경우에도 김승옥의 세계가 "어두컴컴한 의식의 내부에서 일어나고 있는 답답하고 습기 찬 세계"임을 일면 인정하면서도, 오히려 그보다는 그런 자기의 상황을 수락하고 극복하려는 의지와 자세를 전면에 부각하는 식이다.[5] 그러나 김승옥 소설의 매력은 긍정적인 의미에서 상황을 극복하려는 의지보다는 오히려 흔들리고 분열되는 병리적인 자의식의 생생하고 다채로운 풍경 그 자체에 있다고 하는 것이 더 옳을 것이다. 그런 측면에서 60년대에 쓴 자신의 소설이 "한낱 지독한 염세주의자의 기괴한 독백"[6]일 뿐이라 했던 작가의 논평을 우리는 액면 그대로 받아들일 필요가 있다. 다음 고백도 마찬가지다.

---

1 김현, 「미지인의 초상 1—승옥과 성원의 경우」, 『세대』, 1966년 8월호, 304쪽.

2 김윤식, 「앓는 세대의 문학」, 『현대문학』, 1969년 10월호, 41쪽.

3 김병익, 「일세대의 의미」, 『한국문학』, 1975년 1월호, 317쪽.

4 김주연, 「새시대 문학의 성립—인식의 출발로서 60년대」, 『아세아』, 1969년 2월호, 255쪽.

5 김현, 「구원의 문학과 개인주의」, 『사회와 윤리』, 일지사, 1972, 239쪽.

6 김승옥, 「나와 소설 쓰기」, 『무진기행』, 문학동네, 2004, 8쪽.

소름끼치는 혼돈, 방향을 분간 못하는 어둠, 이것이 나의 20대였던가. 객설, 치기 그리고 광기, 상징의 수단밖에 갖지 못한 단순함, 소설을 자기 표백으로만 사용하려는 인색…… 그런 것들로부터 내가 도망하고 싶은 것이 그 이유였다는 걸 지금 나는 발견하는 것이다. 나의 20대야말로 어둠 속을 천방지축 헤매는 과정이었다는 걸 발견하는 것이다.[7]

김승옥 소설을 관통하는 핵심은 이처럼 혼란과 절망, 불안과 열패 감으로 들끓는 분열된 내면이고, 또 그것을 은폐하기 위한 치기와 객설, 강박적인 작위(作爲)의 안간힘이다. 여기엔 어떠한 극복의 의지도, 정화(淨化)도 승화도 없다. 그리고 김승옥은 등단작인 「생명연습」에서 이를 '자기세계'라고 이를 붙였다.

김승옥의 소설은 한마디로 이 복잡다단하고 병리적인 '자기세계'의 무대화라고 할 수 있다. 그렇게 보면 '개인의식의 확립'이라는 평가의 연장선상에서 김승옥의 '자기세계'에 부여된 그간의 이런저런 긍정적인 가치평가는 당연히 정곡과는 거리가 멀다.[8] 그런 측면에서 자기세계의 중심에 다름 아닌 죄의식이 있음을 지적하는 최근 논의

---

7 김승옥, 「후기」, 『야행』, 정음사, 1972, 375쪽.
8 이에 대해서는 이미 이수형의 지적이 있었다(이수형, 「주체의 책임과 자유—김승옥의 중·단 편 소설을 중심으로」, 상허학회, 『상허학보』 16, 2006, 417쪽). 최근 신아현도 같은 맥락에서 '자기세계'라는 개념에 이상적 가치를 부여해왔던 기존의 성급한 가치평가가 재고되어야 함을 주장한다. 신아현, 「극기에의 실패—김승옥 초기 소설 연구」, 한국문학이론과비평학회, 『한국 문학이론과 비평』 70, 2016, 7쪽 참조.

들[9]은 병리적인 분열로 동요하는 저 자기세계의 진실의 일면을 포착한 것이라 할 수 있다. 그런데 단지 그뿐일까?

김승옥의 자기세계의 내부에 어두운 죄의식이 웅크리고 있음은 분명하지만, 그보다 더 중요한 것은 죄의식으로 물든 그 조작적 의식현상의 본질이다. 그리고 그 핵심을 일찍이 김현은 이미 예리하게 포착한 바 있다. 김현은 김승옥의 소설에서 자기세계를 가진 사람들이 자기세계를 갖게 되는 것은 "의식 내부의 섬세한 조작"을 통해서이며 이는 "재래의 인간형에 대한 날카로운 도전"이라고 말하면서 그 의의를 이렇게 적는다.

그것은 두 가지 의미에서 중요하다. 하나는 의식 내부에서 조작된 세계를 가진다는 것이 개인의 성격을 뚜렷이 하는 데에 도움을 주기 때문이며, 또 다른 하나는 그것이 싸르트르류(流)의 표현을 빌면 소위 '개 같은 놈'으로 사람이 변모해가는 양태를 파악할 수 있게 해주기 때문이다. (……) 동시에 그것은 그 개성이 얼마만큼의 자기기만을 통해 형성된 것인가도 파악하게 해준다.[10]

---

9 대표적으로 이수형, 위의 글; 설혜경, 「김승옥 소설의 죄의식의 경제와 자본주의 논리」, 한국문학연구학회, 『현대문학의 연구』 48, 2012; 이광호, 「김승옥 소설에 나타난 마조히즘과 시선의 문제」, 한국현대문학회, 『한국현대문학연구』 39, 2013.
10 김현, 「구원의 문학과 개인주의」, 242쪽. 이 장에서 이 글을 인용할 때는 쪽수만 적는다.

이에 따르면, "의식 내부의 섬세한 조작"을 통해 형성되는 자기세계의 본질은 바로 '자기기만'이다. 그리고 김승옥의 소설은 그처럼 "가장 성실하게 세계를 살아나가는 듯한 사람들이 결국 얼마나 간교한 자기기만을 통하여 '개 같은 놈'으로 변해버리는가를"(246쪽) 보여준다. 김현은 그 자기기만을 "태도의 희극"이라고도 달리 부르는데, 그에 따르면 그것이야말로 「생명연습」에서부터 시종 일관되는 작가의 제재"다. 그리고 "바로 이 점 때문에 그의 소설은 계속 독자의 가슴을 찌르고 할퀸다."(244쪽)

이처럼 김현은 자기세계의 본질이 결국 자기기만이며 그것이 김승옥 소설의 일관된 제재였음을 날카롭게 지적한다. 이때 김현이 시사한 것이 사르트르적 의미에서의 자기기만(mauvaise foi)임은 그가 사르트르의 이름을 군이 명시한 것으로 보아도 어렵지 않게 짐작된다. 하지만 그러면서도 그는 그 자기기만의 의식 상황을 더 이상 철저하게 파고들어가진 않는다. 단지 그것이 "현실을 부정하고 왜곡시키는 일"(241쪽)임을 암시할 뿐, 그 이상의 구체적인 설명은 '태도의 희극'이라는 추상적인 개념으로 대체된다. 또한 그는 자기세계의 배후에는 주어진 상황을 수락하고 "극복하려는 의지"(240~241쪽)가 있음을 주장하는데, 엄밀히 보면 그것이 사르트르적 의미에서의 자기기만의 의식 상황과 배치될 수 있다는 데 대해서도 그다지 관심이 없는 듯하다.

여하튼 김현의 지적처럼 김승옥 소설의 핵심에는 자기기만이 있다. 그러나 김현은 이를 정확하게 지적하면서도, 그 의식 구조의 전모나 작동 기제에 대해서는 많은 부분을 모호한 공백으로 남겨놓았다. 이는 그의 강조점이 자기기만의 구체적인 양상보다는 오히려 거기에서 "개성 있는 인간"에 대한 통찰과 이를 통한 "새로운 문학의 가능성"(242쪽)을 찾는 데 집중되었기 때문으로 보인다.

 김승옥 소설에 대한 후속 논의들 역시 김현이 김승옥의 인물들에게서 포착한 이 자기기만의 의식에 그다지 큰 관심을 기울이진 않았던 것 같다.[11] 이는 다소 의아한 현상이다. 왜냐하면 김현이 포착한 저 자기기만이라는 병리적 의식이야말로 김승옥이 그려놓은 '자기세계'를 관통하는 핵심이며 다름 아닌 바로 거기에 김승옥 소설의 의미가 걸려 있기 때문이다. 여기서는 이런 문제의식을 바탕으로 김승옥 소설의 심리를 움직여가는 자기기만의 의식 구조를 추적한다. 어떤 측면에서 이는 김승옥 소설 속 인물들의 자기기만을 포착한 김현의 오래전 통찰을 다시 불러들여 이루어지는 '겹쳐 쓰기' 혹은 '고쳐 쓰기'의 작업이 될 수도 있겠다.

---

11 김승옥 소설에서 그려지는 자기기만의 테마는 최근에 이르러서야 부분적이나마 비로소 조명되기 시작했다. 복도훈은 김승옥의 인물들이 자기기만을 연기한다고 지적하면서 「환상수첩」을 중심으로 그 양태를 분석한다. 하지만 그는 자기기만을 "자기 자신에 대한 부정이 그 자신의 일부를 이루는 아이러니의 정신"과 결부시키면서 일종의 젊음의 속성으로 환원해버린다. 복도훈, 『자폭하는 속물─혁명과 쿠데타 이후의 문학과 젊음』, 도서출판 b, 2018, 135~173쪽 참조.

위장과 방어, 망각의 의지

김승옥의 소설에서 인물들의 자기기만은 그들 특유의 자기세계를 만들어내고 유지하는 의식 활동이다. 적어도 「서울 1964년 겨울」에 이르기까지, 김승옥의 거의 모든 인물들은 이 자기세계를 가지려고 분투하고 있거나 아니면 이미 자기세계를 살고 있는 자들이다. 그렇다면 그 자기세계란 대체 무엇인가? 「생명연습」에서 김승옥은 '나'의 입을 빌려 이렇게 답한다.

'자기세계'라면 분명 남의 세계와는 다른 것으로서 마치 함락시킬 수 없는 성곽과도 같은 것이 아닌가 생각한다. 그 성곽에서 대기는 연초록빛에 함빡 물들어 아른대고 그 사이로 장미꽃이 만발한 정원이 있으리라고 나는 상상을 불러일으켜보는 것이지만 웬일인지 내가 알고 있는 사람들 중에서 '자기세계'를 가졌다고 하는 이들은 모두가 그 성곽에서도 특히 지하실을 차지하고 사는 모양이었다. 그 지하실에는 곰팡이와 거미줄이 쉴 새 없이 자라나고 있었는데 그것이 내게는 모두 그들이 가진 귀한 재산처럼 생각된다.[12]

---

12 김승옥, 「생명연습」, 『무진기행』, 문학동네, 2004, 30쪽. 여기서 인용하는 소설은 김승옥 소설 전집 1권인 『무진기행』과 2권인 『환상수첩』에 실린 소설들이다. 아래에서 소설의 인용은 이 전집판에 따르며, 인용문 뒤에 전집의 권수와 쪽수만 적는다.

이에 따르면 자기세계는 "남의 세계와는 다른", 즉 자기를 남과 구별해주는 자기만의 것이고 "함락시킬 수 없는 성곽"과도 같은 것이다. 그중에서도 '나'가 아는 자기세계는 유독 "곰팡이와 거미줄이 쉴 새 없이 자라나"는 어두컴컴한 지하실에 비유된다. 그런데 '나'는 의아하게도 지하실을 뒤덮은 그 곰팡이와 거미줄이 "모두 그들이 가진 귀한 재산처럼 생각된다"고 말한다. '나'는 왜 그 음침한 것들을 '귀한 재산'이라고 생각하는가? 왜냐하면 저 음침한 자기세계란 쓰라린 상처와 감정의 격랑을 기꺼이 감수하고서야 비로소 얻을 수 있는 자기만의 전리품과 같은 것이기 때문이다.

「생명연습」에서 그 전리품을 얻기 위한 전쟁은 '극기'라는 말로 설명된다. 이때 극기란 극단적인 방법으로 자기 자신을 극한으로 몰아가는 강박적인 행위를 총칭한다. 자기세계는 그런 극기를 통해 있는 그대로의 자기를 은폐하거나 훼손함으로써 만들어진다. 그리고 거기에서 생겨나는 쓰라린 감정의 소용돌이를 잠재우고 통과해 "부글부글 끓어오르는 내부"를 "무관심한 표정으로 가려버리는 법"(「환상수첩」 2:12쪽)을 터득했을 때, 자기세계는 비로소 완성된다. 이때 '자기세계'의 '자기'는 조작된 '자기'이자 본래의 자기를 부정하는 위장의 가면(假面)이라고 할 수 있다.

자기기만은 그렇게 자기를 훼손하면서 자기를 추스르려는 왜곡된 의식의 한가운데서 작동한다. 자기기만(mauvaise foi)은 불어의 원뜻 그대로 (자기에 대한) '잘못된 믿음'을 의미한다. 사르트르에 따르면 자기기만이란 "의식이 그 부정을 밖으로 향하는 것이 아니라 자기 자신에게 돌리는 태도"이며, 그런 한에서 "내가 나 자신에 대해 진실을 가리는 것"이다.[13] 달리 말하면, 그것은 있는 그대로의 자신을 부정하고 자신이 그것이 아닌 것으로 있다고 자신을 속이는 것이다. 여기서 속는 자와 속이는 자는 하나의 의식 안에 공존하며, 주체는 그렇게 자신이 이러저러한 주체로 있다고 스스로를 속이고 연기(演技)한다.[14]

자기세계의 '자기'는 그런 방식으로 자신을 속이고 부정하는 연출된 '자기'다. 이때 부정되는 자기란 바로 '있는 그대로의 자기'다. 그들은 작위로 연출된 '자기'가 자기를 속이는 위장임을 알고 있음에도 그렇게 한다.[15] 가령 김승옥의 인물들이 애써 만들어내는 "무관심한 표정"은 자기를 뒤흔드는 감정에 무심할 수 없는 자기의 진실을 스스로 너무나 잘 알고 있기 때문에 그 진실을 필사적으로 숨기려는 위장의 기술이다. 그래서 「환상수첩」의 정우는 이렇게 말한다. "무관심한 표정도 기술적으로 만들어내야 한다. 그저 남의 흉내나 내다가는 단단히 속으니까."(「환상수첩」 2:13쪽) 속지 않으려면 잘 속여야 한다.

그런데 왜 있는 그대로의 자기를 부정하고 위장된 자기를 연출하

---

13 장 폴 사르트르, 『존재와 무』, 정소성 옮김, 동서문화사, 2009, 114~118쪽 참조.

14 위의 책, 132~133쪽 참조.

15 사르트르에 따르면 '나' 안의 속이는 자가 진실을 알아야 한다는 것이 자기기만의 조건이다. "나는 신경을 써서 진실이 나로부터 더 잘 숨어 있도록 하기 위해서 내가 그 진실을 아주 정확하게 알아야 한다." 위의 책, 116쪽.(번역 수정)

는가? 그것은 있는 그대로의 자기가 처한 굴욕적인 상황을 회피하고 그로부터 자기를 방어해야 하기 때문이다. 김승옥의 소설에서, 본래의 '나'로 산다는 것은 굴욕과 열패감, 그로 인한 상처에 자아를 무방비로 노출하는 일이다. '나'가 생각하는 서울의 삶은 도시가 주는 "상처"(「누이를 이해하기 위하여」 1;132쪽)에 "끙끙 신음만 울리며"(「확인해본 열다섯 개의 고정관념」 1;156쪽) "욕된 생활"(「환상수첩」 2;8쪽)을 감수해야 하는 삶이며, 그 삶은 "모든 논리가 꺾이고 지성이 힘을 잃고 (……) 마구 쓰라리기만 한 감촉의 시간"(「누이를 이해하기 위하여」 1;132쪽)일 뿐이다. 헤어날 수 없는 "덫"[16]에 걸려 끊임없이 자기 안의 "뻥 뚫린 구멍"(「환상수첩」 2;21쪽)과 대면해야 하는 삶. 그것이 서울에서의 삶이다. 자기가 자기를 속이는 위장은 이에 대한 방어의 방식이다. 즉 저들의 자기기만은 굴욕과 공허와 열패감에 맞닥뜨린 상황 속의 자기를 부정하고 회피하는 방식이다.

　「환상수첩」에서 정우가 여자친구인 선애를 부담스러워하고 그녀에게 "경원심(敬遠心)"(2;19쪽)을 갖는 이유 중 하나도 바로 숨겨야 하는 그런 굴욕적인 자기의 진실을 그녀가 아무렇지도 않게 있는 그대로 발설해버리기 때문이다.

　　"……어쩐지 뻥 뚫린 구멍을 보아버린 것 같아요. 아무리 발버둥쳐도

16　김승옥, 「더 많은 덫을」, 『주간한국』, 1966년 8월 21일(통권 100호), 7쪽.

별수 없이 눈에 보이는 구멍이지요. 찬바람이 술술 새어들어오고……"

"그럼 전엔 그런 걸 못 느꼈던 말야?"

"희미하게 느끼긴 했어요. 그렇지만 아득바득 이를 악물고 해나가면 될 수 있을 것 같았어요. 그렇지만 이젠……"

"아아."

내가 여태껏 차마 입 밖에 내어 말할 수 없었던 것을, 그녀는 그때, 하늘도 무섭지 않은지 정확한 발음으로 표현하고 있었던 것이다.

"찬바람이 불어오는 뻥 뚫린 구멍, 찬바람이 불어오는 뻥 뚫린 구멍……"

나는 노래하듯 중얼거리고 있었다.(2:21쪽)

"뻥 뚫린 구멍"은 회피해야만 할 자기 자신의 진실이다. 신애는 그 진실을 발가벗기고 대면하게 만든다. 선애를 영빈에게 짓밟히도록 넘겨버리는 정우의 패륜은 일면 자기의 진실을 필사적으로 억압하고 회피하려는 안간힘에서 비롯된 것이다. 여기서 작동하는 것은 자기에 대한 망각의 의지이며, 이는 자기가 맞닥뜨린 불안으로부터 도피하는 방식이기도 하다. 자기기만은 있는 그대로의 자기를, 피할 수 없는 것을 피하기 위한 것이다. 자기를 부정하는 자기기만은 그럼으로써 안전지대에 몸을 두는 것을 목적으로 한다.[17] 김승옥의 인물들

---

17 장 폴 사르트르, 앞의 책, 149쪽과 141쪽.

은 그런 회피와 방어라는 자기기만의 목적을 저렇게 필사적으로 수행한다. 그들은 그렇게 자기기만 속으로 도피한다.

그런데 이뿐이라면 너무 평범하지 않은가. 그러면 김승옥 소설의 자기기만은 단지 사르트르가 설명한 자기기만의 통속적 버전에 지나지 않을 것이다. 물론 김승옥의 소설이 그럴 리 없다. 김승옥의 인물들이 도피하는 저 자기기만의 세계는 사르트르가 『존재와 무』에서 제시하는 자기기만의 사례보다 한층 더 복잡 미묘하고 병리적이며 드라마틱하다. 그것은 무엇보다 자기를 위장하는 저들의 자기기만의 과정에는 평화로운 의식의 조작이 아닌 자학과 가학의 행위가 동반되고 있기 때문이며, 거기에서 기인한 살의와 회한과 증오와 죄의식이 뒤섞인 복합적인 정념들이 들끓고 있기 때문이다. 사르트르가 인간 실존에 동반되는 어느 면 불가피한 의식으로 묘사한 자기기만과 달리 김승옥의 인물들이 펼쳐놓는 저 자기기만의 풍경은 어째서 저토록 왜곡되고 부정적인 정념으로 들끓고 있는가?

과잉방어 혹은 이중의 부정

모든 것은 과잉방어에서 비롯된다. 김승옥 소설의 인물들은 단지 상황 앞에 무력한 굴욕적인 자기를 수동적으로 회피하는 데서만 그치지 않는다. 그들은 한 걸음 더 앞질러 나아가 패륜을 자행한다. 그러면서 그들은 자기의 행동이 수동적인 것이 아니라 자신이 반드시 해야만 하는 자발적이고 능동적인 선택임을 주장한다. 예컨대 「건」에서 윤희 누나를 윤간하려는 형의 계획을 알면서도 자발적으로 돕는 '나'의 생각이 바로 그렇다. '나'는 "너 윤희에게 심부름 좀 갔다 와, 응?" 하는 형의 말에 "응"하고 대답하고 이렇게 생각하는 것이다. "얼결에가 아니라 나는 벌써부터 그런 부탁을 기대하고 있었는지도 몰랐다."(「건」, 76~77쪽) 「환상수첩」에서는 또 어떤가. 선애를 '정복'하는 데 성공했다고 적힌 영빈의 쪽지를 보고 분노하는 정우도 다르지 않다. "그러나 그런 결과를 납득할 수 없는 조마조마한 심정으로 어쩌면 기다리고 있었던 것은 바로 나 자신이 아니었던가."(「환상수첩」 2:24쪽) 여기서 작동하는 심리의 일단을 「환상수첩」의 정우는 이렇게 설명한다.

내 지난날의 그 평안, 토끼의 세계를 떨구어가듯이—그 세계가 잦아져 버리는 게 아니라 내가 거기에서 막연한 필요성 때문에 도망하는 듯한 안타까움이 있었다. 게다가 **시대의 핑계만으로는 단념할 수가 없다는 집념**이 거기에 곁들이고 있는 것이기도 하였다.(「환상수첩」 2:42쪽—강조는 인용자)

자기기만의 본질은 그럴 수밖에 없음을 상황 탓으로 돌리는 '핑계'를 대는 것이다.[18] 하지만 여기서 '나'에게 "시대의 핑계" 따위는 부차적인 것이다. 지난날의 평안과 '토끼의 세계'는 시대의 흐름 때문에 스러져가는 게 아니라 '나'가 어떤 필요 때문에 자발적으로 거기에서 도망치는 것이다. 여기에는 한편으로 "안타까움"이 뒤따르긴 하지만, 도망치는 걸 단념할 수 없다는 "집념"이 그보다 한층 강하게 작용한다. 단념해선 안 된다는 바로 그 집념이 저들의 도피와 부정을 한층 더 강박적인 것으로 만든다. 그리고 그 강박은 주로 심정적 애착의 대상인 여성에 대한 가해로 나타나며, 그것이 자기를 훼손하는 자해의 왜곡된 표현임은 말할 것도 없다.[19] 이는 결국 상황 앞에 무력한 자기를 자발적으로 자해하는 것이며 그런 의미에서 상황의 횡포를 자기가 앞질러 손수 대리하는 행위다. 이때 자해의 칼끝은 명민하게도 자기 안의 가장 여린 부분을 향한다.

「생명연습」에서 "한 오라기의 죄도 거기에는 섞여 있지 않은" "화사한 왕국의 신기루"(1;47~48쪽), 「건」에서 "나의 뜨거운 이마에 손을 얹어주었으면"(1;75쪽) 하고 바라게 되는 윤희 누나의 위안과 평온의 손길, "가슴 뛰는 놀이"를 함께하던 미영과의 추억에서 연상되는 순백의 이미지("하얀 색의 벽에 하얀 색의 크레용", 1;57쪽) 같은 것

---

18 서동욱, 「사르트르에서 병리적 의식과 자기기만」, 한국현상학회, 『철학과 현상학 연구』 57, 2013, 9쪽.

19 김승옥 소설의 인물들이 자행하는 여성에 대한 가학이 자신에 대한 강박중적 자학과 다르지 않다는 데 대해서는 다른 글에서 이미 상세히 이야기했다. 여기서는 그 가학과 자학의 배후에서 작용하는 자기기만의 의식에 주로 초점을 맞춘다. 김영찬, 「김승옥 소설의 심상지리와 병리적 개인의식의 현상학」, 『비평극장의 유령들』, 창비, 2006, 248~253쪽 참조.

들은 '나'의 가장 여린 순수의 욕구가 향하는 것들이고, 그런 한에서 자기 안의 순수를 환기하는 것들이다. 그런 만큼 이것들은 자기 안의 가장 소중한 것들이고 또 아늑하지만 취약하고 상처받기 쉬운 것들이다. 김승옥의 인물들은 예정된 패배 앞에 취약한 이 모든 것들에 자기 손으로 먹칠을 해 아예 불가능한 것으로 만들어버린다. 그들이 그때 동원하는 폭력과 패륜은 그 모든 순수의 가치로부터 스스로를 돌이킬 수 없이 멀어지게 만들어 그에 대한 미련을 깨끗하게 차단하려는 왜곡된 술책이다.

김승옥의 인물들은 그렇게 자기가 소중하게 생각하는 여성에 대한 가해라는 우회로를 통해 자기 내면의 무구(無垢)와 순수를 스스로 더럽힘으로써 불가능한 것으로 만들어버린다. 예컨대 「건」의 '나'는 물론이고 선애를 자살로 몰고 가는 「환상수첩」의 경우, 유학을 가기 위해 사랑하는 연인을 짓밟는 「생명연습」의 한 교수 등의 행위가 모두 그런 맥락에 있다. 자기기만으로의 도피는 이처럼 파괴적인 과잉방어를 통해 이루어진다.

그런데 흥미로운 것은 그들이 그 파괴와 왜곡을 자기의 능동적인 선택으로 밀어붙이면서도 어쩔 수 없었다는 평계를 또다시 뒷문으로 불러들인다는 점이다. 그들의 기만의 논리는 그럼으로써 한층 더 모순적이고 복잡한 양상을 띠게 된다. 그들의 자기기만은 애초 위장된 '나'를 전면에 내세움으로써 원래의 '나'를 부정하고 회피하는 데서 출발했다. 그런데 이후 부정의 칼끝은 원래의 '나'에서 위장된 '나'에게로 다시 되돌려진다. 위장된 '나'에 대한 부정은 그게 진짜 '나'의 모습이 아니고 '나'의 행동도 실은 자발적인 것이 아니었다고 변명하는 것으로 나타난다.

예컨대 「건」에서 윤희 누나를 윤간하려는 형의 모의를 자발적으로 돕기로 한 '나'가 그녀 앞에서 뜬금없이 느끼는 '억울함'이 그렇다.

> 윤희 누나 앞에 서자, 나는 온 세상이 빙글빙글 도는 듯이 어지러워서 몸을 잘 가눌 수가 없었다. 억울한 일로 선생님한테서 꾸중을 들었을 때 나는 그런 기분을 느껴본 적이 있었다.(「건」 1;79쪽)

자기 손으로 더럽히려 하는 윤희 누나 앞에서 '나'는 몸을 가눌 수 없는 어지러움을 느낀다. 그 어지러움은 억울한 일로 선생님한테서 꾸중을 들었을 때 느끼던 기분이다. '나'가 지레 상상하는 윤희 누나의 비난의 시선은 자기가 하지 않은 일로 꾸중을 들었을 때처럼 억울한 감정과 어지러움을 유발한다. 이 억울함과 어지러움의 의미는 이 앞에서 '나'가 빨치산의 시체를 둘러싼 풍경에서 정체를 알 수 없는 "무시무시한 의지"(1;65쪽)를 떠올리고 겪는 어지러움("나는 그저 어지러움만을 느끼고 있었다", 1;66쪽)과 겹쳐놓았을 때 보다 분명해진다. 그 어지러움이 알 수 없는 힘으로 사람들을 죽이고 어딘가로 강제로 떠밀어가는 역사의 폭력을 어렴풋이 감지한 데서 오는 무의지적 반응이라 한다면, '나'가 형의 모의에 가담하는 시점에 그때와 똑같이 어지러움을 느꼈다고 고백하는 것은 의미심장하다. 더구나 윤회 누나 앞에서 느끼는 '나'의 어지러움은 억울함이라는 감정까지 동반한다.

여기에서 작동하는 것은 자신의 자발적인 행위의 책임을 자신을 압박하는 저 "무시무시한 의지"에로 돌리고 싶은 무의식이다. 그런 측면에서 윤회 누나 앞에서 느끼는 억울함을 동반한 어지러움은, 자기도 의식 못한 채 자기에겐 죄가 없고 혹여 있다 해도 강제에 떠밀린 어쩔 수 없는 행위였다고 스스로를 속이고 설득하고 변명하는 자기기만의 증상이다. 그리고 여기엔 "그것이 '자라난다'는 것인지도 모른다"고 생각해버리는 또 하나의 변명이 추가된다.

영빈의 사악한 저의를 알면서도 선애를 그에게 넘기는 「환상수첩」의 정우의 의식도 이와 방불하다. 둘을 소개시켜주는 자리에서 정우는 "피와 흙이 범벅이 됐을 때 생기거나 할 이두운 색을 하고 있을" "'운명'이라는 단어"(「환상수첩」 2:23쪽)를 뜬금없이 떠올린다. 자신의 자발적인 패륜을 자기도 어쩔 수 없는 잔인한 운명의 탓으로 돌리고 싶은 변명의 의지가 자기 몰래 개입하는 장면이다. 이처럼 김승옥의 인물들은 자기의 자발적이고 능동적인 패륜이 실상은 자발적인 결정에 의한 것이 아니라 어쩔 수 없는 상황에 이끌린 수동적인 것이었다고 스스로를 설득하고 그렇게 믿거나 믿고 싶어 한다. 자신을 그저 상황에 종속된 수동적인 대상에 불과하다고 생각하고 자기의 결정이 사실은 억지로 떠밀린 수동적인 것이었다고 자기를 설득하는 그런 잘못된 믿음이야말로 자기기만의 전형적인 모습이다.[20]

이렇게 보면 김승옥의 인물들이 펼쳐놓는 자기기만에는 이중의 부정이 존재한다. 그들은 있는 그대로의 '나'를 회피하거나 스스로 훼손하고, 그걸 주도하는 위장한 '나'의 행위 역시 실은 어쩔 수 없이 떠밀린 수동적인 것이었다고 변명한다. 있는 그대로의 '나'에 대한 부정이 있고, 그 '나'를 부정하는 위악적인 '나'의 자발성에 대한 부정이 있다. 이 이중의 부정이 김승옥의 자기기만의 세계를 한층 복잡 미묘하고도 절망적인 것으로 만든다.

자기기만의 유혹, 쓸쓸하거나 즐겁거나

김승옥의 인물들은 이토록 필사적으로 자기기만으로 도피하는 자들이다. 그 자기기만은 때로는 실패하고(대표적으로 「환상수첩」의 '나'는 자살한다), 또 성공하더라도 "곰팡이와 거미줄"(「생명연습」 1:30쪽) 같은 어두운 잔해를 남긴다. 「생명연습」의 '나'와 한교수처럼 이미 평온 속의 자기기만을 살아가는 인물들에게 남은 것은 그저 침묵이 아니면 쓸쓸한 웃음과 냉소뿐이다. 대표적으로 「생명연습」과 「환상수첩」「건」이 그렇게 자기기만의 도피가 야기하는 뒤틀린 왜곡과 자해를 전면화한다면, 이후 다른 소설들은 자기기만이 이미 생활

20 이러한 자기기만의 의식 구조에 대한 설명은 서동욱, 위의 글, 9~13쪽 참조.

화된 인간들의 쓸쓸하고도 희극적인 연기(演技)를 펼쳐놓는다.

김승옥의 인물들은 대부분 자기의 모든 사고와 행위가 다름 아닌 자기기만의 술책임을 알고 있다. 그들은 알고 있으면서도 그렇게 한다. 왜냐하면 그들은 자기를 속이는 것만이 자기를 보존하는 생존의 기술임을 삶 속에서 깨우치기 때문이다. 가령 「환상수첩」과 「생명연습」의 인물들이 이 진실을 절망의 포즈와 쓸쓸한 웃음 혹은 침묵으로 은폐하고 있다면, 「역사(力士)」의 '나'는 특이하게 자기도 자기의 기만을 알고 있다고 이렇게 솔직하게 고백한다.

사실 나 자신도 나의 무궤도하고 부랑아 같은 생활태도를 비록 내 천성의 게으름과 가난한 자들의 특징인 금전의 낭비벽, 그리고 이제는 돌아갈 고향도 없이 죽는 날까지 이 서울에서 내 힘으로 살아가야 한다는 선망감에다가 **핑계를 대고 변명해보려 했지만** 아직 젊다는 이유 하나만으로써도 내 생활태도 개선의 가능은 충분하다는 점에 생각이 미치면 **나도 나 자신의 기만을 인정하지 않을 수 없곤 했던 참이라** 그 친구의 의견을 고맙다고 할 수밖에 없었다.(「역사」 1 ;88~89쪽—강조는 인용자)

「역사」의 '나'는 자기가 내세우는 이런저런 핑계와 변명이 자기기만의 술책임을 잘 알고 있다. 그리고 '나'는 양옥집 식구들이 마시는 보리차에 홍분제를 타서 그들의 규칙적인 질서를 깨트리려는 자신의 행동이 "안주에의 동경"(1 ;105쪽)을 은폐하고 빈민가에 대한 "죄의식"(1;109쪽)을 보상하려는 간교한 속임수라는 것도 잘 알고 있다. 그래서 '나'는 자기의 행동을 "일종의 비겁한 보상행위라고 누가 곁에서 말했다면 나는 정말 즐거워져서 고개를 끄덕이며 웃었을 것이다"(1;109~110쪽)라고 말한다. 그것이 자기가 자기를 속이는 자기기만의 행위에 불과함을, 그리고 자기도 이를 잘 알고 있음을 유머러스하게 긍정하는 것이다. 게다가 모두가 잠든 한밤중에 동대문에 나가 거대한 돌덩이를 들어올리는 서씨의 기행(奇行)을 '나'가 "거짓 없는 행위"이자 "몽상적인 의미에서의 성실"(1;106쪽)이라고 해석하는 것도 실은 자기의 기만을 스스로 의식하는 데서 나오는 것이다. '거짓 없는 행위'와 '몽상적인 의미에서의 성실'이란 모두 자기를 속이지 않는 행위를 뜻하는 까닭이다.[21] 그런 서씨를 보고 '나'는 "자신에 대해서 어이가 없음을 느꼈다"(1;105쪽)고 말한다. '나'는 서씨라는 거울을 통해 그와 정반대인 자기기만의 거짓을 떠올리고 일순간이나마 스스로를 반성적으로 비추어보는 셈이다.

「역사」에서 자기기만이 이러한 아이러니한 자의식 속에서 펼쳐진다면, 그런 면에서는 「무진기행」 또한 다르지 않다. 하지만 「역사」가 '나'의 자기기만을 유머러스하게 상대화하고 있는 반면, 「무진기행」의 자기기만은 한층 더 침착하고 교묘하다. 김현은 「무진기행」이 "인

---

21 이때 '성실'이 자기기만의 불어 'mauvaise foi'(bad faith)의 반대말인 'bonne foi'(good faith)의 한국어 역어(譯語)라는 점도 절묘하다.

간이 얼마만큼 자기기만을 감수하고 있느냐에 대한 침통한 진술"을 보여준다고 하면서 비열한 타협안을 통해 과거와 결별하려는 윤희중의 행위를 "지독한 태도의 희극"이라는 한마디로만 간단히 정리한다.[22] 그런데 도대체 무엇이 자기기만이라는 것인가?

다음은 윤희중이 모든 일이 마무리됐으니 상경하라는 아내의 전보를 받고 서울로 데려가겠다는 하인숙과의 약속을 저버린 채 무진을 떠나기 전의 장면이다.

> 모든 것이 선입관 때문이었다. 결국 아내의 전보는 그렇게 얘기하고 있었다. 나는 아니라고 고개를 저었다. 모든 것이, 흔히 여행자에게 주어지는 그 자유 때문이라고 아내의 전보는 그렇게 얘기하고 있었다. 나는 아니라고 고개를 저었다. 모든 것이 세월에 의하여 내 마음속에서 잊혀질 수 있다고 전보는 말하고 있었다. 그러나 상처가 남는다고, 나는 고개를 저었다. 오랫동안 우리는 다투었다. 그래서 전보와 나는 **타협안**을 만들었다. **한 번만, 마지막으로 한 번만 이 무진을, 안개를, 외롭게 미쳐가는 것을, 유행가를, 술집 여자의 자살을, 배반을, 무책임을 긍정하기로 하자. 마지막으로 한 번만이다. 꼭 한 번.** 그리고 나는 내게 주어진 한정된 책임 속에서만 살기로 약속한다.(「무진기행」 1:193쪽―강조는 인용자)

---

22 김현, 앞의 글, 242~235쪽.

윤희중에게 무진, 안개, 외롭게 미쳐가는 것, 유행가, 술집 여자의 자살, 배반, 무책임은 모두 무기력했던 과거의 '나'를 환기하는 것들이다. 그것들은 모두 과거의 '나'다. 전보는 과거의 '나'를 버리고 이제 빨리 책임감 있는 '무관심한 표정'의 생활인으로 복귀하라고 재촉하고, 그는 긍정과 부정을 오가며 망설인다. 「역사」의 '나'가 "비겁한 보상행위"를 생각해내는 것처럼, 「무진기행」의 윤희중도 와중에 '비열한 타협안'을 만들어낸다. 그가 생각해낸 타협안이란 하인숙(그녀는 과거의 '나'다)에게 사랑한다는 편지를 적은 후 곧바로 찢어버리는 행위다. 사랑한다고 하고 곧바로 취소한다. 그럼으로써 과거의 '나'는 정말로 "마지막으로 한 번만" 긍정된다.

여기서 마지막으로 한 번만 긍정하겠다는 말 속에는 이미 결국엔 부정하겠다는 의지가 내포되어 있다. 그 긍정은 부정을 위한 긍정이고,[23] 자기를 속이기 위한 긍정이다. 한 번만 긍정하겠다는 것은 그런 의미에서 결국은 과거의 '나'를 망각하리라는 의지의 표현이다. 이때 아내의 전보는 자기의 결정을 어쩔 수 없는 상황 탓으로 미루는 맞춤한 핑계이자 변명의 무기다. 윤희중은 이것이 자기기만에 불과함을 너무도 잘 알고 있다. 하지만 그는 '책임'이라는 말로써 자기를 또 한번 속인다. 윤희중이 무진을 떠나면서 느끼는 '부끄러움'은 이처럼

---

23 자기기만의 의식은 "부정하기 위해 긍정하고 긍정하기 위해 부정한다"는 사르트르의 지적은 (맥락은 조금 다르지만) 여기에도 적중한다. 장 폴 사르트르, 앞의 책, 113쪽.

스스로를 알고 있는 자기기만의 부산물이다.

「무진기행」의 윤희중이 자기기만이 생활화된 인간의 쓸쓸한 연기를 보여준다면, 「서울 1964년 겨울」의 '나'와 대학원생 '안(安)'은 이미 일상으로 내면화된 그 자기기만의 쓸쓸한 공허를 연기한다.[24] 김현은 「서울 1964년 겨울」의 대학원생 '안'에 이르러 비로소 김승옥의 인물이 자기기만에서 벗어난다고 평가하지만,[25] 그와 반대로 이 소설이야말로 생활로서 내면화된 자기기만의 정점을 보여주는 소설이다.

육군사관학교를 지원했다가 실패하고 지금은 구청 병사계에서 일하는 '나'가 어느 겨울밤 선술집에서 도수 높은 안경을 쓴 대학원생 '안'을 만나 술잔을 기울이며 수작한다.[26] 파리를 사랑하느냐는 뜬금없는 '나'의 질문으로 시작된 그들의 대화는 "꿈틀거리는 것을 사랑하십니까?"라는 '안'의 질문에 이어 만원버스 좌석에 앉은 여자의 오르내리는 아랫배에 대한 '나'의 얘기로 맥락 없이 건너뛰며 간간이

---

24 이 연기(演技)도 자기기만의 한 양태라고 할 수 있는데, 사르트르에 따르면 자기기만은 많은 부분 자기가 이런저런 주체로 있음을 연기하는 것으로 나타난다. 위의 책, 131~133쪽 참조.

25 김현, 앞의 글, 244~245쪽.

26 소설에서 이 둘의 대화는 서로가 동일한 언어게임의 규칙을 공유하는 데다가 의사소통을 목적으로 하는 것도 아니라는 점에서 엄밀한 의미에서의 대화라고 하긴 힘들다.(가라타니 고진, 『탐구 1』, 송태욱 옮김, 새물결, 1988, 14쪽 참조) '안'이 "김형과 나는 서로 다른 길을 걸어서 같은 지점에 온 것 같습니다"(1:269쪽)라고 말하는 데서도 암시되듯, '나'와 '안'은 실은 둘이 아닌 한 의식의 양면으로 볼 수 있는 여지도 있다. 따라서 이 대화를 하나의 의식 안에 공존하는 '속이는 자'와 '속는 자'를 둘로 분리해 이루어지는 일종의 자기기만의 연극이라고 보는 것도 우리의 맥락에서 그 의미를 이해하는 한 방편일 수 있겠다.

이어진다.

　"난 방금 생각해봤는데 김형의 그 오르내림도 역시 꿈틀거림의 일종이라는 결론을 얻었습니다."

　"그렇죠?" 나는 즐거워졌다. "그것은 틀림없는 꿈틀거림입니다. 난 여자의 아랫배를 가장 사랑합니다. 안형은 어떤 꿈틀거림을 사랑합니까?"

　"어떤 꿈틀거림이 아닙니다. 그냥 꿈틀거리는 거죠. 그냥 말입니다. 예를 들면…… 데모도……"

　"데모가? 데모를? 그러니까 데모……"

　"서울은 모든 욕망의 집결지입니다. 아시겠습니까?"

　"모르겠습니다"라고, 나는 할 수 있는 한 깨끗한 음성을 지어서 대답했다.(「서울, 1964년 겨울」1 : 263쪽)

　이 대목에 이어 '안'은, '나'에게 이렇게 말한다. "우리가 거짓말을 하고 있었다고 생각하지 않으십니까? (……) 난 우리가 거짓말을 하고 있었던 같은 느낌이 듭니다."(1 : 263~264쪽) 무엇이 거짓말이라는 것인가?

　이 대화에서 "꿈틀거림"이라는 모호한 단어는 오르내리는 "여자의 아랫배"라는 "퍽 음탕한 얘기"(1 : 262쪽)를 우회해 (말줄임표가 암시하는) 망설임 끝에 가까스로 발화되는 "데모"라는 말과 연결된다.

그럼으로써 우발적으로 떠오른 4·19혁명의 이미지는 이어진 '나'의 "데모가? 데모를? 그러니까 데모……"라는 반복적인 반문과 이어진 침묵에 의해 일순 긍정되는 동시에 부정된다. 그리고 '나'의 말을 끊어버리는 "서울은 모든 욕망의 집결지입니다. 아시겠습니까?"라는 '안'의 뜬금없는 말은 '꿈틀거림'에서 나온 '데모'의 연상을 서둘러 철회하면서 다시 '음탕한' '여자의 아랫배'로 초점을 은근슬쩍 되돌려놓는다. 다급한 부정이다. 그리고 저 부정은 "모르겠습니다."라는 '나'의 말을 통해 다시 한번 부정된다.[27] 그들은 부정하기 위해 긍정하고 긍정하기 위해 부정한다.

이 대목에서 "꿈틀거림"의 연상을 거쳐 의식의 표면에 순간적으로 떠오른 4·19의 이미지는 그들의 권태와 공허가 4·19혁명 이후의 환멸과 좌절에 뿌리를 두고 있음을 암시한다. 하지만 그들은 알면서도 모른 척한다. 사르트르에 따르면 자기기만의 본질은 진실을 알면서도 자기를 속이는 거짓말이다.[28] 그래서 대학원생 '안'은 말한다. "난 우리가 거짓말을 하고 있었던 같은 느낌이 듭니다." 그는 자기가 거

---

27 이 장면에 대해서는 4·19를 모른 척하고 부인해야만 하는 그 무엇으로 받아들이는 조로(早老)한 젊음의 냉소주의적 태도와 관련해 본서의 1부 1장(「혁명, 언어, 젊음—4·19의 불가능성」)에서 이미 부분적으로 이야기한 바 있다. 여기서 인물들은 (4·19가 있었음을) '알고 있어. 그렇지만……'으로 요약되는 물신주의적 부인(否認)의 공식을 몸소 연기하는데, 사실은 이 또한 자기기만이 작동되는 방식이기도 하다. 여기서는 다만 그와는 조금 다른 각도로 접근한다.

28 장 폴 사르트르, 앞의 책, 114~117쪽.

짓말을 하고 있음을 잘 알고 있다. '안'의 말에 "아니오"라고 부정하며 "내가 한 그 얘기는 정말입니다"(1:262쪽)라고 강조하는 '나' 또한 겉으론 다른 것처럼 보여도 다르지 않다. '정말'이라는 말을 두 번씩이나 거듭 강조하며 거짓말임을 부정하는 저 제스처는 그 '정말'이 실은 거짓말이라는 진실을 거꾸로 그 강한 부정을 통해 드러낸다.[29] '나'는 부정하면서 긍정한다. 그것은 정말임을 주장하는 거짓말이다. 이들의 수작은 저 숨은 진실을 자기에게 또다시 숨기려는 거짓말의 연기다. 그들은 그렇게 자기기만을 몸소 연출한다. 이 대화의 끝에 '나'는 "모르겠습니다"라고 하면서 "할 수 있는 한 깨끗한 음성을 지어서 대답했다"고 굳이 덧붙이는데, 이는 '나' 스스로 자기들의 대화가 일종의 연기임을 의식하고 있음을 보여주는 것이다.

이때 이들이 "꿈틀거림"이라는 단어에서 '여자의 아랫배'와 '욕망'에 대한 연상으로 초점을 돌려놓는 것은 그 말의 액면 그대로의 의미 외에 다른 것(예컨대 4·19혁명)은 읽지 않겠다는 의지의 표현이다. 달리 말하면 이는 그 단어에 은밀히 숨은 의미와 맥락을 짐짓 모른 척하고 진실을 보지 않으려는 자기기만적 의지의 표현이다.[30] 이들

---

29 여기에서 작동하는 것은 프로이트가 말한 부정(Verneinung)의 메커니즘이다. 그에 따르면 부정은 억압된 것을 인정하는 방식이다. 지그문트 프로이트, 「부정」, 『쾌락원칙을 넘어서』, 박찬부 옮김, 열린책들, 1997, 197~203쪽 참조.

30 사르트르는 남자와 첫 선을 보는 여자의 예를 들면서 상대방이 하는 말 뒤에 숨은 성적 의도를 잘 알면서도 의도를 숨기는 남자의 의례적인 말들을 액면 그대로 받아들이려고 하는 여자의 의식을 자기기만이라 설명한다. "그녀는 상대편이 자신에게 하는 말 속에서 그 문장의 명백한

이 예컨대 '단성사 옆 골목의 첫번째 쓰레기통에 있는 초콜릿 포장지 두 장'이나 '적십자병원 정문 앞에 있는 부러진 호두나무 가지' 등등 의 아무런 의미 없는 쇄말적인 사물들의 디테일을 나열하며 말을 이 어가는 것도 그 연장선상에 있다. 진실을 보지 않기 위한 더 좋은 방 법은 숨은 의미를 모른 척할 필요도 없이 아예 이렇게 액면 그대로의 물성(物性) 이외에 아무 것도 의미하지 않는 무의미한 사물들로 관심 을 돌리는 것이다.

대학원생 '안'은 말한다. "그런데 그게 의미가 없는 일일까요? 그 런 사물을 바라보며 즐거워한다는 게 말입니다."(1:268쪽) 자기기만 은 그렇게 '의미'의 초점을 무의미한 사물들로 돌려놓고 거기에 자기 만의 의미를 부여하는 가치의 전도(顚倒)를 통해 즐겁게 완성된다. 과연 그들은 즐거워한다. 자기만 아는 자질구레하고 무의미한 사물들 에 대한 대화가 시작되자 "안의 얼굴에 놀라운 기쁨이 빛나기 시작" (1:264쪽)한다. 무겁게 가라앉았던 그들의 대화는 그때부터 놀라운 기쁨과 어리둥절한 활기를 띠게 된다. 공허와 환멸, 소외와 체념의 진 실을 가리고 자기를 속이는 그 표면의 활기와 즐거움이야말로 아마도 김승옥의 인물들이 빠져들어가는 자기기만의 유혹일 것이다.

의미 이외에 다른 것은 읽으려 하지 않는다." 장 폴 사르트르, 앞의 책, 125쪽.(번역 수정)

감수성이라는 전리품

김승옥의 소설에서 자기기만은 이렇게 작동한다. 그의 인물들에게 자기기만은 불안과 혼란 속에서 부정적인 방식으로나마 자아를 지탱하려는 안간힘의 소산이다. 그들의 자아는 자기를 속임으로써만 정당화되고, 자기기만 속으로 도피함으로써만 보존된다. 그들의 자기기만을 부추기는 것은 아무런 주체적인 판단과 선택이 필요치 않은 "긍정이라든지 부정이라든지 하는 따위의 의미를 일체 떠난 순종의 성곽"(「생명연습」 1;53쪽)에 안주하려고 하는 도피의 욕망이다. 그들은 자기의 기만을 어쩔 수 없다는 체념과 절망의 포즈로 방기하기도 하고, 스스로 비웃거나 조롱하기도 한다. 그들은 자기의 생각과 행위가 자기를 속이는 기만임을 너무도 잘 알고 있다. 그럼에도 불구하고 그들은 자기는 어쩔 수 없다고 다시 한번 스스로를 속이고 그렇게 한다. 김승옥의 이 자기기만의 세계는 「생명연습」 「건」 「환상수첩」처럼 자학과 가학, 증오와 죄의식이 뒤범벅된 어두침침한 무대에서 시작되지만, 뒤로 갈수록 가벼운 풍자와 아이러니, 유희적 연기와 뜬금없는 활기가 동반되기도 한다.

이것이 일찍이 김현이 김승옥의 소설을 다룬 글인 「구원의 문학과 개인주의」에서 보면서도 보지 않고 읽지 않은 채 공백으로 남겨놓은 자기기만의 전모다. 김현은 김승옥의 인물들이 보여주는 자기기만의 행태를 이와는 조금 다른 관점에서 '태도의 희극'이라 이름 붙였다.

그러면서 그는 사람들이 그 '못된 놈들'의 부정적인 행태를 반성적으로 거리화하기보다는 오히려 자기와 동일시하는 함정에 빠져들고 있다고 우려한다.

가장 성실하게 세계를 살아나가는 듯한 사람들이 결국 얼마나 간교한 자기기만을 통하여 '개같은 놈'으로 변해버리는가를 그는 그 독특한 풍자력을 발휘해서 곳곳에서 말해주고 있다. 그러나 대부분의 사람들은 그가 쳐놓은 함정에 항상 빠지고 마는 듯하다. 성실하지 못하고 작위로 세계를 계속 살아나가는 그의 주인공들을 그는 매우 자기 존재에 대해 괴로워하고 채찍질하는 피가 도는 사람으로 그려주기 때문에, 사람들은 누구라도 이럴 수밖에 없지 않느냐는 체념감에 동감해버리고 오히려 그러한 체념을 감수하며 부끄러워하고 있는 그의 주인공들을 마치 우리도 그렇게 살아야 한다는 것을 가르쳐준 위대한 사람들처럼 사랑하고 존경하고 있다. (……) 그 못된 놈들에 대한 작가의 치근치근하고 정감 있는 눈초리 때문에 대부분의 사람들은 그들을 오히려 순교자로 착각하고 있는지 모른다.[31]

김승옥이 자기기만에 빠져 있는 인물들을 너무도 "치근치근하고 정감 있는 눈초리"로 생생하고도 설득력 있게 그려놓기 때문에 대부분의 독자들이 그 인물들의 체념적인 고뇌에 공감하고 그와 동일시

---

31 김현, 앞의 글, 246~247쪽.

하는 함정에 빠져들게 된다는 것이다. 실로 그렇다는 점에서 정당한 우려다. 하지만 이 우려는 반은 맞고 반은 틀렸다.

김승옥의 소설에는 인물들의 자기기만을 상대화하는 아이러니의 시선이 분명 존재하지만, 작가의 공감은 그 아이러니의 시선을 무색하게 할 정도로 자기기만을 일상화하는 인물들의 자의식에 훨씬 더 기울어 있다. 그들에게 김승옥이 "치근치근하고 정감 있는 눈초리"를 보내는 것은 바로 자기기만으로 도피할 수밖에 없는 그들의 좌절과 고뇌에 혁명과 반혁명 이후의 한국적 삶의 혼돈 속을 방황하는 작가 자신의 자의식이 정확하게 겹쳐 있기 때문이다. 그런 측면에서 김승옥에게 그들은 곧 자기 자신의 일면이다.

그리고 바로 이 지점에서, 김승옥의 소설을 읽는 이들은 똑같이 저들이 앓는 고뇌와 쓸쓸한 공감대를 형성한다. 인물들의 자기기만을 감싸고 있는 복잡다단한 감정의 파편들, 주어진 현실을 수락할 수밖에 없는 처지에서 오는 체념과 죄의식과 도피의 유혹, 자기에 대한 긍정과 부정을 숱하게 오가면서 혼란스런 자아를 추스르려는 무력한 분투, 알면서도 모른 척 짐짓 시선을 돌리며 부려보는 객기와 유희. 이 모든 것들은 작가 자신의 것이면서 1960년대의 혼란스런 한국적 삶을 방황하는 당대 조로한 젊음의 체념적 의식이 투사된 것이기도 하기 때문이다.

더욱이 이 자기기만의 의식이 김승옥 소설 특유의 감수성의 원천과도 그리 무관하지 않음을 마지막으로 지적해야겠다. 사르트르에 따르면 사실 자기기만이란 선택과 책임의 불안에서 벗어나기 위한 비겁한 책략이다.[32] 자기기만의 의식은 그렇게 선택을 회피하는데, 김승옥의 인물들이 보여주는 것도 바로 그런 선택의 회피다. 그리고 그들에게 선택의 회피는 판단의 유보 혹은 판단할 수 없음이라는 인식과 짝지어져 있다. 그들은 자기에 대한 긍정과 부정을 오가며 배회하고, 그런 자기 확신의 부재는 판단과 선택의 가능성으로부터 스스로를 차단한다.

실제로 그들은 소설 속에서 무엇이 정말이고 무엇이 거짓인지 자기로선 "진(眞)과 위(僞)의 차이를 구별해낼 수 없"(「환상수첩」 2;58쪽)다고 말한다. 그들은 판단을 해야 할 순간에 "글쎄요"라고 물러서 버리기도 하고 "솔직히 말하면 나도 모르겠다"(「역사」 1;112쪽)거나 "모르겠습니다"(「서울 1964년 겨울」 1;263쪽)는 말로 판단을 미뤄버린다. "나로서는 그 이상 자세히는 모르겠다"(「생명연습」 1;35쪽)며 은근슬쩍 말을 흐려버리는가 하면 "나란 놈은 알 수 없는 놈인가 보다"(「역사」 1;105쪽) 하고 자신에 대한 무지를 가장해보기도 한다. 그러면서 그들은 차라리 판단하지 않음을, 선택하지 않음을 선택한다. 예컨대 「확인해본 열다섯 개의 고정관념」에서 '나'는 생각한다. "어느 쪽에도 치우치지 않고 괴로워하며 '사이'에 위치하는 게 좋다. '사이'란?" 그리곤 곧바로 뜬금없는 결론이 이어진다. "아마 영이(부잣집

---

32 장 폴 사르트르, 『실존주의는 휴머니즘이다』, 방곤 옮김, 문예출판사, 2012, 21쪽 참조.

딸의 이름—인용자)쯤이겠지."(1:153쪽) 그럼으로써 '나'는 '사이'라는 선택지가 가질 법한 진지한 의미를 곧바로 철회해버리고 그 선택 자체를 희화화하면서 무효로 만들어버린다.

확실히 이것은 불안으로부터의 도피다. 그렇지만 김승옥의 소설에는 저 도피가 만들어내는 역설이 있다. 중요한 것은 그것이 김승옥 소설의 매혹적인 감수성을 만들어내는 출발점이 되고 있다는 사실이다. 그리고 그 단서를 김승옥은 소설의 곳곳에 뿌려놓고 있다. 예컨대 '나'는 말한다. "설화가 없어서 우리는 좀 우둔했고 **판단하기를 싫어하는 사람들이 누구나 그렇듯이 세상을 느끼고만 싶어 했다.**"(「누이를 이해하기 위하여」, 1:126쪽—강조는 인용자) 이것이 은밀히 암시하는 것처럼, 김승옥 소설에서 판단과 선택의 유보는 역으로 세상의 촉감에 민감하게 반응하는 '느낌'과 감수성이 활동하는 공간을 열어놓는다. 김승옥에게 '느낌'과 감수성은 세상으로부터 물러난 자아가, 스스로에 대한 긍정과 부정을 오가며 흔들리는 자아가, 오직 자기만의 소유를 주장할 수 있는 지극히 사적인 자기만의 영역이다. 정말로 그렇다는 듯이 「서울 1964년 겨울」의 '안'은 김승옥을 대신해 말한다. "(낮에는 그렇지 않지만 밤거리에 나오면—인용자) 난 모든 것에서 해방된 것을 느낍니다. (……) 모든 것이 밤이 되면 내 시선 앞에서 자기들의 벌거벗은 몸을 드러내놓고 쩔쩔맨단 말입니다. 그런데 그게 의미가 없는 일일까요?" 여기에 그는 "실제로는 그렇지 않을는지 모르지만 그렇게 느낀다"(1:268쪽)고 덧붙인다. 세상에 패배하고 도피하는 자아는 멀리 떨어진 세상을 그렇게 '느낌'으로써(만) 자기를 확인한다.

화려한 감수성은 그렇게 좌절과 도피의 공간에서 피어난다. 의미의 확정적인 판단을 망설이게 하는 문장들의 다채로운 모호성도 다름 아닌 그곳에서 만들어진다. 마치 무진의 '안개'처럼 이것과 저것, 긍정과 부정 사이를 오가며 어느 하나의 의미에 안주하지 않는 감각적 언어의 활기도 마찬가지다. 이 언어와 감수성의 매력이야말로 인물들의 쓰라린 자기기만에 공감하는 김승옥의 소설이 도피를 통해 수확해낸 빛나는 전리품일 것이다.

4장
'서울살이'의 임상심리 보고서 1966

그러나 서울은 좋은 곳입니다. 사람들에게

분노를 가르쳐주니까요.

—기형도, 「鳥致阮」

잃어버린 소설 「더 많은 덫을」을 찾아서

김승옥이 1960년대의 대표 작가임은 누구라도 인정하는 사실이
다. 그의 소설은 여러 측면에서 4·19와 5·16 이후 한국사회를 지배
한 '기대와 좌절'이라는 모순된 복합심리의 문학적 표현이었던 1960
년대 문학의 정점이었다. 김승옥 소설의 중심에는 5·16 이후 근대화
의 대세에 휩쓸려 들어가던 젊은 세대들의 불편한 자의식이 있었고,
이는 '상경한 촌놈'의 엉클어진 심리의 표현과 결합해 독특한 병리적
개인의식의 드라마[1]를 만들어내고 있었다. 그곳에는 서울살이의 공
포와 지리멸렬이 있었고, 그럼에도 불구하고 어떻게든 서울에서 살

아남아야 한다는 절박한 분투가 있었다. 그리하여 김승옥의 소설은 미묘한 열등의식과 오기, 기대와 체념, 열정과 냉소 등의 온갖 모순된 심리가 한데 뒤얽혀 들끓는 복합감정의 용광로와도 같았다. 그런 측면에서 그의 소설은 한마디로 '서울에서 산다는 것'에 대한 흥미로운 임상심리 보고서로 읽힌다. 근대에 대한 순응과 저항, 타협과 자기기만 등의 복잡한 심리적 갈등과 반응의 양태가 특유의 감각적인 문체에 얹혀 그려지는 그 보고서에서, 우리는 흥미로운 심리적 협상과 쟁투의 풍경을 발견한다.

「환상수첩」이 그중에서도 가장 격렬한 심리적 갈등의 진폭을 보여주거니와, 「무진기행」「서울 1964년 겨울」「역사」「생명연습」등 겉으로는 언뜻 그 진폭이 크지 않아 보이는 작품들에서도 불안과 갈등의 격랑은 속으로 들끓고 있었다. 거기에는 또 "죽는 날까지 이 서울에서 내 힘으로 살아가야 한다는 절망감"[2]이 어떤 형식으로든 삼투해 있었으며, 현실질서에 대한 순응과 거부의 이중 감정이 '상경한 촌놈'의 열등의식과 뒤섞여 만들어내는 복잡 미묘한 감정의 결이 새겨져 있었다. 그리고 우리는 여기에 또 하나의 작품을 추가해야 할 것이다. 오랫동안 묻혀 있던 김승옥의 소설, 「더 많은 덫을」(1966)이 바로 그것이다.

---

1 이에 대한 상세한 논의는 김영찬, 「김승옥 소설의 심상지리와 병리적 개인의식의 현상학」, 『비평극장의 유령들』, 창비, 2006 참조.
2 김승옥, 「역사」, 『무진기행』, 문학동네, 2004, 88쪽.

김승옥의 소설 「더 많은 덫을」은 그동안 독자의 기억에서나 문학 연구의 영역에서 유실되었던 작품이다.[3] 그간의 작품 연보는 말할 것도 없고 가장 최근에 상세하게 작성된 연보와 전체 작품 목록[4]에서도 이 작품은 빠져 있으며, 1995년 '문학동네'에서 간행한 『김승옥 소설 전집』(전5권)에도 당연히 누락되었다. 특히 "그동안 소설이라는 형식으로 쓴 글은 모두 묶어보라는 출판사의 의견에 따라 쓰다가 중단했던 작품 아닌 작품들까지 이 전집에 수록했다"[5]는 작가의 말을 고려할 때, 그 과정에서 기이하게도 이 소설 하나만 누락된 것은 이 소설이 작가 자신의 기억에서도 지워져 있었음을 의미한다.

그러나 「더 많은 덫을」은 김승옥이 말한 "'서울에서 산다는 것'에 대한 작고 부분적인 연구"[6]의 일부로서 중요한 가치를 지닐 뿐만 아니라, 작품의 질에서도 전집에 실린 (작가 자신의 표현처럼) "작품 아닌 작품들"보다 당연히 뒤떨어지지도 않는다. 더욱이 (뒤에서 상세히 얘기할 테지만) 이 소설에는 전라도에서 상경한 촌놈으로서의 자의식, 그리고 그와 얽혀 있는 당대 한국사회의 사회문화적 환경과

---

3 2010년에 만난 김승옥 선생은 내가 내민 『주간한국』에 실린 이 소설을 눈앞에서 직접 보고서야 비로소 그 존재를 기억해내고 새삼 반가워했다. 선생에 따르면 (병의 후유증으로 원활한 대화가 쉽지 않아 단편적인 단어들과 필서만으로 어렵게 대화를 나눈 결과로는) 이 소설은 젊은 날 전셋집을 전전하는 사이 경황 중에 분실했고 세월이 흐르면서 차차 그런 소설이 있었다는 사실조차 망각해버렸다고 한다.

4 백문임 외, 『르네상스인 김승옥』, 앨피, 2005, 23~42쪽.

5 김승옥, 「작가의 말」, 앞의 책, 15쪽.

6 김승옥, 「자작해설」, 『뜬세상에 살기에』, 지식산업사, 1977, 168쪽.

사회심리의 표정, 그에 대한 심리적 반응 등이 그 특유의 미려한 장식 없이 거의 날것 그대로라 할 만큼 생생하게 증언되고 있다. 그런 측면에서 이 소설은 김승옥 소설의 배면에 은밀하게 깔려 있는 열등의식 가득 찬 고단한 '상경 촌놈'의 내면 풍경을 더욱 깊숙이 들여다볼 수 있는 흥미로운 자료로서의 가치도 높다.

이에 묻혀 있던 김승옥의 소설 「더 많은 덫을」을 오랜 망각에서 건져내 읽어본다. 이는 단지 김승옥 소설의 목록을 또 하나 추가한다는 데에만 의미가 있는 것이 아니다. 이것은 그가 여타 소설에서는 좀체 보여주지 않았던 방식의, '서울에서 산다는 것'에 대한 열등의식 가득한 이 색다른 임상보고를 통해 그의 소설의 내면을 다른 각도에서 살펴보는 작업이다. 특히 이 소설이 발표된 지면과 맥락을 고려할 때, 이는 나아가 당시 김승옥 소설이 얻었던 대중적 인기의 현상을 확인하고 그 의미를 가늠해보는 작업과 관련된 것이기도 하다.

'오늘의 작가' 김승옥

김승옥의 「더 많은 덫을」은 1966년 8월 21일, 대중적 상업주간지인 『주간한국』에 발표된 소설이다.[7] 1968년 이후 김승옥이 『1960년

---

7 1964년에 창간한 주간잡지 『주간한국』의 매체적 성격과 그 의미에 대해서는 전상기, 「1960년

대식』(『선데이서울』, 1968~1969), 『보통여자』(『주간여성』, 1969), 『강변부인』(『일요신문』, 1977) 등의 장편소설을 선정성이 짙은 상업주간지에 연재하긴 했지만, 그 소설들은 모두 이른바 대중소설이라 할 수 있는 것이었다. 이를 고려하면 김승옥이 흥미 위주의 상업잡지에 가벼운 대중소설을 발표하면서 대중 독자와의 접촉면을 본격적으로 넓혀가기 이전인 1966년에 이미 그의 단편소설이 선정주의와 오락적 소비주의의 성격을 띠던 상업주간지에 발표된 것은 퍽 이채로운 일이다. 그리고 그 배경에는 지령(紙齡) 100호를 맞은 『주간한국』이 한국작가를 대상으로 벌인 흥미로운 이벤트가 있었다.

그 이벤트란 바로 『주간한국』이 1966년 8월 21일 지령 100호 출간을 기념해 마련한 '문학에의 관심'이라는 기획 특집이다. 잡지측은 이 이전에 자체적으로 한국의 대표적인 지식인 100명을 임의로 선정해 그들에게 '오늘의 작가'를 추천하고 투표해줄 것을 의뢰했고, 이를 집계해 100호 지면에 '지식인 100인의 선정 오늘의 작가 5인'이라는 타이틀로 결과를 발표했다. 이때 김승옥이 가장 많은 표를 얻어 1위를 했고 다음으로는 이호철, 선우휘, 서기원, 장용학이 차례로 뒤를 이었음을 밝히면서, 『주간한국』은 투표위원 100명의 명단과 이들에게 표를 얻은 소설가 20명의 명단을 각각 공개한다.[8]

대 주간지의 매체적 위상―『주간한국』을 중심으로」, 계명대학교 한국학연구원, 『한국학논집』 36, 2008 참조.
8 잡지측은 투표 참가자에게 단 한 표라도 얻은 소설가는 50명이라 하면서, 그중 20명을 득표순

그리고 '선정된 5인을 꼭 그대로 추천한 단 한 사람'으로 지목된 문학평론가 정명환의 글 「'오늘의 작가' 5인을 천거하며」를 같은 지면에 싣는 동시에, '오늘의 작가'로 선정된 이름들의 의미를 밝히는 문학평론가 신동한의 「문단의 '교체기'」라는 글을 함께 실어 특집에 나름의 의미와 무게를 싣는다. 그와 함께 잡지측은 "'오늘의 작가' 5인에게는 문제성 있는 신작의 집필을 의뢰, '오늘의 작품'으로 『주간한국』에 이번 호부터 한 편씩 전재한다"[9]고 밝힌다. 김승옥의 미발표 신작소설 「더 많은 덫을」은 그 일환으로 선정결과가 발표된 『주간한국』 100호 기념호에 '100인이 선정한 '오늘의 작가'의 '오늘의 작품''이라는 타이틀 아래 실린 것이다.

그런데 소설을 본격적으로 읽기에 앞서 김승옥의 소설이 『주간한국』에 실린 이런 전후 사정의 맥락이 갖는 의미를 우선 살펴볼 필요가 있다. 무엇보다 자의적으로 자체 선정한 투표위원의 투표를 통해 작가의 순위를 매기고 주간지 지면에 발표하는 이벤트가 어쩔 수 없이 갖는 선정주의가 지적될 수 있겠다. 『주간한국』 자체가 애초 상업 주간지로서 선정주의적인 성격을 지니고 있었음은 당시에도 이미 자

으로 다음과 같이 밝혔다.(괄호 안은 득표수) 김승옥(51) 이호철(50) 선우휘(43) 서기원(32) 장용학(31) 황순원(30) 박경리(23) 최인훈(20) 손창섭(14) 유주현(14) 김동리(13) 남정현(12) 홍성원(11) 전광용(10) 강신재(9) 안수길(9) 하근찬(8) 오영수(7) 이병주(6) 이어령(5).

9 『주간한국』, 1966년 8월 21일(통권 100호), 8쪽.

타가 인정하고 있었지만,[10] 투표를 주관했던 잡지측도 이 이벤트가 불러올 수밖에 없는 그런 비판의 가능성을 충분히 의식했던 것으로 보인다. 그래선지 잡지측은 투표로 선정된 '오늘의 작가'를 발표하면서, "자신에의 충실을 어느 것보다 먼저 내세우는 작가의 입장에서 볼 때는 집단투표로 오늘의 작가를 선정한 것이 잡음이라 생각할지" 모르고 "상업 '저널리즘'이 기획한 '스타 시스템'의 조장이라 여기기도 쉽다"(8쪽)며 비판의 여지를 일단 인정한다. "투표를 의뢰받은 인사 가운데 익명인 것이 셋 있었고(투표무효) 문학 전문가 가운데 1명, 비전문가 1명이 각각 투표를 꺼렸다"(8~9쪽)는 사실을 밝히면서 그것이 애초 이 기획이 불러올 수 있는 우려와 무관하지 않음을 암시하는 것도 그런 측면에서 눈여겨볼 만하다.

이와 관련해 흥미로운 것은, 『주간한국』의 기획이 있은 지 3년 후인 1969년에 당시 4·19세대 비평의 대표주자였던 김현이 이 기획을 뒤늦게 거론한다는 점이다. 그에 따르면 『주간한국』의 기획은 '악질적인' 기획이다.

새로운 세대의 문학이 존재한다는 것은 화제에 궁한 문단에 신선한 충격을 주는데, 그것을 저어널리즘에서 이상하게 변모시켜 이용한 것이 이

---

10 『주간한국』 창간 3주년을 맞아 『주간한국』의 의미를 살펴보는 글을 동지에 실은 문학평론가 염무웅도 예외 없이 그 점을 지적한다. 염무웅, 「주간한국론」, 『주간한국』, 1967년 9월 24일 (통권 157호).

어령의 '제3세대' 선언과 『주간한국』의 인기작가 투표이다. (······)

가장 악질적인 면모를 띤 것은 『주간한국』의 인기투표였는데, 그것은 김승옥을 1위에 올려놓음으로써 새로운 세대의 문학을 쇼우 비슷한 것으로 변모시켜버린다. 새로운 세대의 문학은 신선한 감수성은 볼 수 있지만 역사에 대한 의지가 없는 문학이라는 판단을 내리게 한 것은 『주간한국』의 덕이 가장 크다.

여하튼 이러한 일련의 사태 덕분으로 새로운 문학이 있고, 그것이 상당한 인기를 가질 수도 있다는 것이 밝혀진다.[11]

김현은 이렇게 당시 『주간한국』의 인기투표로 '새로운 문학'의 존재와 인기가 증명되었다고 하면서도, 이 기획을 새로운 세대의 문학이 주류로 떠오르는 데 대한 "악질적인" "저널리즘의 신경질적인 반응"으로 한마디로 잘라버린다. 여기서도 역시 문제가 된 것은 "새로운 세대의 문학을 쇼우 비슷한 것으로 변모"시키는 일종의 선정주의였다.

그럼에도 불구하고, 이 기획과 그것이 내놓은 결과물은 선정주의의 가능성이 있다 해서 무시해버릴 수만은 없는 중요한 의미를 지닌다. 무엇보다 이 기획은 당시의 문학 수용 상황을 한눈에 읽고 판단할 수 있게끔 나름의 객관적인 기준과 근거를 제시하고 있었으며, 그

---

11 김현, 「세대교체의 진정한 의미」, 『세대』, 1969년 3월호, 202∼203쪽.

결과 당시 문학 장(場)의 판도를 읽을 수 있는 중요한 자료를 제공한다. 이는 잡지측이 밝힌 투표위원 선정과 투표의 기준, 그리고 이를 토대로 나온 선정 결과를 살펴보면 분명하게 드러난다. 조금 길지만 그대로 인용한다.

아무리 편집자의 임의라고 하더라도 막상 투표위원을 골라보니 적지 않은 애로가 뒤따랐다. '네임 밸류'를 고려하다 보면 대부분의 저명인은 오늘의 작품과 거의 접촉이 없는 성싶었다. 결과에 되도록 사회각층의 의견이 투영되었으면 하니까 문학 이해자를 발견하기가 손쉽지 안했다.

중년의 세대에 문학을 전문적으로 관계하지 않고 있어도 절실하게 문학 체험을 한 인사는 적지 않지만 그 체험은 청년기에 형성된 것이다. 이들이 문학청년 시절의 기억만을 갖고 '오늘의 작가' 투표에 참가한다면 '당신이 좋아하는 작가' 선정이 아니니 사정이 다르다.

적어도 문학을 계속 애호하며 오늘도 젊은 작가의 작품과 교섭하고 있어야 한다는 것을 투표위원의 최소한도의 요건으로 삼지 않을 수 없었다. 투표를 의뢰하는 취지서도 '오늘의 작가'라 함은 오늘의 문단에서의 비중을 뜻하는 것이 아니고 **오늘의 문학이 요구하는 과제와 과감하게 작품으로 씨름하는 작가**라고 밝히면서 "지난날의 영광이나 명성에 구애됨이 없이 설령 대가가 아니라도 내일이 있는 작가를 꼽아주셨으면 합니다"고 명백히 했다.

본지가 뜻한 '오늘의 작가 5인'은 보다 엄격히 말하면 **내일의 우리 문**

학을 짊어진 오늘의 작가 5인'인 것이다.(8쪽—강조는 인용자)

이렇게 잡지측은 문학에 관심을 갖고 젊은 작가의 작품을 지금도 여전히 계속 접하고 있는 각계각층의 문학 애호가를 투표위원으로 선정했음을 밝힌다. 그리고 "지난날의 명성이나 영광"이 아닌 "오늘의 문학이 요구하는 과제와 과감하게 작품으로 씨름하는 작가"를 투표의 기준으로 내세웠다. 이로써 선정된 작가가 바로 김승옥, 이호철, 선우휘, 서기원, 장용학이다. 눈에 띄는 사실은 이 작가들이 모두 6·25 이후에 등단한 세대라는 점이다. 당시 『주간한국』의 기자였던 문학평론가 신동한도 같은 지면에 실린 글에서 이 점을 부각해 이 선정 결과가 바로 문단의 세대교체가 시작되었음을 의미한다고 분석한다.[12] 그리고 정명환 또한 6·25 이전에 등단한 작가들이 5명 안에 끼어 있지 않음을 환기하면서 그들이 "미래의 역사를 창조해나가는 대열에서는 다소 물러섰다"[13]며 조심스럽긴 하나 비슷한 취지의 논지를 펼친다.

즉 『주간한국』이 위와 같은 기준으로 의뢰한 투표 결과는 새로운 문학세대의 영향력이 확고히 자리 잡았음을 한눈에 보여준다. 그중에서도 김승옥이 가장 많은 표를 얻어 1위를 했다는 것은 시사하는

---

12 신동한, 「문단의 '교체기'」, 앞의 책, 10쪽 참조.
13 정명환, 「'오늘의 작가' 5인을 천거하며」, 같은 책, 9쪽.

바가 크다. 『주간한국』 편집자와 평론가 신동한, 정명환이 모두 '오늘의 작가'로 선정된 5명의 소설가를 '6·25 이후 세대'라는 표현으로 뭉뚱그리고 있으나, 좀 더 엄밀한 세대론의 잣대를 적용하면 나머지 작가들과 김승옥은 분명히 구분된다. 무엇보다 김승옥은 이호철, 선우휘, 서기원, 장용학 등 이른바 전후세대로 불리는 작가들과는 세대적으로도 분명히 구별되는 이른바 4·19세대로서의 정체성을 갖는 작가인 까닭이다. 중요한 것은 바로 이 점, 즉 4·19세대 작가인 김승옥의 지지도가 다른 작가들을 훌쩍 앞서 있었다는 사실이다. 그런 측면에서 이 투표 결과는, 1960년대 중반의 문학 장이 김승옥을 앞세운 4·19세대 작가들 중심으로 이후 급속하게 재편될 것임을 앞질러 보여주는 흥미로운 징후라고 할 수 있겠다.

물론 이는 세대를 떠나 젊은 작가로서 김승옥이 당시에 누렸던 문학적 파급력이나 대중적 인기와도 무관하지 않다.[14] 그리고 그가 1965년에 당시로서는 영향력이 가장 컸던 동인문학상을 수상한 지 얼마 되지 않아 투표가 이루어진 것도 무시할 수 없는 요인이었으리라 짐작된다. 1966년에 나온 김승옥의 첫 창작집 『서울 1964년 겨울』이 당시 한창 베스트셀러로 화제가 되고 있었다는 점도 여기에 덧붙일 수 있겠다. 그런 요인을 감안하더라도, 득표를 한 소설가들[15] 중

---

14 이 시기 김승옥 소설이 누렸던 대중적 인기에 대해서는 송태욱, 「김승옥 소설의 독자를 찾아서」, 백문임 외, 『르네상스인 김승옥』, 앨피, 2005 참조.
15 편집자는 당시 한국의 전체 소설가 150명 중 단 한 표라도 얻은 소설가는 50명이었다고 밝힌다.

김승옥만이 특히 한 분야에 편중되지 않고 미술과 영화[16]를 포함한 여러 분야의 지식인들에게 가장 고른 지지를 얻었다는 점은 주목할 만하다.

이는 앞서 잡지측이 제시한 표현 그대로 "오늘의 문학이 요구하는 과제와 과감하게 작품으로 씨름"했던 김승옥 소설이, 바로 이를 통해 세대와 분야를 초월해 발휘했던 보편적 호소력을 보여주는 징표라고도 할 수 있다. 그 특유의 문학적 호소력으로써 그렇게 당대 대중과 지식인들에게 고른 지지를 받고 있었다는 점, 그것이 김승옥을 1960년대의 대표 작가라고 이르는 중요한 근거 중 하나다. 첫 창작집을 발표한 1966년에 그는 이미 그런 과정을 거쳐 '1960년대의 대표 작가'로서 자리매김되고 있었다. 『주간한국』의 이벤트는 바로 이를 대중적인 영향력을 지닌 상업 저널리즘을 통해서 다시 한번 확인, 추인한 것이었다.[17]

---

16 참고로 잡지측에서 밝힌 투표위원의 목록을 보면, 영화계를 대표한 투표위원으로 영화배우 최무룡, 영화감독 이만희, 정진우가 특히 눈에 띈다.
17 참고로 『주간한국』에는 김승옥 창작집 『서울 1964년 겨울』(창우사)의 하단광고가 실려 있는데, 그 광고의 첫 카피 문구는 이렇다. "知識人 百人에 의하여 '오늘의 作家' 首位에 選定된 한국 現代文學의 챔피언!"

죽음의 덫, 열등생의 자의식

그렇다면 1966년 『주간한국』이 발표한 '오늘의 작가'의 '오늘의 작품', 김승옥의 「더 많은 덫을」은 어떤 소설인가? 이 소설은 전라도 출신으로 주변부적 삶을 살아가며 사회적 차별과 편견을 감내하는 인물의 열등감과 무력감을 정면으로 다루는 이채로운 작품이다. 특히 그런 내용이 의외로 김승옥 특유의 미려하고 감각적인 수사와 의식의 분장(扮裝)을 배제한 채 비교적 직설적인 어법으로 그려지고 있어, 그의 소설 가운데서도 다분히 이질적인 느낌을 주는 소설이기도 하다.

소설의 화자는 전라도 순천에서 상경한 삼류대학 경제학과 학생이다. 화자인 '나'는 한국사회에 만연한 사회적 편견의 시선을 받아내며 열등감에 사로잡혀 있다. 그 열등감은 '나'가 전라도 출신이라는 점, 그리고 졸업해봐야 취직할 가망 없는 삼류대학을 다니는 학생임을 뼈저리게 의식하는 데서 온다. 그런 '나'가 변두리 극장에서 만난 남순이라는 식모아이를 장난삼아 유혹하는 과정에서 그녀가 같은 전라도 출신임을 알게 되고 방둑에 앉아 이런저런 이야기를 나누는 것이 이야기의 중심이다. 부당한 사회적 편견을 덧쓰고 있는 같은 전라도 출신이라는 이유만으로 서로에게 친밀감을 느끼는 그들. 그들의 화제는 시종 전라도 사람에 대한 편견으로 모아지고 '나'의 복잡 미묘한 감정이 그 대화 가운데 얹힌다.

크게 세 개의 이야기 단위로 구성된 이 소설은, '나'와 남순의 저 만남 앞에 다른 두 개의 이야기를 배치한다. 우선 소설의 앞머리에는 기말고사 때문에 신경이 날카로워져 있는 '나'의 의식을 자극하는 두 가지 작은 에피소드가 소개된다. 그 하나는 며칠 전 모종의 내기를 거는 심정으로 종이에 싸서 가둬놓았던 딱정벌레가 죽어 있는 걸 뒤늦게 발견하는 이야기이며, 다른 하나는 옆집의 세 살짜리 병든 계집애가 묽은 똥을 싸는 걸 목격하고 그 애에게서 죽음의 냄새를 맡는다는 이야기다. 이 두 에피소드에 이어 화자는 또 다른 이야기 하나를 덧붙인다. 그것은 '나'가 기말시험 시간에 삼류대학생들을 무시하는 강사가 "쳇! 글씨들은 모두 잘 쓰는군"이라고 중얼거리는 말을 듣고 공부는 못하고 글씨만 잘 쓰게 된 열등생의 비애를 혼잣말로 늘어놓는 이야기다.

이 세 개의 이야기 단위를 서술 순서 순으로 배열해보면 이렇다. ① 딱정벌레와 병든 계집애의 에피소드 ②열등생의 비애의 고백 ③'나'와 남순의 만남. 소설에서 이 세 개의 이야기 단위들은 외견상 서로 분리된 채 매끄럽게 연결되진 않는다. 이는 이 소설이 사건의 전개에서 의미의 동력을 얻기보다 각각의 에피소드와 사건을 매개로 촉발되는 자의식을 전시(展示)하는 방식으로 의미를 축적하기 때문이다.

이 소설의 핵심 의미는 그렇게 전라도에서 상경한 무기력한 열등생인 '나'가 사회적 차별과 편견의 경험을 통해 얻게 된 자의식의 토로를 통해 구성된다. 소설에 배치된 각각의 세 이야기들은 열등생으로서 갖게 된 그 좌절감과 의식의 분투를 보여주는 계기로서 서로 느슨하게 연결된다. 그런데 느슨하다곤 했지만, 이 세 개의 이야기가 아무런 논리적 고려 없이 배치된 것은 아니다. 그렇다면 이 에피소드들을 통해 촉발되는 열등생의 자의식은 어떤 과정을 밟으며 스스로를 펼쳐나가는가? 하나씩 살펴본다.

'나'는 학기말에 치러야 할 통계학 시험 때문에 신경이 곤두서 있다. 그런 '나'는 그날 아침 "모든 크고 작은 사물들"이 "내게 걸려서 나를 중심으로 하여 빙빙 돌고 있는 것"[18] 같다는 환각에 사로잡힌 것 같다고 호소한다. 그 실체는 바로 죽은 딱정벌레와 묽은 똥을 싸는 병든 옆집 계집애다. 이 둘은 마치 어떤 예감을 던져주듯 기말시험 때문에 긴장해 있던 '나'의 의식을 자극한다. '나'에게 그것들은 "모두 큰 의미를 가지고 있는 것"(4쪽)처럼 보였다. 그렇다면 '나'가 그 딱정벌레와 병든 계집애에게서 본 것은 대체 무엇인가?

먼저 딱정벌레 이야기. 그날 아침 '나'는 잉크병을 찾으려고 책상 서랍을 뒤지다가 하얀 종이뭉치 안에 진물을 토해놓고 죽어 있는 딱정벌레를 본다. 생각해보니 '나'는 며칠 전 불사(不死)의 생명력을 자랑하는 듯한 완강한 등껍질을 가진 딱정벌레 한 마리를 발견하고 "그놈과 내기를 해보고 싶은 작은 충동"(4쪽)을 느껴 종이에 얌전하게 싸서 내던져놓았던 터였다. 이는 그놈의 딱딱한 검은 등이야말로 "그

---

18 김승옥, 「더 많은 덫을」, 『주간한국』 1966년 8월 21일(통권 100호), 4쪽. 이후 쪽수만 적는다.

'서울살이'의 임상심리 보고서 1966 | 235

놈의 생명이고 그 생명은 아무래도 꺼지지 않을 생명" 같다는 생각이
빚어낸 충동적 행위였다. 그런데 그날 "종이로 된 벽 속에 갇혀서"
죽은 딱정벌레를 보고 '나'는 깨닫는다.

> 나는 이제 다시는 움직이지 않을 그놈을 내려다보고 있었다. 그놈의 등
> 을 이루고 있는 푸른빛이 들 만큼 맑게 검은 갑피(甲皮)가 이제 와서 생각
> 하면 저 죽음의 완벽하고 완강한 형상이었던가. 처음에 나로 하여금 그놈
> 과 내기를 걸고 싶은 생각이 나도록 한 것이 바로 그 바늘로 찌를 수도 없
> 을 것 같아 보이는 갑피였었다. (……) 나는 그놈을 내 오른손의 엄지손가
> 락과 검지손가락으로 집어 들었다. 그놈은 역시 꼼짝도 하지 않았다. 그
> 며칠 전과 마찬가지로 그놈의 등은 여전히 화려하게 빛나는 검정색이고
> 거만하도록 완강해 보이는데도 그놈은 여전히 꼼짝도 하지 않았다. 그것
> 이 결코 그놈의 생명은 아니었던 모양이다. 오히려 그놈이 짊어지고 다니
> 던 무기야말로 죽음 그 자체였던 것 같았다.
> 그날 아침에 나는 진물을 조금 토해놓고 죽어버린 딱정벌레를 앞에 놓
> 고 살며시 우울해졌다. 그 확실하고 거만한 동작은 어디서 나왔던 것일까.
> 나의 내기는 처음부터 엉터리였다는 생각이 이상스럽게도 부담으로서 나
> 를 꼬집었다.(4쪽)

화려하게 빛나던 그놈의 딱딱한 등. 그놈이 짊어지고 다니던 무기
라 생각했던 그것은 오히려 죽음이었다는 얘기다. 그런데 이 엉터리

내기의 무참한 결과를 통해 '나'는 대체 무엇을 보는가? 여기에 병든 계집애의 똥 싸는 이야기를 나란히 놓아보면 이 에피소드들이 암시하는 의미는 어렵지 않게 드러난다.

앞선 딱정벌레의 이야기가 죽음의 이미지로 채색돼 있듯이, 똥 싸는 계집애의 이야기도 마찬가지다. '나'는 아침마다 옆집 계집애가 똥을 싸는 소리에 잠에서 깨어나 똥 싸는 모습을 관찰한다. "그 고무로 만든 것 같은 아이의 성숙해보지도 못하고 찌들어버린 작은 생식기와 그 밑에서 쏟아지는 연두색의 똥을 정면으로 대하게 되는"(4쪽) '나'는, 그러면서 생각한다.

저애는 병들었다. 오랫동안 병들어 있다. 저애는 결코 낫지 않으리라. 그러므로 저애는 죽으리라. 나는 그애의 주름지고 작은 생식기와 그 밑에서 쏟아지고 있는 연두색을 내 얼굴에 뒤집어쓰는 듯한 착각을 하며, 앞으로는 결코 다시는 창을 통하여 그애를 내어다보고 싶지 않았다.(4~5쪽)

앞서 딱정벌레가 "종이로 된 벽" 속에 갇혀 허망하게 죽어버린 것처럼, 옆집 계집애에게서 '나'가 느끼는 것도 그 애가 결코 낫지 않고 죽어버릴 것이라는 불길한 예감이다. 이처럼 겉으로 오만해 보였던 딱정벌레가 기껏 "종이로 된 벽"에 갇혀 죽어버린 것을 보고 왠지 모를 우울함을 느끼는 것이나, 결국 죽게 될 병든 계집애의 묽은 똥을 자기 얼굴에 뒤집어쓰는 듯한 착각을 하는 것은 '나'가 은연중 거기에 자신의 의식과 감정을 투사하기 때문이다.

이때 그 의식과 감정은 (죽은 딱정벌레와 병든 계집애가 그러하듯이) 자신의 의지나 허세 따위로는 결코 벗어날 수 없는 모종의 '벽'의 완강함에 대한 자각과 결부된다. '나'에게 그 벽이란 소설 제목의 표현대로 '덫'과 같은 것이다. 벗어나려 하면 할수록 더욱 강하게 옭아매는 것이 덫의 속성이다. 여기에 투사되는 '나'의 감정이 그 벽(덫)을 결코 벗어날 수 없으리라는 우울한 직감과 체념임은 그런 의미에서 너무도 당연하다. 저 두 에피소드에 공통되는 죽음의 이미지는 '나'가 마주한 어떤 현실의 덫과 관련해 떠안는 그 우울한 직감과 좌절감의 깊이를 암시한다. 그렇다면 '나'가 마주한 저 현실의 덫이란 대체 무엇인가?

자기보존의 길과 체념의 의지

이 소설에서 무엇보다 눈에 띄는 것은, 중심에서 밀려난 주변부 인생이 겪는 소외와 차별, 그로 인한 비애와 좌절감이 생생한 목소리로 중계된다는 점이다. 앞서 딱정벌레와 똥 싸는 계집애의 에피소드를 통해 화자가 넌지시 암시하는 것도 바로 이와 관련된다. '나'는 그날 아침 무엇보다 그 둘이 "모두 큰 의미를 가지고 있는"(4쪽) 듯이 '나'의 주위를 빙빙 돌았다고 말하고 있었다. 이 에피소드들의 의미를 사후적으로 분명히 해주는 것은 바로 통계학 시험 시간에 펼쳐지는 '나'의 장황한 독백이다.

'나'는 시험감독 중 학생들의 답안지를 들여다보며 "쳇! 글씨들은 모두 잘 쓰는군" 하고 빈정대는 선생의 중얼거림을 듣는다. 그에 자극받은 '나'는 "열등생과 글씨와의 관계"에 대해 혼자서 소리 없는 열변을 토한다. '나'가 말하는 것은 공부는 못하고 글씨만 잘 쓰게 된 열등생의 사연이다.

그런 식으로 어정대다가 보니까 그 아이는 상하좌우로 예쁘게 획을 긋는 재주만 가진 열등생이 되어버린 것입니다. 그런데 그 열등생이 굉장한 꿈을 가지고 있었다는 사실을 상기해주십시오. 글씨를 잘 쓰면 출세한다는 말에 대한 그 끈적끈적한 믿음을 말입니다. (……)

저희 형편을 말씀드리자면 다만 저로서는 마치 공부와 가장 가까운 곳에 있는 글씨라는 괴물만 붙들고 낑낑대던 열등생의 태도로써 오늘날의 생활과 제 딴엔 가장 가까운 곳에 있어 보이는 경제학을 붙들고 낑낑거려보는 것뿐입니다. 무언가 그 그림자라도 붙들고 있지 않으면 살고 있지 않다는 느낌. 선생님, "쳇, 글씨들은 잘 쓰는군" 하시지 말고 차라리 입을 다물어주십시오. (……) 무슨 평계를 잡아서라도 평등해지고 싶다는 욕망 그것이야말로 우리 시대의 대표적인 욕망이 아니겠습니까? 물론 그 욕망이 한낱 욕망에서 그쳐버리고 말 허깨비고 욕망치고도 가장 배반당하기 쉬운 욕망일는지 모르나 예를 들어 먼 나라에 가서 피라도 흘리겠다는 자

기희생을 치르고 그 대가로 평등을 요구해보는 우리 열등아들의 욕망은 참 비극적인 것입니다.(5쪽)

'나'가 토로하는 사연의 한가운데는 공부를 못해도 "글씨를 잘 쓰면 출세한다"는 말에서 무언가 실낱같은 희망이라도 붙들어보려는 열등생의 안간힘이 있다. 거기엔 또한 무슨 수를 써서라도 평등해지고 싶다는 "배반당하기 쉬운 욕망"에 한사코 매달릴 수밖에 없는 열등한 삼류대학생의 비극적인 자각이 있다. 이것은 일찌감치 체념과 좌절을 내면화할 수밖에 없었던 소외된 열등생의 억울한 자기 변호와 항변이다. 이는 또한 "내 지껄임은 논리로써 대드는 자 앞에서는 완전히 무력한 내 개인적인 실감일 뿐"(5쪽)임을 알고 있는 데서 오는 무력감과 비애를 동반한 것이기도 하다. 여기에 작가는 선생의 중얼거림 때문에 "얼굴을 때리고 지나간 그 아픔"이 소리 없는 항변을 할수록 더욱 "더해지기만 하여 드디어 섭고 설워져서 목구멍이 터지는 울음을 죄느라고 찢어질 듯이 아프기만 했다"(5쪽)는 '나'의 진술을 덧붙인다. 그럼으로써 소외된 열등생이 겪는 비애의 절실함은 더욱 강렬하게 부각된다.

이때 '나'가 표출하는 저 열등의식의 표현은 김승옥의 소설에서 그리 낯선 것이 아니다. 실제 그는 어느 자리에서 자신의 개인적 체험을 이야기하면서 시골에서 상경한 촌놈으로서 갖는 문화적 열등감과 함께 "하와이(전라도) 출신"으로서의 자의식을 언급한 바 있고,[19] 소설에서도 그 열등감에 대한 언급은 여러 형태로 나타난다. 예컨대 「환상수첩」에서 정우의 수기를 읽고 난 수영은 그가 "아마 대단한 열등생이었던 모양이다"[20]라고 진술하는데, 이는 끝내 자살하는 '나'(정우)의 의식이기도 하고 작가 자신의 자의식이기도 하다. 그리고 『내가 훔친 여름』에서 대학에 입학하니 "모두가 과거엔 꿈에서도 생각하지 못했던 열등생이 되어"[21]버렸다는 '나'의 진술도 같은 맥락이다.

그런데 위에서 열등생에 대한 언급은 대체로 시골에서 상경해 서울대에 입학한 '촌놈'이 느끼는 문화적 격차나 서울에서의 적응의 곤란함과 관련한 것이었다. 이와 달리 「더 많은 덫을」에서 특징적인 것은, 아예 전라도 출신 삼류대학생을 등장시켜 이러한 소외와 열등의식의 사회경제적 배경은 물론이고 그와 연계된 지역 차별 혹은 편견의 문제를 정면으로 다룬다는 점이다.

특히 우선 주목해야 하는 것은 '나'의 저 자기변호의 목소리가 1960년대 근대화 과정에서 급격하게 진행되던 주변의 식민화와 계층화, 대학교육의 급속한 팽창으로 인한 고등실업난 등의 현실적 문제에 대한 절실한 실감을 담고 있다는 사실이다. 공부는 못하니 글씨라도 잘 써보려는 눈물겨운 노력을 기울이고, "졸업하나마나 취직이라는 것과는 아무 상관도 없다는 것"을 알면서도 "대학에 기어들어"와,

---

19 김승옥, 「산문시대 이야기」, 『뜬세상에 살기에』, 지식산업사, 1977, 207~215쪽 참조.

20 김승옥, 「환상수첩」, 『환상수첩』, 문학동네, 2004, 7쪽.

21 김승옥, 「내가 훔친 여름」, 문학동네, 2004, 18쪽.

"돈이 좋은 거라는 사상은 배어들었는데 별다른 재주는 가진 게 없으니 돈과 가장 가까운 단어인 경제학을 공부"(5쪽)하는 삼류대학생의 억울한 호소. 그것은 당시 한국사회가 부추겼던 물질적 가치기준과 (아무리 몸부림쳐도 그것을 따라잡지 못할 것이 분명한) 현실적 처지 사이의 괴리를 절감하는 데서 나온다. 이는 "무슨 핑계를 잡아서라도 평등해지고 싶다는 욕망"(5쪽)을 가지면서도 그것이 불가능함을 자각하는, 애초부터 주변으로 밀려난 자의 좌절의 목소리다. 앞서 죽은 딱정벌레와 병든 계집애에게 '나'가 투사하는 감정, 즉 결코 벗어날 수 없는 완강한 현실적 '벽' 앞에서 느끼는 우울한 좌절감과 체념도 바로 이와 관련된 것이다.

그리고 마지막 이야기인 '나'와 식모 남순의 만남. 여기서 내친김에 작가는 넘을 수 없는 현실의 벽 앞에 맞닥뜨린 이 열등생이 떠안고 있는 또 하나의 결정적인 콤플렉스를 꺼내 보여준다. 그 콤플렉스란 다름 아닌 전라도 출신이라는 것. 알다시피 전라도 출신에 대한 사회적 차별과 편견은 당시에도 일반화된 현상이었다. 김승옥이 다른 소설에서는 좀처럼 언급하지 않았던 이 민감한 문제를 다분히 직설적으로 제기하는 것은 사뭇 흥미롭다. 이 문제는 실제 전라도 출신인 작가 자신의 콤플렉스와도 깊이 관련된 것이어서 더욱 그러하다. 그렇다면 이 소설에서 그것은 어떤 형태로 그려지는가?

그 이전에 먼저, 얼핏 사소한 듯 보이지만 '나'와 남순이 처음 마주치는 곳이 변두리 극장이라는 점, 보다 구체적으로는 그들이 "극장의 계단 맞은편 벽에 걸린 거울"을 통해서 마주친다는 점에 주목할 필요가 있다. 그들 둘은 변두리 극장에서 영화를 보고 나오다가 거울 속에서 눈을 마주친다.

영화가 끝나서 내 앞뒤로 낯모르는 사람들을 잔뜩 거느리고 계단을 내려오다가 나는 계단의 맞은편 벽에 걸려 있는 거울 속을 흘끗 올려다보았다. 내 바로 뒤에서 계단을 내려오던 한 여자가 거울 속의 자기 얼굴을 유심히 보며 내려오다가 거울 속의 나와 시선이 마주치자 얼른 시선을 떨구었다. 그러나 조금도 당황하거나 비밀을 들킨 부끄러움 때문에 그러는 게 아니라 다만 시선이 부딪치면 으레 예의상 그래야 하기 때문에 그런다는 표정이었다. 그 여자는 첫눈에도 어느 집의 식모라는 걸 알 수 있었다.(6쪽)

거울 속에서의 시선의 마주침을 묘사하는 대단히 영화적인 장면이다. 그러고 나서 '나'는 생각한다. "식모애들이 우글거리지 않는 변두리 극장이란 상상도 되지 않는"(6쪽) 것처럼, '나' 또한 다르지 않은 처지다. "호주머니 속에 학생증이 들어 있으니까 학생이지 뭐 하는 놈인지 용모로 봐서는 알쏭달쏭한" "나 같은 놈 역시 변두리 극장의 훌륭한 식구들 중의 하나임에 틀림없다."(6쪽) 여기에서 변두리 극장은 '나'가 그처럼 스스로를 하층계급과 신분이 다르지 않은 한갓 룸펜으로, "식모애들"과 별다르지 않은 그저 그런 초라한 존재로 인지하게 만드는 공간이다. 더욱이 그곳은 스크린 속의 환상과 비루한 현실의 낙차를 한순간에 체감하게 만드는 공간이기도 하다.

그런 측면에서 그들의 마주침이 "극장의 계단 맞은편 벽에 걸린 거울"을 통해 일어난다는 점은 더욱 의미심장하다. 극장 안에 걸린 거울이란 무엇인가? 이 지점에서 우리는, 마침 비슷한 시기에 『창작과비평』에 연재된 「다산성」에서 그려진 '극장 안의 거울'을 떠올려볼 필요가 있다.[22] 김승옥이 말하는 극장 안의 거울이란 거기 비친 자신의 얼굴을 보게 만들어 영화를 보면서 가졌던 착각과 환상을 그 자리에서 깨버리고 자신의 초라한 현실을 인정하게 만드는 도구다. 물론 「더 많은 덫을」에서 이런 인식은 소설의 표면에 명시적으로 드러나지 않고 '나'도 의식하지 못한 채 텍스트 이면에 깊숙이 숨어 있다. 하지만 김승옥의 또 다른 소설 「다산성」을 그 위에 겹쳐놓았을 때, 그 의미는 선명한 맥락을 얻고 더없이 분명해지는 셈이다.

다시 '나'와 식모 남순이 만나는 이야기로 돌아가자. 그러고 나서 '나'는 일주일 후 우연히 남순을 다시 만난다. 현실의 우울한 압박감을 성욕(性慾)에 호소해서라도 벗어나볼 양으로 그녀에게 접근한

---

22 참고로 「다산성」의 그 대목을 그대로 인용하면 이렇다. "극장 안에서는 거울을 철거할 것을 나는 호소하고 싶었다. 스크린 위의 잘 생기거나 멋진 또는 용감한 인물과 자기를 완전무결하게 혼동하고 있던 사람들이, 벨이 울리고 불이 켜진 뒤에 겨우 열 발자국쯤 걸어나오다가 거울 속에서 자신의 착각을 할 수 없이 인정하고 환멸을 느끼게 해버리는 극장 안의 거울은 과히 재치 있는 도구가 아니다. 밤길을 흐뭇한 기분에 빠져서 걷게 하고 자기 방의 이불 위에 몸을 던지고 손거울을 들여다보고 그제서야 번지수가 틀렸다는 것을 깨닫게 하더라도 그다지 넉넉한 시간을 그 사람들에게 주는 것은 결코 아니다."(김승옥, 「다산성」, 『환상수첩』, 문학동네, 2004, 189쪽)

'나'는, 그녀의 말투를 듣고 "놀라운 사실"을 발견한다. 그녀가 다름 아닌 전라도 출신이었다는 것. 그 사실을 알게 되었으면서도 '나'는 "그 여자에게 전라도가 고향이냐고 묻기에 주저"한다. 어떤 "미묘한 이유" 때문이다.

> 그것을 대담하게 한마디로 얘기한다면, 뭔가 결국 얽혀드는 것인가 하는 쓰디쓴 느낌 때문이었다. 쓰디쓴 느낌 그것이 잘못된 표현이라면 과장을 좀 섞어서 벌벌 떨리는 느낌이었다고나 할까. 얽힘. 걸려드는 것.(6쪽)

애당초 '나'가 낯선 여자에게 접근한 건 "내게 걸려서 나를 중심으로 하여 빙빙 돌던 것들을 이젠 내 주위를 그만 돌고 물에 떠내려 가게"(6쪽) 하려는 가벼운 일탈적 동기에서였다. 그런데 여기서 '나'는 식모 남순이 하필 전라도 출신임을 알고 "뭔가 결국 얽혀드는 느낌"에 사로잡힌다. 낯선 여자를 성적(性的)으로 정복해 자신을 옭아 매는 덫에 대한 강박에서 잠시나마 탈출해보려는 일탈의 시도가 어쩐지 쉽지 않을 것 같다는 불길한 예감 때문이다. 그리고 거기에는 오랜 차별과 편견에 노출된 같은 전라도 출신이라는 데서 느끼는 막연한 친근감과 연민, 그리고 그와 뒤얽힌 자기연민의 감정이 작용하고 있음을 짐작할 수 있다. '나'가 남순과 대화를 나누면서 "그 여자에 대하여 어떤 의미에서 아무것도 모르면서 어떤 의미에서는 모두 알고 있다고밖에 말할 수 없다"고 생각하는 것이나, "그 여자의 성기

(性器)를 탐하고 싶은 생각이 나지 않았다"(7쪽)고 말하는 것은 모두 그 때문이다.

대학생 '나'와 식모 남순은 서로가 전라도 출신임을 반갑게 확인하고 지저분한 용두동 방둑에 앉아 대화를 나눈다. 화제는 남순의 질문에서부터 풀려나간다. "왜 모두들 전라도 사람을 나쁘게 생각할까요?" '나'는 그 질문에 신라와 백제까지 거슬러 올라가 그에 관한 이런저런 "학설"을 남순에게 들려준다. 그러던 중 '나'는 돌연 공포에 사로잡힌다. 그것은 전라도 사람에 대한 편견이 "천 년쯤 전통을 가진 편견이라면 아마 진실이 아닐까"(7쪽) 하는 공포다.[23] 이 소설은 예외적이게도 전라도 출신에 대한 편견과 그에 대한 자의식을 이런 방식으로 직설적으로 화제에 올리고, 또 그 내용이 실제로 적지 않은 분량을 차지한다. 그리고 그것이 앞서 언급한 열등생의 덫과 긴밀하게 연결되는 또 하나의 덫임이 암시된다.

그러나 여기에서 그치고 말았다면 이 소설이 김승옥의 소설일 리 없다. 이 뒤에는 하나의 작은 반전이 있다. 다음은 소설의 결미다.

"전라도 사람들 중엔 좋은 사람들이 더 많은데요……"
"나 같은 나쁜 사람이 있으니까……"

---

23 소설에서 겉으로는 '나'는 전라도 사람에 대한 편견이 "아마 대략 천 년 전쯤"부터 있었을 것이라고 말해 "남순이에게 공포를 주고 싶지는 않았다"(7쪽)라고 진술하지만, 사실 그 공포는 따지고 보면 '나'의 것이기도 하다.

남순이는 웃었다. 그것은 이미 나를 두려워하지 않는 웃음이었다. 남순이의 웃음소리가 나는 싫었다.

그 웃음소리는 해일처럼 나를 뒤엎어버리려고 하는 웃음소리였다. 그 웃음소리의 강인한 힘을 나는 피부로 느꼈다. 전라도에 대한 얘기를 주고받는 동안 나는 우리가 전라도를 떠나고 있음을 느꼈다. 떠나서는 어디로? 나의 성욕을 향해서였다.

나는 어둠 속에서 땅거죽에 붙어 있는 잡초를 한 손으로 움켜쥐었다.

나는 한번 걸린 적이 있는 덫에는 결코 다시는 걸리지 않고 내닫고 있을 내 자신의 모습을 눈앞에 보는 듯했다. 그 모습은 얼마든지 가능할 것 같았다. 새로운 덫에 걸려들 때까지 어디론가 내닫고 있는 가련한 모습은 얼마든지 있을 것 같았다. 슬프리라. 그러나 자꾸자꾸 새 덫만 있어준다면…… 나는 있는 힘을 다하여 잡초를 움켜쥐며 고개를 옆으로 돌려 남순이를 노려봤다.

"남순이, 앞으론 전라도 어떠구 하며 가까이 오는 놈은 믿지 말어."

나는 이젠 완전히 어둠의 밑바닥을 이루어버린 냇바닥 쪽으로 고개를 돌렸다. 나는 나야말로 참으로 훌륭한 놈인 것 같은 생각이 평생 처음으로 들기 시작했다.(7쪽)

'나'는 남순의 웃음소리가 싫었다고 말한다. 왜냐하면 그 웃음소리에서 그녀가 자기를 두려워하지 않는다는 걸 느끼기 때문이다. 그것은 "나를 두려워하지 않는 웃음"이었다. 자기에 대한 두려움이 느껴지지 않는 남순의 웃음소리가 싫었다는 얘기의 이면에는 거꾸로 그녀가 자기를 두려워해야 한다는 생각이 깔려 있다. 왜 그래야 하는가?

이 지점에서 딱정벌레는 다시 중요해진다. 앞에서 '나'가 딱정벌레의 등껍질에 집착한 건 그것이 누구에게도 스스로를 쉽게 보이지 않게 하는 '무기'로 느껴졌기 때문이다. 딱정벌레의 그 무기와 같은 등껍질에는 자기도 그렇게 쉽게 보이고 싶지 않다는 무력한 한 줌의 자존감이 투사된다. 남순의 웃음소리에서 느끼는 불쾌감은 이 여자가 '나'만의 그 '무기'를 앗아갈지도 모른다는, 같은 전라도 출신이라는 이유로 '나'를 쉽게 보는 게 아닐까 하는 막연한 불안에서 오는 것이다. 이를 뒤집어 보면 여기에 은밀히 감춰진 의식이 무엇인지는 분명하게 드러난다. 그것은 바로 ('나'는 미처 의식 못하고 있을지도 모르지만) 딱정벌레의 그 단단한 등껍질과 같은 자기만의 '무기' 혹은 완강한 적의(敵意)만이 '나'를 지켜줄 것이라는 생각이다.

하다못해 허망하게 죽어버린 저 딱정벌레의 등껍질 같은 것이라도 품고 있어야겠다는 안쓰러운 의지가 드러나는 대목이다. 비록 그 무기가 실제로는 "죽음 그 자체"(4쪽)와 다르지 않은 한낱 환상인 줄은 알지만 말이다. '그날 아침'의 깨달음이 일러주는 것처럼, 무기처럼 보이는 그것이 실은 다름 아닌 덫일지도 모른다는 것은 어차피 '나'도 알고 있다. 그럼에도 불구하고, 가진 것 없는 열등생인 '나'에게는 그래도 차라리 그것만이 가혹한 세상에서 스스로를 가까스로 버틸 수 있게 하는 최소한의 자기보호 기제다. 이 마지막 장면에서 '나'의 머릿속에 보이지 않게 들끓는 (무)의식의 드라마는 이런 것이다. 그런 측면에서, 여기서 '나'가 "우리가 전라도를 떠나" "나의 성욕을 향해서" 가고 있었다고 말하는 것은 그 자기보호 기제가 서서히 작동되기 시작했음을 알려주는 징후다.

여기서 저 자기보존의 욕망은 궁극에는 '나'의 앞에 놓인 덫에 대해 '나'가 갖게 되는 생각과도 관련되어 있다. 한번 걸린 적이 있는 덫에는 결코 다시는 걸리지 않으면서 새로운 덫에 걸려들 때까지 내달으리라는 '나'의 저 슬픈 예견은, 한편으론 어떤 형태든 자기에게 주어진 덫과 마주하겠다는 역설적인 의지를 보여주는 것이기도 하다. 이는 예견된 실패와 좌절에 몸을 던져 그것을 어떻게든 감당하면서 (별 가망 없는 미래임을 알지만) 앞으로 나아가겠다는 눈물겨운 다짐이다.

'나'의 말처럼 그렇게 나아가는 과정에 "자꾸자꾸 새 덫만 있어준다면", 아마도 실패는 연속되더라도 궁극의 실패는 끝없이 지연(遲延)될 터다. 김승옥이 「더 많은 덫을」에서 보여주는 것은 이 예견된 실패의 끊임없는 지연을 통해서라도 어떻게든 자기 자신을 지탱하면서 희망 없는 희망을 찾으려고 하는 열등생의 역설적인 삶의 의지다. 이를 우리는 (이런 표현이 가능하다면) '체념적 의지'라 불러도 좋겠다.

이것은 김승옥의 소설이다

김승옥의 소설 「더 많은 덫을」은 그렇게 비루한 자기보존을 위해 남모르는 안간힘을 써야 하는 소외된 열등생의 눈물겨운 자의식의 분투를 보여준다. 이 소설에서 말하는 '덫'이란 마치 「환상수첩」에서 끝내 자살하고야 마는 가난한 고학생 선애가 보았던 바로 그것, 즉 "아무리 발버둥쳐도 별수 없이 눈에 보이는 구멍"[24]과 방불하다. 그런 측면에서 이 소설은 "너무나 욕된 생활 속을 좌충우돌"[25] 살아가야 했던 열등한 상경 촌놈들의 서울살이에 대한 또 하나의 눈물겨운 임상심리 보고서다.

그런 가운데서도 이 소설은 김승옥의 다른 임상심리 보고와 의미 있는 차이를 보여준다. 이는 열등의식의 주제가 그 사회경제적 배후 및 지역 차별에 대한 문제의식과 결합하면서 한층 구체적이고도 집중적으로 다루어진다는 점이다. 이 소설에서 열등의식의 문제는 단지 특수한 한 개인의 문제가 아니라 대중의 물질적 욕망을 부추기는 한편 주변부의 소외와 식민화를 강제했던 한국적 근대화가 만들어낸 하나의 전형적인 심리적 풍경으로 부각된다. 더욱이 문학에서 쉬 발설되지 않았던 전라도 출신에 대한 차별과 편견이라는 민감한 문제

---

24 김승옥, 「환상수첩」, 앞의 책, 21쪽.
25 같은 책, 8쪽.

를 소설 속으로 적극적으로 끌고들어온 것 자체만으로도 이 소설이 갖는 문제성은 적지 않다.

흥미로운 사실은 이 소설에는 이른바 '하와이 출신'으로서의 작가 자신의 자의식과 문제의식이 별다른 문학적 의장(意匠)이나 포장을 걸치지 않고 거의 날것 그대로 노출된다는 사실이다. 이 소설에서 전라도 출신으로서 갖는 '나'의 자의식과 미묘한 심리적 갈등이 작가의 실제 그것과 크게 다르지 않은 것임은 어렵지 않게 짐작할 수 있다. 이런 방식의 이른바 맨얼굴의 노출은 기존의 김승옥식 소설에 익숙해 있던 우리에게는 다소 낯설고 예외적인 것으로 읽힌다. 이 소설이 예전의 팽팽했던 문학적 긴장이 다소 느슨해지던 시기의 산물이고 또 그 점이 실제 작품에 어느 정도 반영되었음을 십분 고려하더라도 그렇다.

작가 자신도 이를 의식했음인지, 같은 지면에 실린 기자와의 문답에서 "이 작품(「더 많은 덫을」)에서 이야기하려는 것은?"이라는 질문을 받고 이렇게 답했다.

어떤 경우에 있어서의 구원을 지향하는 태도를 쓰고 싶었는데 써놓고 보니까 내가 설정한 그 어떤 경우가 보편적인 것인지 하는 의문이 생겨버렸다.(5쪽)

이로써 추측건대, 작가 자신은 이 소설의 화자가 겪는 문제의 형상화가 보편성으로까지 승화되지 못한 채 특수한 개인적 문제의 토로에 그쳐버렸다는 생각을 했던 것 같다. 김승옥이 이와 무관한 자리에서 「무진기행」의 창작 의도를 밝히면서 "지극히 개인적인 체험만 가지고 보편성을 가져야 하는 소설을 쓴다는 것은 이만저만 뻔뻔스러운 짓이 아닌 것 같"[26]다는 진술을 했음을 떠올려보면 이는 더욱 분명해진다. 여기엔 다른 한편 지역 차별과 편견에 대한 문제의식을 눈에 띄게 노출한 데 대한 심리적 부담감도 있었을 것이다. 어찌 됐든 이 소설에서 예외적으로 두드러지는 맨얼굴의 노출에 대해 당시 그 자신은 보편성이라는 잣대에 기대 썩 긍정적이지만은 않았던 듯하다.

그렇다고 해서 이 소설이 갖는 의미가 크게 퇴색되는 것은 아니다. 무엇보다 이 소설이 소외된 주변의 욕망을 관리하는 동시에 식민화하는 1960년대 한국사회 근대화 과정의 심리적 결과를 화자의 복잡 미묘한 갈등의 굴곡을 통해 정면으로 포착한다는 사실의 의의를 간과할 수 없다. 그런 측면에서 이는 '서울에서 산다는 것'에 대한 김승옥식 임상심리 보고의 연장이자 그 사회문화적 구체화라 할 만하다. 이것은 김승옥의 시선과 문학적 관심이 여전히 당대의 핵심적인 문제 지점을 가로지르고 있었음을 의미한다. 그리고 특히 이 소설이 "오늘의 문학이 요구하는 과제"와 "씨름하는 작가"로서 당시 김승옥이 선두에서 누렸던 대중적 인기와 문화적 영향력을 추인하는 상업 저널리

---

26 김승옥, 「자작해설」, 앞의 책, 168쪽.

즘의 호출에 대한 작가 나름의 응답으로서 제출된 것이었음을 상기할 필요가 있다. 이를 함께 고려할 때, 이 소설은 당대 한국사회의 문화와 의식의 지형 속에서 다시 한번 의미심장한 맥락을 얻는다.

무엇보다 흥미로운 것은 이 소설이 지금 이곳에서 발하는 놀라운 현재성이다. 온갖 사회적 장벽에 가로막힌 채 출구 없는 현재를 앓는 1960년대 열등생의 절망적인 심리 구조는, 미래의 불안을 앓으며 실패와 좌절 속에서 고통받는 지금 이곳 가난한 젊음의 그것을 앞질러 보여주고 있지 않은가. 김승옥의 이 열등의식 탐구가 여전히 우리에게 울림을 주는 것은, 그가 함께 앓은 그 시대 젊은이들의 불안과 고통이 지금도 여전히 형태를 바꿔 똑같이 반복되고 있기 때문이다. 그런 의미에서 우리에게 김승옥은 여전히 '오늘의 작가'다. 그것이 우리가 지금 김승옥의 소설을 다시 읽어야 하는 이유다.

이렇게 해서 우리는 망각의 어둠 속에 묻혀 있던 김승옥의 흥미로운 임상심리 보고서를 또 하나 얻게 되었다. 그러니 우리는 차라리 이렇게 말해야 할지도 모른다. 이 소설의 가장 큰 의의는 뒤늦게나마 이제 망각의 어둠에서 깨어났다는 사실 바로 그 자체에 있다. 이것은 김승옥의 소설이다.

5장
격자소설의 정치적 (무)의식

입술이 침묵하면 손가락이 말할 것이다.
—프로이트, 「도라 케이스」

형식의 정치학

이청준의 많은 소설은 격자소설이다. 그의 격자소설은 보통 외화(外話)의 화자인 '나'가 관심을 갖게 된 인물과 사건이 내화(內話)에 소개되고 다시 그에 대한 화자의 논평이 제시되면서 끝나는 형식을 취한다. 이때 화자가 접하는 인물이나 사건은 그에게 궁금증과 의혹을 불러일으키고, 그 해답을 찾아나서는 화자의 의식과 행적이 소설을 이끌어간다. 그리고 격자의 안과 밖에 있는 시선들은 모두 하나의 확정적인 결론을 향해 수렴되거나 종합되지 않는다. 특히 격자 바깥의 화자는 끊임없이 의심하고 추리하고 추적하지만, 애초 그가 품었던 의문에 대한 분명한 해답은 소설의 끝에서도 결국 모호한 상태로 남겨진다. 그런 까닭에 이청준의 격자소설은 대개 추리소설의 외양을 띠지만 통상의 추리소설처럼 명확한 해답이나 결론을 제시하지 않은 채 끝난다.

이청준 격자소설의 이런 구조는 한편으로 상황을 여러 각도에서 비추어보고 의심하면서 점검하고 반성하는 의식적 태도를 그대로 반영하는 형식이다. 이 격자소설 형식에 대한 기왕의 해석과 평가 역시 이에서 크게 벗어나지 않는다. 그것은 곧 "겹의 삶에 대한 문학적 탐구"(성민엽)의 형식으로서, "끊임없이 회의하고 모색하는 반성의 태도"(오생근) 속에서 발현되는 "기법과 주제상의 겸손함을 반영하는 열린 구조"(권택영)인 동시에 "작가 자신의 자기 점검의 수단"(김치수)으로 나타난다는 것이다.[1] 이에 따르면 이청준의 격자소설은 최종적 진실을 확증하기보다 유보하고 의심하는 겸손한 태도를 통해 문학적 진실에 다가가는 형식이다. 이러한 지적들은 이청준 격자소설 형식의 의미를 대체로 무난하게 밝혀준다. 하지만 과연 그뿐일까?

문제는 위와 같은 평가가 작가가 내놓은 작의(作意)[2]의 사후 설명에 견인돼 이를 추인, 반복하면서 그에 의미를 부여하는 주석의 성격

---

1 성민엽, 「겹의 삶, 겹의 문학」, 『이청준 깊이읽기』, 문학과지성사, 1999; 오생근, 「갇혀 있는 자의 시선」, 같은 책; 권택영, 「이청준 소설의 중층구조」, 같은 책; 김치수, 「소설에 대한 두 질문」, 『박경리와 이청준』, 민음사, 1982.
2 이청준, 「책 속에 길 없다」, 『작가의 작은 손』, 열화당, 1978, 186~188쪽 참조.

을 크게 벗어나지 않는다는 데 있다. 그런 평가들은 작가의 의도에 충실한 설명은 될지언정, 작가의 의도와는 별개로 그의 격자소설 형식의 이면에서 작동하는 또 다른 차원의 정치적 함축과 그 복합적 의미를 해명하진 못한다. 그 해석의 자명함을 넘어 이청준의 격자소설이 갖는 의미를 온전히 밝히기 위해서는 무엇보다 그것이 한국적 근대의 경험에 대처하는 작가의 주체 태도, 그에서 비롯한 자기 규정, 특정 방식의 정치적 (비)선택의 형식적 결과임을 고려해야 한다. 어떤 경우 형식은 그 자체로 정치적이다. 문제의식의 출발점은 거기에 있다. 과연 이청준의 격자소설은 그 형식을 통해 무엇을 말하고 있는가?

진술 불가능성이라는 토픽

1960년대 이청준의 소설 중 작가의식의 밀도를 비교적 선명하게 보여주는 소설은 대개 격자소설의 형식을 취한다. 등단작인 「퇴원」부터가 그렇다. 이 소설 중간에 삽입되는 삽화인 화자의 어린 시절 경험과 군대 시절의 '뱀 이야기'는 크게 보면 '이야기 속의 이야기'의 형식을 띤다. 이와 흡사한 유형으로는 장편소설 『씌어지지 않은 자서전』이 있는데, 이 소설은 격자 안의 이야기(환상 속의 심문 장면)가 격자 밖 화자의 의식 상황을 직접적으로 지시하는 자기반영적 알레고리가 되는 경우다. 그리고 『조율사』 역시 그와 같은 특징을 공유한다. 또 다른 유형의 격자소설은 대개 격자 바깥의 화자가 어떤 인물이나 사건이 촉발한 의문의 해답을 추적하는 형식이다. 이때 격자 안의 이야기는 격자 밖의 화자가 직면한 문제와 의식 상황을 비추고 견주어보는 일종의 거울 역할을 한다. 「줄」「병신과 머저리」「매잡이」「가수」「소문의 벽」 등이 그런 유형의 소설이다.

이청준의 격자소설은 이 두 경우 모두 공통적으로 지식인-예술가가 처한 곤경을 주제화한다.[3] 그리고 그 중심에는 하나같이 '진술 불가능성'이라는 토픽이 자리한다. 가령 소설을 쓰려고 하지만 쓰지 못하고 있는 소설가 지망생 기자인 「줄」의 '나'는 줄광대의 죽음을 취재하면서 듣게 된 사연을 "나는 이야기할 수가 없을 것이다"[4]라고 말하며, 그림을 완성하지 못하고 있는 화가인 「병신과 머저리」의 '나'의 "화폭은 깨어진 거울처럼 산산조각이 나"(117쪽) 있다. 「매잡이」 역시 소설을 쓰지 못하고 있는 소설가의 이야기이며, 「소문의 벽」에서 이는 소설 쓰기를 중단한 채 미쳐버린 소설가와 원고가 걷히지 않아 일에 회의를 느끼는 잡지 편집자의 이야기로 변주된다. 그리고 이는 『씌어지지 않은 자서전』의 경우도 마찬가지다.

---

3 이에 대해서는 김영찬, 『근대의 불안과 모더니즘』(소명출판, 2006)에서 자기성찰의 문제와 관련하여 이미 소상히 밝힌 바 있다.

4 이청준, 「줄」, 『별을 보여드립니다』, 일지사, 1971, 55쪽. 아래에서 「퇴원」「줄」「병신과 머저리」「매잡이」「가수」 등을 인용할 때는 작품명과 함께 이 책의 쪽수를, 「소문의 벽」과 『씌어지지 않은 자서전』의 경우는 『소문의 벽』(민음사, 1972)의 쪽수를 적는다.

이들이 왜 진술을 하지(혹은 소설을 쓰거나 그림을 그리지) 못하는지는 소설에서 분명하게 드러나지 않는다. 좀 더 정확하게 말하면, 그 원인은 그들 자신에게도 분명하지 않다. 하지만 알 수 없는 그 원인은 그럼에도 불구하고 실제적인 효과를 발휘한다. 그들은 그로 인해 진술을 방해받고 있고, 또 그 때문에 고통스러워한다. 「병신과 머저리」의 '나'가 말하듯이, "그것은 견딜 수 없이 괴로운 일이다."(100쪽) 이들이 우연히 만나거나 접한 인물들의 사연에 집착하는 것은 이 때문이다. 이들은 언뜻 별 상관이 없어 보이는 그 다른 사람들의 사연에서, 진술을 하지 못하고 있는 자신의 문제에 대한 해답의 실마리를 얻으려고 한다.

이러한 진술 불가능성이라는 토픽은 등단작인 「퇴원」에서부터 등장한다. 「퇴원」에서 원인 모를 병으로 병원에 드러누운 '나'를 지배하는 것은 언어가 소멸되고 침묵을 강요하는 세계 속에서 자신이 자기 망각이라는 질병을 앓고 있다는 자의식이다. 소설에서 간호사인 미스 윤은 이를 가슴속의 "내력 깊은 이야기"가 "너무 깊이 숨어버린"(17쪽) 까닭이라 진단한다. 여기서 '나'가 앓고 있(다고 생각하)는 자기 망각이라는 질병은 무슨 이유에선지 침묵을 강요당해 자유롭게 이야기를 할 수 없는 주체의 의식 상황과 결부된다. 진술 불가능성은 이렇게 처음부터 이청준의 핵심적인 문제의식이었다. 이후 그의 격자소설은 이 출발점의 문제의식을 여러 각도에서 연장하고 확장하면서 심화한다. 격자소설이 단순한 형식적 장치가 아니라 이청준 문학 전체의 문제 설정이 응축된 '침전된 내용'[5]으로서의 소설 형식이라고 할 수 있는 것은 이 때문이다.

이때 진술 불가능성이라는 토픽에 투사되는 것은 1960년대 한국의 시대적 상황에서 소설을 쓴다는 것에 대한, 그리고 그 어려움에 대한 자의식이다. 이청준의 격자소설이 대개가 '소설에 대한 소설'이라 할 수 있는 것도 이런 맥락에서 이해할 수 있다. 거기엔 한국의 근대를 살아가는 지식인-작가의 정체성과 존재 방식에 대한 자문(自問)이 있다. 이청준의 격자소설은 바로 그 질문을 떠안고 자기 자신의 문학적 주체성을 수행적으로 정립하는 소설적 형식이다. 그렇다면 그 질문은 어떻게 어떤 방식으로 이루어지고 있는가? 그리고 그 질문의 답을 찾아가는 그만의 방식 한가운데에는 구체적으로 어떠한 작가적 의식과 선택이 숨겨져 있는가?

돌고 도는 진실들

이것은 '형식의 무의식'에 대한 물음이다. 이청준의 격자소설은 상당 부분 일원적인 해석에 저항하는 모호한 측면이 있다. 작가는 이를

---

5 Fredric Jameson, *The Political Unconscious: Narrative as a Socially Symbolic Act*, Methuen, 1981, p.99.

최종적인 진실의 실체 또는 결론을 직접 명확히 제시하기보다 넌지시 암시하고 질문을 던짐으로써 독자들에게 확정적인 의미에 고착되지 않는 진실을 찾아보기를 권하려는 의도에서 나온 것이라 설명한다.[6] 그러나 우리의 관심은 작가의 의도와는 별개로 '형식' 자체가 말하는 진실이다. 그리고 그 진실은 작가가 말하면서도 말하지 않는 것에 숨어 있다. 그 침묵의 발화는 형식 자체에 어떤 형태로든 새겨지게 마련이다. 중요한 것은 그 말하지 않는 공백과 틈새의 의미를, 그리고 그 안에 숨어 있는 진실을 재구성하는 일이다.

먼저 이청준 격자소설의 한가운데에는 대개 의문과 궁금증을 유발하는 어떤 대상이 있다는 단순한 사실에서부터 출발해보자. 그것은 소설에서 주인공/화자의 의식과 행동을 유인하는 동기로 작용한다. 예컨대 「줄」에서 그 대상은 젊은 줄광대 '운'의 승천(昇天)에 관한 진실이며, 「병신과 머저리」에서는 의사인 형이 쓴 소설의 결말과 그 속에 감추어진 형의 진실이다. 「매잡이」도 마찬가지다. 소설의 중심에는 매잡이 곽서방과 그를 취재하기를 권유하고 자살한 소설가 '민 형'의 죽음에 얽힌 수수께끼가 있다. 「소문의 벽」의 중심에 있는 것 또한 소설을 쓰지 못하고 미쳐버린 소설가 박준의 사연에 얽힌 의혹이고, 「가수」의 중심에도 자기에게 이름을 빌려주었던 낯선 사내의

---

6 이청준·권오룡(대담), 「시대의 고통에서 영혼의 비상까지」, 『이청준 깊이읽기』, 문학과지성사, 1999, 28~29쪽 참조.

행적을 모방한 끝에 그 사내와 똑같이 스스로 열차에 몸을 던진 주영 훈이라는 인물의 수수께끼가 있다. 그리고 그 수수께끼가 '나'를 유 인한다.

주인공/화자는 여러 정보를 조합하고 추리하며 진실을 향해 조금 씩 접근해간다. 그럼에도 불구하고 소설에서 진실의 실체는 결국 밝 혀지지 않는 의문으로 남는다. 무엇보다 그것은 끝내 '알 수 없는 것' 이고, 따라서 짐작만 할 수 있을 뿐이다. 「가수」에서 자살한 인물 주 영훈의 친구인 허순도 마침 이렇게 말한다. "그 의미는 확실치 않습 니다. 다만 그렇게 생각이 될 뿐입니다."(「가수」, 364쪽)

그 대상의 실체와 진실이란 단지 짐작만 할 수 있을 뿐 다른 사람 이 알 수는 없다는 얘기다. 여기에서 물론 회의주의와 상대주의를 읽 을 수도 있겠지만, 이청준 소설의 의미는 그것으로만 환원되진 않는 다. 그보다 오히려 주목해야 하는 것은 그 진실이 대개는 한 개인의 심리나 동기와 관련된다는 것, 그리고 그 실정적인(positive) '내용'은 누구도 알 수 없다는 사실이다. 「줄」에서 줄광대 운이 왜 줄에서 떨어 져 죽었는지, 「매잡이」에서 왜 민 형이 '나'에게 매잡이에 관한 자료 만을 남기고 자살했고 곽서방은 또 왜 스스로 죽음을 택했는지, 「가 수」에서 주영훈은 왜 이름을 빌려준 사내의 죽음까지도 모방하려고 했는지 등등은 짐작은 해볼 수 있지만 결코 분명하게 알 수는 없다. 그 진실의 내용은 심지어 당사자마저도 알 수 없다. 가령 「가수」의 인 물은 "자신 속에 그 이유를 지니고 있는 게 분명한데, 그걸 집어낼 수가 없"(360쪽)다고 말한다. 그렇다면 도대체 그 진실이란 무엇인가? 그것은 분명한 언어로 외화(外化)될 수 없을뿐더러 다른 이들에게는 물론이고 그 자신에게마저도 분명하지 않다. 그럼에도 불구하고 그것은 보이지 않게 개인의 삶을 결정하는 효과를 낳는다.

대부분 추리소설의 외양을 띠는 이청준의 격자소설에서 끝내 명확한 해답이 주어지지 않는 중요한 이유 중 하나는 바로 여기에 있다. 밝혀야 할 진실 자체가 이미 논증적인 추리와 명확한 언어를 통해서는 결코 해명할 수 없는 성격을 지니기 때문이다. 이런 까닭에, 의혹과 추리가 바탕이 되는 서사는 이미 처음부터 결론이 지어질 수 없는 구조를 지향하는 셈이며, 그렇게 완결될 수 없는 의미의 주변을 맴돌고 있는 형국이다.

그리고 이것이 항상 수수께끼를 추적하는 주인공/화자 자신의 문제와 겹쳐진다는 것은 중요하다. 이청준의 격자소설에서 풀 수 없는 수수께끼만큼이나 표면에 부각되는 것은 그에 궁금증을 갖는 화자의 의식이다. 결말에서도 소설은 대개 주인공/화자가 여전히 의혹을 풀지 못한 채 해결되지 않는 자신의 문제로 초점을 이동해 이를 다시 되새겨보는 데서 마무리된다. 어찌 보면 서사에서 정작 중요한 것은 의혹을 불러일으키는 대상의 실체가 아니라 그에 의혹을 품은 주인공/화자의 의식 작용이라고도 할 수 있다.

어쨌든 진실이 명확하게 밝혀지지 않는다는 데 주인공/화자는 답답해하지만, 그 자신에 대해서도 답답하긴 마찬가지다. 자기가 쫓았던 대상에 대한 의문이 해결되지 않는 만큼 거기에서 자신의 문제에 대한 해답을 얻으려 했던 시도도 미궁에 빠질 수밖에 없는 까닭이다. '나'의 문제는 도대체 무엇인가? 다른 개인의 내면의 진실이 인과적인 논리와 분명한 언어로 해명될 수 없는 것처럼, '나'의 내면의 진실 또한 그렇다는 얘기다.

이청준의 격자소설은 이 최종적인 결론을 확인하기 위한 길고 긴 우회의 서사다. 중요한 것은 이 결론의 핵심에 있는 것이 '할 수 없음' 혹은 '불가능성'이라는 의미론적 자질이라는 사실이다. 앞서 보았던 진술 불가능성의 문제는 이 지점에서 다시 출현한다. 진술 불가능성은 시대적 상황의 압박과 관련이 있는 것이지만, 다른 한편으론 작가가 이처럼 개인 내면의 진실에 부여하는 의미의 불확정성이라는 특징과도 무관하지 않다. 결국 이청준 격자소설의 서사는 '쓸 수 없다'는 사실을 말하고 확인하기 위해 다른 대상에 대한 의혹을 스스로 만들어내고 그 대상을 멀리 에둘러 다시 '쓸 수 없다'는 결론으로 귀착하는 환원론적 서사다.

이 '쓸 수 없다'는 문제를 중심으로 구조화되는 환원론적 서사의 한가운데에 있는 인식이 무엇인지는 사뭇 분명하다. 이에 따르면, '나'의 상황을 직접 분명한 표현으로 이야기하는 것은 가능하지 않다. 그래서 다른 대상이나 상징을 에두를 수밖에 없는데, 심지어 그 대상과 상징의 의미도 정확한 언어로 표현할 수 없는 것이다. 진실은 알 수 없는 것이고, 확정적인 언어로 말할 수도 없는 것이다. 가령

「줄」에서 소설가 지망생인 '나'가 스스로를 "확실한 목소리로 말할 수 있는 사람"(54쪽)이 아니라고 생각하는 것도 그런 맥락이다. 따라서 오히려 그와 같이 명확한 결론 없는 우회로를 더듬어가면서 상상하고 짐작하며 그 과정을 곱씹어보는 것 그 자체가 역으로 '말할 수 없는' 진실을 드러내는 방법이라는 것이 격자소설의 형식에 함축된 작가의 인식이겠다.

이청준에게 개인의 '자기 진실'은 그렇게 선형적인 서사를 통해 형상화할 수 없고 또 어떤 형식으로든 일원적인 논리로 규격화할 수도 없다. 그것은 단지 우회적인 방식으로만 드러내고 암시할 수밖에 없는, 보이지 않는 복잡 미묘한 실체다. 「가수」의 표현을 빌리자면, 그 내밀한 "마음의 궤적"(360쪽)은 누구도 확실히 말할 수 없고 그래서 짐작밖에 할 수 없는 "무언가 애매한"(358쪽) 것이다. 『씌어지지 않은 자서전』의 '나'가 심문관 앞에서 진술하는 '허기'가 예컨대 그렇다. 심문관은 시종 '허기'에 대한 모호하고 추상적인 이야기로만 일관하는 '나'를 비판하지만, 바로 그렇게 모호하게 이야기할 수밖에 없다는 것 자체가 이청준이 생각하는 자기 진실의 본질이다.

이청준의 격자소설은 그런 인식의 형식적 결과다. 다시 말해 격자소설의 형식이 갖는 우회성과 복잡함, 결론의 모호함 등은 개인의 진실에 대한 저러한 작가 나름의 관념이 투사된, 그리고 이를 효과적으로 드러내는 자기 진술의 구조적 형식이다.

미결정의 마력과 강박신경증

'진술 불가능'을 말하는 이청준의 격자소설은 당연히 1960년대의 시대적 상황의 산물이다. 하지만 그렇다고 해서 '말할 수 없음'을 억압적인 시대 상황의 강요에서 비롯된 것으로, 그리고 의심과 회의, 모호함과 추상성 등의 자질을 억압적인 현실에 대응하는 문학적 진실의 표현으로 환원하는 것은 사태의 일면만을 보는 것이다. 그렇다면 이청준이 마주한 현실이란 도대체 무엇인가?

중요한 것은 이청준의 소설에서 문제시되는 현실 혹은 시대적 상황이란 주체의 의식 이전에 주체 바깥에 주어진 객관적인 현실/상황이라기보다 오히려 글쓰기 주체의 자기활동이 개입될 공간을 마련하기 위해 상상적으로 재구성된 것이라는 사실이다. 달리 말해 그 현실/상황은 주체 바깥에서 그에게 영향을 끼치는 실정적인 실체라기보다 역으로 그 주체의 의식에 의해 특정한 형태로 정립되고 산출된 어떤 것이다.[7] 이청준의 소설에서 진술을 불가능하게 하는 상황이 바로 그렇다. 그것은 이청준 자신의 글쓰기가 놓인 시대적 상황을 주체의 관점에서 특정한 방식으로 약호화한 상상적 재구성의 산물이다.

이청준 격자소설의 인물들이 명확한 진술을 하지 못하는 이유는

---

7 이러한 정신작용에 대해서는 G. W. F. 헤겔, 『정신현상학 2』, 임석진 옮김, 한길사, 2005, 201쪽 참조. 지젝은 이를 '전제의 정립'이라는 형식적 행위로 설명한다. 슬라보예 지젝, 『이데올로기라는 숭고한 대상』, 이수련 옮김, 인간사랑, 2002, 359~373쪽 참조.

앞서 말한 진실의 성격 때문이기도 하지만, 거기에는 동시에 외적 상황의 요인에 대한 그런 특정 방식의 약호화가 개입한다. 이를 뚜렷하게 보여주는 것이 「소문의 벽」인데, 이 소설에서 작가는 그 요인을 '전짓불'이라는 상징으로 극화한다. 「소문의 벽」의 '나'가 읽게 되는 박준의 소설에서, 전짓불은 정직한 자기진술을 강요하는 심문관의 요구로 변형되어 나타난다. 소설에서 진술을 강요당하는 G의 표정은 이렇다.

> 그러나 G는 망설이지 않을 수 없었다. 심문관의 정체를 알 수가 없다. 심문관은 한번도 G가 본 일이 없는 제복을 입고 있다. (……) 사내의 정체를 알 수 없다는 것이 공연히 이쪽을 불안하게 한다. 공연히라기보다도 이 정체를 알 수 없는 사내에겐 어떤 식의 진술이 자신의 결백을 증명하는 데 가장 효과적일지를 알 수 없다. 정체를 알 수 없는 사람 앞에서 가장 정직한 자기 이야기를 해야 한다는 사실부터가 바로 불안한 일이었다.
> 그러나 G는 진술을 행하지 않을 수는 없다. 그는 결국 그 심문관의 정체를 알 수 없는 데서 온 본능적인 불안 속에서 진술을 시작한다.(「소문의 벽」, 358쪽)

정체 모를 심문관이 '정직한' 진술을 강요한다. 주체는 정체를 드러내지 않는 그 외부 압박요인의 감시 아래서 불안해하며 자기 이야기를 하지 않을 수 없다. 이것은 1960년대 이청준 문학 전체를 규정하는 원장면(primal scene)이다. 이청준의 격자소설에서 진술 불가능성이라는 토픽이 비롯되는 근원 또한 바로 이것이다. '응시 앞의 불안'이라는 이러한 설정은 혼란스러운 1960년대 근대의 경험 앞에서 주체가 느꼈을 법한 무기력과 불안을 응축한다.

이때 응시란 구체적으로 무엇인가? 이청준의 소설에서 그것은 확정적일 수 없는 개인의 진실을 확정적이고 단정적으로 말하기를 강요하는 외부 요인의 어떤 총체다. 「소문의 벽」에서 개인의 내밀한 진실을 시대의 요구를 회피하는 '엄살'이라고 비판하는 안 형과 폭력적으로 묵살하는 정신과 의사 김 박사가 그러하듯, 그 외부 요인이란 억압적인 권력의 감시는 물론이고 사회와 집단, 역사와 현실, 신념과 당위의 이름으로 개인의 자유를 억압하고 간섭한다고 생각하는 모든 것이다. 그렇게 개인의 내밀한 진실과 대립하는 모든 외부의 요인 혹은 요구는 강압과 규격화로 의미화되고, 자기 진술(혹은 글쓰기)의 지연과 망설임은 그 강압을 민감하게 의식할 수밖에 없는 주체적인 대응의 소산으로 정립된다. 내면의 진실을 직접 확정적인 어조로 진술하기보다 다른 대상이나 모호한 상징을 에둘러 간접화하는 진술 방식은 이를 통해 효과적으로 정당화되는 것이다.

이것이 만들어내는 효과는 분명하다. 그럼으로써 현실의 사회적 정치적 문제에 대한 책임의 요구는 모두 부정적인 것으로 환원되고 오직 그로부터 자유로운 영역에 있다고 상상하는 고립된 개인의 내밀한 진실이라는 가치의 특권화가 이루어진다. 이것은 근본적으로 구체적인 시대적 현실의 강압에 대한 세련된 회피의 방어 전략이다. 위의 인용문에서 "G는 망설이지 않을 수 없었다"라는 진술은 이런 맥락에서 주목할 필요가 있다. 이 '망설임'은 그러한 세련된 회피와 방어의 전략이 생산해내는 자기진술의 테크놀로지다.

그리고 이는 서사 구조의 차원에도 정확하게 그대로 전이되어 구조적으로 반복된다. 이청준의 격자소설에 나타나는 우회를 통한 지연과 해결 없는 망설임의 구조는 바로 이러한 주관의 메커니즘을 실연(實演)하는 형식적 장치라고도 할 수 있다. 이청준 격자소설의 공간은 그 지연과 망설임 자체가 의미 있는 주체적 태도로 부각되고 내용과 형식의 차원에서 주제화되는 공간이다.

이 지점에서 우리는 임상적인 차원에서 그 지연과 망설임이란 강박신경증의 전형적인 태도임을 지적할 필요가 있겠다. 이 점은 가령 『씌어지지 않은 자서전』에서 어린시절의 경험에서 비롯되어 4·19의 세대의식으로까지 확장되는 자기 진실의 상징으로 '나'가 끈질기게 이야기하는 '허기'에 대한 태도에서도 분명히 확인된다.[8] 그것은 가령 이런 것이다. "그 통증과 긴장감을 견디는 것은 묘하게 자릿자릿한 쾌감까지 느끼게 했다. 나는 어느 때부턴가 그 허기를—그 허기로부터 시작된 뱃속의 통증을 이상한 쾌감으로 즐기게 되어버렸다."

---

8 이청준은 『씌어지지 않은 자서전』에서 '허기'와 관련한 이러한 태도를 가능성과 좌절을 동시에 겪었기에 "끝내 선택을 보류해버리는"(121쪽) 4·19 세대의 의식적 태도를 보여주는 상징으로까지 끌어올린다.

(『씌어지지 않은 자서전』, 20쪽) 이것은 결핍 자체를 해결하려는 욕구보다는 그 고통스런 결핍 자체에서, 그리고 그것을 끝없이 자발적으로 연장하는 데서 향유를 발견하는 강박신경증의 전형적인 태도다.[9]

결론이 지연되거나 유보되는 한편 그 해답 없는 과정 자체의 음미에 초점이 놓이는 이청준의 격자소설은 그러한 강박신경증적 태도에 정확히 대응하는 구조적 형식이다. 다시 말하면 소설의 그런 형식적 구조는 의심과 의혹, 문제의 회피, 선택하거나 결정하지 못함, 자기 자신을 향한 끝없는 질문 등과 같은 인물들의 강박신경증적 자질[10]에 그대로 대응한다. 예컨대 「줄」 「병신과 머저리」 『씌어지지 않은 자서전』 『조율사』 등의 소설은 이런 주인공/화자의 심리 및 행위의 메커니즘과 소설의 구조가 특히 정확하게 일치하는 경우다. 더욱이 이 강박증적 태도가 여성에 대한 인물들의 태도에서도 그대로 관철된다는 사실은 특히 흥미롭다. 욕망의 실현을 끊임없이 지연시키고 회피하는 것이 강박신경증의 특징이라면,[11] 이청준 소설의 인물들이 여성들을 대하는 태도가 바로 그렇다. 「병신과 머저리」의 '나'는 약혼자와의 결합을 이유 없이 망설이다 결국은 떠나보내고, 『조율사』의 '나' 역시 사랑하는 여인과의 만남과 결합을 끝없이 지연시키고 회피한다.[12]

---

9 이러한 특징이 강박신경증의 증상이라는 데 대해서는 브루스 핑크, 『라캉과 정신의학』, 맹정현 옮김, 민음사, 2002, 218~219쪽과 239~256쪽 참조.

10 슬라보예 지젝, 앞의 책, 321~325쪽 참조.

11 브루스 핑크, 앞의 책, 218~219쪽 참조.

그러고 보면 진술 불가능성이라는 토픽도 마찬가지다. 앞에서 우리는 이청준 소설의 인물들이 직면하는 진술 불가능한 상황이란 작가-주체의 욕망이 특정 방식으로 펼쳐지는 것을 정당화하기 위한 상상적 전제임을 확인한 바 있다. 강박신경증에서도 그러하듯, 주체의 명료한 진술을 가로막는 그 상황은 명료한 진술을 할 수 없다고 하면서 우회하고 에둘러 결론을 끊임없이 지연시키는 과정에 긴장과 의미를 부여하기 위한 상상적 장애물이다. 앞서 '허기'에 대한 태도가 고통스런 결핍을 자발적으로 연장하는 데서 긴장과 쾌락을 느끼는 것이었다면, 그런 특징은 여기에도 정확하게 적중한다. 명료하게 이야기할 수 없다는 것은 일종의 결핍이고 또 그래서 고통스럽지만, 그럼에도 불구하고 작가-주체는 그 결핍의 상태를 떠안고 이야기한다. 그러니, 장애물이 없어서는 안 된다. 의심과 반성도, 진술과 글쓰기도, 그 장애물을 전제로 해서만 계속되고 또 의미와 가치를 부여받을 수 있기 때문이다.

그리하여 장애물 때문에 명료하게 말할 수 없고 에둘러갈 수밖에 없는 바로 그 과정에 고통스런 긴장과 쾌락이 실린다. 이 역설적인 고통 속의 쾌락을 일컫는 다른 말은 물론 향유(jouissance)다.[13] 명료

---

12 여기에서 프로이트의 다음과 같은 적절한 지적을 상기해보는 것도 유익할 것이다. "사람이 성(性)에 대해 가지는 태도는 다른 모든 것들에 대해 그가 보이는 반응의 모델이 된다."(지그문트 프로이트, 「쥐인간—강박증에 대하여」, 『늑대인간』, 김명희 옮김, 열린책들, 1996, 130쪽)

13 '향유'에 대한 정신분석적 설명은 Roberto Harari, *Lacan's Four Fundamental Concepts of*

하게 이야기하는 것은 불가능하지만, 그 불가능은 불가피하다. 왜냐하면 그게 가능하다면 의미 있는 소설 쓰기도 더 이상 가능하지 않기 때문이다. 이것이 이청준의 소설이 안고 있는 역설이다.

그런 지연과 망설임 속에서 향유를 발견한다는 것은 역으로 주체적인 선택과 결정의 가능성을 반드시 닫아놓아야 한다는 것과 같은 이야기다. 과연 이청준 격자소설의 인물들과 구조는 하나같이 『씌어지지 않은 자서전』의 심문관의 지적처럼 "진짜 당신의 결단의 문제로 돌아오기를 망설이고 있는 것"(220쪽)을 그대로 보여준다. 그리고 그런 태도를 의미 있는 문학적 태도로 만드는 상상적 근거는 '그럴 수밖에 없는' 상황이다. 요점은 이청준에게 있어 바로 그 장애물이야말로, 또 그렇게 장애물 앞에서 망설일 수밖에 없고 그래서 어떤 선택과 결정도 할 수 없는 상황이야말로, 그 자체가 문학적 주체성의 구성을 가능하게 하는 조건이라는 점이다. 문학적 주체성이 존립하기 위해서는 선택과 결정은 반드시 끝없이 지연되어야 한다. 따라서 선택과 결단은 '할 수 없는' 것이 아니라 '하지 않는' 것이다. 왜냐하면 그러지 않으면 주체의 존립을 지탱하는 바로 그 토대가 무너져버릴 것이기 때문이다.[14]

Psychoanalysis: An Introduction, trans. Judith Filc, Other Press: New York, 2004, p.212 참조.
14 이것은 물론 전형적인 강박증자의 주체 구성 논리와 흡사한 것이다. 이에 대해서는 슬라보예 지젝, 「코기토와 성적 차이」, 슬라보예 지젝 외, 『성관계는 없다: 성적 차이에 관한 라캉주의적 탐구』, 김영찬 외 엮고 옮김, 도서출판 b, 2005, 186~188쪽 참조.

이청준 소설의 '미결정'이 갖는 의미는 이를 통해서도 사뭇 분명해진다. 그것은 바로 '그럴 수밖에 없는' 원인을 파고들어 성찰하기보다 그 앞에서 멈추어 선 무력하고 왜소한 주체의 무기력을 의미 있는 미학적 태도로 승화하는 것이다. 이청준의 격자소설은 이 미결정의 마력(spell of indecision)[15]으로 충만한 세계다.

이야기할 수 없음의 향유

앞서 밝힌 이청준 격자소설의 특징이 개인의 진실에 대한 옹호를 바탕으로 1960년대 한국의 근대를 마주하는 작가 자신의 특정한 인식과 태도가 그대로 투사된 것임은 말할 것도 없다. 그것은 내용과 형식, 인물과 주제 등을 포괄하는 강박신경증적 주체 형식으로 요약된다. 이때 해답 없는 의문의 주변을 맴돌며 에두르다 결론을 유보한 채로 끝나는 격자소설의 구조는 끊임없이 망설이고 주저하며 결정을 끝까지 미루어버리는 소설 속 인물들의 태도와 정확히 상응한다. 그리고 그런 강박신경증적 형식의 근원에는 강압적인 시대적 현실 앞에서 혼란과 무기력함에 노출된 지식인 주체의 곤경과 딜레마가 있다.

---

15 이것은 프랑코 모레티의 개념이다. 모레티는 이를 낭만적 아이러니의 특징으로 명명하지만, 그렇지 않더라도 이청준 소설의 특징은 어떤 측면에서 이러한 특징과 방불한 데가 있다. Franco Moretti, *Signs Taken for Wonders*, Verso, 1995, pp.240~248 참조.

이청준의 격자소설이 확정적인 해답을 얻을 수 없고 분명한 결론과 결정을 내릴 수 없는 주체의 상황을 주제화하는 것은 이런 사정에서 비롯된다. 그러나 이청준 소설의 강박신경증적 형식은 단지 강압적인 상황에 대한 수동적인 반응과 반영의 차원에만 머물지 않는다. 그것은 시대적 현실을 살아가는 주체의 자기활동의 전제를 그런 형태로 창안하고 그에 나름의 방식으로 대처하는 상징 행위(symbolic act)의 산물인 까닭이다.

이청준 격자소설의 강박신경증적 주체 형식은 그렇게 주체적인 선택과 결단을 유보하면서도 오히려 거꾸로 그 지연과 유보의 형식 자체에서 글쓰기의 의미와 가치를 발견하는 데서, 그럼으로써 이를 사회적인 요구나 당위와 대립하는 개인주의적 진실을 옹호하는 미학적 태도로 승화하는 데서 그 자신을 실현한다. 그런 맥락에서 작가가 보여주는 선택의 수동적인 유보와 망설임 또한 그 자체가 특정한 형태의 적극적인 선택이라고 하겠다. 그 선택은 안으로 움츠러드는 개인 내면의 가치를 방어하고 정당화하는 것과 관련되어 있다. 강박신경증이 흔히 그렇듯이 끊임없이 의심하고 점검하며 곱씹고 회의하는 것은 이 개인의 자기활동을 효과적으로 유지하고 실현하는 방법이다. 그리고 이것의 뒷면에는 그런 방식으로밖에 보존할 수 없다고 생각하는 내밀한 개인의 가치에 대한 특별한 강조가 자리한다는 것쯤은 어렵지 않게 짐작할 수 있다.

이청준의 격자소설은 그렇게 사회적 정치적 상황에 대한 책임의 요구를 하나같이 개인을 억압하는 부정적인 감시의 시선으로 환원하고 그로부터 고립된 개인의 내밀한 진실을 특권화한다. 이청준의 격자소설은 작가 자신의 말처럼 최종적인 판단을 열어놓는 '겸손한 자세'[16]를 보여주는 형식일 수도 있지만 다른 한편으론 견고한 자기중심적 주체의 형식이라고 할 수 있는 근본적인 이유도 바로 그곳에서 찾을 수 있다.[17] 이 개인 주체의 특권화와 자기주장이야말로 이청준 격자소설의 이면에 숨은 정치적 핵심이다.

---

16 이청준, 「책 속에 길 없다」, 앞의 책, 187쪽.
17 흥미롭게도 이 자기중심적 자아는 강박신경증의 전형적인 특징이기도 하다. 조엘 도르, 『프로이트 · 라캉 정신분석임상』, 홍준기 옮김, 아난케, 2005, 153~165쪽 참조.

6장

말할 수 없는 증상과 진실의 상상

말할 수 없는, 말로 하되

말로 표현할 수 없는

—T. S. 엘리엇, 「고양이 이름짓기」

「가수(假睡)」의 문제성

이청준은 4·19세대를 대표하는 작가다. 두 가지 측면에서 그렇다. 첫째, 이청준은 4·19세대의 경험과 세대의식을 의식적으로 자기세계의 준거로 삼았다. 소설에서 세대의식을 직접 표명하기보다 간접화된 방식으로 드러내던 김승옥, 박태순을 포함한 여타 동세대 작가들과 그는 그 점에서 구별된다. 요컨대 그는 자기 세대의 다른 작가들에 비해 소설을 통한 세대적 자기 표명에 가장 적극적이던 작가였다. 둘째, 이청준은 김주연이 '소시민의식'으로, 김현이 '반성적 의식'으로 이름 붙인 4·19세대 문학의 정신을 공유하면서도 한 걸음 더 나아가 형식의 차원에서 구현하는 방법론적 진전을 보여준 작가다. 그가 즐겨 사용한 격자소설의 형식이 바로 그렇다. 그것은 소설(가)의 존재 방식에 대한 자기성찰의 구조적 형식이었으며, 김현이 강조한 '반성적 의식'의 정확한 형식적 대응물이었다. 그렇게 그는 자신의 문학적 의식을 표출하는 데 방법론적으로 한층 자각적이었다.

이청준을 4·19세대의 대표주자라고 한다면 그것은 정확히 이런 이유에서다. 그의 소설은 실로 4·19세대 문학정신과 방법의 전형이었다. 4·19세대 비평의 대표주자였던 김현이 이청준 소설과의 대결을 통해 자신의 비평적 관점을 정립하고 세공했다는 사실[1]도 이와 무관하지 않다. 그렇게 그의 소설은 각기 다른 목소리로 다양하게 발화되던 4·19세대 문학'들'이 공유한 어떤 일반적인 특성을 대표적으로 보여주고 있었다.

그런 1960년대 이청준의 문학 세계를 대표하는 소설은 단연 「소문의 벽」(1971)이다. 비록 시기적으로 작품의 발표와 출간은 1970년대 초에 걸쳐 있으나, 「소문의 벽」은 등단작인 「퇴원」(1965)에서부터 내내 지속되었던 문제의식과 주제를 한곳에 수렴하고 집약한 1960년대 문학 세계의 최종 결정판이다. 인물들이 앓는 원인 모를 병리적 증

---

1 이에 대해서는 김윤식, 「소설·시·비평의 관련양상─김현의 경우」, 『한국현대소설비판』, 일지사, 1981, 254~259쪽 참조.

상, 지연과 망설임의 태도 등을 통해 암시되는 진술 불가능성이라는 주제의식, 이를 전달하는 격자소설의 구조적 형식, 그리고 억압적인 사회 속에서 소설(가)의 존재 방식에 대한 자기성찰 등이 대략 1960년대 이청준의 문학 세계를 특징짓는다면, 「소문의 벽」은 이를 한층 세련된 방식으로 다듬고 종합한 소설이기 때문이다.

그러나 1960년대 이청준의 문학 세계에 접근하기 위해 여기서는 「소문의 벽」을 새삼 다시 거론하진 않는다. 그보다는 조금 다른 우회로를 택한다. 그 우회로는 바로 중편 「가수(假睡)」(1969)다. 그런 우회로로 방향을 잡은 것은 「소문의 벽」에 대한 논의가 이미 다양한 각도에서 충분히 이루어졌기 때문이기도 하지만, 「가수」가 그 중요성에도 불구하고 상대적으로 논의의 중심에서 소외된 데 대한 고려 때문이다. 실제로 그간의 평론과 학술논문을 모두 돌아봐도, 「가수」에 대한 집중적인 논의는 의외로 찾아보기 쉽지 않다. 거론되더라도 대부분 상대적으로 곁다리로 배치돼 논지를 뒷받침하는 사례 정도로 취급되거나 단편적인 언급에 그치는 경우가 대부분이다.[2] 원인은 물론 여러 가지가 있을 테지만, 무엇보다 이청준의 다른 작품에 비해서 의미의 모호함이 상대적으로 더 크다는 것[3]도 중요한 원인의 하나일 수 있겠다.

---

2 당대의 비평 중 「가수」에 대한 비교적 집중적인 논의는 각각 김현과 이형기가 쓴 짧은 월평 정도를 꼽을 수 있다. 김현, 「「가수」의 문제점」, 『월간문학』, 1969년 9월호; 이형기, 「「가수」·「옹고집던」」, 『월간문학』, 1969년 9월호.

3 실제로 1960년대 이청준의 소설 전반을 살피면서 이보영은 이렇게 말한다. "그럼 「가수」는 무

그러나 「가수」는 「소문의 벽」과는 또 다른 견지에서 의미 있는 작품이다. 이청준 전체 소설의 지형 속에서도 그렇고, 문학적 성과에서도 그렇다. 우선 눈에 띄는 것은 이 소설이 진술 불가능성의 문제를 (가령 「소문의 벽」에서처럼) 억압적 사회의 상황 논리에 한정하기보다 본격적으로 언어의 보편적인 문제 혹은 인식론적 토픽의 차원에서 탐구한다는 점이다. 그와 관련해 이 소설이 사실/진실, 합리적 논리/공감 등의 이항대립을 중심으로 재현과 글쓰기의 문제를 초점화해 본격적인 추리소설의 형식에 담아낸다는 점도 주목된다. 이런 「가수」의 문제성을 중심에 놓고, 1960년대 이청준 소설의 문제의식과 그 의미를 차례로 짚어본다.

자기 진실, 혹은 증상

이청준의 소설을 이끌어가는 것은 대부분 명확한 해답 없이 꼬리를 무는 연속적인 질문이다. 이는 초기 대표작인 「병신과 머저리」(1966)에서부터 지속된 고유한 특징이다. 그리고 그 질문의 연속을 구조적으로 뒷받침해주는 것이 바로 격자소설 형식이다. 그의 격자

엇을 말하려 했는가? 다원적 해석을 불가피하게 만드는 그 구성 때문에 주제의 파악이 어렵긴 하다." 이보영, 「시원의 모색―이청준론」, 김병익·김현 엮음, 『이청준』, 은애, 1979, 85쪽.

형식의 소설에서, 격자 밖의 화자-주인공은 격자 안쪽 인물의 행위에 대해 모종의 의혹과 의문을 품는다. 그가 관심을 갖는 그 인물들의 행위는 대개 동기가 모호하거나, 비상식적이거나, 병리적이다. 의문을 추적하는 화자-주인공의 물음은 대략 이렇게 정리된다. '대체 그는 왜?'

화자-주인공은 그 질문에 대한 해답을 찾기 위해 이렇게 저렇게 노력하지만, 의혹은 풀리기는커녕 점점 증폭된다. 그리고 문제는 소설의 결말에 이르러서도 끝내 명확하게 해결되지 않는다. 처음 제기된 질문의 해답을 추적하던 주인공-화자는 추리를 통해 나름의 논리적 결론을 내리기도 하지만, 작가는 결코 그것을 확정적인 답으로 제시하지 않는다. 그리고 바로 이 해답 없는 질문의 연속이야말로 이청준 소설의 성격을 규정하는 중요한 구조적 형식이다.[4]

「가수」 또한 이 맥락에 있는 소설이다. 그렇다면 「가수」에서 던져지는 질문은 무엇인가? 「가수」에서 의문의 중심에 있는 것은 주영훈이라는 인물의 죽음이다. 기자인 유상균은 그의 동창인 한치윤 검사에게 열차 사고로 죽은 주영훈의 사건을 취재할 것을 권유받는다. 문제는 그 주영훈이 이미 일 년 전 같은 장소에서 같은 시간에 똑같은 형태로 죽은 인물이었다는 것. 즉 주영훈이라는 이름의 사내가 같

---

4 비슷한 맥락에서 이청준의 소설이 끊임없이 '왜'라는 질문을 하면서 그 질문에 대한 대답을 추구하는 양식을 띤다는 김치수의 지적도 이와 관련된다. 김치수, 「언어와 현실의 갈등」, 『박경리와 이청준』, 민음사, 1982, 94~98쪽 참조.

은 장소에서 일 년의 시차를 두고 두 번 죽었다는 것이다. 소설의 전개를 통해 밝혀지는 사실은 이렇다. 즉 일 년 전에 죽은 주영훈은 4·19시위가 있었을 당시 진짜 주영훈으로부터 이름을 빌려간 사내였고, 진짜 주영훈은 그 사내의 삶과 죽음의 흔적을 똑같이 되밟아가면서 결국 같은 방법으로 죽음을 택했다. 유상균은 일 년 전에 죽은 사내의 모든 것을 자기 것으로 만들려고 노력하면서 결국은 죽음과 그 죽음의 방식까지도 모방했던 주영훈의 그 이해할 수 없는 행위의 전말을 상상력을 동원해 기사로 작성한다. 그러나 그 기사는 사실의 전후관계에 대한 사실적인 판단과 논리적인 추리일 뿐, 정작 중요한 의문은 풀리지 않은 채로 남는다. 그 의문은 이런 것이다. "이해할 수가 없군요. 도대체 영훈이란 허 선생의 친구는 무엇 때문에 한 사내가 살고 간 흔적을 그렇게 열심히 자기 것으로 만들려고 했습니까? 죽음까지도 말입니다."[5]

그리고 그 의문은 더 중요한 또 하나의 의문과 연결되는데, 그것은 주영훈이 4·19시위 당시 처음 만난 낯선 사내에게 왜 자기 이름을 빌려주었는가 하는 의문이다. 주영훈의 죽음에 얽힌 의혹은 결국 오래전 그 행위의 이유가 밝혀져야 제대로 풀릴 수 있을 터다. 하지만 문제는 어느 누구도 그 이유를 명확히 알 도리가 없다는 데 있다. 그

---

5 이청준, 「가수(假睡)」, 『별을 보여드립니다』, 일지사, 1971, 354쪽. 아래에서 「가수」를 인용할 때는 쪽수만 적는다.

것은 단지 짐작과 추측의 대상으로만 남을 뿐이다. 그리고 주영훈의 친구인 소설가 허순의 추리에 따르면, 그 이유는 당사자인 주영훈 자신도 알 수 없었다. 자기가 이름을 빌려준 사내의 모든 것을(심지어 그의 죽음까지도) 뒤늦게 자기 것으로 만들려고 했던 주영훈의 행적은, 알 수 없는 그 자기 안의 이유를 알아내기 위해서였다는 것이 허순이 내린 추리의 결론이다.

"그러나 제 말씀은 그의 노력이 그 점에서보다는 어째서 그가 이름을 사내에게 빌려주게 되었던가 하는 그 자신의 이유를 알아내기 위해서라는 쪽이 더 컸으리라는 것입니다. (……) 그런 짓을 한 자기 행위가 후회스럽지 않은 것을 보면 아직도 그는 자신 속에 그 이유를 지니고 있는 게 분명한데, 그걸 집어낼 수가 없었겠지요. 제가 관심을 가지고 제 몫으로 만들고 싶었던 것은 바로 거기였습니다. 왜 그렇게 되었는가. 또 영훈은 그런 자기 이유를 찾아낼 수 있었을 것인가."(360쪽)

이에 따르면 주영훈의 행위는 결국 자기도 알 수 없는 자기 안의 이유를 찾아 헤매는 과정이었다는 것이다. 중요한 것은 당사자인 그조차 "그것을 생각해낼 수 없다는 것"이고, 그래서 뒤늦게 필사적으로 찾아 헤매야만 했다는 사실이다. 혹 자신이 안다고 생각했더라도, 그것은 언어로 표현할 수 없는 무엇이다. 이를 주영훈은 이미 생전에 허순에게 이렇게 털어놓았던 터다. "아냐 난 알고 있어. 내 속에 가지고 있거든. 그 이유를 스스로 납득할 말을 찾아내지 못할 뿐이야. 느끼고는 있어."(363쪽) 그러니 하물며 제3자가 알 리가 없다. 그 또한 다만 "느낄 수 있을 뿐"(359쪽)이다.

이때 자기 안에 있으나 스스로 알지 못하는 그것, 혹은 알고 있을진 모르나 상징화할 수 없는 그것, 이것은 이를테면 일종의 비지식(非知識, non-knowledge)이다. 그리고 소설의 결론에서도 그것이 무엇인지는 결코 확실한 언어로 밝혀지지 않는다. 다만 "외로움"이나 "피로감" 혹은 "죽음의 공포"(364쪽) 같은 모호하고 주관적인 언어를 통해서만 어렴풋이 짐작될 뿐이다.

이청준의 「가수」는 일차적으로 그 비지식을 상징화하려는 노력의 실패를 보여주는 소설이다. 당사자인 주영훈조차 '자기 이유'의 상징화에 실패하고, 제3자인 유상균과 허순은 말할 것도 없다. 주영훈은 죽음으로써 그 실패를 체현하고, 유상균과 허균은 진실의 실체를 알 수 없음을 인정함으로써 실패를 받아들인다. 이때 주영훈이 찾아 헤매던 '자기 이유'란, 달리 말하면 개인의 내밀한 진실이다. 작가가 저 실패를 통해 말하고자 하는 것은 일차적으로 바로 그 개인의 내밀한 진실이 갖는 비지식으로서의 지위다. 다시 말해, 진실은 알 수 없는 것이며 그래서 언어로 상징화할 수도 없는 어떤 것이다. 스스로도 알수 없고 상징화할 수도 없는 '나' 안의 비지식으로서 자기 진실. 이것은 다름 아닌 정신분석적 의미에서 '증상(symptom)'의 일차적 정의이기도 하다.[6] 다시 말해, 「가수」에서 이청준이 '자기 이유'라고 칭하

는 '나' 안의 진실이란 바로 증상과 방불한 것이다.[7]

이 소설이 추적하는 개인의 내밀한 진실이 일종의 증상과 같은 것이라는 사실은 다음을 보면 좀 더 분명해진다. 이에 따르면, 자기 진실은 '가수 상태' 속에서 활성화된다.

어떻게 생각하면, 영훈을 포함해서 이 시대를 살아가는 우리들 모두가 제각기 자기의 생에 대한 어떤 가수 상태를 경험하고 있는 건 아닐까요?

아, 그렇다고 저는 지금 그 가수 속의 생이라는 것을 매도해버리고 싶어진 것만은 물론 아니에요. 가수에 빠져서도 절대 실수는 하지 않는다고 하지 않습니까. 스스로 납득한 정확한 행위를 한다거든요. 다만 뒤에 가서 그것을 잘 생각해내지 못할 뿐이지요. 역설적으로 말해서 생의 가수 상태란 그러니까 그가 열심히 그리고 정직하게 그것을 살고 지키려고 했다는 말이 될 수도 있지요. 바로 영훈의 4·19가 그런 것이었다고 해도 상관없겠어요. 그로서는 가장 절실하고 순수한 생의 포즈나 동작으로서 말입니다. 어쨌든 영훈은 그때 그런 가수에 빠져 있었어요. 그리고 거기서 자

---

6 슬라보예 지젝, 『삐딱하게 보기』, 김소연·유재희 옮김, 시각과언어, 1995, 92쪽 참조.

7 김현은 이청준의 인물들이 보이는 불안 증세가 정신분석학적 의미에서 극심한 사회적 문화적 변동에서 기인한 징후(증상)라고 보는데, 한편으론 정확한 지적이다.(김현, 「장인의 고뇌」, 이청준, 『별을 보여드립니다』(해설), 일지사, 1971, 375~377쪽) 그러나 이청준의 소설에서 증상은 그런 부정적인 맥락에서만 해석될 수 있는 건 아니다. 오히려 거꾸로 이청준의 인물들이 보이는 증상은 그 자체가 자기 진실의 강력한 표현이며, 차라리 어떤 측면에서는 바로 그 주체를 지탱하는 주체의 진실 자체이기도 하다.

기의 이름을 준 거지요. 영훈이 자기 행위를 후회하지 않았다는 것도 그 점 때문이었을 것입니다. 하지만 가수 중의 일을 다시 기억해낼 수는 없었던 거지요. 그러다가 그는 나중에 다시 그 가수에 빠져버리고 말았어요. (……) 결국 그는 가수 속에서 자기의 이름을 주고, 가수 속에서 철길을 걸어가다, 끝내는 그 가수 속에서 생을 마쳐버린 거예요. 먼젓번 영훈의 경우도 비슷하게 생각하고 있습니다. 영훈의 죽음은 둘 다 가수 속에서밖에 설명될 수가 없어요. 거기서 무슨 일이 어떻게 되었는지는 느낌으로밖에 알 수가 없지요.(366~367쪽)

"자기의 생에 대한 어떤 가수 상태를 경험"한다는 것은 곧 부지불식간에 "스스로 납득한 정확한 행위"를 하면서도 자기 자신은 정작 그것을 의식화하지도 기억하지도 못함을 의미한다. 즉 가수 상태 속에서의 행위는, 내가 모르는 '나'의 행위다. 그럼에도 그 가수 상태란 "열심히 그리고 정직하게 그것을 살고 지키려고" 하는 역설적 의지의 표현이다. "가장 절실하고 순수한 생의 포즈나 동작"도 다름 아닌 그 가수 상태 속에서 나온다. 그렇게 가수 상태란 '나'가 모르는 '나'의 행위가 이루어지는 무의식적 상태다.[8] 가수 상태 속에서, '나'

---

8 일찍이 이태동은 '가수 상태'를 (전체적으로 작품에 대한 다소 자의적인 해석이 앞서 있긴 하나) 비슷한 맥락에서 무의식의 활동으로 설명했다. "가수 상태가 눈이 잠자는 것이라면, 그것은 내면적으로 의식은 잠자고 있고 무의식이 깨어 있는 상태라고 할 수 있다. 다시 말하면 가수 상태에서 의식적인 것은 정지 상태에 있지만 생명의 본질인 무의식은 외부의 압력을 받지

는 알지 못한다. 그럼에도 불구하고 절실하게 행한다. '나'가 모르는 '나'가 행위하는 곳에서(만) 활성화되는, '나'가 모르는 '나'의 진실. 그것을 일컫는 다른 이름이 바로 증상이다.

이청준에게 자기 진실이란 그런 것이다. 「가수」에서 주영훈이 빠져들었던 '가수 상태'란 그 증상으로서의 자기 진실에 가닿기 위한, 또 그것을 상징화하기 위한 (정신분석적 의미에서) 자기분석 작업과 흡사하다. 그리고 어떤 측면에서는 그 '가수 상태' 자체가 이미 또 하나의 증상이다. 증상으로서 가수 상태는 소설에서 주영훈이 그러했듯 '본래의 자기에게 가장 충실한 상태'[9]다. 그 자기에 대한 무의지적인 충실함은 달리 말하면 '자기 이유'를 찾으려는 주체가 스스로도 모르고 또 몰랐던 '나'의 진실을 활성화하기 위해 무의식적으로 선택하는 필사적인 자기 구원의 시도다.[10]

그런데 「가수」에서 작가의 관심은 이 증상으로서 자기 진실이 갖는 실체적 내용이 아니다. 외로움이나 피로감, 죽음의 공포 등의 정서적 상태가 그와 상관적으로 거론되긴 하지만, 이때 개인의 진실은 오히려

않고 움직이고 있다." 이태동, 「부조리 현상과 인간의식의 진화—이청준론」, 『부조리와 인간의식』, 문예출판사, 1981, 146쪽.

9 이형기, 앞의 글, 198쪽.

10 '자기 이유'에 집착하면서 스스로 가수 상태 속으로 빠져들었던 주영훈의 강박적인 행적은 이런 맥락에서 이해할 수 있다. 여기서 우리는 강박증자의 경우 그는 자신의 주체성을 구원하기 위해 증상을 조직한다는 사실을 떠올릴 필요가 있다. 드니즈 라쇼, 『강박증: 의무의 감옥』, 홍준기 옮김, 아난케, 2007, 46쪽 참조.

그 모든 것으로도 설명될 수 없고 환원되지도 않는, 알 수 없는 어떤 것으로 제시된다. 소설의 논리에 따르면, 그럼에도 불구하고 그 개인의 진실은 (주영훈의 행적이 보여주듯) 필사적으로 찾아 헤매야만 하는 어떤 것이고, 죽음으로 껴안을 수밖에 없는 절실한 어떤 것이다.

작가가 관심을 갖는 것은 바로 이 지점이다. 이청준의 「가수」에는 자기 진실과의 만남을 그토록 불가능하게 만드는 시대적 상황에 대한 암시가 배경에 깔려 있고 또 문제가 비롯된 지점으로서 4·19를 적시하긴 하나,[11] 그것이 소설에서 실제로 핵심적인 기능을 하진 않는다. 따라서 소설의 문제의식의 핵심은 거기에 있지 않다. 오히려 (앞에서 보았듯이) 이 소설은 주체의 진실을 되찾으려는 필사적인 노력의 실패를 통해, 또 그것을 언어로 재구성하려는 사후적 시도의 실패를 통해 역으로 그 진실이 갖는 고유하고도 특이한 존재론적 지위와 가치를 강조한다.

말할 수 없는 진실, 공감과 상상

「가수」의 서사는 주영훈의 죽음 뒤에 감추어진 비밀을 추적하는

---

11 김현은 「가수」에서 문제의 근원을 "4·19데모의 승리와 그 이후의 좌절에서 생긴 정신적 외상"으로 설명한다. 김현, 앞의 글, 376쪽.

구조로 되어 있다. 주영훈이 왜 자기가 이름을 빌려준 사내와 똑같은 장소에서 똑같은 방법으로 죽음을 택했는지, 그리고 그가 절실하게 찾아 헤매던 그 '자기 이유'가 대체 무엇이었는지가 비밀의 중심에 있다. 그래서 겉으로는 그 비밀을 밝히는 것이 서사의 최종 목적인 듯 보인다. 「가수」의 추리소설적 외형 또한 그런 인상을 뒷받침한다. 그러나 이 소설에서 중요한 것은 비밀의 실체가 아니다. 「가수」에서 유상균이 추적하는 주영훈의 비밀은, 그 서사적 기능과 의미의 측면에서 맥거핀(MacGuffin)과 흡사하다.[12] 즉 「가수」의 서사 구조 속에서 그 비밀이 갖는 의미는 오직 그것이 당사자에게, 그리고 그것을 추적하는 인물들(유상균과 허순)에게 여하튼 모종의 의미를 갖는다는 사실 바로 그 자체에 있다.[13]

그렇다면 그 의미란 무엇인가? 우선 유상균과 허순에게, 주영훈의 비밀은 알고 싶지만 알 수는 없는 그 무엇이다. 그들의 추리가 이르는 결론 또한 주영훈의 진실을 (심지어 당사자조차도) 명확히 알 수 없고 혹 알아도 "느낌으로밖에 알 수가 없다"는 사실이었다. 이를 통해 드러나는 「가수」의 진짜 포인트는 주영훈의 진실이 대체 무엇인가

---

12 맥거핀은 그 자체로는 아무런 실체적 의미가 없으나 서사 구조 속에서 실질적인 효과를 발휘하는 서사적 장치를 일컫는다. 히치콕 영화에서 맥거핀에 대해서는 프랑수아 트뤼포, 『히치콕과의 대화』, 곽한주·이채훈 옮김, 한나래, 1994, 167~170쪽 참조.

13 이것은 맥거핀이 갖는 자기반영적 성격과 무관하지 않다. 이에 대해서는 슬라보예 지젝, 『이데올로기라는 숭고한 대상』, 이수련 옮김, 인간사랑, 2002, 308쪽 참조.

가 아니라 그 진실을 우리는 알 수 있는가 혹은 확실한 언어로 말할 수 있는가 하는 문제다. 그런 측면에서 「가수」는 증상으로서 주체의 진실에 대한 문학적 재구성이 어떻게 (불)가능한 것인가를 묻는 소설이기도 하다.

이런 문제의식을 펼치기 위해 작가는 소설에서 주영훈의 진실을 추적하는 두 개의 시선을 제시한다. 하나는 실체적 사실에서 출발해 사건의 사실적 인과관계를 재구성하는 시선, 그리고 다른 하나는 '느낌'을 참조하는 상상적 재구성의 시선. 전자가 기자인 유상균의 시선이라면, 후자는 소설가인 허순의 시선이다. 설명적 언어에 대한 작가의 불신[14]을 고려해볼 때, 일차적으로 작가는 유상균보다는 허순의 추리를 지지하는 것으로 보인다. 이는 작가가 허순의 직업을 다름 아닌 소설가로 설정한 데서도 짐작할 수 있다. 이때 허순이 추리의 출발점으로 삼는 것은 바로 실체적 사실이 아니라 "외로움과 피곤기", "죽음의 두려움" 같은 개인의 심리적 진실이다. 모든 것은 "외로움"에서 비롯되었으며 주영훈의 행적이 결국은 "외로움으로 죽음을 포옹"(364쪽)한 것이라는 허순의 시각은, 사건의 사실적 인과관계보다 심리적 인과관계를 강조한다. 허순은 말한다.

"아직도 그는 자신 속에 그 이유를 지니고 있는 게 분명한데, 그걸 집어

---

14 이는 예컨대 『씌어지지 않은 자서전』과 「소문의 벽」 등의 소설들에서 분명하게 드러난다.

낼 수가 없었겠지요. 제가 관심을 가지고 제 몫으로 만들고 싶었던 것은 바로 거기였습니다. 왜 그렇게 되었는가. 또 영훈은 그런 자기 이유를 찾아낼 수 있었을 것인가. 그러니까 저는 잊어버리고 있는 자기의 이유를 다시 찾아 헤매는 영훈을 추적하여 그가 쫓고 있는 이유를 그를 통해 거꾸로 찾아내려고 했던 것입니다. 그리고 실상 전 그 이유에는 별 관심이 없었어요. 중요한 것은 그가 그것을 생각해낼 수 없다는 것과 그것을 다시 찾고 싶어 한 마음의 궤적이었습니다."(360쪽)

"모두가 제 상상입니다. 느낌이구요. 외로움이라든가 피로감이라고 하는 것들까지도 제가 만난 몇 가지 사실들에서 출발해서 제 관심 속에서 연장선을 그어본 것입니다. 그 위에서 느낀 것이지요. (……) 가수 속에서 절실하게 이루어진 자기 행동의 이유를 그는 현실에서나 새로운 가수 속에서 만날 수가 없었습니다. 하물며 제가 그것을 찾아낼 수는 없는 것이었겠지요. 외로움이라든가 피로감이라든가 죽음의 공포라는 것들도 실은 다 제 느낌일 뿐입니다. 심지어 영훈은 운평에서 그런 자기 이유를 찾아 헤매고 있었으리라는 것까지도 말이에요."(364~367쪽)

이에 따르면, 중요한 것은 행위의 객관적 원인이 아니라 그 행위의 이면에서 작동했던 "마음의 궤적"이다. 그리고 그것은 단지 느낌으로만 알 수 있을 뿐이고 그 느낌의 바탕 위에서 그저 상상할 수만 있을 뿐이다. 이러한 허순의 진술은 한편으로 개인의 내면과 행위에 접근하는 작가의 방법적 관점을 암시한다. 이때 "마음의 궤적"에 대한 "느낌"을 다른 말로 번역하면, 그것은 바로 '공감'이다. 외로움이나 피로감, 죽음에의 공포 등은 그 공감 속에서 산출되고 상상된 주영훈의 '이유'이며, 그런 측면에서 허순이 제시하는 '이유'는 객관적이 아닌 (상호) 주관적인 성격을 갖는다. 허순이 정작 주영훈의 행적을 야기한 "이유에는 별 관심이 없었"다고 말하는 것은, 말 그대로 그 이유에 관심이 없다기보다 오히려 저 공감의 바탕 위에서 '상상된 이유'가 어떤 면에서는 그보다 더 분명하고 정당한 것일 수 있음을 암시한다.[15]

여기서 드러나는 작가의 관점은 이렇다. 즉 말할 수 없는 개인의 진실(=증상)을 말할 수 있는 토대는 바로 그에 대한 공감과 이를 바탕으로 한 상상이다. 개인의 내밀한 진실은 그것을 상징화, 언어화하려는 모든 노력을 실패로 몰고간다. 그럼에도 불구하고 우리는 그 언어의 실패를 무릅쓰는 다양한 각도에서의 상상을 통해 그 진실에 점근선적(漸近線的)으로 가닿을 수는 있다. 그리고 어쩌면 그것이야말

---

15 이와 유사한 관점은 「소문의 벽」에서도 나타난다. 예컨대 다음 대목. "그런 식으로 말한다면 박준의 일에 공공연히 넋을 잃고 뛰어다니는 나 자신부터 먼저 이유가 있어야 한다. 하지만 나에게도 이유가 없다. 도대체 이런 일에 이유 같은 건 필요가 없는 것인지도 모른다. 굳이 어떤 이유를 생각해내고 싶어 한다는 게 오히려 우스운 노릇 같다./어떤 절실한 예감 같은 것을 지닐 수 있을 뿐이다. 다만 그런 예감뿐이다. 하지만 그런 예감이야말로 우리의 이해 속에서는 어떤 구체적인 설명보다 더욱 명확하고 정당한 이유가 될 수 있을 것 같다. 도대체 이유 같은 건 있어도 좋고 없어도 좋은 것이다."(이청준, 『소문의 벽』, 민음사, 1972, 342쪽)

로 진실을 드러내는 유일한 길일지도 모른다. 이청준이 「가수」에서 말하는 핵심 중 하나는 상징화할 수 없는 비지식으로서 증상/개인의 진실에 문학적으로 접근하는 바로 저 공감의 방법론이다.

그렇게 작가는 「가수」에서 누구도 알 수 없는, 그래서 언어로 표현하거나 설명할 수도 없는 개인의 진실에 근사하게나마 가닿는 것을 가능케 하는 건 사실의 언어가 아닌 공감의 언어임을 암시한다. 알 수 없는 내밀한 개인의 진실은 제3자는 물론 당사자조차도 명확한 언어로 말하기 불가능한 것이지만, 그럼에도 불구하고 어떤 방식으로든 말해져야 한다. 그리고 알 수 없는 그 진실 위에 '나'의 느낌을 교차시키며 포개놓는 느낌의 공유와 공감의 시선이야말로 저 진술의 불가능을 거슬러 진실을 드러내고 말할 수 있는 유일한 방법일 수 있다는 것. 이청준이 암시하는 것은 바로 이것이다.

이 지점에서 우리는 1960년대 이청준의 소설들을 관통한 핵심 테마가 다름 아닌 진술 불가능성의 문제였음을 상기할 필요가 있다. 진술 불가능의 원인은 다양한 각도에서 진단된다. 즉 작가는 그 원인을 세대경험과 세대의식(「병신과 머저리」『씌어지지 않은 자서전』)이 아니면 근대를 살아가는 소설가의 곤경(「줄」「매잡이」)에서 찾기도 하고, 다른 한편 진실을 정직하게 말하지 못하게 하는 외부적 환경(『조율사』『씌어지지 않은 자서전』)에서 찾기도 한다. 하지만 「가수」는 그 진술 불가능의 문제가 단지 외부의 강압이나 상황의 압력에서만 기인하는 게 아니라 그 이전에 먼저 자기 진실의 불가피한 속성에서 비롯되는 것임을 표나게 부각한다.

1960년대 이청준의 소설은 자기 진실의 정직한 진술을 불가능하게 하는 외부의 상황적 요인을 주로 문제삼았다. 1969년 '선고유예'라는 제목으로 연재된 『씌어지지 않은 자서전』이 대표적이며 이는 그 뒤에 발표된 「소문의 벽」의 핵심 문제의식이기도 하다. 이 소설들에 등장하는 '전짓불의 공포'나 심문관 모티프, 그리고 '소문의 벽'이라는 상징이 이를 뒷받침한다. 「가수」는 그러한 진술 불가능의 문제에 대한 강조점을 외부의 상황적 요인에 대한 환기나 비판보다는 오히려 진실의 문학적 표현 혹은 재현의 문제 자체로 옮겨놓는다.

단적으로 작가가 제기하는 물음은 이런 것이다. 우리는 진실의 실체 혹은 사건 자체의 모습을 알 수 있는가? 진실을 있는 그대로 보여주는 데 실패할 수밖에 없는 언어는 역으로 어떻게 진실에 도달할 수 있는가? 「가수」는 이 물음의 제기인 동시에 그에 대한 소설적 답변이다. 이는 다음 진술에서 분명하게 드러난다. 좀 길지만 인용한다.

"우리들은 한 사람이 사건의 전체를 정당하게 볼 수는 없으니까요. 사람에 따라 한 사건이 자기 쪽을 향하고 있는 부분만 보게 된다는 말입니다. 관찰자의 관심의 종류가 그 방향을 결정할 게 아니겠습니까? 하지만 사실 자체의 모습은 그런 한정된 시선의 저쪽 너머에 있는 것인지도 모르지요. 우리는 각자의 관심을 따라 한쪽에서 사건에 접근해갑니다. 그리고 어느 점에 도달합니다. 그러나 사건의 진짜 모습은 그렇게 여러 방향에서 접근해오다 사건의 한 면의 사실과 만난 점에서 다시 상상력을 따라 그어진 여러 연장선들이 만난 지점의 근처에 있을 거란 말입니다. 그래서……"

"하지만 그런 논리로는 사건의 실제 모습을 아무도 볼 수 없다는 게 되지 않습니까?"

"그렇지요. 아무도 그것을 볼 수는 없습니다. 다만 느낄 수 있을 뿐입니다. (……) 그러나 유 선생은 어디까지나 자신의 연장선 위에 있을 뿐이었지요. 실체와 만나서 사건에 대해 갖고 계신 의문의 해답을 얻어내지는 못했습니다. 그 연장선 위에 있으면서 다른 사람이 그어올 수 있는 보이지 않는 연장선과 만나는 그 가상의 지점 근처에서 유 선생은 뭔가 느낄 수 있을 뿐이었습니다."

"하지만 전 그 느낌마저도 확실하지 않았습니다."

"누구나 확실할 수는 없지요. 더욱이 유 선생의 경우는 다른 사람이 그어올 수 있는 연장선에 관심을 갖지 않았기 때문입니다. 한 검사나 기관사 최씨, 그리고 운평의 그 여자라든가 저까지 포함한 모든 사람들이 그어 들어가고 있었던…… 이 사람들도 모두가 어느 한 곳에서 주영훈이란 사람의 죽음과 그 죽음이 설명되는 사실들과 만났습니다. 그러나 이들은 그것으로 주영훈과 그 죽음을 다 알지는 못합니다. 그래서 자기들의 상상력을 따라 연장선을 그어가지요. 영훈의 죽음은 그 가상의 교차점 근처에 있을 것입니다. 우리는 그것을 느낄 수 있을 뿐이지요."(358~359쪽)

아무도 전체를 볼 수 없고 단지 사실의 한쪽만을 보게 된다는 것, 그리고 사실 자체의 모습은 그런 상대적 시선의 저쪽 너머에 있다는 얘기다. 어찌 보면 이런 진술은 한편으로 인식의 상대주의를 연상시키기도 한다. 그러나 여기서 중요한 것은 그보다는 오히려 다른 데 있다. 요점은 사건의 진실은 다양한 시선들이 각자의 관점으로 그려가는 상상력의 연장선들이 교차하는 그 어느 지점에 있다는 인식이다.

이는 진실이 어떤 실정적인 실체가 아니라 개별적인 시선들의 만남과 교차 속에서 형성되는 구성적인 것임을 암시한다. 진실은 확정적으로 말할 수 있는 이미 주어진 어떤 것이 아니라 다양한 시선들의 상호주관적 네트워크 속에서 상상적으로 구성되는 불확정적인 것이라는 얘기다. 이처럼 문학이 포착하는 진실이란 허구적 상상들의 상호 협력을 통해서만 도달할 수 있는, 아니 차라리 구성할 수 있는 어떤 것이라는 사실, 바로 그것이 이청준이 「가수」에서 이른 결론이다.

진실은 어떻게 말할 수 있는가

이청준의 「가수」는 그의 초기 소설에서 미처 제기하지 않은, 혹은 산발적으로 암시해온 이러한 문학적 진실의 논리를 비교적 체계적으로 집약해 펼친다.[16] 그리고 흥미로운 것은 「가수」의 서사 구조 자체가 그런 논리를 직접 수행적으로 실연(實演)한다는 사실이다. 이는

'사실적 인과'를 추적하는 기자 유상균의 추리를 중심에 놓고 '심리적 인과'를 중시하는 소설가 허순의 추리가 전자의 공백을 보완하는 식의 서사 전개방식에서, 그리고 주영훈의 행적에 대한 다양한 인물들의 진술이 그 추리들을 곁에서 뒷받침하는 구성 방식에서 드러난다. 이는 또 다른 한편 유상균과 주영훈의 대화를 통해 사건의 진실을 재구성해가는 과정을 그 자체로 보여주는 데서도 분명해지는 바다. 작가는 그렇게 다양한 인물들이 그들의 위치에서 "자기들의 상상력을 따라 연장선을 그어"가는 모습 자체를 소설 속에서 그대로 실연하면서 무대화한다. 이청준 소설의 특징을 "소설과 소설론의 동시적인 실천"[17]이라고 할 수 있다면, 「가수」는 소설의 서사 구조 자체가 그것의 수행적 실천임을 보여주는 대표적인 사례라고 할 수 있겠다.

「가수」가 이른 잠정적인 결론에 따르면 진실은 확정적인 언어로 말할 수 없고 상징화될 수도 없다. 오히려 그것은 공감을 통해, 그리고 작가와 독자를 포함한 다양한 허구적 상상들의 상호 주관적인 협력을 통해 구성할 수 있다. 물론 이런 인식은 비단 「가수」만의 것은 아니다. 이 이전에 이청준의 다른 소설들에서, 화자-주인공들이 '말할 수 없음'을 끊임없이 말한다는 것 자체가 이미 그 '말할 수 없음'의 조건을 무릅쓰고자 하는 진술의 욕망을 드러내는 것이며, 어찌 됐든 그 안

---

16 물론 작가는 그 이전에 중편 「꽃과 소리」(『세대』, 1969년 7월호)에서 이와 방불한 논리를 펼치고 있긴 하나, 이 작품의 경우 문학적 형상화보다는 일방적인 논설이 두드러진다.

17 천이두, 「계승과 반역」, 『문학과지성』, 1971년 겨울호, 882쪽.

에는 문학이 진실에 어떻게 접근할 수 있고 또 그것이 어떻게 말해질 수 있는가에 대한 문제의식이 이미 함축되어 있기 때문이다.

그러나 「가수」는 그 진술 불가능 속에서의 진실의 드러냄 혹은 발화의 역설적 가능성에 대한 인식을 더욱 적극적으로 양각화(陽刻化)한다. 가령 『씌어지지 않은 자서전』과 「소문의 벽」 같은 경우 진술 불가능성이라는 테마가 진술을 불가능하게 하는 외부의 조건을 부각하는 가운데 제시되었다면, 「가수」는 방향과 강조점을 달리한다. 「가수」에서 이청준은 그 불가능을 무릅쓰면서 이루어지는 공감의 방법론을 적극적으로 제시함으로써, 불가능성 속에서 이루어지는 진실의 구성과 상상을 문학의 보편적인 가능성으로 표나게 부각한다.

「가수」는 진술 불가능성이라는 1960년대 이청준 소설의 핵심 테마에 그렇게 상황적 특수성을 넘어서는 철학적인 보편성을 부여하면서 1970년대와 1980년대로 이어지는 이후의 소설에서 문학과 진실의 관계를 더욱 깊이 천착하는 데 다리를 놓는 작품이다. 이것이 이청준 소설의 지형 속에서 「가수」가 갖는 의미다.

3부

거룩한
속물들

1장
분열하는 속물들, 사건의 기억

내꿈을 支配하는 者는내가아니다

—이상, 「오감도 시제15호」

그토록 이질적인

익히 알다시피 박태순은 『산문시대』와 『68문학』을 거쳐 이후 『문학과지성』으로 이어지는 이른바 '새시대 문학'의 일원으로 출발한 작가다.[1] 그는 김승옥, 이청준과 함께 "4·19세대의 순종 삼총사"[2]로 불

---

1 여기서 다루는 박태순의 소설은 1964년 『사상계』 신인문학상 가작 입선작인 「공알앙당」부터 1969~70년 「낮에 나온 반달」에 이르는 1960년대 발표작이다. 그중 소설집 『무너진 극장』(정음사, 1972)과 『낮에 나온 반달/정처』(삼성출판사, 1972)에 실린 소설들 외에 거기 묶이지 않은 소설은 다음과 같다. 예외적으로 「무너진 극장」은 개작 전의 잡지 게재본을 대상으로 한다. 「공알앙당」, 『사상계』, 1964년 12월호; 「형성」, 『세대』, 1966년 6월호; 「무너진 극장」, 『월간중앙』, 1968년 8월호; 「변명」, 『사상계』, 1968년 12월호; 「외도」, 『월간중앙』, 1969년 7월호.

릴 만큼 이들과 문학적 관점을 공유했으며, 초기 소설의 내성적 경향 역시 이와 같은 흐름 속에 있었다. 그래서 김현을 비롯한 4·19세대 비평가들이 개인의식의 확립 혹은 개인의 발견이라는 명제를 강조할 때, 그의 소설은 김승옥, 이청준의 소설과 나란히 그것을 뒷받침하는 중요한 사례로 꼽혔다. 4·19세대 비평가들이 박태순의 소설에서 포착한 "자기 존재의 확인",[3] "언어의 중시와 개인에의 인식",[4] "자유주의적이고 개인주의적인 관점"[5] 등이 모두 그런 맥락 속에 있었다. "김승옥에게서 발단하였다고 보는 것이 옳은 인물의 개성화 문제는 박태순과의 서로 다른 접근에 의해 한결 뚜렷한 부축을 받는다"고 한 김주연의 지적[6]도 마찬가지다.

그럼에도 불구하고 박태순의 소설에 대한 4·19세대 비평가들의 평가는 김승옥이나 이청준의 소설에 비하면 상대적으로 그리 적극적이진 않았다. 그의 소설이 보여주는 이질성에 아마도 가장 큰 이유가 있었을 것이다. 무엇이 이질적인가?

무엇보다 외견상 박태순의 소설은 가령 김승옥이나 이청준 등의

아래에서 이 소설들을 인용할 때는 작품명과 쪽수만 적는다.

2 김윤식, 「'무너진 극장'에서 '밤길의…' 까지」, 『문학사상』, 1988년 5월호, 363쪽.

3 김치수, 「60년대 작가에 대한 별견」, 『한국소설의 공간』, 열화당, 1976, 66쪽.

4 김병익, 「60년대 문학의 가능성」, 김병익·김주연·김치수·김현, 『현대한국문학의 이론』, 민음사, 1972, 267쪽.

5 김현, 「방황과 야성」, 『사회와 윤리』, 일지사, 1972, 286쪽.

6 김주연, 「새시대 문학의 성립—인식의 출발로서 60년대」, 『아세아』, 1969년 2월호, 257쪽.

소설이 보여주는 형식적 조화와 완결성을 결여하고 있었다. 박태순 소설의 구조가 "미완이며 혼란"이고 그래서 "모파상적인 의미에서 소설의 기본 구조와 무관"[7]하다는 김현의 말이 이를 적시한다. 오생근 또한 마찬가지로 인물과 상황의 묘사가 입체적이지 않고 주제를 너무 선명하게 노출하는 등 "예술적인 짜임새가 부족"하다는 것을 박태순 소설의 무시할 수 없는 결함으로 꼽는다.[8] 이들의 지적처럼 박태순 소설의 특징은 고전적인 형식미와는 거리가 먼 미완과 혼란, 무질서로 특징지을 수 있다. 그에 더해 형상화되지 않은 관념의 돌출적인 나열과 질서 없이 쏟아지는 요설(饒舌)도 박태순의 소설을 퍽 이질적인 것으로 만드는 요인이었을 것이다. 왜 이질적인가?

그것은 박태순 소설의 그런 특징이 언어와 형식을 남달리 강조했던 4·19세대 비평가들의 미학적 세계관과는 매끄럽게 어울리지 않는 거칠고도 생경한 것이었기 때문이다. 물론 김현은 박태순 소설의 미완과 혼란이 그가 그리는 대도시 서울의 유동적인 성격에서 기인하는 것이라고 이해하는 한편, 김병익 또한 (시간이 많이 흐른 후에) 그 "형식의 미완성"을 "작가의 세계를 바라보는 방법론적 관점이며 그것을 표현하는 방법론 그 자체일 수 있다"[9]고 끌어안는다. 그럼에

---

7 김현, 앞의 글, 282쪽.

8 오생근, 「젊음과 현실—박태순론」, 『형성』, 1969년 여름호, 158쪽.

9 김병익, 「60년대 의식의 편차」, 『문학과지성』, 1974년 봄호, 173쪽. 4·19세대 비평가들 중에서 박태순의 소설에 대해 지속적으로 가장 호의적이고 적극적인 평가를 한 비평가는 김병익이

도 불구하고 당시 언어의 세련과 미적 형식을 중시하는 비평적 스탠스를 구축하고 펼쳐왔던 4·19세대 비평가들의 입장에서, 거칠고 생경한 무질서와 혼란으로 가득한 박태순의 소설을 그들의 미학적 프레임 안에서 적극적으로 평가하고 정당화하기에는 아무래도 한계가 있을 수밖에 없었다. 박태순의 소설은 끊임없이 그들의 프레임에서 튕겨나가는 낯설고도 이질적인 존재였다.

박태순의 소설이 적극적인 비평적 평가에서 소외되어왔던 것은 대략 이런 사정에서 기인한다. 뿐만이 아니다. 그의 소설이 김승옥, 이청준 등 4·19세대의 소설들과 궤를 같이하면서도 뚜렷이 구별되는 또 하나의 지점이 있다. 그것은 바로 '소시민' 혹은 '소시민의식'과 관련된 것이다.

박태순의 초기 소설이 보여주는 면면은 1960년대 후반 4·19세대 비평가들이 새세대 문학의 가치로 강조했던 '소시민의식'의 한 범례로 내세워졌다. 예컨대 오생근은 박태순을 다른 '60년대 작가'들과 한데 묶어 그들 소설의 의미를 "소시민의식의 자각"[10]에서 찾았다. 김주연 또한 비슷한 맥락에서 박태순의 소설이 "현실의 전면 수락"을 통해 현실을 정직하게 파악하는 "건강한 소시민의식"[11]을 보여준

다. 그에 따르면 박태순은 상황에 대한 탐구에 집요하게 천착하는 지적 세련, 야성(野性)과 강인성을 보여주는 작가다.

10 오생근, 앞의 글, 153쪽.
11 김주연, 앞의 글, 258쪽.

다고 지적한다. 또한 김치수가 소시민의식이 소시민근성과 구별되는 "반(反)속물근성"임을 주장하며 "일상적 자아로 돌아온 이들('60년대 작가'들—인용자)의 문학은 역사나 현실이라는 거대한 힘 앞에서 개인이 얼마나 무기력하고 왜소하다는 것을 인식하게"[12] 한다고 했을 때, 여기에 박태순의 소설이 예외일 리 없었다.

이때 이들이 강조하는 소시민의식은 김현의 정리에 따르면 "자기 자신의 왜소함을 인정"하면서도 "상황 혹은 현실에 대한 자기 관련성을 확인하는 태도"[13]를 의미한다. 다시 말해 소시민의식이란 자신이 처해 있는 상황을 있는 그대로 받아들이면서 자신이 왜소한 소시민일 수밖에 없음을 자각하는 반성적 자기 확인의 의식을 일컫는다. 1960년대 박태순의 소설은 과연 그런 의미에서 일면 소시민의식의 전형적인 문학적 실천이라 할 수 있었다. 대도시 서울을 살아가는 소시민적 일상의 세태와 풍속에 대한 스케치를 배경으로 소시민이 놓여 있는 상황과 의식에 대한 집중적인 탐구가 일관되게 펼쳐지는 것이 박태순 소설의 대략적인 특징이기 때문이다.

그러나 흥미롭게도 동시에 바로 이 점이야말로 박태순의 소설이 동세대 작가와 비평가 들의 일반적인 경향과 갈라지는 결정적인 지점

---

12 김치수, 「60년대 한국소설의 성과—반속주의(反俗主義)로서의 소시민의식」, 『형성』, 1969년 여름호, 139쪽.

13 김현, 「오히려 그의 문학작품을—서기원씨의 '대변인들이 준 약간의 실망'의 실망」, 『서울신문』, 1969년 5월 29일.

이다. 4·19세대 비평가들이 강조하는 소시민의식의 자각에는 주어진 '현실의 전면 수락'(김주연)이라는 태도가 전제된다. 그러나 박태순의 소설은 그런 순응적인 자기 확인의 차원에 머물지 않는다. 무엇보다 그의 소설에는 소시민적 삶과 의식을 직접적으로 겨냥한 야유와 분노, 비하와 조롱, 적나라한 비판과 자기비판이 가득하다.[14] 그의 소설은 소시민성 그 자체를 주제화하면서 이를 양산하는 한국적 상황에 대한 지적인 분석과 비판을 펼쳐놓는다. 그렇게 그의 소설은 처음부터 소시민적 '나'에서 벗어나고자 하는 충동에 들려 있었고, 한국적 현실의 실상을 파헤치려는 집요한 분석정신에 이끌리고 있었다.[15]

박태순은 1960년대에 쓴 자신의 소설이 "내성적인 편향"[16]에 지나

---

14 그처럼 박태순 소설의 중심에 있는 것이 소시민에 대한 (자기)비판임에도 불구하고 정작 이에 초점을 맞춘 논의가 거의 없는 것은 의외나. 예외적으로 김진기, 「박태순 초기 소실의 주체화 과정 연구」, 우리어문학회, 『우리어문연구』 66, 2020. 김진기는 1960년대 박태순의 소시민 비판이 공적 자유를 추구하는 근대적 개인으로서 '시민'에의 지향성을 내재한 것이었다고 주장하는데, 작품의 실상은 이와 좀 다르다.

15 1970년대를 전후해 하층민의 변두리 삶과 노동의 현장으로 발길을 옮기는 박태순의 문학적 전환의 근거는 바로 이 지점에 있다. 즉 그 전환은 단절이 아닌 초기 소설에서 보이는 이러한 면모의 연장이자 확산이다. 다른 한편으로 관점은 다르지만 동세대 작가들과 차별되는 박태순의 고유한 자기세계의 특징과 문학적 전환의 근거를 유동성과 이동성으로 특징지어지는 그의 대도시 체험에서 찾을 수도 있을 것이다. 박태순의 대도시 체험에 대한 재현을 중심으로 그간 저평가되었던 초기 소설의 의의와 문학적 전환의 근거를 밝힌 소상하고도 의미 있는 논의로는 다음을 참고할 수 있다. 오창은, 「한국 도시소설 연구」, 중앙대 박사논문, 2005; 조현일, 「대도시와 군중―박태순의 60년대 소설을 중심으로」, 한국현대문학회, 『한국현대문학연구』 22, 2007; 백지연, 「1960년대 한국소설에 나타난 도시공간과 주체의 관련 양상 연구: 김승옥과 박태순의 소설을 중심으로」, 경희대 박사논문, 2008; 이수형, 「박태순 소설에 나타난 이동성의 의미」, 민족문학사학회, 『민족문학사연구』 38, 2008.

치게 기울어진 정돈되지 않은 문학이라 생각했던 듯하다. 그래서 그는 이 시기의 소설들을 "자기중심적일 수밖에 없었던 한 시절"에 쓴 "대학졸업생의 문학"[17]에 불과하다고 스스로 폄하했다. 박태순의 소설이 "처음에는 내성적인 경향에서 출발"하지만 "70년을 앞뒤로 현실 비판적인 외향성을 지향"[18]하게 된다는 평단의 일반적인 평가 또한 기본적으로 초기의 소설들에 대한 저평가를 바탕에 깔고 있었다. 그의 초기 소설이 "먹고사는 현실의 문제와는 거리가 먼 젊은 애들의 퇴폐적 내지 악동적인 세계"를 주로 다룬 "대학졸업생의 문학의 냄새가 짙은 것"[19]이라는 백낙청의 평가 또한 다르지 않다. 그리고 이는 초기 소설들에 대한 작가 자신의 저러한 언급들에 의해 더없이 자명한 것으로 승인되었던 것으로 보인다.

물론 1960년대 박태순의 소설들은 작가 자신의 자평처럼 문청(文靑)의 치기와 채 무르익지 않은 관념적인 언어가 생경하게 돌출되는 등 무시 못할 결함이 있는 것도 사실이다. 그래선지 작가는 일찍이 이 세계에서 "달아나려고 한다"[20]고 선언했다. 하지만 우리는 작가의 말보다는 그의 소설을 믿어야 한다. 이 시기 박태순의 소설은

---

16 박태순, 「후기」, 『무너진 극장』, 정음사, 1972, 371쪽.
17 박태순, 「후기」, 『정든 땅 언덕 위』, 민음사, 1973, 393쪽과 398쪽.
18 김병걸, 「외촌동 사람들 이야기」, 『현대문학』, 1980년 3월호, 303쪽.
19 백낙청, 「변두리 현실의 문학적 탐구」, 『민족문학과 세계문학』, 창작과비평사, 1978, 266쪽.
20 박태순, 앞의 글, 371쪽.

저 결함을 안은 채로 1960년대 중후반 소시민적 일상에 함몰된 4·19 세대의 자의식과 혼란, 그리고 그런 한국적 현실의 세태와 자기 자신을 아울러 겨냥하는 비판의 의지로 넘치고 있었다. 박태순 소설이 보여주는 혼란과 무질서는 그 흘러넘치는 의지의 형식적 분출이었으며 어떻게 보면 앞서 말한 저 결함까지도 일면 그것의 일부였다고도 할 수 있을 정도다. 고전적인 형식미와 정제된 이념을 중시하는 기존의 미학적 프레임이 이러한 박태순 소설의 실상과 의미를 온전히 해명할 수 없었던 것은 어찌 보면 당연하다. 박태순 초기 소설의 다시 읽기는 바로 이 지점의 문제의식에서 시작한다.

1960년대의 슬픔, 자각한 속물의 풍경

박태순 초기 소설의 배면에 있는 것은 국가 주도의 성장과 개발의 논리가 대중의 일상과 집단의식을 장악해가던 1960년대 중후반을 전후한 한국적 상황[21]이다. 이 시기는 경제 성장의 결과가 뚜렷하게 가시화되는 데 힘입어 중산층 논의가 활성화되고 그에 따라 '성공'과

---

21 이에 대한 상세한 논의는 김예림, 「1960년대 개발 내셔널리즘과 중산층 가정 판타지의 문화정치학」(한국문학연구학회, 『현대문학의 연구』 32, 2007)과 권보드래, 「1960년대 '중산(中産)'의 사회·문화적 형성과 문학」(포항공과대학교 융합문화연구원, 『문명과 경계』, 2021) 참조.

'출세'의 욕망으로 내면화되는 경제 제일주의의 논리가 대중적으로 확산되던 시기였다. 박태순은 이런 시대적 상황의 표지를 소설 속에 의식적으로 새겨 넣는다. 예컨대 「형성」에서 '나'는 말한다. "나는 시청 건물 밑의 포도를 걸어갔다. '수출, 증산, 건설'이라고 써 붙인 현판이 눈에 띄었다."(「형성」, 373쪽) 「낮에 나온 반달」의 구자석이 서울에 올라오자마자 보는 것도 "금년도인 1969년도 수출 목표액과 현재의 수출 실적을 나타내는 숫자"인 "7억 불"과 "5억 3천 불"(「낮에 나온 반달」, 11쪽)이라는 형광판 글씨였다.

박태순은 1960년대의 경제 제일주의가 장악한 시대의 표지를 그처럼 무심한 척 노출하고 지나가기도 하지만, 인물들의 입을 통해서도 반복적으로 환기한다. 그에 따르면 그들이 살아가는 세계는 "경제 성장을 이룩해놓았다고 주장하는 관리들의 어조에 형성되어 있는 세계"(「동사자」, 64쪽)이며, "경제 개발이 당위론적으로 국가 시책의 중요한 과제로 등장"하고 "부(富)에 대한 의식 조작(操作)"(「외도」, 369쪽)이 이루어지고 있는 세계다. 뿐만이 아니다. 한국의 경제가 성장을 통해 후진국을 벗어나 '이륙(take off)'의 단계에 접어들었다고 했던 당시의 경제 담론은 「이륙」이라는 소설에서 문제화되고, 「삼두마차」에서도 인물의 입을 통해 노골적으로 언급된다. "외국의 저명한 경제학자들도 우리나라 경제는 이륙 단계에 접어들었다고 말해줍니다."(295쪽)

박태순의 소설은 이처럼 5·16 이후 근대화 프로젝트에 의해 확산된 성장과 개발의 논리에 포섭된 일상의 풍경을 예민하게 포착한다. 그에 따르면 1960년대 한국의 젊은이들은 그러한 현실에 순응하는 옹색한 일상의 질서 속에 갇혀 있다. 현실은 "수많은 젊은이들을 낚아채어서" "감옥소"(「낮에 나온 반달」, 66쪽) 같은 빌딩 속에 감금시키고 있고, 그들은 거기에서 "수없는 확대재생품"(「생각의 시체」, 25쪽)의 하나일 뿐이다. "말끔한 양복에 넥타이를 매고 시내를 배회"(「당나귀는 언제 우는가」—이하 「당나귀」, 244쪽)하는 그들은, "고양이의 생리와도 같은 달착지근한 정확성 안정감"(「변명」, 326쪽)에 젖어 있다. 박태순에 따르면 그들은 "모두가 그렇게 소시민으로서 만족하고" (「공알앙당」, 329쪽) 살아간다.

박태순이 포착한 1960년대는 그런 소시민의 세계이자 "평범한 속물"(「당나귀」, 246쪽)의 세계다. 젊음은 "1960년대의 속물주의"(「당나귀」, 244쪽)에 붙들려 있다. 이것이 박태순이 포착한 1960년대 젊음의 풍경이다. 박태순의 소설은 이렇게 5·16 이후 현실의 논리에 굴복하고 기성 질서에 편입되어 소시민적 안정이라는 함정 속으로 자발적으로 걸어들어갔던 4·19세대의 젊음의 운명을 곳곳에서 부각한다. 그리고 박태순은 그들을 지배하는 의식의 본질을 소시민성 혹은 속물근성으로 요약한다.

1960년대의 한국사회를 휩쓴 경제 제일주의 생존경쟁의 와중에, 소시민적 삶은 이제 거부하기 힘든 것이 되어버렸다. 박태순의 대부분의 인물들은 그런 현실에 순응하고 그렇게 기성 질서에 포섭되어버린 자신의 소시민적 처지를 민감하게 자각하는 인물이다. 그들은 한편으론 대세에 편승해 안정된 생활에 안주하길 바라면서도 다른 한편으론 그런 자신의 생각이 옹졸한 소시민의식 혹은 속물근성의 발로일 수밖에 없음을 알고 있다. 그들은 자신이 "비겁한 소시민 근성에 사로잡혀 있는 인간"(「이륙」, 129쪽)임을 수시로 환기하고 자각한다. 그들은 그렇게 자기분열을 앓는다.

그들이 앓고 있는 복잡다단한 감정들의 원천도 다름 아닌 바로 저 자기분열의 증상이다. 슬픔, 분노, 상실감, 피로감, 염증, 공포, 죄의식, 그리고 "허무감·열등감·수치심"(「낮에 나온 반달」, 38쪽). 박태순의 인물들은 소설에서 맥락과 관계가 있든 없든 이런 감정들을 아무 데서나 시시때때로 호소하고 토로한다. 예컨대 「서울의 방」의 '나'도 젊음이 내몰리는 소시민적 삶의 허무를 이렇게 직설적인 언어로 쏟아낸다. "모든 것이 지리하구나, 귀찮구나, 시시하구나. 허무하다. 텅 비었구나."(「서울의 방」, 21쪽) 그러면서 이런 부정적인 정념들은 소설의 분위기 전체를 지배하면서 실로 과도하게 흘러넘친다. 그의 대부분 소설의 배경이 하나같이 매서운 추위가 피부를 쑤셔대는 삭막한 겨울로 설정돼 있다는 점도 이에 가세한다.

박태순은 인물의 입을 빌려 저러한 감정들이 모두 "1960년대의 삶을 자기의 삶으로 생각할 때의 슬픔"(「외도」, 366쪽)에서 온 것임을 시사한다. 그의 인물들이 호소하는 부정적 정념들은 지금 자기의 무기력한 삶이 불가피한 '1960년대의 삶'일 수밖에 없음을, 벗어나고 싶지만 벗어날 수 없는 굴레임을 자각하는 데서 오는 것이다. 여기에는 자기의 소시민적 처지와 의식이 어떤 측면에서 그들의 적극적인 선택이라기보다 불가피하게 내몰린 강요한 선택이라는 생각이 자리한다.

이 모든 사정을 알고 있음에도 불구하고, 아니 바로 그렇기 때문에라도 박태순의 인물들은 일상의 질서에 젖어들어가는 자신에 대한 끊임없는 혐오와 부정적인 정념들에 시달린다. 박태순의 소설에서 저 자기혐오와 슬픔, 죄의식, 수치심 등의 감정은 저들에게는 그럼에도 상황에 무자각적으로 함몰되지 않고 자기를 자기로서 존재하게 하는 최소한의 근거다. 그들은 "얼마나 수치스러워져 보았는가가 중요해. 수치스러워져 보았을수록 그 사람은 각성한 사람이야."(「당나귀」, 246쪽)라고 말한다. 그런 면에서 박태순의 인물들은 각성한 속물 혹은 반성적 속물이라고도 할 수 있다.

그리고 이들은 모두 피로와 권태에 찌든 조로(早老)한 젊음이다. 소설의 곳곳에서 그들은 어느새 '젊은 노인'이 되어버린 자신을 깨닫는다. 예컨대 「이륙」의 '나'는 말한다. "조그만 나라, 상상력이 차단된 지하의 세계, 배고픔에 겨운 생존경쟁의 영역에 있어서는 청춘이란 다만 젊은 노인에 불과한 것이 아닌가?"(133쪽) 박태순의 인물들은 하나같이 그렇게 조로의 표정을 짓는다. 「서울의 방」의 '나'는 피로와 권태에 찌든 "지나치게 늙은 표정"(8쪽)을 하고 있고, 「뜨거운 물」의 '정(鄭)'의 얼굴도 "너무나도 늙은 표정"(158쪽)이다. 「이륙」

의 '나'조차도 자기가 "멍청하게 늙어가고 있음을 자각"(123쪽)한다. 「형성」에서 병혜도 '나'에게 말한다. "그런데 니가 나보다 더 늙어져 있어."(395쪽)

이미 이 이전에, 김승옥의 소설 「서울 1964년 겨울」에서 대학원생 '안(安)'도 이렇게 말하고 있었다. "우리가 너무 늙어버린 것 같지 않습니까?"[22] 이때 김승옥의 소설에서 조로는 현실에 적응하기 위해 본래적 자아를 억압하고 위장된 삶을 살아가는 억눌리고 질식된 젊음이 다다른 운명이었다. 박태순의 소설에서 부각되는 조로 또한 혁명과 반혁명 이후의 시대가 강제한 젊음의 가능성의 억압과 박탈에서 비롯된다는 점에서는 크게 다르지 않다.[23] 하지만 박태순 소설의 젊음에는 20대의 청춘에 과도하게 부과된 생활의 무게와 책임이라는 또 하나의 부담이 그 위에 더해진다. 그들에게서 나타나는 조로의 표정은 5·16 이후 조국근대화의 물결과 경제 제일주의의 대세가 강제한 생활의 요구가 어느덧 젊음의 또 다른 가능성을 짓누르고 소진해 버렸음을 암시한다. 그것은 또한 그러한 현실을 아무런 저항 없이 받아들였던 순응과 체념의 태도가 만들어낸 증상이기도 하다.

---

22 김승옥, 「서울 1964년 겨울」, 『무진기행』, 문학동네, 2004, 286쪽.
23 프랑코 모레티에 따르면 유럽 교양소설에서 젊음의 이상을 포기하고 '살기' 위한 침묵을 정당화하는 최선의 해결책은 젊음에 아주 짧은 생명만을 부여하는 것으로 나타난다. 박태순 소설에서 그려지는 조로는 이런 맥락에서도 이해할 수 있다. 프랑코 모레티, 『세상의 이치: 유럽문화 속의 교양소설』, 성은애 옮김, 문학동네, 2005, 173쪽 참조.

박태순의 소설에서 이는 모두 개인의 힘으로는 어찌해볼 수 없는 거대한 시대의 모순이 강제한 것으로 나타난다. 그래서 그들은 때때로 억울해하고 분노한다. 「생각의 시체」의 '나'도 "내 마음속에 생긴 분노"(36쪽)를 다스리지 못하고 「서울의 방」의 '나'도 "나는 분노를 느꼈다"(19쪽)고 거듭 이야기한다. 가령 「서울의 방」에서 자기가 살던 신축 양옥집 이층의 하숙방을 다시 찾은 '나'는 더러운 개천 바닥 같이 시커멓게 썩어 있는 방의 몰골을 보고 "엉터리 건축가에 못지않게 엉터리인 자기"(19쪽)를 향해 분노를 터트린다. 자신이 안주해왔던 소시민적 아늑함이 얼마나 취약한 것인가에 대한 깨달음을, 이를 은폐하고 젊음을 한구석으로 몰아가는 시대의 부조리함을, 그 시대의 황폐가 젊음을 얼마나 큰 절망으로 몰아넣는가를, 그럼에도 자신은 아무것도 할 수 없다는 무력감을, '나'는 분노에 들뜬 목소리로 이야기한다.

위대한 황무지. 과연 무엇을 건설할 수가 있겠으며 어떻게 제 정신을 가지고 이 황폐를 부정할 수가 있단 말인가? 누가 이다지도 비참해지는 상태를 얘기해 줄 수 있겠는가? 어떻게 해서 우리는 웃을 수 있단 말인가? 어쩔 수 없이 보게 되는 이 더러운 꼬락서니에 대하여 책임을 질 자는 젊은 놈 자신뿐일까. 그 젊은이는 앞으로 무얼 어떻게 하란 말인가? 그냥 실없이 웃고만 있으란 말인가? 아니면 세상이란 그렇고 그런 것이니 일찌감치 파멸을 자인해버리란 말인가? 그리하여 시궁창 밑으로 들어가서, 오지도 않는 잠을 억지로 청하고 있으란 말인가? 도대체 황폐를 인정하고 그 황폐가 낙토(樂土)인 양 기만하여 우선 기만부터 배우란 말인가?(「서울의 방」, 21쪽)

1960년대 한국의 현실은 비참한 폐허다. 시대는 젊음을 아무런 대책 없이 이 거대한 황폐 속에 내던졌다. 젊음을 유혹하는 소시민의 달콤한 안정이란 이 모두를 은폐하는 기만의 굴레일 뿐이다. 그렇다면 어떻게 할 것인가? 아니, 도대체 어떻게 할 수 있기라도 한 것인가? 박태순의 인물들은 해결되지 않는 이 물음을 가슴에 품고 고민하고 방황하는 젊음이다. 그들은 그렇게 도시의 소음에 몸을 섞으며 집과 직장을 오가고, 거리를 쏘다니고, 연애에 몰두하고, 뮤직홀에서 의미 없는 대화로 시간을 소비한다. 이것은 '1960년대의 슬픔'을 앓는, 자기가 속물임을 자각하는 속물들의 풍경이다.

분열하는 속물들

박태순의 소설은 그렇게 각성한 젊은 속물들의 불편한 자기세계를 그린다. 박태순의 인물들은 자기가 어쩔 수 없는 속물임을 인정한다. 그럼에도 불구하고, 그 내면에는 보이든 보이지 않든 그에서 벗어나고자 하는 충동이 깊숙이 숨어 있다. 저 자신이 영락없는 소시민이면서도 자각 없는 일상을 살아가는 군중을 향해 "저들은 단지 동물일 뿐이다"(「생각의 시체」, 33쪽)라고 비하하는 심리도 그에서 비롯된다. "나의 표현은 도전이 되고 분노가 되고 고함이 된다"고 부르짖으며 "나는 철저히 함락되기를 원한다"(「생각의 시체」, 41쪽)고 생각하는 '나'의 동기 또한 바로 그것이다. 그러면서도 다시 자기가 어쩔 수 없이 비겁한 소시민일 수밖에 없음을 환기하며 원점으로 되돌아오는 인물들의 강박적인 의식은 어떤 측면에서 깊이 숨은 저 일탈의 충동으로부터 자기를 방어하는 방식이기도 하다. 왜냐하면 자기 안에 웅크린 그 충동은 자칫 안정된 자기세계의 질서를 무너트릴 수 있기 때문이다. 박태순의 소설은 그 자각한 속물의 지난한 자기방어를 무대화하면서 속물적 의식의 분열을 파헤친다.

예컨대 자신의 평안을 깨트리고 자신이 경멸스런 소시민 혹은 속물에 불과함을 일깨워주는 불량하고 일탈적인 인물이 등장하는 소설들이 대표적이다. 예컨대 「이륙」이 그렇다. 이 소설에서 '나'는 생계 걱정에 전전긍긍하며 세속적 질서에 순응해 살아가는 소시민이다. 그런 '나'에게 오래전 친구 '진땅'이 찾아온다. '진땅'은 거지상을한 허수룩한 몰골로 "귀신처럼 서울 시내를 출몰"(118쪽)하며 떠돌면서 생활에 안착하기를 거절하는 불량한 인간이다. '나'에 따르면, 그는 이 세계가 "평범한 소시민들의 세계라는 것"을 깨닫지 못하고 "이 세속의 지상으로부터 잘못 엉뚱하게 이륙(離陸)해버린 인간이었다."(122쪽) '나'는 자신을 찾아와 돈을 뜯어가는 그의 태연하고 뻔뻔한 태도를 경멸하고 한심해하지만, 어딘지 모르게 그 앞에서 위축되는 자신을 느낀다. "진땅은 미안해하는 구석을 보이지 않았다. 도리어 나의 소시민적인 근성을 야유하는 듯했다."(120쪽) '진땅'과 같이 있으면 그가 자기를 "경멸하고 조롱하고 있다"는 생각이 들어 자책감에 빠지고, 그럴수록 "자기 보존의 본능"(125쪽)은 더욱 팽팽해진다. 그는 '나'의 소시민이라는 안전한 울타리를 균열시키고 회의를 유발하는 바깥의 낯선 어떤 것이다.

> 하나하나, 나의 생활체계가 진땅에 의해서 벗겨져버리는 듯했다. 내가 가지고 있는 안정감, 일상생활, 피곤한 웃음, 묵직한 잠자리, 만족감 같은 것이 송두리째 헝클어지고 뒤틀려지면서 거기에 커다란 공허가 생겨나는 듯했다.(「이륙」, 137쪽)

'진땅'은 이렇게 그동안 안주해왔던 '나'의 울타리를 뒤흔든다. '진땅'이 일깨우는 소시민적 삶에 대한 회의와 공허는 그를 새삼 새롭게 바라보게 만든다. 즉 '진땅'은 "소인(小人)들만이 잔뜩 손아귀에 사회를 움켜쥐고"(142쪽) 있는 이 시대를 거부하고 자발적으로 울타리 바깥을 떠도는 비범한 인간이고 "놀라지 않을 수 없는 행동주의자"(141쪽)다. 심지어 "무엇인가를 추구하고 있는 듯한 진땅의 태도가 옳은 것이라고 생각"(125쪽)하게 될 정도다. 그리고 '나'는 묻는다. "그의 눈이 포착해낸 세계란 얼마나 별다른 것일까?"(139쪽) 박태순은 자기방어에 의해 억눌리고 잠재워진 일탈의 충동이 수시로 억압을 뚫고 은근슬쩍 드러나는 순간을 이런 방식으로 소설의 곳곳에서 시사한다.

「이륙」에서 전형적으로 드러나는 것처럼, 박태순의 소설은 그렇게 비상식과 몰염치를 과시하며 세상의 질서를 조롱하는 불량한 건달들에게 저 일탈의 충동을 투사한다. '나'와 연인인 수임과의 사이에 끼어들어 그녀를 꾀어 정복하고야 만 「공알앙당」의 '녀석'도 같은 부류다. "성실성 있게 시간을 보내고 사물의 의미를 캐면서 조용히 늙어"(320쪽)가기를 원했던 '나'는 '녀석'의 훼방으로 동요하고, '녀석'은 오히려 "에이 지지리 못난 병신 새끼야"(332쪽)라고 욕하며 '나'의 뺨따귀를 때린다. '녀석'은 "염치가 부재하는 인간성"(324쪽) 때문에 혐오가 느껴지는, "내 머리 위의 공간에 점하여 있는 구체적인 악마성"(같은 곳)이며 "불순분자"(325쪽)다. '나'는 그런 '녀석'을 혐오하면서도 수시로 '녀석'의 강한 의지력에 위압당하고 "자기 비하"(316쪽)의 감정으로 주눅 든다. 「도깨비 하품」의 주황도 저들만큼 불량하진 않지만 크게 다르지 않다. 그는 "궁극적인 질서라든가, 생활의 보금자리라든가, 이런 것에 대해서 반감이 대단"(186쪽)한 "괴팍한 인간"(194쪽)이자 "도깨비 같은 인간"(205쪽)이다. "자각하지 않고 있는 사람들의 옹졸한 질서의식에 관하여 한바탕 욕설을 퍼"(193쪽)붓는 그는 세상의 질서를 조롱하는 저 불량한 건달들과 궤를 같이한다.

박태순의 소설은 그렇게 저 불량한 건달들을 옹졸한 소시민의 세계에 맞세운다. 소시민의 세계는 "천민(賤民)들의 세계"(「이륙」, 133쪽)이고, 건달들은 그 세계를 조롱하고 일탈하는 비범한 "도시악"(「이륙」, 122쪽)이자 '불순분자'다. 박태순의 인물은 이를 의식한 듯 "우리는 모두 위대한 인물들이 범죄자였다는 사실, (……) 위대성에 반드시 범죄자가 따른다는 사실"(「동사자」, 66쪽)을 환기하며, 심지어 "나 자신이 악인(惡人)일 수만 있다면"(「생각의 시체」, 48쪽) 하고 비범한 악인을 꿈꾸기도 한다. 박태순의 초기 소설에서 소시민 혹은 속물에 대한 비판과 그 울타리를 넘어서고자 하는 의지는 이런 방식으로 표현된다. 소시민에 대한 그의 이런 비판 방식은 어느 면 기존의 규범에 얽매여 주어진 상황에 만족하고 안락함을 추구하는 '최후의 인간(Der letzte Mensch)'과 강한 의지로 주어진 가치를 넘어서는 비범한 '초인(超人, Übermensch)'이라는 니체적 구도의 한국판 통속 버전으로 읽을 수 있는 여지도 충분하다.[24]

하지만 평범한 소시민은 그런 비범한 강자의 의지를 쉽게 갖거나 실현할 수 없다. 그래서 박태순 소설 속 대부분의 인물들은 때로 분노하고 억울해하면서도 주어진 일상을 쉽게 넘어서지 못한다. 그런 상황에서 자신이 속물임을 자각한 속물이 선택하는 하나의 방식은 오히려 거꾸로 철저한 속물을 연기(演技)하는 것이다. 방황하는 젊음

---

24 박태순의 초기 소설에서 소시민 비판이 니체적 모티프와 탈개성주의적 지성 추구를 보여준다는 조현일의 예리한 지적도 이 지점에서 참고할 수 있다. 조현일, 앞의 글, 363~370쪽 참조.

의 도시적 연애 풍속을 스케치하는 소설 「형성」의 주인공 '나'(균서)
가 바로 그렇다. '나'는 이렇게 '미스터 속물'로 자처한다.

> 그러니까 내가 꽁생원이라는 자의식을 피하는 방향에서 꽃핀 것이 '미
> 스터 속물'이라는 별명이었다. 나 스스로도 '속물'이라고 긍정해버림으로
> 써 아주 간결하게 마음속에 있는 '아웃사이더'적인 요소를 축출해버릴 수
> 가 있었다. 나는 인생이라는 것의 형식을 탐구하는 구도자적인 입장에 설
> 수는 없었다. 하나의 질서로서 주어진 인생이라는 내용물을 소비시켜가는
> 소비자의 입장에 서 있었다. 나는 무조건 인사이더였다.(「형성」, 338쪽)

「형성」의 '나'는 청춘에서 성인으로 넘어가는 길목에서 삶의 목표
나 뚜렷한 가치관을 갖지 못한 채 갈팡질팡 배회하는 피로한 젊음
이다. '나'는 한때 깡패 그룹과 이울리면서 온갖 방탕한 짓거리를 하
고 다니다가 아버지에게 뭐든 하려는 집착이 없다며 구타를 당한 뒤,
"그때 속물이 되기로 결심했다."(354~355쪽) 그런데 '속물'은 '나'의
"마음속 깊은 곳에 있는 치부(恥部)"(339쪽)를 드러내는 단어다. 그
말은 "돈 있는 쌍놈의 허수아비 같은 장남(長男)에게 있을 수 있는
갖가지 기분 상하게 하는 요소를 하나도 빠짐없이 갖추고 있음에 틀
림없다고 단정을 내리는 듯한 어감조차"(338쪽) 풍기기 때문이다. 그
것은 끊임없이 자신이 영락없이 혐오스러운 속물임을 경멸적으로 환
기한다. 그래서 "나는 그 별명을 싫어했다."(338쪽) 하지만 '나'는 오

히려 어떨 땐 "속물이라는 단어에서 쾌감을"(355쪽) 느끼기까지 한다. '나'의 애인인 병혜도 이렇게 말할 정도다. "넌 속물이기보다두, 속물을 무한정 동경하구 있는 정신병자였어. 일부러 그러는 것처럼 내 앞에서 우스꽝스럽게 행동하곤 했어."(397쪽)

「형성」에서 속물은 "내가 해야만 하고 하지 않아서는 안 될 일을 다른 사람들이 다 뺏들어 가버리고 만 듯"(376쪽)한 시대에서 피로한 젊음의 자발적인 선택으로 그려진다. 즉 속물이란 반항할 권리와 결정할 권리를 모두 빼앗긴 세대가 찾은 하나의 왜곡된 해답이다. 속물이라는 단어는 동시에 방향을 잃은 위태위태한 자기를 붙들어매고 지탱해주는 말이기도 하다. 그래서 '나'는 이 속물이라는 별명에서 변명과 자기합리화의 기미를 느끼고, 쾌감과 역겨움을 동시에 느낀다. 그러면서도 '나'는 말한다. "구체적인 안정을 바라고, 어떤 고정된 형식을 추구하는 사람이 모두다 속물이라고 간주된다면 얼마든지 속물이 되고 싶었던 것이었다."(383쪽)

「형성」의 '나'는 그렇게 자신이 철저한 속물임을 자처하고 그렇게 연기한다. 이는 속물에 대한 일종의 과잉 동일시다. 자기가 속물임을 과도하게 과시하고 선언하는 저 제스처에는 주어진 상황에 굴종할 수밖에 없는 자신에 대한 혐오와 체념, 피로와 자기합리화 등의 모순적인 감정들이 헤아릴 수 없이 복잡하게 뒤얽혀 있다. 그것은 1960년대의 젊음이 맞닥뜨린 이중구속 상황에서 기성 질서의 자발적인 내면화와 그에 대한 소극적 반발이 모순적으로 뒤섞인 자기기만의 한 양태다.[25] 하지만 거꾸로 보면 속물에 대한 '나'의 과잉 동일시는 그 자체가 속물로부터 거리를 두면서 그에 함몰되지 않는 자아를 주장하는 하나의 소극적인 방식이라고도 할 수 있다.[26] 즉 자기가 속물임을 연기하는 '나'의 자기기만에는 그럼에도 자신이 속물이라는 데 반발하는 심리가, 그리하여 그저 그런 속물로만 있지 않으려는 의지가 네거티브한 방식으로 각인되어 있다.

물론 그 반발은 지나치게 소극적이고 의지는 뚜렷한 실체도 지향도 없다. 그보다 불투명한 삶의 미래에 대한 불안이 방황하는 젊음을 압도한다. 그래서 그들은 "울컥울컥 치밀어 오르는"(392쪽) 정체 모를 충동을 이기지 못해 자기를 철저히 탕진하고 소모해버리자고 이렇게 스스로를 부추긴다. "우리 지금 바깥으로 나가서 시내를 마구 쏘댕겨보자. (……) 너와 나를 모두 유감없이 탕진시켜버리잔 말이다."(370쪽) 세상의 완강한 질서에 갇혀버린 1960년대의 피로한 젊음은 그렇게 자기의 탕진과 소모로 일탈의 충동을 다스린다. 그러면서 그들은 "나 자신으로부터 탈출하여 나와야겠다"(「생각의 시체」, 49쪽)

---

25 사르트르는 자신의 역할을 지나치게 기계적으로 과장해 수행하는 카페 종업원의 행위가 나 자신이 그것으로 있지 않음을 드러내는 일종의 연기임을 지적하며 이를 자기기만의 한 사례로 분석한다. 자신이 속물임을 지나치게 드러내고 선언하는 「형성」의 '나'의 의식도 어느 면 이와 상통한다고 볼 수 있다. 장 폴 사르트르, 『존재와 무』, 정소성 옮김, 동서문화사, 2009, 131~134쪽 참조.

26 자기기만적인 과잉 동일시에 내포된 이런 주체의 가능성에 대해서는 슬라보예 지젝, 『헤겔 레스토랑: Less than Nothing 1』, 조형준 옮김, 새물결, 2013, 637~639쪽 참조.

는 실현되지 않는 다짐을 반복한다. 박태순의 소설은 이렇게 벗어나고 싶지만 벗어날 수 없는 소시민적 질서에 갇혀버린 1960년대 젊은 속물들의 분열된 내면을 집요하게 추적한다.

혼란과 무질서, 그리고 사건

박태순의 소설에서 1960년대의 젊음이 살아가는 한국의 현실은 말 그대로 "불안한 혼돈"(「동사자」, 64쪽)이다. 「서울의 방」에서 그려지는 것도 겉보기에 아늑한 질서의 이면에 숨어 있는 기막힌 황폐가 야기하는 혼돈이다. 겉보기에 안정돼 보이는 소시민적 질서는 이런 혼돈과 혼란, 무질서를 숨기고 있다. 이를 의식한 「당나귀는 언제 우는가」의 득현은 "기성 무질서"(220쪽)라는 말을 만들어낸다. 「도깨비 하품」의 주황도 이렇게 말한다. "사람들이 기성 질서라고 부르는 것은 사실은 기성 무질서이다."(193쪽) 그리고 이 혼란과 무질서는 동시에 젊음이 겪고 있는 삶의 감각이기도 하다. 그런데 다른 한편, 박태순의 소설에서 혼란과 무질서는 이동성으로 특징지어지는 도시적 삶의 불확정성과 미결정성의 한 양태로 인식되기도 한다. 다시 말해 그것은 질서화되지 않는 어떤 역동의 표현이다.

여전히 세계는 커다란 무질서 속에 싸여 있었다. 도리어 우리는 이 세계의 혼란함에 대하여 어떤 질서를 부여하기를 거절했다. 왜냐하면 혼란은 그것 자체로써 완성된 상태인 것이며, 거기에 어떤 질서가 있다면 다만 그것은 소시민의 초라한 안정과 같은 것에 불과한 것이리라.(「뜨거운 물」, 156쪽)

세계는 거대한 무질서와 혼란에 싸여 있다. 그리고 그 "혼란은 그것 자체로써 완성된 상태"다. 거기에 질서를 부여한다면 그것은 "소시민의 초라한 안정과 같은 것"에 불과하게 될 것이다. 「뜨거운 물」의 화자가 소설가임을 고려하면, 이는 일면 박태순 자신의 문학적 지향을 암시하는 자기지시적 진술이라고도 할 수 있다. 그 문학적 지향이란 질서를 부여하기보다 미결정의 혼란과 무질서를 그 자체로 긍정하는 일이다. 그리고 이런 인식은 똑같이 소설가가 등장하는 다른 소설에서도 그대로 반복된다. 예컨대 「생각의 시체」가 그렇다. 이 소설에서 소설가 '나'도 자신의 소설 쓰기를 이렇게 표현한다. "세상의 질서 속에서 무질서를 찾는 이 일."(29쪽)

저 혼란과 무질서를 긍정한다는 것은 달리 말하면 완강한 세상의 질서를 교란하고 질서 바깥으로 튕겨나가려는 무정형의 역동을 긍정하는 일이다. 그렇다면 박태순의 소설에서 그 혼란과 무질서란 과연 무엇인가? 혼란과 무질서는 애초 젊음을 피로와 분노와 절망으로 몰아놓는 시대적 모순의 혼돈을 가리키는 말이었다. 하지만 박태순의 소설에서 그 의미는 어느 하나로 고정되지 않고 이동한다. 혼란과 무질서는 모든 것이 유동적이고 흔들리는 대도시 체험에서 오는 감각[27]이기도 하고, 질서화되지 않은 미결정의 역동적 에너지이기도 하며, 질서 바깥으로 나가려는 일탈의 충동이기도 하다. 그러고 보면 앞서 박태순의 젊은 소시민들에게 숨어 있었던 무지향적인 일탈의 충동, 그리고 몰염치한 불순 건달들의 강인한 비범함도 어느 면 이와 무관하지 않겠다. 그것은 주어진 질서를 깨트리고 나가려는 무질서의 의지다.

이러한 혼란과 무질서에 대한 박태순의 인식은 일면 모호하고 추상적이다. 하지만 「무너진 극장」에 이르러 그것은 구체적인 정치적 맥락을 얻는다. 4·19혁명 와중의 하룻밤을 그린 「무너진 극장」에서, 박태순은 혁명을 "모든 기성의 질서들이 무시되는 혼란의 시기"(409쪽)로 규정한다. 「무너진 극장」은 저 혼란과 무질서의 정점을 묘사하면서 그것이 가질 수 있는 정치적 함의를 기억하고 되새기는 소설이다. 이 소설은 그의 다른 소설들에서 보여주었던 소시민적 질서 및 속물의식에 대한 비판, 그리고 일탈의 충동과 무질서의 긍정이 과연 무엇을 의미하는지, 그 정치적 잠재성이 어디에 있는지를 암시한다. 소설에서 혼란과 무질서는 무엇보다 기성 질서를 무너트리는 무정부주의적인 파괴의 힘으로 나타난다.

---

27 정확히 들어맞는 건 아니지만 일례로 마샬 버먼은 이 감각이 '유동성'과 '움직이는 혼란'으로 특징지어진다고 지적한다. 마샬 버먼, 『현대성의 경험』, 윤호병·이만식 옮김, 현대미학사, 1994, 159~211쪽 참조.

나는 무의식중에 앞에 보이는 물건들을 부수기 시작했다. 전신으로부터 아지 못할 힘이 솟구쳐 나와서 근육이 불뚝불뚝 일어서고 머리에 피가 몰려서 눈앞이 아득해왔다. (……) 그리하여 사람들의 집회 장소였던 이곳의 질서의 음향을 깨트려버리는 것이었다. 음향은 파괴될 필요가 있었는지 모른다. 저 위선과 기만의 음성들. 레코드판처럼 똑같이 반복되었던 찬양의 소리, 속삭임 소리, 신음 소리, 불평과 불만의 소리는 일차 깨뜨려질 까닭이 있었을 것이었다. 사람들은 동물이나 내는 기괴한 탄성을 지르고 있었다. 그들은 눈앞에 닥친 무질서에 환장해버려서, 마치 사회와 인습과 생활 규범을 몽땅 망각한 것 같았다. 그들은 기괴한 소리를 뱉으며 물건들을 부수고 있는 것이었다. (……) 사람들은 관람석을 분해시켜 그곳의 효용가치를 파괴시키는 무질서에의 작업을 열렬한 흥분 속에서 감행하고 있었다.(「무너진 극장」, 413~414쪽)

"무질서에 환장"한 군중들은 열렬한 흥분에 휩싸여 극장 안의 모든 것을 파괴한다. 위선과 기만에 가득 찬 "질서의 음향"은 동물 같은 "기괴한 탄성"에 뒤덮여 깨져버린다. 뿐만 아니다. 와중에 "사회와 인습과 생활 규범"은 "몽땅 망각"된다. 무질서는 그렇게 주어진 규범과 인습을 깨트리고 억눌린 자아를 풀어헤치는 자기해방의 에너지로 그려진다. 그 "무질서에의 작업"은 기성의 규범과 질서는 물론이고 그에 얽매였던 자신의 의식마저 붕괴시키는 파괴적 혁명이다.

그리하여 "물건 부수어지는 소리와 고함소리는 한데 휩싸여 아비규환의 절정을 이루고 있었다."(414쪽)

"화석(化石)과도 같은 질서"(418쪽)를 무너뜨리는 혁명의 파괴적인 무질서를 기록하는 이 격정적인 문장들은 그 자체로 열기와 흥분, 도취와 공포에 들떠 있다. 박태순이 여기서 기록하는 것은 기성의 규범과 질서를 넘어서고 파괴하는 혼란과 무질서가 만들어내는 혁명적 아비규환의 무대다. 여기서 무질서는 기성 질서와의 절대적인 단절을 선언하는 무정부주의적인 과잉의 에너지다. 그것은 이성을 초월해 과도하게 흘러넘치고 과도하게 발산된다. 그래서 작가는 사람들이 파괴에서 "묘한 쾌감"을 느끼면서도 "반면에 붕괴되고 있는 저 굉음에 대하여는 어떤 본능적인 공포를 자극받았다"(414쪽)고 적는다. 무질서는 그렇게 폭력을 저지르는 당사자마저도 공포에 사로잡히게 만드는 광기 어린 에너지다.

박태순이 4·19혁명의 안쪽에서 목격하는 무질서는 그렇게 이성과 문명, 제도와 규범을 초과하는 원시와 본능, 공포와 광기로 가득하다. 그가 포착한 것은 비유컨대 치안과 법질서 바깥에서 모든 기성의 제도와 규범과 인습을 초과하고 교란하는 바디우적 의미에서의 '사건'[28]의 현장이다. 사건은 '이미 주어진 것'과의 절대적인 단절이고 기존의 언어와 지식으로 환원되지 않는 명명할 수 없는 잉여다. 박태

---

28 알랭 바디우, 『윤리학』, 이종영 옮김, 동문선, 2001, 53~88쪽 참조.

순이 묘사한 저 폭력과 무질서야말로 모든 의식의 경계를 뛰어넘고 기존의 질서를 뒤흔들며 그와의 절대적인 단절을 선언하는 사건이 도래하는 형식이다.[29] 그리고 박태순은 이를 "원시적이고 본능적인 무질서에로의 해방 상태"로 표현했다.

원시적이고 본능적인 무질서에로의 해방 상태. 이런 본능이야말로 최루탄을 맞으면서도 애써 진행시켜갔고 대열을 만들어갔던 데모의 다른 한쪽 면이 아니겠는가? 그러니까 데모의 바깥쪽에는 법률적인 것, 도덕적인 것, 종교적인 것, 심지어는 신화적인 것이 이를 지켜주고 있을 것이나, 데모의 그 안쪽에는 이런 도취, 이런 공동 무의식이 잠재되어 있을 것이었다. 오류에 빠진 질서를 파괴하여, 인간을 속박시키던 것들을 풀어버리고, 구차한 사회생활의 규범과 말 못할 슬픔과, 부정부패에 대한 울분을 홀홀 떨구어버리고 나서, 하나의 당돌한 무질서 상태를 만드는 것이었다.(「무너진 극장」, 415쪽)

데모의 바깥쪽에는 법률, 도덕, 종교, 신화가 있고, 그 안쪽에는 그

---

29 박태순이 묘사한 이 대목을 바디우적 의미에서의 '사건'의 관점에서 먼저 접근한 것은 김형중이다. 그는 이 폭력과 무질서의 사건성을 "이전의 식별체계를 부수고 감성적인 것이 새롭게 분할되는 인식적 공백상태"라는 랑시에르적 해석으로 요약한다. 그러나 「무너진 극장」에서 묘사되는 4·19혁명의 사건성은 그런 감성분할의 정치라는 차원으로만 한정되지 않는다. 김형중, 「문학, 사건, 혁명: 4·19와 한국문학—백낙청과 김현의 초기 비평을 중심으로」, 『살아 있는 시체들의 밤』, 문학과지성사, 2013, 87~89쪽.

런 법과 제도에 구속되지 않는 도취와 공동 무의식이 있다. 달리 말해 한쪽에는 혁명의 통제된 질서와 치안이, 한쪽에는 혁명의 무질서와 '사건'이 있다. '나'는 한편으론 원시와 본능이 폭발하는 광기의 아비규환에 공포를 느끼면서도 데모의 바깥쪽보다는 자신이 목격한 데모 안쪽의 폭력적인 무질서의 도취에 기울어 있다. 박태순은 통제된 질서와 치안이 아닌 바로 그 무질서야말로 "오류에 빠진 질서를 파괴"하고 온갖 속박을 풀어버리며 "구차한 규범"에 억눌린 슬픔과 울분을 떨구어버리는 걸 가능케 하는 힘임을 암시한다. 그에 따르면 저 "당돌한 무질서"는 그야말로 "고귀한 무질서"(419쪽)다.

문제는 이러한 혁명의 기억은 이제 희미하게 스러져버렸다는 점이다. 박태순은 4·19의 와중에 경험한 고귀한 혁명적 무질서의 열기가 고작 "한순간의 흥분"에 불과할지도 모른다는 회의를 고백한다.

그러나 우리는 나이를 먹어갔으며, 어떤 철학자의 말처럼 '한순간의 흥분을 너무 과대평가하여 기억하는 것의 무의미함'을 어느덧 배우기 시작하였으며 그리하여 우리가 힘들게 끌어올렸던 그 무질서의 위대한 형식이 역사성 속의 미아처럼 다만 한순간의 고립에 불과하고 말았음을 깨달았을 때에는 어느덧 저 기성의 제복을 걸쳐 입고 있음을 보았다. 그것은 마치 그날 밤에 우리가 저질렀던 그 놀라운 긴장감의 파괴가 시시한 것이지나 않았는가 하는 부당한 생각조차 가져다줄 때가 많은데, 물론 거기에 대해서는 나의 사적인 느낌으로 완강히 부인해두는 수밖에 없을 것이었다. 마

치 진실을 엿본 듯한 느낌으로……(「무너진 극장」, 419쪽)

익히 알다시피 4월 26일 이후 혁명의 열기는 질서를 강조하는 당국과 대학생들의 치안 담론에 의해 진압되며 점차 잦아들었고, 이후 대중들은 개발과 발전의 이념과 경제 제일주의에 포섭되면서 질서와 규율을 내면화한 '생산적 주체'로 통합되어갔다.[30] 위의 고백이 보여주는 것은 그런 시대의 흐름에 순응해 4·19가 보여준 가능성을 뒤로 하고 하나같이 기성의 질서와 소시민적 일상의 세계로 편입되어버린 피로한 4·19세대의 우울이다.[31] 그럼으로써 기성 질서에 함몰된 조로한 젊음의 비루함이 '고귀한 무질서'의 열정과 쓸쓸하게 대비된다. 그럼에도 세월이 흐른 지금 이제는 "한순간의 고립"으로 박제되어버린 저 "위대한 무질서의 형식"(419쪽)을 기억하며 '나'는 어떤 "진실을 엿본 듯한 느낌"(같은 곳)을 갖는다고 말한다. '사건'이 '진리'의 흔적을 남기는 것처럼(바디우), 박태순에게도 '진실'의 흔적을 남긴다. 그 진실이란 아마도 이성과 질서와 규범을 뚫고 초과해 흘러넘쳤

---

30 이에 대해서는 이상록, 「경제 제일주의의 사회적 구성과 '생산적 주체' 만들기」, 역사문제연구소, 『역사문제연구』 25, 2011 참조.

31 이후 박태순은 「무너진 극장」을 1972년에 소설집에 묶으면서 혁명을 '한순간의 고립'으로 폄하하는 주체를 '우리'에서 '모든 변혁과 가치를 부정하는 세력'으로 수정했다. 하지만 이런 수정은 일면 진보적 세계관에 부합하는 측면은 있겠으나 오히려 소설이 전해주는 의미의 복합성과 여운을 흐리고 단순화해버렸다. 김형중과 조현일도 먼저 이와 비슷한 관점에서 개작으로 인한 단순화를 지적했다. 김형중, 앞의 글, 140~141쪽과 조현일, 앞의 글, 379~380쪽 참조.

던, 승화되지 않은 혼란과 무질서가 갖는 혁명적 잠재성일 것이다.

문학이란, 몸살 나는 우행(愚行)

「무너진 극장」은 박태순의 초기 소설에 잠재했던 무질서의 의지에 소급적으로 의미를 부여한다. 그의 소설에 나타나는 소시민의식에 대한 집요한 (자기)비판과 무질서의 긍정, 곳곳에서 얼굴을 내비치는 숨은 일탈의 충동은 어떻게 보면 「무너진 극장」의 '나'가 파괴적 무질서의 현장에서 언뜻 엿보았던 저 희미해진 진실의 기억을 1960년대의 황폐 한가운데서 어떻게든 붙잡으려는 문학적 분투의 흔적일 것이다.

소설의 고전적인 형식과 질서를 멀리하는 형식의 미완과 혼란, 형상화의 질서를 깨고 무질서하게 쏟아지는 관념적인 다변(多辯)과 생경한 언어의 요설 등 이 모든 박태순 초기 소설의 특징은 문청의 미숙함의 소산이기 이전에 저 문학적 분투의 난경과 지난함을 보여주는 증상이다. 그것은 또한 1960년대 한국의 황폐에 대한 울분과 반항, 그 바깥을 향하는 의지와 충동의 정제되지 않은 에너지가 소설의 미학적 질서까지 초과하고 있음을 드러내는 증상이기도 하다. 하지만 이는 다른 한편, 소설의 규범적 질서나 미적 세련과 거리를 두는 승화되지 않은 무질서에 대한 자의식적인 긍정에서 온다는 점도 간과할 수 없다. "이 세계의 혼란함에 대하여 어떤 질서를 부여하기를 거절했다"는 「뜨거운 물」의 소설가 화자의 진술을 이런 맥락에서 읽을 수 있는 여지도 충분하다. 「낮에 나온 반달」의 구자석의 입을 빌린 다음 진술도 마찬가지다.

> 가난한 사회, 혼돈의 상태, 갈등의 시대, 난세(亂世)에 미(美)가 있다. 그러한 나라에서야말로 추(醜)의 미학이 필요하고, 그러면 그 미학(美學)은 가장 강인한 정신력을 발휘한다.(「낮에 나온 반달」, 40쪽)

이에 따르면, 문학은 시대의 가난, 혼돈, 갈등과 동떨어진 고립된 영역일 수 없다. 따라서 시대의 혼돈, 갈등과 함께 뒤얽혀 살아가는 문학이 그 자체로 미적으로 정돈되고 세련된 것일 수는 없을 것이다. 그것은 "추(醜)의 미학"이어야 하고, 혼란의 미학이어야 할 것이다. 혼란과 무질서를 자신의 몫으로 떠안았던 박태순의 소설은 이후 객지를 떠도는 방랑의 편력(「단씨의 형제들」)과 변두리 하층민의 삶에로 걸음을 옮긴 '외촌동' 연작을 거쳐, 삶과 노동의 현장을 탐사하는 르포르타주의 세계로 나아간다. 그리고 1970년대 이후의 이러한 전신(轉身)이 그의 초기 소설에서 이미 예비된 것이었음은 앞에서 보았던 바다.

무엇보다 인상적인 것은 특히 「무너진 극장」이 보여주는 것처럼 박태순이 법과 제도의 바깥에서 분출되었던, 그리고 이후 공식 역사와 문학에서 잊혀지고 삭제되었던 4·19혁명의 (바디우적 의미에서) '사건성'을 포착해내고 있었다는 사실이다. 이는 문학에서 정치를 분리해내면서 4·19의 사건성을 지워버리고 언어와 문화와 지식의 프레임으로 대체해버렸던 같은 세대의 소설가/비평가 들[32]과 박태순의 거리가 얼마나 멀리 떨어져 있는 것이었는지를 방증한다. 4·19세대의 비평에서 기이하게도 「무너진 극장」에 대한 논의가 전무했던 것은 그런 맥락에서 박태순과 이들 같은 세대 문학인들과의 좁힐 수 있는 거리를 보여주는 흥미로운 증상이다.

그리고 그 증상을 공유하는 것은 이른바 '창비 계열'의 대표 비평가인 백낙청의 경우도 마찬가지다. 4·19혁명의 성공과 실패에서 비롯된 문학적 성취를 논하는 「시민문학론」은 물론이고 박태순의 소설을 평하는 다른 글(「변두리 형식의 문학적 탐구」)에서도 「무너진 극장」은 아예 언급조차 되지 않는다. 이들 비평가들은 모두 하나같이 박태순이 「무너진 극장」에서 제기한 4·19의 '사건성'을 외면하거나 삭제하고 봉쇄한다. 이는 4·19 이후 한국문학에서 리얼리즘과 모더니즘의 문학적 이념의 프레임이 이를 정당하게 평가하고 의미화할 수 있는 언어를 갖지 못했음을 보여준다. 그런 의미에서 「무너진 극장」은 너무 빨리 도래한 소설이었다.

박태순은 "'한반도에서 살아간다는 것'이 진정으로 어렵고 고통스

---

32 이에 대해서는 본서 1부 1장의 「혁명, 언어, 젊음」, 25~34쪽 참조.

러운 일이라면, '문학이라는 이름으로' 그 괴로움을 해명하려는 우행(愚行)이야말로 더욱 몸살 나는 도로(徒勞)"[33]일 것이라고 말했다. 박태순의 소설은 그의 말 그대로 1960년대 한국의 황폐를 살아가는 조로한 4·19세대의 슬픔과 괴로움에 대한 분석과 자기분석이었으며, 들끓는 젊음의 분열과 잠들지 않는 일탈과 무질서의 충동을 그 자신의 몸으로 앓았던 몸살 나는 우행이었다.

---

33 박태순, 「후진사회와 문학의 현장—손창섭 선생님께」, 『월간문학』, 1971년 1월호, 273쪽.

2장
뒷골목 방랑자의 서울 편력과 이야기의 발견

비가 오고 있다

여보

움직이는 비애를 알고 있느냐

—김수영, 「비」

대로(大路)의 초입에서

박태순은 문제적인 작가다. 그는 1960년대에 함께 출발한 동세대 작가들과 개인의식의 탐구라는 경향을 공유하면서도 처음부터 그들과는 근본적으로 다른 면모를 보여주고 있었다. 무엇보다 애초 그는 "현실의 전면 수락"[1]이라는 말로 요약되는 동세대 작가들의 일면 현실 수리적이고 체념적인 태도와 일정한 거리를 두고 있었다. 김병익이 "「연애」로 등단한 그의 문학적 관심"이 "일상성으로부터의 탈출"[2]에

---

1 김주연, 「새시대 문학의 성립—인식의 출발로서 60년대」, 『아세아』, 1969년 2월호, 258쪽.

있었다고 지적한 것도 이와 무관하지 않다. 그만큼 박태순의 소설은 1960년대의 소시민적 일상에 대한 문학적 태도에서부터 동세대 작가들과 결을 달리했다. 예컨대 김승옥의 소설이 주어진 현실을 수락할 수밖에 없는 상황에서 오는 도피와 체념, 죄의식으로 가득한 불편한 자의식의 풍경을 보여준다면, 박태순의 소설은 그런 상황에서 어떻게든 벗어나고자 하는 절박한 충동과 정처 없는 방황에 의해 지배된다. 그리고 이청준의 소설이 억압적인 현실에 적응하지 못하는 소시민적 개인의 내밀한 신경증적 진실을 추적한다면, 박태순의 소설은 그런 현실에 대한 울분과 분노와 반항의식을 한층 적나라하게 표출한다.

이러한 박태순 초기 소설의 면모를 한마디로 요약한다면 그것은 바로 내향성과 외향성의 긴장이다. 기존 논의의 대다수는 박태순의 소설이 1960년대의 내향성에서 1970년대의 외향성으로 이동한다는 관점이 지배적이다. 예컨대 박태순의 소설이 "처음에는 내성적인 경향에서 출발"하지만 "70년을 앞뒤로 현실 비판적인 외향성을 지향"[3]한다는 평가가 대표적이다. 그의 소설이 1970년대에 들어와 "개체로부터 사회로, 개인의 특수성으로부터 상황의 일반성으로"[4] 나아간다는 지적도 마찬가지다. 박태순의 내향성이 "그 폐쇄성을 끊임없이 깨

---

2 김병익, 「광기와 야성─「단씨의 형제들」을 통한 한국풍토」, 『대화』, 1970년 12월호, 24쪽.
3 김병걸, 「외촌동 사람들 이야기」, 『현대문학』, 1980년 3월호, 303쪽.
4 김병익, 앞의 글, 25쪽.

트리고" 자아의 "사회적 확산"의 차원으로 나아간다는 평가[5]도 1970
년대에 들어와 보여준 소설 세계의 변화에 주목한 것이다.

그러나 1966년 『세대』 신인문학상 당선작인 중편소설 「형성」에서
전형적으로 드러나는 것처럼, 처음부터 박태순의 소설에는 소시민
적 일상 속에서 피로와 권태에 찌든 자아를 응시하는 내향적 시선과
동시에 그런 답답한 현실의 바깥으로 일탈하고자 하는 외향적 충동
이 공존하고 있었다. 그리고 거기엔 젊음을 둘러싸고 있는 1960년대
의 절망적인 사회적 상황에 대한 격렬한 비판과 분석이 자리하고 있
었다. 그리하여 그의 소설에서 내향성을 초과하는 외향적 충동은 소
설의 경계를 넘어 바깥으로 흘러넘치는 염증과 수치심, 슬픔과 분노
등의 들끓는 정념에 의해 뒷받침되고 있었다. 박태순은 스스로 그런
자신의 초기 소설이 "내성적인 편향"[6]에 치우친 소설이라 생각하고
1970년대 이후 그런 경향과 결별했다고 밝히고 있으나, 실은 그의 변
화는 그의 초기 소설에서부터 이미 예정되어 있었던 셈이다.

박태순은 1968년을 즈음하여 이미 "결국 소설을 쓰는 일을 염치
있게 하자면 대로(大路)로 나와야겠다고 생각"[7]하고 있었고, 그의
1970년대 소설은 초기부터 안고 있던 그런 문제의식의 연장선상에
있었다. 그리하여 박태순 문학의 전반기가 대체로 '도시적 불안/청

---

5 천이두, 「내향성과 외향성」, 『문학과 시대』, 문학과지성사, 1982, 112~113쪽.

6 박태순, 「후기」, 『무너진 극장』, 정음사, 1972, 371쪽.

7 박태순, 「작가 연보」, 『가슴 속에 남아 있는 미처 하지 못한 말』, 열화당, 1977, 6쪽.

년문화/연애'로 채워져 있었다면,[8] 1970년대에 들어와 그는 '외촌동 연작'을 통해 서울 변두리 지역의 현장과 하층계급 및 도시 난민의 이야기로 관심을 확장했다. 그런 소설 세계의 변화와 더불어 주목할 만한 것은 동시에 그가 르포르타주와 기행문의 창작으로 발을 넓힌 다는 점이다.

박태순은 1971년 전태일의 삶과 죽음을 다룬 「소신(燒身)의 경고—평화시장 재단사 전태일의 얼」과 광주 대단지 사건의 현장을 취재한 「특별 르포타지—광주단지 4박 5일」 등의 르포르타주를 쓴다. 그리고 이어서 한반도의 곳곳을 돌아다니고 취재하면서 그 결과를 1973년에 『세대』지에 '한국탐험'이라는 제목으로 연재한다. 이러한 르포르타주와 국토기행문의 창작은 '대로(大路)로 나와야겠다'는 그의 의지가 '소설'이라는 제한된 경계를 넘어 비소설 장르로까지 확장되고 있었음을 보여준다. "조잡한 시대에는 산문성(가령 노동자의 수기라든가, 확신범의 항소이유서라든가, 반체제 가요라든가)이 더 문학성을" 지닐 수도 있으며 그런 의미에서 "60년대에 내가 '소설'을 추구하였다면 70년대 이래 나는 '산문'을 추구"[9]했다는 작가의 말은 그런 비소설 장르 창작의 내적 근거를 확인시켜준다.

---

8 오창은, 「1960년대 '방'을 통해 재현된 도시적 불안—김승옥의 「역사」와 박태순의 「서울의 방」을 중심으로」, 우리문학회, 『우리문학연구』 20, 2006, 313쪽.
9 박태순, 「작가 서문: 갈등의 시대에 선 모순의 문학을 위하여」, 『낯선 거리』, 나남출판, 1989, 10~11쪽.

중요한 것은 그런 비소설 장르의 핵심에 있는 '산문성' 혹은 산문 정신이 이 시기 그의 소설에서도 또 다른 방식으로 관철되고 있었다는 점이다. 형식의 차원에서 보더라도, 실제 그의 외촌동 연작 중 많은 소설에서 르포르타주적 접근과 서술 방식이 뚜렷하게 나타난다. 이는 작가 스스로 자기 문학이력서의 제3계열로 "르포문학과 국토기행 문학, 실록문학"을 꼽으면서 같은 계열의 소설로 「무너지는 산」 「독가촌 풍경」 「정선 아리랑」 등을 예시하고 있는 데서도 확인된다.[10] 그런 측면에서 1970년대 박태순의 소설은 르포르타주와 국토기행문 같은 비소설 장르와는 다른 별개의 글쓰기라기보다 오히려 그와 동일한 문제의식과 접근방식을 공유하면서 씌어진 것으로, 그 둘은 서로를 보완하면서 밀접한 상호텍스트적 관계를 맺고 있었다고 할 수 있다.[11]

박태순의 중편소설 「낮에 나온 반달」은 그런 1970년대의 소설 경

---

10 박태순, 「1960년대 문학, 문화원형의 문학공간으로 평가되기를 기대하며」, 상허학회, 『상허학보』 40, 2014, 395~396쪽 참조.

11 김윤식은 일찍이 이 점을 정확하게 포착하고도 외촌동 연작의 그런 면모를 상상력의 지나친 결여에서 비롯된 '박태순 문학의 위기'라는 정반대의 시각에서 비판하고 있어 흥미롭다. "박씨의 외촌동 시리즈는, 그 때문에 국토순례의 형식을 띠게 됩니다. 저는 그 대목을 두고 박씨 문학의 위기가 아니었을까 생각한 적이 있습니다. 외촌동 시리즈에 상상력이 지나치게 희박한 탓에 그 시리즈는 르포의 형식에 떨어질 처지에 있었던 것 아닙니까."(김윤식, 「무너진 극장에서 '밤길의…'까지」, 『문학사상』, 1988년 5월호, 364쪽.) 이런 평가는 근본적으로 소설 중심주의(혹은 문학주의)의 관점에서 소설과 비소설을 위계화하는 데서 오는 것인데, 이는 특히 외촌동 연작을 비롯한 1970년대 이후 박태순의 소설이 상대적으로 저평가되었던 원인 중 하나를 선명하게 보여준다.

향으로 건너가는 길목에 자리 잡고 있는 소설이다. 그런 만큼 거기엔 1960년대 초기 문학의 경향과 (앞서 말한) 1970년대의 문학적 경향이 혼재하면서 중첩되어 있다. 그것은 이 소설이 대도시 서울을 배회하는 젊음의 자의식을 한편에 놓고 다른 한편 서울로 흘러들어와 붙어사는 각계각층 사람들의 삶의 세태를 예리하게 포착하는 것으로 나타난다. 그렇게 박태순은 이 소설에서 시대적 억압에 짓눌린 피로한 젊음의 자의식을 부각하면서도 동시에 도시 난민의 삶에 대한 관찰이라는 또 다른 길로 접어든다. 그런 측면에서 「낮에 나온 반달」은 변두리 도시 난민과 하층계급의 삶의 현장을 그리는 1970년대 박태순 소설의 지배적인 경향(특히 외촌동 연작)을 예비하는 소설이기도 하다. 뿐만 아니라 이 소설에서는 그가 1970년대 이후 본격적으로 쓰는 르포르타주와 국토기행문 창작의 문제의식의 단초가 나름의 방식으로 개진되고 있다. 그 지점에서 박태순이 1970년대에 들어와 추구한 '산문(정신)'과 흥미로운 접점을 형성한다는 점도 이 소설이 갖는 문제성이다.

이런 측면에서 박태순의 문학적 이력에서 「낮에 나온 반달」이 갖는 중요성은 결코 작지 않다. 그리고 이는 아마도 (자신의 작품에 대한 박태순의 많은 논평들을 봤을 때) 작가 스스로도 명료하게 의식화하지 못했던 것 같다. 여기서는 이에 주목해 박태순의 「낮에 나온 반달」을 자세히 읽으면서, 이를 중심으로 1970년대에 들어와 본격화될 그의 문학적 전환이 갖는 의미를 새롭게 재구성해볼 것이다.

진짜 진실을 찾아서

박태순의 「낮에 나온 반달」은 1969년 11월 23일부터 1970년 4월 26일까지 『주간한국』에 연재된 중편소설이다. 이 소설은 그후 얼마간의 개작을 거쳐 1973년 단행본으로 출간됐다.[12] 「낮에 나온 반달」은 박태순의 다른 소설들에 비해 그다지 주목을 받진 못했다. 그래선지 이 소설에 대한 논의는 당대는 물론 후대에도 거의 찾아보기 힘들다. 있더라도 다른 소설들과 묶여 제목만 겨우 언급되는 정도였다. 예컨대 이 소설이 "변동기 사회의 근원적인 동요감을 표현하는 데 적합한 피카레스크 양식"을 취하고 있으나 결국은 "앞부분의 팽팽한 긴장이 중반부터 풀어져서 일종의 만화경으로 떨어져버렸다"[13]는 짤막하고 박한 지적이 와중에 그나마 볼 수 있는 언급이다.

물론 미학적 완결성이나 완미함을 중시하는 관점에서 보면 「낮에 나온 반달」은 충분히 그에 미달하는 작품일 수 있다. 그러나 이 소설의 의미는 그런 기존의 '문학성'의 규범이나 기준과는 전혀 다른 곳

---

12 단행본에서는 애초 연재본의 내용이 많이 삭제되거나 각 장의 소제목도 바뀌는 등 상당 부분 개작이 이루어졌다. 특히 연재본의 마지막 장 전체가 삭제되고 완전히 다른 내용으로 대체되어 결말 또한 달라졌다. 이런 개작을 통해 연재본의 느슨한 긴장과 산만함이 상당 부분 정리되고 개선된 반면, 작품의 기본적인 의미구조는 크게 달라지지 않았다. 이 글은 1973년에 삼성출판사에서 중편소설 「정처」와 함께 묶여 문고본 한국문학전집 중 한 권으로 나온 최초 단행본을 대상으로 한다.

13 최원식, 「이야기꾼과 역사가—박태순론」, 『정경문화』, 1983년 1월호, 294쪽.

에 존재한다. 그런 측면에서 이 소설을 '피카레스크 교양소설'로 보고 산업화와 도시화라는 모더니티의 변화를 체감하면서 정치적 반동의 현실과 타협하지 않으려는 한국적 젊음의 모험담으로 읽는 논의[14]는 나름 의미 있는 진전이다. 특히 피카레스크 소설이 "미리 구상된 일관성 있는 스토리를 배제하고 등장인물이 일상적으로 겪는 무궤도(無軌道)한 사건과 의식을 기록하는"[15] 소설이라 한다면, 「낮에 나온 반달」의 외형적인 구조는 분명 그와 흡사해 보인다. 그러나 이는 「낮에 나온 반달」이 박태순의 문학적 이력에서 갖는 고유한 맥락과 그로부터 빚어지는 다종다기한 특징들을 '피카레스크'와 '교양소설'이라는 협애한 문학 양식 속에 가두어버림으로써 이 소설이 갖는 풍부한 함축과 의미를 단순화하고 협소하게 만든다. 그렇다면 박태순의 문학세계에서 「낮에 나온 반달」이 갖는 함축과 의미는 무엇인가?

「낮에 나온 반달」은 세일즈맨으로 지방을 떠돌던 주인공 구자석이 서울에 올라와 서울 도심과 외곽 동네, 그리고 인천과 수원 등의 위성도시를 배회하고 돌아다닌 6일 간의 기록이다. 구자석은 누구인가? "구자석은 고향이 없고, 가정이 없는 청년이었다."[16] 그는 지방을 떠

---

14 복도훈, 「왕정복고시대의 젊은 편력기사의 모험담—박태순의 「낮에 나온 반달」에 대한 교양소설적 읽기」, 한국비평문학회, 『비평문학』 50, 2013.
15 김병익, 「우리소설의 새 경향, 피카레스크 작법」, 『동아일보』, 1970년 5월 12일.
16 박태순, 「낮에 나온 반달」, 『낮에 나온 반달/정처』, 삼성출판사, 1973, 39쪽. 이후 이 소설을 인용할 때는 쪽수만 적는다.

돌며 캐시미론 이불을 팔러 다니는 세일즈맨 노릇을 하다가 막 서울로 상경한 참이다. 그런 그에게 애인인 공소저가 묻고 그가 답한다.

"구자석씨, 왜 방황하세요? 어째서 정처없이 떠돌아다니죠? 빨리 서울로 오세요. 어서 자리를 잡아 안정을 이루세요."(……)
"나는 괴로워하는 것은 아냐. 나는 고민하지 않아. 그러나 나는 이 시대를 알고 싶어. 아직 젊으니까 방황해보는 거야. 사람들이 어떻게 살아내는지 찾아다녀 보는 거야. 외국으로 나가 공부하며 세계를 구경하는 녀석이 있듯이, 나는 시골길을 밟아보며 서유기(西遊記)를 엮고 있는 거야."(14쪽)

그는 지방을 떠도는 삶에 피로를 느끼고 "착실히 살아볼 결심"(15쪽)으로 상경했지만, 막상 서울에 온 그에게 안정과 정착은 전혀 관심 밖이다. 그 점에서 그는 "모두들 결혼을 하고 사회적 지위를 쌓아서 안정이 돼가고 있는데, 여전히 옛날과 마찬가지의 몰골로 마치 귀신처럼 서울 시내를 출몰하는 사내"[17]로 묘사되는 「이류」(1969)의 인물 '진땅'의 맥을 잇는 캐릭터다. 한편으로 그는 또한 "근대화되었다고 주장되는 이 세계"에서 소외감을 느끼면서 "나 자신이 지탱되기 위해서 필요한 것이 어떤 소시민적 일상성이라면 나는 공포감마저 느끼게 된다"(50쪽)고 고백하는 인물이기도 하다. 그런 측면에서 구자석은 대

---

17 박태순, 「이류」, 『무너진 극장』, 정음사, 1972, 117~118쪽.

도시 서울의 삶에 어쩔 수 없이 섞여들면서도 그와 동화되기를 거부하는 이방인이다. 그는 "내가 아무리 잘난 체해봤자 나는 4백 8십만 서울 시민의 한 분자일 뿐"(17쪽)이라고 되뇌면서도, "지독한 수치심과 부끄러움과 열등감"(38쪽)을 안고 자신이 살고 있는 "이 시대를 증오하고 경멸"(37쪽)한다. 그에 따르면 그래서 자신은 "도깨비 하품 같은 짓"으로 "답답한 현실을 할퀴"(92쪽)려고 하는 반사회적인 "낮에 나온 반달"(40쪽)이다.

그런 주인공 구자석의 사연과 행로, 그리고 서울의 세태와 풍속이 각기 소제목이 붙어 있는 17개의 장(章) 속에서 스케치된다. 그는 6일 동안 제각기의 모습과 방식으로 살아가는 다양한 사람들을 만나 어울리며 말을 섞고, 이런저런 소소한 소동과 사건 들에 휘말리고, 시장 구경을 하고, 낙서를 하거나 편지를 쓰고, 기차와 버스를 타고 돌아다니고, 뮤직홀에서 음악을 듣거나 연극과 영화를 보고, 연애를 하고 술을 마신다. 대부분의 결정은 즉흥적으로 내려지고 행위는 그때그때의 기분에 따라 이루어진다. 이런 구자석의 행로를 한마디로 요약하면 그것은 바로 '방랑'이다. 마침 그는 스스로를 "시대를 잘못 알고 태어난 방랑시인"(16~17쪽)과 동일시하기도 한다.

그런 측면에서 구자석의 다음 진술은 이 소설의 전모를 한마디로 요약한다. "나는 구자석이다. 나는 방랑자다. 그래서 나는 잘 모르면서 저 밑바닥 인생에 섞일 수 있고, 잘 모르면서 고급 바아에 가서 양주를 마실 수 있다."(39쪽) 그는 왜 방랑하는가? 구자석은 공소저의 물음에 "나는 이 시대를 알고 싶어"라고 답한다. 그리고 그는 되묻는다. "이러한 방황을 회피해서는 전혀 아무것도 이루어질 수 있는 게 없으니, 어떻게 하지."(55쪽) 즉 그에 따르면 방랑은 이 시대를 이해하고 어떻게 살아야 할지를 가늠하기 위한 불가피한 모색이다. 그것은 또한 일종의 반항이기도 한데, 그는 스스로를 "주어진 상황에 맥없이 순종하는 게 아니라, 자기 나름으로 고개를 번쩍 쳐들어 눈알을 동그랗게 떠가지고 돌아다녔던 한국인들"(91쪽)과 동일시하기 때문이다. 박태순은 후에 자신을 "커져버린 국가에 오그라든 국민을 문학스케치하려 하던 뒷골목 방랑자"[18]로 묘사한다. 「낮에 나온 반달」에서 구자석이 서울을 편력하고 사람들을 만나며 하는 일이 다름 아닌 바로 그것이다. 그 점에서 구자석은 그런 '뒷골목 방랑자'였던 작가 자신의 페르소나라 해도 큰 무리는 없을 것이다.

그렇다면 구자석이 바라본 서울은 어떤 곳인가? 서울은 거대한 쓰레기통이다.

구자석은 먼 곳의 산봉우리에 깜박이고 있는 불빛을 보는 것처럼, 시골을 헤매면서 항상 서울을 보고 있었다. 서울은 너무 거대해버린 쓰레기통과 흡사했다. 전국 방방곡곡으로부터 인간과 돈과 물자가 서울로 운반되

---

18 박태순·이소영, 「소설가 박태순이 제안하는 한국문학의 출구전략: 소설가 박태순 인터뷰」, 상허학회, 『상허학보』 49, 2017, 420쪽.

어가고 있었다. 해삼과 멍게는 가마니 부대에 싸여서, 지리산 소나무는 빠개져서, 낙동강변의 조그만 읍에 사는 아버지들의 돈은 송금환의 숫자가 되어, 그리고 처녀들은 이미자의 얼굴을 보며 노래를 듣기 위하여 서울로 올라가고 있었다. 각 지방의 특색은 서울에 와서 무특징의 것으로 변질이 되고, 그러면 서울은 애드벌룬처럼 두둥실 이륙하고 있었다.(14~15쪽)

이에 따르면 서울은 농촌 분해와 이농, 사람과 물자의 잇따른 도시 집중으로 인해 전국 방방곡곡에서 모든 것이 흘러드는 거대한 쓰레기통과 흡사한 도시다. 그리고 구자석은 그렇게 서울역 광장으로 몰려드는 사람들을 "지향처가 어딘지조차 모르면서 떠가고 있는 승객들"(7쪽)로 묘사한다. 서울로 흘러온 사람들은 그렇게 유랑민과 난민이 되고, 서울은 그들이 모여 형성된 거대한 난민촌과 같은 곳이라는 박태순의 인식[19]은 이 소설에서도 뚜렷하다.

이 소설은 그런 대도시 서울의 곳곳을 정처 없이 떠도는 구자석을 따라가며 온갖 인간 군상들의 세태를 '뒷골목 방랑자'의 눈으로 스케치한다. 그가 만나는 사람들은 복덕방 업자, 공사판의 막노동자, 택시 운전사, 청소부, 고리대금업자, 세일즈 총책, 사기꾼, 도장 파는 사람, 어물 장사꾼 등 온갖 수다한 직종의 사람들을 망라한다. 그런 만큼

---

19 박태순은 1973년에 쓴 서울 탐방기에서 서울은 "난민들이 몰려와 세운 도시"이며 그런 의미에서 서울의 핵심 문제는 "난민촌의 문제"라고 말한다. 이에 대해서는 박태순, 「한국탐험 11—서울의 겨울」, 『세대』, 1973년 12월호, 242~246쪽 참조.

소설의 구조는 선형적(線型的)이고 완결적인 서사와는 거리가 먼, 종결도 없고 논리적 질서나 일관성도 없는 다기한 에피소드들의 나열이다. 이는 물론 정처 없는 방랑이라는 주제와 모티프 자체에서 비롯된 불가피한 구조다. 그리고 여기에 중간중간, 시대에 짓눌린 자의 열등감과 수치심, 허무감 등에 젖은 지리멸렬한 자의식을 두서없이 토로하고 나열하는 구자석의 상념이 낙서나 편지의 형식으로 삽입된다.

그렇게 이 소설에는 1960년대의 현실 속에서 방황하는 젊음의 자의식의 토로와 삶의 현장을 편력하고 기록하는 방랑자의 관찰과 취재가 공존한다. 거리 돌아다니기가 대부분 작품의 중심축[20]을 이루고 유동적 세계에서 대도시를 이동하는 주인공의 의식과 체험을 부각[21]하는 것이 대체적으로 박태순 초기 소설의 외형적 특징이라면, 그런 면모는 「낮에 나온 반달」에서도 여일하다. 다만 이 소설에서는 서울에서의 이동과 배회의 체험이 많은 부분 개인의식과 감각의 차원으로 수렴되기보다 대도시 서울에 흘러들어 아등바등 부산하게 살아가는 숱한 군상들의 삶의 행태에 대한 관찰과 논평으로 확장된다는 점에서 유의미한 변화를 보여준다.

그렇다면 서울을 떠돌아다니는 구자석의 방랑이 지향하는 것은 무

---

20 조현일, 「대도시와 군중—박태순의 60년대 소설을 중심으로」, 한국현대문학회, 『한국현대문학연구』 22, 2007 참조.
21 이수형, 「박태순 소설에 나타난 이동성의 의미」, 민족문학사학회, 『민족문학사연구』 38, 2008 참조.

엇인가? 다시 말해, 그는 서울에서 무엇을 하려는 것인가? 앞에서 구자석은 자신의 방랑이 시대를 이해하고자 하는 노력이자 답답한 현실을 할퀴려는 일종의 반항이라고 말했지만, 방랑의 목표는 거기서 그치지 않는다. 그는 말한다. "내일 아침부터, 아니 오늘 새벽부터 우선 가능한 범위에서 그 모든 '생(生)의 증거'를 찾아 나서자."(41쪽) 구자석이 방랑을 통해 발견하고자 하는 것은 다름 아닌 '생(生)의 증거'다. 그에 따르면 그 '생(生)의 증거'란 누구나 자기 나름으로 짊어지고 있는 '생존의 비밀'과 같은 것이다.

> 나는 서울에 들어와서 벌써 많은 사람들을 만났어. 고물책 행상꾼, 버스에서 칫솔을 파는 사람, 복덕방영감님, 노가다판에서 일하는 노동자, 택시운전사, 청소부……
> 그 사람들은 자기네가 어떻게 살아가고 있는지 숨기지 않고 내게 그 진상을 보여주었어. 나는 그 사람들에게 부끄러움을 느껴. 내가 그 사람들보다 나은 점은 하나도 없어. 아마 앞으로도 많은 사람들을 만나게 되겠지만 **'생존의 비밀'을 누구나 다 자기 나름으로 걸머지고 있다는 것을 인정해야 하는 거야.**(54쪽—강조는 인용자)

'생(生)의 증거' 혹은 '생존의 비밀'이란 무엇인가? 「낮에 나온 반달」에서 그것은 단편적으로 언급되기만 할 뿐 더이상 구체적으로 제시되진 않는다. 다만 그것이 구자석이 ("고물책 행상꾼, 버스에서 칫

솔을 파는 사람……" 등과 같이) 서울에서 만났고 또 만나게 될 도시 하층민들이 짊어지고 있는 삶의 진상과 관련된다는 점이 암시될 뿐이다. 이 '생(生)의 증거'/'생존의 비밀'이 의미하는 것은 비슷한 시기 박태순의 다른 텍스트와 나란히 놓았을 때 보다 뚜렷해진다.

가령 박태순은 광주 대단지 사건을 다룬 르포르타주인 「광주단지 4박 5일」에서 "시선을 가장 진실한 것, 삶의 문제로 돌려야 한다"[22]고 말한 바 있다. 그리고 이러한 발언은 「이야기, 이야기, 이야기」(1973)에서 다음과 같이 거의 똑같이 반복된다. "이야기라는 것은 사람들의 삶에 관해서 말하는 것으로되, (……) 삶의 뜨거운 모습, 진실되고 올바른 모습을 보여주어야 이야기인 것이다."[23] 이는 비소설 장르인 르포르타주 창작의 문제의식이 그의 소설에도 그대로 관철되면서 창작의 중요한 동기로 작용했음을 보여준다. 「낮에 나온 반달」에서 구자석이 찾는 '생(生)의 증거'/'생존의 비밀'은 박태순이 르포르타주 창작의 대상으로 지목했던 바로 그 "가장 진실한 것, 삶의 문제"와 같은 맥락에 있다.

그런 측면에서 '생(生)의 증거'/'생존의 비밀'이란 달리 말하면 하층민적 삶의 실체적 진실이라고 할 수 있다. 이때 박태순이 말하는 진실은 몸으로 부대끼는 삶의 현장과 분리된 주관적인 것 혹은 지식

---

22 박태순, 「특별 르포타지─광주단지 4박 5일」, 『월간중앙』, 1971년 10월호, 256쪽.
23 박태순, 「이야기, 이야기, 이야기」, 『정든 땅 언덕 위』, 민음사, 1973, 77쪽.

인적 관념과는 거리가 멀다. 그것은 있는 그대로의 삶의 실감이 살아 있는 삶의 현장 한가운데로 뛰어들어 발견해야 하는 어떤 것이다. 「낮에 나온 반달」에서 생(生)의 증거를 찾겠다며 온갖 자질구레한 직업으로 나날의 생존을 도모하는 많은 사람들을 직접 만나고 대화를 나누는 구자석의 행위 자체가 그런 진실을 발견하기 위한 수행적 행위다. 진실에 대한 이런 관점이 이후 특히 외촌동 연작에서 하층민의 삶에 대한 다각도의 천착을 통해 더욱 확장, 심화된다는 것은 우리가 익히 아는 바다.

이때 중요한 것은 소설에서 저 '생(生)의 증거'/'생존의 비밀'이 다름 아닌 '이야기'의 핵심으로 제시된다는 점이다. 즉 '생(生)의 증거'/'생존의 비밀'은 '이야기'의 다른 이름이다. 구자석이 서울을 떠돌며 찾으려고 하는 '스토리' 혹은 '스토리를 갖고 있는 인간'은 이런 맥락 속에 있다. 구자석이 그의 친구 한민에게 말한다.

"너는 너대로의 스토리를 갖고 있니?"

"나대로의 스토리?"

"그래. 지금은 논픽션의 시대다. 스토리를 갖고 있는 인간이 드물다. 인간들은 로맨스도 잃어버렸고, 더욱이 대하소설적인 스토리는 갖고 있지 않다. 인간들은 단지 그 마음속에 신문기사를 갖고 있을 뿐이다. 내 말 알아듣겠니? 나는 자기 나름의 스토리를 갖고 있는 인간을 찾는다. 그런 친구에게는 나의 스토리를 들려주고 싶다."(57쪽)

이에 따르면, "논픽션의 시대"인 지금은 "스토리"가 소멸된 시대다. 인간들은 자기 나름의 스토리를 갖고 있지 않고 마음속에 오직 신문기사만 갖고 있을 뿐이다. 구자석의 발언은 여기서 더 나아가진 않지만, 이 '스토리'가 그가 앞에서 말한 '생(生)의 증거'/'생존의 비밀'의 다른 표현이라는 점은 분명하다. 이 시대에 사람들이 스토리를 잃어버리고 마음속에 오직 신문기사만 있다면서 스토리와 신문기사를 대립시키는 이런 논리는, 흥미롭게도 '이야기(Erzählung)'와 (신문기사가 전달하는) '정보'를 대척점에 놓는 벤야민의 논리를 연상시킨다. 벤야민에 따르면 정보의 전달 형식인 신문은 제반 사건들을 독자의 경험의 영역으로부터 차단하고, 사실을 삶의 경험과 격리시킨다.[24] 그는 고도자본주의 시대에 이르러 그런 정보라는 새로운 소통 형식이 이야기를 위협하고 있으며 이야기하는 기술이 드물어진 데는 정보의 확산이 결정적인 역할을 했다고 지적한다. 그에 따르면 정보는 "그 자체로 이해 가능한 것"이다. 그에 반해 "이야기된 것은 정보가 지니지 못하는 어떤 진폭을 얻게 된다."[25] 왜냐하면 이야기에는 단편적인 '사실'로만 환원할 수 없는 공동체적 삶의 경험과 노동의 리듬이 축적되어 있기 때문이다. 이런 맥락에서 「낮에 나온 반달」의 구

---

24 발터 벤야민, 「보들레르의 몇 가지 모티프에 관하여」, 『보들레르의 작품에 나타난 제2제정기의 파리/보들레르의 몇 가지 모티프에 관하여 외』, 김영옥 · 황현산 옮김, 도서출판 길, 2010, 185쪽 참조.

자석이 찾는 '스토리'는 (벤야민이 강조하는) 삶의 진실과 경험의 진폭을 간직한 '이야기'라고 달리 말할 수 있다.[26]

신문과의 대조를 통해 이야기의 가치를 강조하는 이런 발상은 「낮에 나온 반달」에 바로 이어 씌어진 소설 「단씨의 형제들」(1970)에서도 반복되는데, 그곳에서 구자석의 '스토리'가 갖는 함의는 보다 뚜렷하게 드러난다.

하여튼 서울 물을 먹어본 내 눈에는 시골 장날의 축제 기분이라는 것이 이런 식으로 보이는 거야. 음험한 관찰임에 틀림없겠지만, 대략 8개월가량 장돌뱅이 생활을 하는 가운데 나는 산다는 것의 가장 구체적인 표정과 그 실감을 느꼈단 말야. (……) 사람들은 신문의 차원으로 눈을 뜨고 있지만, 반대로 신문보다 약간 높은 차원 또는 약간 낮은 차원의 세계에 대하여는 깜깜 절벽의 문맹 상태가 되어버린단 말야. 새로운 문맹인들은 신문이 제시해주는 삶과 생활이라는 게 진짜 삶이며 생활이라고 착각조차 한단 말야. 그런데 내가 장돌뱅이 노릇을 하면서 보게 된 삶이라는 것은 신문 같은 것에 의하여 규정되어 있는 삶과는 상관이 없는 것이었어.[27]

---

25 발터 벤야민, 「이야기꾼: 니콜라이 레스코프의 작품에 대한 고찰」, 『서사(敍事)·기억·비평의 자리』, 최성만 옮김, 도서출판 길, 2012, 425~426쪽.

26 박태순은 이야기에 대한 자신의 문제의식이 벤야민의 주장과 일치한다는 점을 후일에야 알게 되었던 것으로 보인다. 1970년대 외촌동 연작에서 나타나는 이야기에 대한 박태순의 문제의식과 벤야민의 이야기론의 접점에 대해서는 조현일, 「박태순의 '외촌동 연작' 연구: 이야기와 숭고」, 우리어문학회, 『우리어문연구』 29, 2007, 555~556 참조.

이때 새로운 문맹인들이란 「낮에 나온 반달」의 구자석의 표현으로는 스토리를 잃어버리고 "마음속에 신문기사"만 갖고 있는 사람들이다. 이에 따르면, 새로운 문맹인들은 신문이 제시해주는 삶과 생활의 모습을 진짜라고 착각한다. 하지만 진짜 삶은 신문이 제시하는 정보 속에는 존재하지 않는다. 시골 장날의 풍경 속에서만 볼 수 있는 그것은 이를테면 '산다는 것의 가장 구체적인 표정과 그 실감'과 같은 것이다. 그것이 바로 신문기사와 다른 (지금은 소멸되어가는) 스토리(=이야기)의 핵심이다.[28] 게다가 그것은 "장돌뱅이 노릇"을 하면서 떠도는 자의 눈에만 보이는 어떤 것이다. 그 진짜 삶이 시골 장날에 모여든 사람들의 표정 속에 있듯이, 「낮에 나온 반달」에서 구자석이 찾는 스토리도 그와 크게 다르지 않다. 그것은 "백조담배보다 값싼 담배를 피우는 사람들" 속에 있다.

"나도 스토리를 갖고 있지 못해. 그러나 나는 스토리를 갖고 있는 많은 사람들을 알고는 있지."

---

27 박태순, 「단씨의 형제들」, 『단씨의 형제들 외』, 삼중당, 1975, 359쪽.

28 이야기의 소멸에 대한 박태순의 문제의식은 이후 그의 기행문에서도 일관되게 관철된다. 『국토와 민중』에서 박태순은 이야기에 대한 벤야민의 글을 소개하면서 우리의 경우 이야기의 소멸이 전통문화의 해체와 관련되어 있다고 주장한다. 박태순, 『국토와 민중』, 한길사, 1983, 19~20쪽 참조.

"그들이 누군데?"

"그들은 백조담배보다 값싼 담배를 피우는 사람들이다. 그래서 그들은 스토리를 갖고 있다는 것조차 모른다."

"너는 세상을 많이 돌아다녀본 모양이구나."

"음, 좀 돌아다녔어. 대한민국이 좁은 나라가 아니라, 넓은 나라라는 것을 알 만큼은 돌아다녀봤지."(57~58쪽)

스토리를 갖고 있는 사람들은 '백조담배보다 값싼 담배를 피우는 사람들', 즉 생활의 현장에서 고된 삶을 꾸려가는 가난한 하층민들이다. 고된 노동에 치이며 박탈된 삶을 살아가는 그들은 그 때문에 자신이 스토리를 갖고 있다는 사실조차 알지 못한다. 중요한 것은 위 대화에서 구자석의 그런 깨달음이 "세상을 많이 돌아다녀본" 결과 얻게 된 것임이 암시된다는 사실이다. 이에 따르면 방랑은 하층민들 속에서 이야기를 발견하는 행위이며, 거꾸로 말하면 전국을 떠도는 방랑이 그 이야기의 발견을 가능하게 한다. 결국 지방에서 상경해 서울 곳곳을 떠돌며 사람들을 만나고 다니는 「낮에 나온 반달」의 구자석의 방랑은 그 자체로 서울이라는 대도시에서 '뜨겁고 진실한 삶의 모습'이 담긴 '이야기'를 찾아 나서는 탐색 과정이라 할 수 있다.

「낮에 나온 반달」에서 구자석의 방랑이 결국엔 이야기를 찾는 행위였다는 것이 소설 속에서 이미 은연중 암시되고 있었지만, 사실 겉으로 뚜렷하게 내세워지거나 명료하게 의식화된 것은 아니었다. 그것은 앞서 인용한 대화에서 짧게만 언급되고 있을 뿐이다. 그럼에도 불구하고 「낮에 나온 반달」에서 '이야기'는 구자석의 행로는 물론 소설의 구조까지도 기저에서 결정하는 핵심 모티프로 작동한다. 어떻게?

이야기의 발견과 서울의 지도 그리기

박태순의 「낮에 나온 반달」에서 서울 도심과 변두리를 가리지 않고 여기저기 떠도는 구자석의 행로는 겉으로만 보면 아무런 목적도 일관성도 없어 보인다. 그럼에도 불구하고 거기엔 어떤 목적과 일관성이 보이지 않게 숨어 있다. 무엇보다 소설에서 토로하는 그의 자의식이나 발언들을 종합해보면 그의 방랑을 매개하고 추동하는 것이 '이야기'라는 것은 다시 한번 분명해 보인다. 겉으로 두서없고 무질서해 보이는 「낮에 나온 반달」의 구조는 실은 그 이야기의 발견이라는 동기에 의해 논리적 근거를 얻는다. 다시 말해 온갖 잡다한 사람들을 만나 대화를 나누고, 도심과 변두리를 배회하며, 연극과 영화를 보고 책을 읽는 등 얼핏 뜬금없고 두서없는 구자석의 모든 행로를 하나로 묶어주는 것은 바로 이야기의 발견이라는 숨은 동기다.

바로 이 지점에서 「낮에 나온 반달」은 1970년대 외촌동 연작과 접점을 형성한다. 물론 「낮에 나온 반달」은 외촌동 연작의 구상이 본격화되기 이전에 씌어진 작품이지만, 그럼에도 외촌동 연작은 거꾸로 이 소설이 갖는 기본 구조와 의미를 이해하기 위한 결정적인 단서를 제공한다. 그중에서도 주목되는 것은 「이야기, 이야기, 이야기」다. 다음은 성남단지 난민촌에서의 체험의 내력을 전하는 「이야기, 이야기, 이야기」의 첫머리에 놓여 있는 화자 '나'의 진술이다.

이야기를 찾아서…… 나는 실로 많은 사람들을 만나왔다. 그렇다, 이 세상에는 사람들이 많은데, 그 사람들은 모두 이야기를 가지고 있음에 틀림없다. 잘난 체하는 사람, 말이 많은 사람, 박테리아처럼 세상을 부패시키기만 하는 사람, 서푼짜리 딴따라로 지절대기만 하는 사람, 남의 눈치나 보며 아부에 능한 사람, 왜정시대에 왜놈이 만들어줘버린 조선 종자, 자기 주장을 내세울 줄을 모르고 남의 압제 받기나 좋아하는 사람, 쓸데없이 공명심만 높은 사람, 분파심(分派心)이 강한 사람, 그런가 하면 나는 자기가 과연 어떤 인간인가 하는 것을 놓고 많은 이야깃거리를 찾아내보고자 했었다.

이야기를 찾아서…… 나는 또 떠돌아다니기도 했었다. 버스간에서, 완행열차 안에서, 다방에서, 대합실에서, 이발소에서, 공중변소 속에서, 경찰서 보호실에서, 향군 훈련장에서, 백운대 등산 코오스에서, 여수 부둣가에서, 상동 중석광산에서…… 나는 무심하게 흘러나오는 한두 마디 이야기라도 놓친 적이 없다.

재미난 이야기를 찾아서…… 나는 또 소설을 읽고 철학개론을 보기도 하고, 『21세기의 이데올로기에 관하여』 따위의 유식한 글 같은 것도 읽고,

그런가 하면 연극 구경도 했고 영화도 보고, 연애도 해봤고, 창녀촌에도 가보고, 변두리 동네를 헤매고 전국 방방곡곡 안 가본 데 없이 김삿갓 흉내를 냈었다.[29]

난민촌에서의 사연을 구구절절 풀어놓는 '나'는 소설의 서두에서 이야기를 찾아서 많은 사람들을 만났고, 소설과 철학책을 읽고 연극과 영화를 보고 창녀촌에도 가보고 연애도 하면서 떠돌아다녔다고 말한다. 여기서 '나'가 나열하는 이 세 가지 유형의 행위들은 모두 (앞에서 보았던 것처럼) 「낮에 나온 반달」에서 구자석이 서울에서 했던 행위들과 정확히 일치한다. 뿐만 아니라 「낮에 나온 반달」에서 "시대를 잘못 알고 태어난 방랑시인처럼 어슬렁거리며"(16~17쪽) 떠돌아다닌다고 했던 구자석의 말은 여기서는 "김삿갓 흉내를 냈었다"는 말로 요약적으로 반복된다. 「이야기, 이야기, 이야기」에서 '나'의 그 모든 행위를 부추긴 것은 "이야깃거리를 찾아내보고자"하는 동기였다. 「낮에 나온 반달」의 구자석의 경우도 마찬가지다. 위 진술이 어느 면 외촌동 연작 전체를 일관하는 발상과 방법을 지시하는 메타적 진술이라 할 수 있다면, 그런 측면에서 이는 「낮에 나온 반달」에도 똑같이 적중한다. 그렇게 볼 때 「낮에 나온 반달」의 서사는 (외촌동 연작과는 전혀 다른 별개의 작품이지만) 주인공 구자석의 행로를 통해

---

29 박태순, 「이야기, 이야기, 이야기」, 65~66쪽.

이야기의 발견이라는 외촌동 연작의 발상과 방법을 미리 앞질러 보여주는 셈이다.

「낮에 나온 반달」에서 구자석이 언급하는 '대동여지도'는 이 지점에서 의미를 얻는다. 대동여지도란 무엇인가? 고등학교 동창인 한민을 우연히 만난 구자석이 묻는다. "너도 '대동여지도'를 만든 김정호를 알지?"(61쪽) 구자석에 따르면 자신이 지방을 떠돌고 서울에서 노숙을 하면서 느낀 것은 바로 대동여지도를 만들던 김정호의 심정이었다. 그러면서 그는 이 시대는 새로운 대동여지도를 요구하고 있다고 말한다.

"아마 얼마 동안 서울 시내를 뱅글뱅글 돌아다니게 되겠지."

하고 구자석은 말했다.

"아까 나는 대동여지도를 만든 김정호에 대해서 얘기했지만 이 시대야말로 새로운 대동여지도를 요구하고 있다고 생각된다. 그리고 그것은 나의 경우에 있어서 아주 절박하다. 나는 내 나름의 대동여지도를 만들어볼 작정이다."

"네 나름의 대동여지도로구나?"

"나는 모든 걸 백지로 돌려놓고 서울 바닥을 기운차게 뛰어볼 결심을 하고 있거든."

"그래서 어떤 지도를 만들게 될 건데?"

"그건 나도 몰라. 하지만 사람들이 살아가는 방식, 그들의 정신 풍토가

어떤 것인지 알 수 있겠지."(63쪽)

　구자석은 김정호의 대동여지도가 관(官)에서 관심을 갖지 않는 "민간인적(民間人的)인 색채"(61쪽)가 뚜렷한 지도였듯이, "반사회적인 인간이며 민간인(民間人)"(40쪽)인 자신의 대동여지도 또한 경제 개발과 도시 건설이라는 국가적 시책과는 무관한 자리에서 삶의 현장을 돌아보고 기록하는 지도가 될 것임을 시사한다. 이에 따르면 그 대동여지도는 "서울 시내를 뱅글뱅글 돌아"다니고 "많은 사람들과 만나"(69쪽)는 것을 통해 만들어진다. 그리고 그렇게 만들어진 지도는 "사람들이 살아가는 방식, 그들의 정신 풍토"를 알려줄 것이다. '생(生)의 증거'/'생존의 비밀'을 찾아 나서겠다는 구자석의 다짐도 그러고 보면 바로 이 자기 나름의 대동여지도 그리기와 관련되어 있다. 그의 지도 그리기는 결국 부산하고 피로에 젖은 서울 난민들의 삶의 실감과 먹고사는 일의 고단한 진상을 발견하는 행위이며, 신문 기사의 정보가 알려주지 않는 삶의 무게와 진폭을 취재하고 기록하는 일이다. 달리 말하면 「낮에 나온 반달」에서 구자석이 말하는 대동여지도의 작성은 이야기의 발견 및 기록과 같은 것이다.

　「낮에 나온 반달」의 구자석은 "내 나름의 대동여지도를 만들어볼 작정"이라고 말하지만, 실은 서울 곳곳을 떠돌며 사람들을 만나고 다니는 그의 행적 자체가 그런 측면에서 이미 나름의 방식으로 서울의 지도를 그리는 수행적 행위라고 할 수 있다. 그가 돌아다니는 서울역 광장, 청진동 해장국 동네, 동대문시장, 명동과 종로 거리, 신설동 인쇄공장, 이화동 시외버스 정류장, 현저동 서대문형무소, 도시 외곽의 난개발 지역 등은 말 그대로 "생(生)의 사실과 지리(地理)의 사실이 고통스럽게 엉켜 있는"[30] 삶의 현장이다. 소설은 보고 듣고 먹으며 돌아다니면서 그 현장의 부산한 삶의 소음들을 스케치하는 구자석의 행적을 따라가는데, 이를 통해 「낮에 나온 반달」의 서사는 그 자체가 '생(生)의 사실과 지리(地理)의 사실'이 통합된 서울의 지도가 되고 있는 셈이다. 그 점에서 우리가 소설을 읽으며 서울 곳곳을 떠도는 구자석의 행로를 좇아가는 시점은 새로운 관점과 방법으로 작성된 서울의 지도를 보는 시점과 다르지 않다고 할 수 있다.[31]

「낮에 나온 반달」이 그리는 서울의 지도는 삶의 현장에서 포착한 '이야기'의 지도다. 주목해야 하는 것은 이야기의 발견이라는 이 소설의 문제의식이 이후 1970년대의 외촌동 연작은 물론이고 르포르타주/국토기행문으로까지 이어진다는 점이다. '이야기의 지도'라 할 수 있을 이 대동여지도라는 모티프 역시 마찬가지다. 실제로 박태순은 1970년대 이후 쓴 국토기행문에서 김삿갓의 방랑과 더불어 김정호의 대동여지도를 수시로 언급한다. 예컨대 그는 '한국탐험'이라는

---

30 박태순, 「서문」, 『작가기행』, 민음사, 1975.

31 이와 맥락은 조금 다르지만, 주인공의 이동을 따라 소설의 이야기를 좇는 시점과 평면상의 지도를 보는 시점이 상호 반전될 수 있다는 점에 대해서는 이효덕, 『표상 공간의 근대』, 박성관 옮김, 소명출판, 2002, 288~289쪽 참조.

타이틀로 『세대』지에 국토기행문의 연재를 시작하면서 그 첫 회에 대동여지도에 대해 말하며 「낮에 나온 반달」의 구자석의 진술을 거의 똑같이 반복한다.[32] 뿐만 아니라 1980년대 초에 쓴 국토기행문인 『국토와 민중』을 관통하는 것도 민중의 삶이 소거된 '관광지도'와 '개발지도' 같이 잘못 그려진 지도가 아닌 "새로운 국토 지도"[33]를 그린다는 문제의식이다.

이처럼 「낮에 나온 반달」에서 구자석이 '생(生)의 증거' / '생존의 비밀'을 찾아 떠돈다는 설정은 이후 박태순이 이야기를 찾아 변두리 삶의 현장을 떠돌며 외촌동 연작을 비롯해 르포르타주와 기행문을 창작해나가는 문제의식의 출발점과 동기를 문학적 방식으로 앞질러 제시한다. 특히 하층민의 삶 속에 진짜 이야기가 있고 그 안에 숨어 있는 삶의 진상을 발견하려 한다는 이 소설의 문제의식은 이후 여러 장르에 걸쳐 지속적으로 제기된다. 예컨대 박태순은 1973년에 인천어시장을 탐방한 기행문에서 인천부두 막노동꾼 한중식 씨에 대한 취재를 기록하면서 그의 말을 이렇게 옮겨 적는다. "우리같은 막벌이 일꾼들은 아무것도 알지 못할 뿐만 아니라 도대체 글로 써낼 만한 가

---

32 "한편 김정호는 정부에서 마땅히 국가사업으로 추진했어야 할 일을 그 개인의 한갓된 열성으로 전국을 답파하여 대동여지도를 만들었다. 그러한 국학 기행, 그리고 정신적 대동여지도를 우리의 시대는 분명히 요청하고 있지 아니한가." 박태순, 「한국탐험 1―임진강」, 『세대』, 1973년 2월호, 242쪽.
33 박태순, 『국토와 민중』, 한길사, 1983, 27쪽.

치 있는 아무것도 없다고 그렇게 말했다."[34] 막벌이 일꾼 한중식 씨
는 글로 써낼 만한 가치 있는 스토리를 갖고 있으면서도 정작 자신은
그런 건 없다고 말한다. 「낮에 나온 반달」에서 "백조담배보다 값싼
담배를 피우는 사람들"이 스토리를 갖고 있으면서도 정작 그들 자신
은 그것을 알지 못한다는 구자석의 생각은 소설이 아닌 기행문에서
이렇게 또 다른 방식으로 반복된다. 그리고 이 취재기에서 박태순은
뻑적지근한 노동으로 비지땀을 흘리는 저 막벌이 일꾼의 고된 일상
에 숨어 있는 '이야기'를 '발견'하고 그것을 글로 기록한다. 「낮에 나
온 반달」과 이후 1970년대에 씌어진 국토기행문이 갖는 상호텍스트
적 거울관계가 다시 한번 확인되는 대목이다.

먹고산다는 것, 그리고 '이야기꾼'으로 가는 길

박태순의 「낮에 나온 반달」에는 주인공 구자석이 식당에서 음식을
먹는 인상적인 장면이 나온다. 장면 하나. 청진동 해장국집에서 그
는 만원을 이룬 각양각색의 사람들과 함께 음식 먹는 대열에 참가한
다. "그의 혀와 그의 위(胃)는 구수한 음식 냄새에 감동"했고, "성난
사자처럼" 정신이 팔려 구수한 해장국을 다 먹어치우고 나온 후 그

---

34 박태순, 「한국탐험 6—인천어시장: 해구(海口)의 인간갈매기」, 『세대』, 1973년 7월호, 250쪽.

는 "음식은 지독히 맛이 있었다……"(49쪽)고 말한다. 이 장(章)에는 '사람은 먹어야 산다'라는 소제목이 붙어 있다. 장면 둘. 거리를 걷다 배가 고파진 구자석은 종로통 시장 골목의 순댓국집에 들어간다. 사기를 당해 돈이 없어 막걸리만 시켜 마시고 있던 그는, 돼지머리를 통째로 사서 베어 먹던 시장 상인들에게 돼지 눈시울 한 조각을 맛있게 얻어먹는다. 배불리 먹고 순댓국집을 나온 그는 자신감에 차 뜨겁게 돌아가는 피를 느끼며 생각한다. "그는 사람들이 먹어야 사는 동물이라는 것을 오랜만에 기분 좋고 흐뭇하게 느꼈다."(139쪽)

박태순은 「낮에 나온 반달」에서 이렇게 언뜻 사소한 것처럼 보이는 밥 먹는 장면에 의식적으로 지면을 할애하면서 '먹는 일', 혹은 '끼니'가 갖는 가치를 긍정하고 그 의미를 우회적으로 부각한다. 즉 그는 이를 통해 '먹는 일'이 나날의 생존과 직결된 문제일 뿐만 아니라 뜨거운 피를 돌게 만드는 삶의 활력과도 무관하지 않음을 암시한다. 그렇게 시장 상인들과 시정잡배, 지저분하거나 수상한 몰골을 한 남녀들과 식당에서 한데 뒤섞여 밥을 먹는 장면을 자세히 묘사하는 박태순의 시선은 삶과 끼니를 바라보는 섣부른 지식인적 관념을 멀리한다. 거기에는 무엇보다 '먹고사는 일'이 갖는 만만치 않은 무게에 대한 긍정이 있다.

중요한 것은 「낮에 나온 반달」에서 단초를 보여주는 그런 시각이 이후 그가 1970년대에 쓰는 외촌동 연작은 물론 비소설 장르에서 더욱 구체화된다는 사실이다. '먹고사는 일'의 무게를 강조하는 그의 시각은 국토기행문에서는 어쩔 수 없이 나날의 생계에 목을 매야 하는 민중의 실상에 대한 탐구로 확장된다. 그에 따르면 그들 민중에게는 "어쨌든 먹고사는 것이 문제이다."[35] 또한 그런 시각이 1970년대 이후 그가 외촌동 연작에서 하층민을 바라보는 시선으로 그대로 연장되는 것은 물론이다. 즉 먹고 싸고 싸우고 속이고 사기 치며 살아가는 본능에 충실한 밑바닥 인생들의 삶의 비루한 진상이 어떤 선입견이나 지식인적 관념의 포장 없이 드러나는 그의 소설들의 근저에 있는 것도 바로 그런 시각이다.

박태순의 「낮에 나온 반달」은 대도시 서울에 대한 탐구의 기록이자 그 속에서 어떻게든 발붙이고 살아남으려는 도시 난민들에 대한 관찰기다. 그는 이 소설에서 뒷골목 방랑자 구자석의 눈으로 1960년대 후반 대도시 서울이 안고 있는 온갖 문제와 삶의 세태를 스케치한다. 사람과 물자의 이동과 무차별한 집중으로 몸집을 불려가는 서울의 팽창, 주변의 식민화로 "서울의 쓰레기통 노릇"(153쪽)을 하게 되면서 심각한 난개발과 투기로 파헤쳐지는 도시 변두리 지역, 사기꾼과 절도범과 강도범들이 북적북적 들끓는 시장통, 피곤에 절은 채 서울로 흘러들고 또 흘러나가는 도시 유랑민들, 경제 개발의 속도전에 젊음을 저당잡힌 노동자들, 그야말로 "전천후 농업(全天候農業)"(106쪽)이 되어가는 고리대금업의 전횡, 떨려나고 낙오되지 않기 위해 도

---

35 박태순, 「한국탐험 4—오대산 지역: 소박한 사람들」, 『세대』, 1973년 5월호, 252쪽.

덕과 규칙을 무시하고 남을 속이고 해치고 싸우고 하는 군상들.「낮에 나온 반달」이 담아내는 것은 이 모든 문제를 안고 몸살을 앓는 대도시 서울의 만물상(萬物相)이다. 그런 측면에서 이 소설을 1960년대 대도시 서울의 만상을 스케치하는 문학적 풍속지리라고도 할 수 있을 것이다.

「낮에 나온 반달」에는 시대의 압박에 짓눌린 젊음의 자의식이라는 좁은 방을 벗어나 대로(大路)로 나서게 될 작가 자신의 문학적 전환이 자기반영적으로 투영된다. 특히 이야기를 찾아 서울 곳곳을 떠돌아다니며 사람들을 만나고 다닌다는 이 소설의 설정은, 이후 1970년대에 들어와 변두리 하층민의 삶에 대한 천착으로 보폭을 넓혀가는 그의 행로를 미리 앞질러 보여준다. 앞에서도 지적했듯이 이를 통해 이후 전개될 르포르타주와 국토기행문 창작의 문제의식이 문학적 방식으로 개진된다는 것도 이 소설의 문제성을 더욱 돋보이게 하는 요소다. 그런 측면에서 「낮에 나온 반달」이 갖는 온전한 의미는 1970년대 이후에 박태순이 쓴 외촌동 연작은 물론이고 르포르타주/국토기행문 같은 비소설 장르와의 상호텍스트적 그물망 속에 놓고 함께 살필 때에야 비로소 더욱 뚜렷해질 것이다.

그중에서도 특히 박태순의 이후 작업에서 한층 구체적인 문학적 성과로 응집되고 확산되는 '이야기'에 대한 문제의식의 단초가 일찍이 1960년대 후반에 씌어진 이 소설에 있었다는 것은 다시 한번 주목해야 할 사실이다. 그런 측면에서 이 소설은 1970년대 박태순 문학세계의 전환이 어떻게 어떤 동기로 시작되는지를 예고한다. 박태순은 후일 "소설 그 자체의 문학성을 존경할 이유"는 없으며 소설이 "그 자체로 대단한 가치가 있다고 믿지 않"는다고 말했다.[36] 이는 "조잡한 시대"에는 비소설 장르의 산문성이 더 문학성을 지닐 수도 있음을 강조하는 맥락에서 나온 발언이지만, 그는 여기에서 삶의 현장으로부터 스스로를 격리시킨 기존의 소설에 대한 반성과 함께 '다른' 소설에 대한 지향을 시사하고 있다. 「낮에 나온 반달」은 그 '다른' 소설이 어떤 모습이어야 하는가를 암시하는 소설이다. 특히 시정(市井)을 몸으로 누비며 "생(生)의 증거"를 찾아나서는 주인공 구자석의 행적은 이후 변두리 삶의 현장을 직접 몸으로 부대끼며 써나가는 작가의 소설 쓰기의 태도를 예시하는 것으로 읽힌다. 그리고 여기에는 박태순이 스스로를 (벤야민적 의미에서) 자신을 고립시킨 고독한 개인으로서의 '소설가'가 아니라[37] '이야기꾼'으로 정립해나가는 과정의 문제의식이 투영되어 있다. 그에 따르면 '이야기'는 삶의 현장에 생생

---

36 박태순, 「작가 서문: 갈등의 시대에 선 모순의 문학을 위하여」, 10~11쪽 참조.

37 '이야기꾼'과 대조되는 '소설가'에 대한 벤야민의 정의는 (자신의 초기 소설을 포함해) 박태순이 벗어나려 했던 기존 소설의 문제점이 무엇이었는지를 정확하게 지시한다. 따라서 고독한 개인으로서의 '소설가'에 대한 벤야민의 다음 설명은 '소설 그 자체의 문학성'을 거부하고 삶의 진실이 담긴 '이야기'를 강조하는 박태순의 비판적 문제의식의 출발점을 그대로 대변하는 것으로 보아도 큰 무리가 없다. "소설가는 자신을 고립시켰다. 소설의 산실은 고독한 개인이다. (……) 소설을 쓴다는 것은 인간의 삶을 서술할 때 타인과 공유할 수 없는 고유한 것(das Inkommensurable)을 극단으로 끌고 간다는 것을 뜻한다."(발터 벤야민, 「이야기꾼: 니콜라이 레스코프의 작품에 대한 고찰」, 최성만 옮김, 423쪽)

히 살아 있는 진짜 삶의 진실을 보고하고 전달하는 형식이다.

이는 이후 박태순의 소설에서 그가 강조하는 산문정신이 다름 아닌 '이야기'의 형식 속에서 펼쳐질 것임을 예고한다. 벤야민에 따르면 이야기에서 사건은 보고자의 삶 속으로 침투하고, 그리하여 도자기에 도공(陶工)의 손자국이 남아 있듯 이야기에는 이야기하는 사람의 흔적이 남는다.[38] 1970년대 박태순의 외촌동 연작이 바로 그렇다. 삶의 현장으로 투신해 소외된 변두리 삶의 비루하고 자질구레한 사연을 보고 듣고 쓰는 박태순의 외촌동 연작에는 그처럼 생생한 사건의 현장을 직접 몸으로 누비고 부대끼는 이야기꾼의 삶과 방랑의 흔적이 새겨져 있다. 뿐만 아니라 그에게 이야기의 형식을 빌린 산문정신의 심화는 단지 소설 장르의 차원에만 국한되지 않는다. 오히려 그것은 비소설 장르에서 자양을 얻고 서로를 보완하면서 심화되어나간다. 『한국탐험』(『작가기행』)과 『국토와 민중』 같은 국토기행문은 이야기의 발견과 '이야기하기'라는 박태순의 방법 정신이 비소설의 차원에서도 여일하게 관철되었음을 보여주는 사례다.[39] 「낮에 나온 반달」은 그런 작가의 행보가 어떤 문제의식에서 시작되는지를 대도시 서울에 대한 탐구 속에서 앞당겨 보여주는 문학적 예고편이다.

---

38 발터 벤야민, 「보들레르의 몇 가지 모티프에 관하여」, 김영옥·황현산 옮김, 186쪽.
39 1970년대 박태순의 외촌동 연작과 국토기행문이 갖는 문학적 의미와 그 둘의 상호텍스트적 관계는 이런 맥락에서 보다 섬세하게 재구성될 필요가 있는데, 이에 대한 본격적인 논의는 차후를 기약한다.

3장
성공의 로망스와 환멸의 성장

계속 일하라. 일이 멈추지 않도록.

—자크 라캉,『정신분석의 윤리』

시골 촌놈의 환멸

1960년대는 환멸의 시대다. 이 시기 들어 문학주체들의 기대와 환상이 향했던 곳은 크게는 4·19로 상징되는 민주화와 5·16으로 대표되는 근대화였다. 그런데 민주화와 근대화의 이중과제라는 측면에서 보면, 4·19와 5·16은 실상 모순과 배척의 관계에 있었다고만은 할 수 없다. 오히려 그 둘은 상호의존적이다. 잘 알다시피 4·19는 처음부터 한국사회의 근대화에 대한 요청을 제출하고 있었고, 5·16 또한 애초 그 내포가 다르긴 해도 어쨌든 민주주의에 대한 저 나름의 구상과 기획을 내장하고 있었다. 그런 측면에서 4·19와 5·16은 한편으론 갈등하면서도 다른 한편 서로 교차하고 삼투하며 중첩되는 관계에 있었다.[1] 따라서 1960년대 문학주체들이 귀착했던 환멸의 심적 구조는 단순히 (흔히 거론되는 것처럼) '5·16으로 인한 4·19의 좌절'이라는 요인만으로 환원할 수 없는 보다 복합적인 층위를 갖는 것이었다.

1960년대 소설에서 그 환멸의 심적 구조는 여러 양상으로 드러나지만, 많은 부분 시골과 서울을 오가는 지리적 이동을 매개로 한다. 이는 4·19세대의 소설에서 특히 두드러지는데, 가령 「환상수첩」(1962)을 비롯한 김승옥의 소설들이 대표적이고, 서정인의 「강」(1968) 같은 소설도 부분적으로 그렇다. 이청준 소설의 경우 지리적 이동이 작품의 표면에 드러나진 않지만 거기서도 역시 어찌 됐든 서울에 발붙이며 살아야 한다는 '시골 촌놈'의 자의식은 소설 전체를 관류하는 심적 토대로 작용한다.

그 시골과 서울의 이분법적 심상지리가 특히 4·19세대 작가들의 소설에서 유독 강렬하게 표출되는 것은 4·19세대 문학의 정신구조와 관련한 흥미로운 현상이다. 하지만 그와는 조금 다른 맥락에서 '상경'이라는 지리적 이동이 초래하는 문화적 충격과 삶의 변동의 한 국면을 포착하는 소설도 있다. 손창섭의 장편소설 『길』이 그것이다.

---

1 5·16 이후 많은 지식인들이 군사쿠데타에 대해 가졌던 한편의 호의적인 반응 또한 그런 맥락에서 이해할 수 있다. 이에 대해서는 권보드래·천정환, 『1960년을 묻다: 박정희 시대의 문화 정치와 지성』(천년의상상, 2012)의 1부 1장 참조.

『길』은 1968년 7월 29일부터 1969년 5월 23일까지 『동아일보』에 연재된 신문연재소설이다. 이 소설이 그리는 것은 성공의 부푼 꿈을 안고 상경해 분투를 거듭하지만 결국 실패하고 귀향하는 어린 소년의 불우한 성장기다. 소설에서 부각되는 그 불우한 성장은 한편으로는 지리적 이동을 매개로 저 상경한 시골 촌놈의 환멸이라는 심적 구조에 비스듬히 닿아 있다.

그러나 『길』에서 시골 촌놈의 서울살이의 서사를 통해 드러나는 환멸은 4·19세대 작가들의 그것과는 전혀 다른 지점에 있다. 이는 이 소설이 1960년대 자본주의 근대화의 대세에 휩쓸려 들어가던 한국사회의 욕망의 생태와 군상들의 만상(萬象)을 생생하게 재현한다는 점과도 무관하지 않다. 즉 4·19세대 작가들의 소설에서는 근대화의 물결에 맞닥뜨린 '젊음'의 자의식이 중심에 놓여 있었다면, 손창섭의 『길』은 그 중심을 '치부'와 '성공'이라는 대중적 욕망의 모터(motor)가 움직여가는 다종 다기한 대중적 삶의 세태로 옮겨놓는다. 4·19세대 작가들의 소설이 시골에서 상경한 시골 촌놈들의 의식의 생태학이었다면, 『길』은 시골 촌놈의 눈에 비친 자본주의 도시 서울의 욕망의 생태학이다. 그런 측면에서 『길』은 1960년대 한국의 근대화 과정에서 형성되던 욕망의 지형과 심상지리를 4·19세대의 젊음의 자의식과는 조금 다른 맥락에서 그려 보여주는 흥미로운 참고 자료다.

『길』의 주요 골격은 성공하기 위해 상경한 열여섯 살의 어린 소년 성칠이 한국사회의 현실과 군상들에 몸으로 부딪치면서 이르게 되는 성장의 서사다. 그 과정에서 파행적인 자본주의 근대화의 뒷면에서 창궐하는 온갖 비리와 부패, 타락과 부정 등이 성칠의 눈을 통해 가차없이 폭로된다. 작가의 말이다.

부정, 부패, 음모, 타락이 잡초처럼 무성한 대도시의 추잡한 현실 속에다 아직 때가 끼지 아니한 시골의 순박한 소년 소녀를 집어던져 그 반응을 시험해보고 싶다. 근묵자흑(近墨者黑)이란 말이 있지만 이러한 오탁 속에서 상상할 수 없었던 별의별 사람과 별의별 사건을 수없이 겪어나가야 할 그들이 과연 어떻게 자신을 가누어나가며 어떻게 변질해가는가를 그들의 인간 형성의 과정을 그렸다.[2]

작가의 의도는 이처럼 추잡한 현실에 내던져진 순박한 소년의 반응을 시험하는 데 있었다. 『길』이 "순수한 동심의 인간이 지도 위에 그려진 길을 따라 세계의 진상을 검증하는"[3] 소설이라는 지적이나, 주인공 성칠을 "작가가 사용하는 내시경의 렌즈"[4]에 비유하는 지적 등은 모두 이 지점을 의미화한다. 일찍이 『길』을 "1960년대의 가

---

2 손창섭, 「작가의 말」(연재 예고), 『동아일보』, 1968년 7월 29일.
3 김병익, 「현실의 도형과 검증—손창섭의 『길』」, 김병익 · 김주연 · 김치수 · 김현, 『현대한국문학의 이론』, 민음사, 1972, 343쪽.
4 이호규, 「타락한 현실, 무력한 의지, 그러나 포기할 수 없다—손창섭의 『길』을 읽고」(해설), 손창섭, 『길』, 북갤럽, 2002, 343쪽.

장 훌륭한 신문소설의 하나"로 고평하면서 "『길』 자체는 현실이 도의 교과서의 가르침과 너무나 다르다는 소박한 진실"[5]을 말하고 있다는 백낙청의 평가도 크게 보면 맥을 같이한다. 특히 작가가 신문소설의 형식적 제약을 극복하기 위해 이 소설에서 실험했다는 반복의 수법[6]은 현실에 대한 그런 비판적 진단을 대중적으로 전달하는 효과를 거둔다. 성장소설, 세태소설, 신문소설 등으로 각기 달리 설명되는 이 소설의 여러 특성은 작품 속에서 서로 결합하고 한데 어우러져 한국 자본주의 현실의 비판적 진단이라는 그런 작가의 의도를 효과적으로 부각하는 데로 수렴된다.

그렇다면 그 비판적 진단은 어디로 귀결되는가? 많은 이들이 지적하는 것처럼 그곳에는 물론 '환멸'이 있을 것이다. 좀 더 구체적으로 말한다면 그것은 "5·16 이후 군사정권 아래에서의 타락하고 부패한 현실에 대한 환멸"[7]이 되겠다. 그러나 그렇게 말해버리고 만다면 너

---

5 백낙청, 「시민문학론」, 『민족문학과 세계문학』, 창작과비평사, 1978, 62쪽.
6 이에 대해서는 작가의 다음 진술을 참고할 수 있다. "(신문소설의 특성상 일회 분량의 제약 때문에—인용자) 독자는 작품의 중심을 관류하는 통일된 주제의 흐름에 합류하지 못한 채 무참하게 동강난 한 토막 한 토막의 단편만을 감상하는 데 그치게 되고, 그것은 당연히 작품의 분해 작용을 초래하게 마련인 것이다. 어떻게 하면 이 차단된 장벽에서 오는 분해 작용을 막아낼 수 있을까가 신문소설을 쓸 때마다 필자가 부닥쳐온 고심의 하나였다. 그래서 이번 『길』에서는 그것을 방지하기 위한 수법으로 반복의 효과를 시험해보았다. 즉 동일한 내용을 비슷한 표현으로 적절히 반복함으로써 독자의 기억 속의 차단의 벽을 무너뜨려보자는 것이다. 이러한 방법이 신문연재 중에는 다소의 효과가 있었다고 본다." 손창섭, 「소설 『길』을 끝내고」, 『동아일보』, 1969년 5월 24일.
7 편집부, 「도일 후의 손창섭에 대하여」, 『작가연구』 창간호, 새미, 1996, 162쪽.

무도 쉽고 단순하다. 중요한 것은 그 환멸의 구체적인 성격일 것이며, 그것이 시대 상황의 맥락에서 갖는 복합적인 의미일 것이다. 그 지점에는 물론 작가 손창섭의 개인적 인식뿐만 아니라 1960년대의 집단적 심리지형과 이데올로기 또한 연루되어 있다. 여기서는 이와 관련해 손창섭의『길』이 제기하는 몇 가지 문제들을 추적한다.

상경과 귀향, 혹은 성공으로 가는 길

손창섭의『길』은 16세 소년 성칠의 서울 상경기다. 돈을 벌어 성공하기 위해 상경해 아등바등 현실에 부딪쳐가다 결국 별 소득 없이 2년 8개월 만에 고향으로 돌아간다는 것이 서사의 경개(梗槪)다. 그런 측면에서『길』은 여타 4·19세대 작가들의 소설과 상경-귀향이라는 지리적, 심리적 이동의 모티프를 공유하지만, 문제의식은 전혀 다르다. 가령 다음 장면들을 보자. 각각 김승옥의「환상수첩」과 손창섭의『길』의 한 장면이다.

기차에 올라서 그리고 기차가 움직이기 시작하자 나는 애기치 못했던 외로움이 밀려드는 것을 느꼈다. (……) 창밖은 벌써 캄캄한 밤이었다. 나의 헝클어진 머리카락과 움푹 그늘이 진 볼이 그 창에 비치고 있었다. 바깥의 풍경을 보여주지 못하는 것이 미안하다는 듯이 야행열차만이 주는 선물이었다. 늙어버린 원숭이 한 마리가 어둠 속을 지켜보고 있는 모습일 뿐이었다. 새벽이 오면 습관에 따라 열매를 따러 나가겠다는 듯이 지극히 무관심한 표정. 그러자, 괴롭구나, 하는 생각이 들었다.[8]

밤차라서 그런지 차 안은 과히 붐비지 않았다. 성칠은 짐을 시렁에 얹고 창가에 자리를 잡았다. 그는 어둠을 뚫고 달리는 열차의 창틀에 지친 표정으로 머리를 기대고 비통에 잠겨 있었다. (……) 그동안에 과연 자기는 과연 무엇을 했고, 얼마마한 성과를 거두었단 말인가. 모친과 동생들을 불러올릴 만큼 자리를 잡거나 성공을 하기는커녕, 고생만 실컷 한 나머지, 무엇에나 차질과 실패만 거듭한 끝에, 마침내는 '남의 사람 같지 않게' 정이 들었던 봉순이마저 뺏기고 말지 않았는가.[9]

그들은 지금 똑같이 서울에서 실패하고 밤차로 귀향하는 중이다. 그들은 모두 지쳐 있다. 김승옥과 손창섭의 주인공들을 사로잡는 것은 공히 서울에서 실패했다는 비통한 의식이다. 그렇지만 그 의식의 내용에는 말할 것도 없이 결정적인 차이가 있다. 김승옥의 인물에게 그것은 도시적 삶의 적응에 실패한 데서 오는 피로한 자의식이라면, 손창섭의 인물에게 그런 자의식은 전혀 존재하지 않는다. 오히려

---

8 김승옥, 「환상수첩」, 『환상수첩』, 문학동네, 2004, 11~12쪽.
9 손창섭, 『길』, 동양출판사, 1969, 463쪽. 아래에서 이 작품을 인용할 때는 쪽수만 적는다.

『길』의 주인공 성칠을 비통하게 만드는 것은, 삼 년간의 피나는 노력에도 불구하고 아무런 성과 없이 빈손으로 고향에 돌아가야 한다는 사실이다. 그에게 성과란 돈을 많이 벌어 서울에서 성공하는 것이다. 즉 김승옥의 주인공을 괴롭게 만드는 것이 젊음의 소진("늙어버린 원숭이 한 마리")이라는 영혼의 문제라면, 『길』의 주인공을 비탄에 잠기게 만드는 것은 그렇게 고생했음에도 성공이라는 가시적인 성과를 얻지 못했다는 물질적 박탈감의 문제다.

이때 김승옥의 주인공 내면 한켠에는 자본주의 근대의 가치에 대한 심정적 거부의 시선이 보이지 않게 웅크리고 있는 반면, 『길』의 성칠은 다르다. 그는 오히려 그 가치를 자기 삶의 적극적인 목표로 내면화한 인물이다. 이는 성칠이 김승옥의 인물들처럼 대학생-지식인이 아니라 어린 소년-하위계층이기 때문에 오는 차이라고 할 수도 있지만, 여기에는 단순히 그것만으로는 환원할 수 없는 다른 차원의 문제가 존재한다. 미리 말한다면, 그것은 손창섭의 『길』이 갖는 서사전략과 이데올로기적 포지션의 문제와 관련된다. 어떤 측면에서 그런가?

1960년대 중후반의 사회 변동을 특징지은 것은 산업화와 도시화, 그로 인한 인구집중과 대규모 이농 현상이었다.[10] 1960년대 소설에 빈번한 상경 모티프의 근원에는 당시 한국사회를 재구조화한 이러

---

10 1960년대의 사회 변동과 도시화, 인구집중, 이농현상 등에 대한 분석은 박길성 외, 『1960년대 사회변화 연구: 1963~1970』, 한국정신문화연구원 엮음, 백산서당, 1999 참조.

한 사회 변동이 원경으로 놓여 있다. 특히 김승옥의 소설이 전형적으로 보여주듯이 상경은 자기 삶을 새로운 좌표 속에서 재구축하려는 욕망과 관련된다. 그 욕망이 향하는 지점은 물론 근대적 삶의 질서에 성공적으로 편입되는 것이다. 「무진기행」의 인물 윤희중에게서 드러나듯이 그것은 '출세'라는 세속적 성공에 대한 지향과 결코 무관하지 않다. 서정인 소설의 화자는 저들 젊은이들의 숨은 욕망을 아예 이렇게 직설적으로 발설하기도 한다. "그는 출세할 일이라면 무엇이든지 할 준비가 되어 있다."[11]

그 시대의 많은 청춘이 그랬듯이, 고향을 등지고 서울로 향하는 김승옥 소설의 청춘들에게도 서울은 가능성의 공간이었다. 그러나 그들은 곧 환상의 소멸에 직면한다. 그들은 그 가능성이란 결국 허구적인 것이었음을, 아니면 자기 내면의 인륜성의 세계를 파괴하고서야 가까스로 맛볼 수 있는 불편한 것이었음을 쓰라리게 확인한다. 김승옥의 소설에서 귀향은 등지고 떠나온 곳으로의 귀환을 통해 저 실패와 환멸을 다시금 확인하는 행위다. 그리고 거기엔 (서정인의 표현대로) "되찾을 수 없는 것의 상실"[12]을 상상적으로 보상받으려는 심리가 숨어 있다. 그들의 의식은 그처럼 복잡한 심리적 분열을 동반한다.

그렇다면 『길』의 성칠의 경우는 어떤가. 그 역시 그의 선배들과 마

---

11 서정인, 「강」, 『강』, 문학과지성사, 1999, 139쪽.
12 같은 곳.

찬가지로 고향을 떠나 서울에서 새로운 삶의 좌표를 찾는다. 그의 의식은 물질적 성공이라는 뚜렷한 목표를 향해 있고 그에게 '서울로 가는 길'은 '성공으로 가는 길'이다. 서울에서 결국 실패하고 귀향하는 성칠의 의식을 지배하는 것은 어떤 심리적 분열이 아니라 단지 성공을 위한 기반을 쌓는 일에 실패했다는 데서 오는 좌절감이다. 더욱이 성공에 대한 기대는 비록 무너졌지만 쉽게 포기되지 않는다. 성칠의 이런 면모에는 성공이라는 대중적 욕망의 코드와 그것이 부딪힐 수밖에 없는 냉엄한 현실적 장벽에 대한 인식이 한데 결합해 있다. 즉 고향에서 서울로 떠났다가 다시 빈손으로 귀향하는 성칠의 지리적 이동에 투영되는 것은, 서울이 약속하는 성공이라는 '거대한 기대'에 대한 대중들의 상상적 동일시와 그 실현의 지난함에 대한 자각이다.

성공 로망스의 모방과 불가능

『길』의 주인공 성칠은 그렇게 어떤 의식의 분열도 겪지 않고 거대도시 서울이 제공하는 '거대한 기대'를 순진하게 믿고 내면화하는 인물이다. 성칠의 그런 면모는 한편으론 그가 열여섯 살밖에 되지 않은 어린 소년이라는 사실로 간단히 설명된다. 이는 일차적으로는 서울의 추잡한 현실에 "아직 때가 끼지 아니한 시골의 순박한 소년 소녀를 집어던져 그 반응을 시험"한다는 창작 의도에서 비롯된 결과다. 아직 때가 끼지 않은 시골의 순박한 소년, 다시 말해 순결과 무지의 존재야말로 그와 대비되는 타락한 현실을 더욱 도드라지게 비추는 효과적인 소설적 장치가 되기 때문이다. 그러나 그뿐만이 아니다. 『길』에서 성칠의 캐릭터가 갖는 역할은 오히려 이를 넘어서는 복합적인 층위에 걸쳐 있다. 이때 중요한 것은 물질적 성공이라는 서울의 약속을 순진하게 내면화한 성칠의 면모가 당대 한국사회의 대중적 욕망의 코드를 집약한다는 점이다. 『길』의 서사전략은 그런 토대 위에서 펼쳐진다. 그리고 그 서사전략의 핵심은 바로 '성공의 로망스'의 재연(再演)이다.

성공의 로망스란 무엇인가? 1960년대 중후반 대중들의 의식을 지배한 것은 '열심히 일하면 잘 살 수 있다'는 기대와 신념이었고, 이는 박정희체제 개발주의가 국민들을 집단화하고 동질화하는 동원의 논리이기도 했다. 그렇게 '열심히 일해야 한다'는 도덕론이나 '잘 살 수 있다'는 행복론은 당시 생활 주체가 개발 논리를 내면화하는 계기이자 결과였다.[13] '성공'이란 그런 논리와 기대의 상상적 투사가 집약적으로 수렴되는 명제였다. "시골 천재의 입지전적 출세, 갖은 역경을 헤치고 남다른 노력 끝에 성공을 거머쥐는 이야기는 바로 개발의 시대의 로망스였다. 이 로망스는 성공을 위한 노력이 마땅하고 타당한 것임을

---

13 김예림, 「1960년대 중후반 개발 내셔널리즘과 중산층 가정 판타지의 문화정치학」, 한국문학연구학회, 『현대문학의 연구』 32, 2007, 351쪽.

가르쳤다. 성공은 모두의 꿈이었다."[14] 그러한 성공에 대한 대중의 꿈과 희망이 집약된 삶의 서사, 그것이 바로 성공의 로망스다. 1960년대의 대중적 삶에서 이 성공의 로망스는 대중의 가치와 정체성, 삶에 대한 신념 등을 투영하는 하나의 마스터플롯(master-plot)[15]으로 기능하면서 강력한 수사적 효과를 발휘했다. 그리고 그것은 각종 대중예술 서사의 형태로 반복되며 이데올로기와 심성구조의 차원에서 대중들의 삶의 기준과 가치를 정위하는 데 지대한 영향을 끼쳤다.[16]

손창섭은 성공의 꿈을 안고 상경한 주인공 성칠을 저 성공의 로망스 한가운데로 던져 넣는다. 성칠은 돈을 벌어 성공하겠다는 일념으로 여관 청소부, 공장 직공, 남자식모, 구두닦이, 대금업, 과일행상 등 온갖 궂은 직업도 마다않고 부지런히 일하며 악착같이 돈을 모은다. 그의 의식과 행동은 오직 성공이라는 명제 하나에 집중되며 그를 온통 사로잡는 것은 "어떻게 하면 조속히 성공할 수 있단 말인가"(220쪽) 하는 의문이다. 그래서 그는 만나는 인물들에게 하나같이 이렇게 성공의 비결을 묻는다. "아주머니 부탁입니다. 어떻게 해서 성

---

14 신형기, 「개발의 시대」, 『변화와 운명』, 평민사, 1997, 270쪽.

15 마스터플롯은 대중의식의 근저에 자리 잡고 있는 가치, 희망, 공포 등을 감정적 자산으로 활용해 다양하게 반복 재생산되는 스토리로, 한 사회의 신화적 구조와 같은 것이다. 마스터플롯에 대해서는 H. 포터 애벗, 『서사학 강의』, 우찬제 · 이소연 · 박상익 · 공성수 옮김, 문학과지성사, 2010, 99~105쪽 참조.

16 예컨대 시골에서 상경해 열심히 일한 결과 성공한다는 내용의 라디오 드라마 '또순이' 이야기가 영화로도 만들어져 인기를 얻는 등 1960년대 전반에 걸쳐 그러한 '국민적 노력과 성공'의 서사는 전대중적으로 호소력을 발휘하면서 확산된다. 김예림, 앞의 글, 353쪽 참조.

공을 했는지 그 방법을 제게 좀 가르쳐주세요."(63쪽) 그런 성칠이 생
각하는 성공이란 곧 돈을 버는 것이다.

　　아직은 자기가 성공하기 위해서 어떤 방향으로 어떤 길을 택해야 될지
막연했지만 그 방향이 뚜렷해지고 그리로 진출할 자신만 서면 언제든지
성공을 향한 직통 코스로 내달릴 생각인 것이다.
　　물론 그가 현재 생각하고 있는 '성공'이란 돈을 버는 일, 부자가 되는 길
이다.(66쪽)

그렇게 성칠은 당시 한국사회의 망탈리테를 지배한 성공의 로망스
를 삶의 서사로 내면화하고 온갖 직업을 하나씩 전전하며 돈을 벌기
위해 애를 쓴다. 이를 통해 작가가 보여주는 것은 대중적 욕망의 코
드가 투영된 저 성공 로망스의 현실적 가능성과 불가능성에 대한 서
사적 관찰과 반응 실험이다. 소설에서 그 관찰과 실험은, 성칠이 소
위 성공했다고 하는 사람의 성공담을 듣고 고무돼 그들이 밟았던 길
을 그대로 모방하는 행위를 반복하는 것으로 시작된다.

　　"그럼, 어떤 직업이 장래성이 있을까요?"
　　"내 생각엔 뭐니뭐니 해두 요즘 세상엔 기술을 배우는 게 젤일 거다. 훌
륭한 기술만 몸에 지니구 있으면 그까짓 대학 나온 거보다두 낫지."
　　성칠은 눈이 번쩍 뜨이는 것 같았다.

국제 기능 올림픽 대회에서 금메달을 타가지고 돌아와, 다시 대통령에게 상을 탄 젊은이들의 신문 기사가 생각났다.

"아저씨 말이 옳아요. 기술을 배워야겠어요. (……)"

"뭐든 한 가지 기술만 지니구 있으면 밥 먹는 건 문제두 아니구, 성공하기두 쉰 거다. 내 조카뻘 되는 애가 있는데 이 녀석이 국민학꿀 나와가지구 서비스 공장의 사환인가 견습공인가루 굴러다니더니 이젠 제법 공장을 차리구 사장이 됐지 뭐냐. 자동차 소제두 하구, 부속품 매매두 하구 버스까지 꾸며 팔구 돈을 얼마나 잘 번다구 그래."

"아저씨, 절 그 공장에 취직시켜 주실 수 없습니까?"(123쪽)

그렇게 성칠은 공장 기술자의 성공담을 성공 모델로 내면화하면서 공장에 취직한다. 결국 그는 현실의 장벽에 부딪히고 실상을 알게 되면서 기술자의 꿈을 포기하지만, 그 후에도 연이어 갖가지 직업을 선택하는 계기는 남에게서 듣는 그러한 성공 스토리다. 그가 공장을 그만두고 기숙과 미옥의 집에 기숙하다가 구두닦이를 시작하는 것도 미옥이 들려준 이런 이야기 때문이다. "언젠가 신문에 난 거 못 봤어? 구두닦이로 성공한 청년 얘기 말야. 시골서 빈손으로 올라와서 구두닦이만 해가지구 고향에 내려가서 조그만 농장을 차렸다는 기사가 신문에 난 적 있었어."(272쪽)

그리고 이후 성칠이 이자놀이나 과일행상까지 하는 것도, 그 일을 통해 돈을 많이 벌었다는 성공 스토리에 설득되고 감화되기 때문이다. 그처럼 "우리 대한민국에만도, 학력이 없으면서 큰 부자가 된 사람은 얼마든지 있다는 말을 들은 법하다"(135쪽)라는 성칠의 생각은, 국민학교밖에 나오지 않은 가난한 어린 소년인 그가 그래도 성공의 희망을 안고 고투하게 하는 동력이다. 손창섭은 그렇게 성공 로맨스를 자기 것으로 만들기 위해 그 과정을 모방적으로 실연하는 성칠을 서사의 중심에 놓음으로써 당시 대중들의 의식구조를 지배한 성공의 로맨스를 문제의 영역으로 끌어들인다.

그러나 성공의 로맨스를 자기 것으로 만들기 위한 성칠의 노력은 끝내 실패한다. 대신 그가 경험하는 것은 한국사회에 만연한 온갖 사기와 협잡, 부정과 부패, 술수와 부도덕이다. 그는 정당한 방법으로 돈을 벌기 위해 온갖 궂은일을 다하며 노력하지만, 그에게 돌아오는 것은 기대의 배반과 참담한 실패뿐이다. 그래서 그는 생각한다. "그는 자기 힘으로는 뚫고 나갈 수 없는 벽에 부닥친 느낌이었다. 이것이 냉엄한 현실이란 걸까."(216쪽) 그가 점점 깨닫게 되는 것은 많은 사람들의 눈에 보이는 성공 뒤에는 부정과 부패의 혼탁이 있다는 것, 그런 상황에서 돈과 성공이 그 자체로 지고의 선(善)만은 아니라는 사실이다. 그런 성칠의 희미한 각성은 혼탁한 서울의 실상을 직접 겪으면서 촉발되고, 여대생 강남주와 신명약국 주인의 지속적인 정신적 감화에 의해 더욱 뚜렷해진다.

『길』의 서사적 긴장은 성공 로맨스를 자기 것으로 만들기 위해 고투하는 성칠, 그리고 정당한 방법으로는 그 성취를 불가능하게 하는 현실의 타락한 실상의 대비 속에서 형성된다. 그리고 소설에서 그 긴장을 더욱 문제적으로 만드는 것은 타락한 현실에 동화되기를 거부하는 성칠의 타고난 성격이다.

그에게는 본질적으로 강인한 의지와 다소 도에 넘치는 프라이드가 있었다.
그것은, 나는 온갖 현실악에 물들지 않고 바르게 살겠다는 욕구와 그렇게 살고 있다는 자신에서다. 그리고 어떻게 해서든지 기어이 성공하고야 말리라는 굳은 결의에서다.
이런 점이, 자칫하면 남에게 건방지고 불손한 인상을 주게 되는 요인이기도 한 것이다.(265쪽)

성칠은 "사람이란 나쁜 짓을 해서는 못쓰는 거야. 바르게 살아야 해"(241쪽)라는 고지식한 도덕적 원칙을 끝까지 버리지 않고 불의와 타협하지 않는 인물이다. 그는 그런 도덕적 신념을 견지하면서 정당한 방법으로 돈을 벌려고 하지만 현실은 이를 용납하지 않는다. 성칠에게 성공을 약속하는 듯 보였던 서울의 모습은 "악취가 풍기고 병균이 득실거리는 쓰레기로 뒤덮인 지저분한 뒷골목"(266쪽)일 뿐이며, 그래도 정당한 방법으로 돈을 모아 성공하고자 하는 성칠의 소망은 끊임없이 냉엄한 현실의 장벽에 가로막힌다. 성공은 그의 뜻대로 되지 않는다.

말끔히 단장된 훤한 대로로 나서고 싶었다.

그리고 그 넓고, 판판하고 곧은 대로 위를 성공의 목적지를 향해 마음껏 내달리고 싶은 것이다.

그러나 그것이 도무지 뜻대로 되질 않았다.(288쪽)

손창섭의『길』은 이렇게 성공의 로망스를 자기 것으로 만들기 위해 고군분투하는 어린 소년 성칠의 실패와 좌절을 통해 성공의 환상에 가려진 한국사회의 타락상을 폭로한다. 그런 측면에서 이 소설은 당시 대중들에게 강력한 수사적 힘을 발휘했던 성공의 로망스라는 마스터플롯의 비판적 패러디라고도 볼 수 있다.

문제는 작품에서 비판의 초점이 그 성공의 로망스 자체가 아니라 오히려 정당한 방법으로 성공하는 것을 불가능하게 만드는 한국사회의 부정과 협잡, 사기와 부패 등에 주로 맞추어져 있다는 점이다. 그것이 왜 문제가 되는가? 왜냐하면 그러한 비판은 그 자체로 부정과 부패가 없어지면 (성칠 같은 하위계층에게도) 성공의 신화가 가능하리라는 환상에서 자유롭지 않기 때문이다. 따라서『길』의 한국사회 비판을 지배권력에 대한 통렬한 비판이라는 맥락에서 긍정적으로 평가하는 시각은 문제의 한 면만을 보는 것이다.[17] 문제는 그렇게 간단

---

17 이는『길』에 대한 대부분의 기존 논의가 공통적으로 공유하는 시각이다. 그러나 중요한 것은

하지 않다. 여기에는 어떤 이데올로기적 모호성과 아포리아가 개재해 있기 때문이다. 그렇다면 그 모호성과 아포리아란 대체 무엇인가?

도덕주의의 역설

문제는 무엇보다 먼저 『길』의 주인공 성칠의 캐릭터에 걸려 있다. 그는 돈을 모으려는 목적으로 어떡하든 허투루 쓰지 않고 한 푼이라도 아끼려고 고군분투하는 인물이다. 가령 공장에서 나온 그가 숙식을 해결하기 위해 찾아간 기숙과 미옥의 집에서 불순한 자극과 유혹에 시달리며 불편하게 얹혀살면서도 쉽게 나오지 못하는 것도, 거기 있으면 "단 한 푼도 생돈을 까먹지 않"(269쪽)을 수 있기 때문이다. 어느 정도인가 하면, "숙식은 여기서 그냥 하고, 나다닐 때는 아무리 먼 거리라도 걸어다녔으며, 덥고 목이 말라도 그 싸구려 아이스케이크나 냉차 한 잔 사 먹지 않았기 때문에, 이 집에 온 이래로 그는 단 일 원도 축내지 않았다."(269쪽) 게다가 성칠이 여대생 강남주의 뜻밖의 제의로 그녀와 동거를 시작하면서 그녀의 호의가 언제까지 지속될까에 불안한 관심을 갖는 것도, "그렇지 않고 그 자신의 수입만

오히려 『길』에 나타나는 한국사회 비판의 복합적인 맥락과 이데올로기적 양가성을 통합적으로 파악하는 것이다.

으로 숙식 문제까지 해결해나가야 한다면, 일 년 반 뒤에 꼭 목표액에 도달할 수는 도저히 없는 일"(320쪽)이라는 계산 때문이다.

그런 성칠의 계산은 돈을 함부로 낭비하지 않고 부지런히 저축하고 모아야 한다는 신념에 의해 지탱된다. 그 신념이 단순히 소비의 억제와 내핍이라는 초보적인 차원에 머물지 않고 어떤 이상적인 경제적 관념과 결합하는 것은 신명약국 주인의 영향에 의해서다. 즉 그의 그런 초보적 형태의 금욕주의는 다음과 같은 신명약국 주인의 말을 통해 일종의 합리적 경제주의 및 도덕주의와 결합한다. 그러면서 그것은 한국자본주의에 만연한 무분별한 낭비와 타락상에 대비되는 의미를 얻는다. 신명약국 주인이 말한다.

그리구 돈을 어떻게 단시일에 많이 버느냐를 욕심낼 것이 아니라, 어떻게 하면 정당하고 깨끗하게 벌어서 알뜰히 아껴쓸까를 생각해야 하는 거다. 개처럼 벌어서 정승처럼 쓰라는 속담에 대한 그릇된 해석은 한국인을 부정과 부패로 몰아넣고 있는 거다. 너는 돈벌레가 되어선 안 된다.(421~422쪽)

이런 생각은 성칠이 보고 듣는 많은 부패와 타락의 실상들, 신명약국 주인의 설교, 여대생 강남주의 진술, 그리고 그에 정신적으로 감화되는 성칠의 의식 성장 등을 통해 반복적으로 제시된다. 이러한 금욕주의와 도덕주의를 기반으로 한 이상적 경제관념은 자연스럽게 근대 자본주의 형성의 정신적 토대로 작용한 막스 베버의 프로테스탄티즘의 경제윤리를 연상시킨다.[18] 신명약국 주인의 입을 빌려 전개되는 한국사회 비판의 준거나 경제적 이상주의 또한 마찬가지다.

그런데 이 맥락을 좀 더 선명하게 하기 위해서는 손창섭이 1950년 대 후반부터 『사상계』의 정신적, 사상적 영향 아래 있었음을 고려할 필요가 있다. 사실 손창섭 소설에 나타나는 정치적 근대화와 민주주의에 대한 사고, 정치적 경제적 영역의 부정부패에 대한 비판의 주제와 그 내용 등은 모두 『사상계』의 영향을 고려하지 않고는 온전하게 설명할 수 없다.[19] 『길』에서 펼쳐지는 한국자본주의 비판의 내용 또한 이와 유사한 맥락에서 이해할 수 있는데, 이는 막스 베버의 경제윤리에 대해서도 마찬가지다. 실제로 『사상계』는 1960년과 1964년에 막스 베버 특집을 기획해 실은 바 있으며,[20] 당시 1960년대 초반부터 『사상계』의 공적 담론의 장에서 베버의 경제적 합리주의와 청교도적 노동관, 합리적 생활 등은 후진적인 한국의 자본주의 근대화 과정에서 참조해야 할 정신적 가치로 이해되었다.[21]

---

18 성칠의 캐릭터를 베버의 프로테스탄티즘의 경제윤리와 관련지은 최근의 논의로는 김남희, 「1960년대 손창섭 소설의 친밀성 연구」(성균관대학교 석사논문, 2012)와 임세화, 앞의 글 참조.

19 『사상계』와 손창섭의 정신적, 사상적 영향관계와 그것이 손창섭의 문학에서 갖는 의미에 대해서는 김진기, 「손창섭 소설과 『사상계』」, 한국언어문학회, 『한국언어문학』 84, 2013 참조.

20 『사상계』 1960년 6월호의 특집은 '웨버 사후 60년'이었고, 1964년 4월호의 특집은 '웨버 탄생 100주년 기념'이었다.

21 일례로 자본주의 정신에 대한 각국의 연구 사례를 소개한 황성모의 글을 들 수 있다. 황성모, 「기업과 정치에 나타난 가치의식―움직이는 세계와 후진사회의 양상」, 『사상계』, 1961년 5월

물론『길』에 나타나는 한국사회 비판의 논리와『사상계』를 중심으로 확산된 그런 공적 담론이 직접적 영향관계에 있었다고 단정할 순 없다. 그리고 당시 소개된 막스 베버의 이론 또한 아직은 초보적인 수준을 벗어나지 못했다. 그럼에도 불구하고『길』에서 성칠의 캐릭터에 투영된 금욕주의와 도덕주의의 특성, 그리고 신명약국 주인의 한국경제 비판과 경제윤리 담론 등은『사상계』를 비롯한 당시 지식사회 일부에서의 막스 베버 이론의 초보적인 수용과 공적 담론화라는 콘텍스트와 무관하지 않다고 하겠다.

그러나 더 중요한 문제는 사실 다른 데 있다. 그것은 그러한 경제윤리의 담론이 어떤 측면에서는 1960년대 박정희 개발동원체제의 지배논리와 결코 무관하지 않을 뿐만 아니라 오히려 결과적으로 긴밀하게 얽혀 있었다는 사실에서 비롯된다. 실제로 1960년내에 박정희 체제는 막스 베버의 경제윤리와 무관하다 할 수 없는 '정신혁명'에 대한『사상계』의 지적 담론을 포섭해 이를 정신주의를 강조하는 개발동원체제의 지배논리로 완성해가고 있었다.[22] 지배체제에 의해 이루어진 전국민의 근면과 내핍의 장려, 도의와 윤리의 강조 또한 그 연장선상에 있었다.[23] 이런 상황을 고려하면『길』에서 한국자본주의

호 참조.

22 이에 대해서는 황병주, 「1960년대 박정희체제의 '탈후진 근대화' 담론」, 한국민족운동사학회, 『한국민족운동사연구』 56, 2008, 267~271쪽 참조.

23 실제로 막스 베버의 이름은 1960년대 후반 국민윤리 교과서에도 등장한다. 1968년 인문계

의 타락상에 대한 준엄한 비판의 준거가 되는 경제윤리는 그 현실적
인 수용의 맥락 속에는 어떤 형태로든 굴절과 교착의 위험에 노출될
수밖에 없었다. 이때 문제가 되는 것은, 한국사회에 대한 자유주의적
비판의 준거가 되는 『길』의 경제윤리와 도덕주의가 1960년대의 정치
적, 이데올로기적 지형 속에서 겪을 수밖에 없었던 불가피한 운명이
다. 그것은 의도치 않게도 지배체제의 개발주의 동원 논리와 그렇게
교차하고 중첩된다.

그뿐만이 아니다. 성칠이 곳곳에서 공중도덕의 실종을 목격하고 '바
르게 살아야 한다'는 도덕적 원칙을 내세우며 그와 무모하게 싸우는
모습이 반복적으로 그려지는 것도 이런 맥락에서 그다지 멀지 않다.

아무 데서나 코를 풀고 가래침을 탁탁 뱉질 않나, 담배꽁초며, 껌과 캐
러멜 껍질 휴지, 과일 껍질 같은 쓰레기를 길거리든 공원이든 지저분하게
함부로 버리질 않나, 가로수에 매달려 심히 흔들거나 그 가지를 마구 꺾질
않나, 교통신호를 무시하고 복잡한 대로를 태연히 횡단하질 않나, 게다가
버스는 말할 것도 없고, 택시라든지 번화가에 치솟아 있는 고층 건물의 유

고등학교 교과서에서 그의 프로테스탄티즘의 윤리는 "합리적 자본주의의 발전적 심성"으로
강조되었고, 1969년 실업계 고등학교 교과서에서 그의 이론은 "직업에 대한 책임과 자부심"
을 강조하는 논거로 동원되기도 했다. 그리고 이 경우 특징적인 것은 막스 베버의 이론이 모
두 공산주의에 대한 자본주의의 우월성을 강조하는 맥락에서 동원되었다는 사실이다. 이에
대해서는 이종현, 「'자본주의 옹호자'로서의 막스 베버(Max Weber)?—그 수용의 한국적 기
원에 대한 탐구」, 한독사회과학회, 『한·독사회과학논총』 15-2, 2005, 145~146쪽 참조.

리창 같은 것도 태반은 먼지투성이다.

이것이 수도 서울이요, 서울 사람들의 꼬락서니다.

그런 정도의 상식은, 국민학교만 나왔어도 바른생활과 사회생활에서 얼마든지 배워서 알 것이요, 설사 배우질 않았다 해도 여남은 살이 넘어서 철이 들게 되면 그 정도의 도리는 스스로 판단해서 알 일이 아닌가.(281~282쪽)

"국민학교만 나왔어도 바른생활과 사회생활에서 얼마든지 배워서" 알 수 있는 이런 지당한 '도리'와 공중도덕의 담론 자체에는 아무런 이데올로기적 의미가 없다고 할 수 있을는지 모른다. 그러나 그것이 당대의 정치적 경제적 맥락, 그리고 지배이데올로기의 지형과 결합하면 사정은 달라진다. 당시 경제 개발을 위한 '인간개조'와 '정신혁명'을 목표로 한 박정희체제 교육정책[24]에서도, 도의교육의 연장선상에서 공중도덕에 대한 강조는 중요한 고려사항이었다. "바르게 살아야 해"(241쪽)라는 말로 집약되는 『길』의 지당한 도덕적 정언명령이 도덕에 대한 그런 당대의 정치적, 이데올로기적 지형의 한가운데서 지배담론의 일면과 필연적으로 겹쳐질 수밖에 없었음은 짐작하기 어렵지 않다. 그리고 『길』에서 한국자본주의의 문제에 대한 하나의

---

24 1960년대 개발주의의 한계생산성 극대화를 위한 박정희체제 교육에 대한 대략적인 개괄은 유대근, 「5·16 군사독재 정권과 60년대 한국교육」, 우리교육출판, 『중등우리교육』 13, 1991 참조.

처방으로 제시되는 부정부패의 일소와 관련해서도, 이러한 역설은 예외 없이 작동한다. 성칠이 묻고 신명약국 주인이 답한다.

"그럼 어떻게 하면 국민이 다 잘 살 수 있게 될까요?"
"결론은 간단하지. 첫째는 부정부패의 일소. 둘째도 부정부패의 일소. 셋째도 부정부패의 일소다. 여기에 협동과 단결과 노력까지 첨가된다면, 우리는 세계에서 으뜸가는 나라 축에 들 거다. 그렇지만 이게 안 되면 아무리 건설 건설 해도 밑 빠진 독에 물 부어넣는 결과밖엔 안 될 거다."
(461~462쪽)

"부정부패의 일소"와 이를 뒷받침하는 "협동과 단결과 노력"이 경제 개발의 기초에 놓여야 하며 그래야만 비로소 근대화와 선진화를 이룰 수 있다는 논리다. 이는 작중 인물의 발언이면서, 『길』에서 폭로되는 한국자본주의의 문제에 대해 작가 자신이 내놓는 나름의 처방이다. 사실 이런 논리는 손창섭뿐만 아니라 1960년대 내내 한국사회의 문제를 지적해온 지식인들의 기본적인 인식이었지만,[25] 동시에 박정희체제 또한 같은 논리로 탈후진 근대화를 가로막는 장애의 하나로 예의 부정부패를 지목하기도 했음은 잘 알려진 사실이다.[26]

---

25 "경제 개발보다도 먼저 부정부패 일소에 우선"해야 함을 강조하는 박태순의 발언도 같은 맥락의 사례로 읽을 수 있다. 박태순, 「나와 60년대」, 『경향신문』, 1969년 12월 3일.
26 일례로 박정희는 1967년 제6대 대통령 취임사에서 '부정부패'를 '빈곤', '공산주의'와 함께 3

말하자면 1960년대에 부정부패의 일소라는 명제는, 그 의미를 자신의 담론 안에 포섭하고 전유하기 위한 이데올로기적 경합이 벌어지는 하나의 담론적 협상과 투쟁의 장소였다. 그런 측면에서 볼 때 『길』에서 제시되는 이런 논리는 근본적으로 박정희체제 한국사회에 대한 강력한 비판의 논리라고 할 수도 있겠지만, 또 다른 한편으로는 거꾸로 그 자신이 비판하는 지배체제의 담론과 포개져 그 지배담론의 맥락에서 읽히고 기능할 수 있는 위험성을 안고 있는 것이기도 했다.

　그럼에도 불구하고 『길』이 제기하는 한국사회 비판의 담론이 곧바로 지배체제의 담론 아래 포섭되었다고 보는 것은 섣부르다. 왜냐하면 그 담론들의 어느 일면이 그처럼 교차하고 중첩됨에도 불구하고 소설이 분출하는 비판의 에토스는 그 자체로 그런 포섭의 가능성에 완강히 저항하고 있기 때문이다. 특히 예컨대 (지배체제의 담론이 강조하는) 근면과 내핍의 경제윤리와 도덕을 바탕으로 한 정당한 성공의 현실적 불가능성이 성칠의 경험을 통해 분명히 암시되기에 더욱이나 그렇다. 즉 이 소설이 한편으로 보여주는 것은 다름 아닌 한국사회의 타락한 자본주의적 현실과 정신주의 및 도덕주의의 화해 불가능성이다.

　그런 측면에서 앞서 지적한 담론의 교차와 중첩은 전혀 다른 지점

대 공적(公敵)으로 규정하면서 "인간의 양심과 친화력을 마비 저해하는" 부정부패를 일소해야 한다고 주장하기도 했다. 박정희, 「박대통령 취임사」, 『동아일보』, 1967년 7월 1일.

에서 또 다른 효과를 만들어낸다. 그 효과란 개발동원체제가 구축한 실제 자본주의의 모습과 그 체제를 지탱하는 지배담론 간의 통약 불가능한 모순과 분열의 폭로다. 지배체제가 만들어낸 실제의 현실과 그 체제의 이데올로기가 강조하는 경제윤리 및 도덕 간의 필연적인 모순과 균열. 손창섭의『길』이 제기하는 한국사회 비판 담론이 1960년대의 이데올로기적 지형 속에서 떠안았던 역설은, 또 다른 한편으론 거꾸로 그러한 모순과 균열을 증상적으로 드러내는 지점이 되기도 했던 것이다. 달리 말하면 1960년대의 담론적, 이데올로기적 지형 속에서『길』이 드러내는 저 역설은 한국자본주의의 성격을 둘러싸고 지배담론과 비판담론 사이에 벌어지는 이데올로기적 쟁투의 현장을 집약해 보여주는 증상이다. 그 쟁투는 당연히 '성공'과 '도덕', '부정부패' 등의 언어의 점유권을 둘러싼 이데올로기적 쟁투이기도 했다.

이데올로기의 쟁투와 타협

1960년대는 개발과 근대화라는 명제가 한국사회 전체를 지배하는 상황에서 '잘 살고 싶다'는 대중적 욕망이 급격하게 분출하고 넘쳐나던 시대였다. '성공'은 대중들의 망탈리테를 점거한 지상(至上)의 가치였으며 성공의 로망스는 개발동원체제의 지배논리 및 이데올로기와 결합해 하나의 마스터플롯으로 강력한 수사적 호소력을 발휘했다. 손창섭의 『길』은 성공을 꿈꾸는 16세 소년 성칠의 서울 상경기를 통해 그 성공의 로맨스를 문제의 영역으로 끌어들인다. 작가는 그럼으로써 정당한 방법으로 성공하는 것을 가로막는 한국자본주의의 온갖 부정과 비리를 폭로한다.

문제는 그럼에도 불구하고 정작 성공의 로맨스 자체가 갖는 이데올로기적 허구성에 대한 근본적인 성찰은 소설에 부재한다는 사실이다. 물론 소설은 마지막에서 "진정한 의미에서의 출세나 성공이란 과연 무엇인가"에 대한 "새로운 의문"(464쪽)을 느끼는 성칠의 의식 성장을 통해 그 성찰의 작은 실마리를 희미하게 보여주긴 하지만, 단지 거기에서 그칠 뿐이다. 성공의 로맨스가 은폐하는 하위계층에 대한 구조적 억압과 불평등의 체계, 억압적 규율권력 등의 문제는 손창섭의 문제설정에서는 들어설 자리가 없는 것처럼 보인다. 『길』에서 노출되는 의도치 않은 이데올로기적 모호성은 사실 그런 성찰의 부재와도 밀접한 관련이 있다. 그런데 그것은 작가의 불철저한 인식에서 비롯된 것인가, 아니면 대중들의 표준적인 인식 수준을 고려할 수밖에 없는 대중적 신문소설의 특성에서 비롯된 타협의 결과인가? 문제는 그 둘의 상호작용에 있다고 하는 것이 아마도 진실에 가까울 것이다.

4장
속물의 고고학

이 종족은 마치 벼룩과 같아서

가장 오랫동안 끈질기게 살아남는 자들이다.

—니체, 『차라투스트라는 이렇게 말했다』

소시민의 탄생

이호철의 『소시민』(1965)은 1951년부터 1952년까지 전시 피난지 부산을 중심으로 미국 잉여물자의 도입과 분배, 밀수 등을 매개로 급격하게 재편되던 한국자본주의의 소용돌이에 떠밀려가는 인간들의 세태를 관찰하는 소설이다. 이호철은 이 소설에서 전쟁과 천민자본주의가 낳은 새로운 인간형의 형성을 추적한다. 그는 소설의 서두에서 "이 무렵의 부산 거리는 어디서 무엇을 해먹던 사람이건 이곳으로 밀려들면 어느새 소시민으로 타락해져 있게 마련"[1]이라고 말한다. 이 '타락한 소시민'이라는 규정은 『소시민』에서 그려지는 피난지 부산의 완월동 제면소 사람들과 그 주변인들의 삶의 형태를 한마디로 요약한다. 이호철은 그렇게 전시자본주의의 소용돌이에 휘말리고 떠밀려 몰락하거나 타락해가는 인간들을 포괄해 '소시민'이라는 이름으로 통칭했다.

소설은 월남한 피난민인 스무 살의 '나'가 부산 완월동 제면소에 취직하면서 시작되고, 일 년 후 징집영장을 받고 군에 입대하면서 끝난다. 그곳에서 '나'가 만났던 여러 사람들의 일상과 죽음, 몰락과 성공, 또 그에 대한 '나'의 반응과 감상, 관찰과 개입이 소설을 이끌어간다. 그리고 15년 후 다시 제면소를 찾는 '나'의 후일담이 덧붙여진다. 작가는 이를 통해 전시자본주의의 물결 속에서 생존의 논리에 적응해 살아가야 했던 온갖 인간 군상들의 면면을 세세히 그려내면서 그곳에서 개발과 근대화의 물결에 휩쓸리던 1960년대적 삶의 기원을 포착한다.

이처럼 『소시민』이 전시 부산의 현실과 각계각층 인간들의 세태를 뛰어나게 포착함에도 불구하고, 장편소설로서의 완성도나 예술적 성취에 대한 평가에서는 많은 유보가 있었던 것도 사실이다. 예컨대 『소시민』이 "6·25가 남한 사회의 자본주의적 재편에 어떻게 기능했는지를 예각적으로 포착한 뛰어난 문학적 보고(報告)"임에도 불구하고 작가의 냉소적 체념이 지배하는 "세태소설"의 범주를 벗어나지

---

1 이호철, 『소시민』, 『소시민/심천도』, 청계, 1991, 397쪽. 이하 쪽수만 적는다.

못했다는 평가[2]가 대표적이다. 이 작품이 "정리되지 못한 자료가 무질서하게 산적"해 있어 "각 부분의 유기적 구성과 입체성을 느낄 수 없는", 그래서 "장편소설이라기보다도 차라리 시사단평과 풍속단평의 병렬"에 불과하다는 당대의 비판[3]도 같은 맥락에 있다. 『소시민』이 근대화의 주체에 대한 인식을 결여했고 그 때문에 "패배주의적인 허무주의"를 보여준다는 논의[4]도 마찬가지다. 이들 지적은 물론 어느 면 타당하며, 『소시민』의 한계에 대한 이런 인식은 이후의 논자들도 대체로 공유하는 것으로 보인다.

그럼에도 불구하고 중요한 것은, 『소시민』이 갖는 진정한 의미가 그런 '장편소설의 리얼리즘'이라는 특정한 문학적 기준만으로 온전히 측정될 수 없다는 데 있다. 『소시민』의 의의는 오히려 다른 데 있다. 그것은 무엇인가? 이는 일차적으로 전쟁 특수에 힘입어 폭발적으로 팽창하던 전시 부산의 자본주의적 일상에 대한 이 소설의 묘사가 급격한 근대화의 물결에 휘말려들어가던 1960년대의 풍경을 연상시킨다는 점과 관련된다.

사실 『소시민』을 세태소설로 비판하는 관점에서도 그 점은 일찌감치 지적된 바 있다. 전시 부산에서 싹튼 삶의 양식이 "4·19에 의해 다시 날카롭게 각성된 이상주의가 5·16으로 좌절되면서 우리 사회

---

2 최원식, 「1960년대의 세태소설」(해설), 위의 책, 400쪽.
3 정명환, 「실향민의 문학—이호철의 『소시민』을 중심으로」, 『창작과비평』, 1967년 여름호, 241쪽.
4 구재진, 「이호철의 『소시민』 연구」, 한국현대소설학회, 『현대소설연구』 8, 1998, 103쪽.

속에 자리 잡은 소시민적 삶의 양태"의 근원이라는 통찰을 이 소설이 보여준다는 지적이 그렇다.[5] 즉 『소시민』이 자본주의로 재편되던 전시 부산의 일상적 삶을 통해 1960년대 소시민적 삶의 기원을 보여준다는 것이다. 그리고 이는 작가 자신도 스스로 의식했던 작품의 의도이기도 했다.[6] 사실 이는 1960년대의 시점에서 전시 부산에서의 삶을 회상하는 소설의 구조에서도 어렵지 않게 짐작된다.

『소시민』을 그렇게 1960년대 근대화 과정에서 형성된 소시민(성)의 기원을 추적하는 작품으로 보는 시각은 이후 논의에서도 반복된다. 『소시민』이 "60년대 들어서면서 본격화된 근대화의 열풍 속에서 사회 전반에 만연된 천민자본주의적 파토스와 소시민의식의 연원을 6·25로 거슬러 올라가 천착"한다는 평가[7]가 대표적이다. 이 소설이 "전쟁의 유산이 60년대 현실 구성에 미치는 영향력"을 탐구한다는 지적[8]도 그 연장선상에 있다.

하지만 이들 논의에서 문제는, 저 소시민의 기원이 갖는 의미와 맥락, 역사성이 보다 폭넓게 조명되지 못했다는 데 있다. 과연 『소시민』

---

5 최원식, 앞의 글, 397쪽.

6 "(……) 오늘 우리 상황에 너무나도 밀착해 있는 가파르고 답답한 시선을 조금 돌려, 이 상황의 원형으로서의 부산 피난 시절을 들여다봄으로써 30년을 한 줄기로 관통하고 있는 우리 상황의 입체적인 실체를 이 작품을 통해 접할 수 있지 않을까 하는 생각이 이 책을 거듭 수정하며 펴내는 나의 소산이다." 이호철, 「自序」, 『소시민』, 강미문화사, 1979, 7쪽.

7 강진호, 「이호철의 『소시민』 연구」, 민족문학사연구소, 『민족문학사연구』 11, 1997, 142쪽.

8 박진영, 「전쟁의 유산: 이념의 해체와 그 애도로서의 소시민화―이호철의 『소시민』(1964)을 중심으로」, 현대문학이론학회, 『현대문학이론연구』 57, 2014, 82쪽.

의 배경이 된 전시 부산은 이후 자본주의로 급격하게 재편되어가던 1960년대 한국사회의 축도로 읽힌다. 즉 이 소설에서 1950년대의 전시 부산은 급격한 근대화의 물결에 휩쓸리고 있었던 1960년대 한국사회의 거울상이다. 그런데 중요한 것은, 이 소설이 포착한 상황이 단지 1960년대 근대화의 거울상에만 그치지 않는다는 사실이다. 어떤 측면에서 그런가?

『소시민』에서 이호철은 각기 매우 다른 삶의 감각과 행로를 보여주는 다양한 인물들을 한데 묶어 모두 '소시민'이라는 명칭으로 아우른다. 그러나 작가는 다른 한편으로 그런 소시민들 가운데에서 여타 부류들과 특별히 구분되는 특정한 인간형이 부상하는 세태를 부각한다. 그들은 자본주의의 시류에 적응해 노골적으로 자기 이익을 추구하는 자들이다. 이호철이 『소시민』에서 보여주는 것은 모든 것이 무너진 자리에서 그들이 시대의 대세를 형성해가는 과정이다. 작가는 소설에서 그들을 다른 인물들과 한데 묶어 소시민이라는 범주 속에서 다루지만, 엄밀히 말하면 그들은 오히려 그러한 범주를 초과하는 새로운 인간형이다. 『소시민』에서 작가가 말하면서도 말하지 않은 것은 바로 그것이다. 중요한 것은 이호철이 소설에서 포착한 저들의 감각과 의식, 행위 등이 이후 2000년대를 지나 지금에 이르기까지 한국인의 의식구조에 끈질기게 기생해온 속물성의 근원적 형태라는 점이다. 이는 『소시민』의 시사성과 문화사적 의미가 단순히 1960년대에만 한정되는 것이 아님을 암시한다.

제면소라는 임상실험실

소시민(小市民)은 본래 쁘띠부르주아지(petit bourgeois)의 번역어로서 일반적으로 도시의 자영업자나 소상공인, 봉급생활자, 자유직업인 등을 통칭한다. 그러나 이호철의 소설에서 소시민은 이런 계급적, 계층적 의미가 아니라 상황의 논리에 쫓겨 당장 먹고사는 일에 매달리는 비주체적 존재라는 의미로 사용된다. 소설에 따르면 소시민은 무기력하게 현실에 순응하는 존재이거나 염치없이 시류에 편승하는 낯가죽이 두꺼운 존재다. 소시민은 또한 이해타산에 밝고 되바라지고 부박하며 "왜소하고 치사한"(210쪽) 존재이기도 하다. 그렇다면 그들은 어떤 사연을 가진 자들인가? 또 그들은 어떻게 그런 소시민이 되었는가? 이호철의『소시민』은 이 물음에 대한 나름의 답변이다.

소시민이라는 용어는 1960년대에 정치에 무관심하고 자기만족적인 속물적 존재들을 가리키는 용어로 대중적으로 널리 쓰이기 시작했다.[9] 이호철이 사용하는 소시민이라는 말의 용법은 실은 1960년대에 본격화된 이런 용법의 연장선상에 있다. 즉 1960년대에 쓰던 소시민이라는 말의 용법을 1951년에서 1952년에 걸친 전시 피난지 부산의 상황으로 거슬러 올라가 쓰는 셈이다. 그리고 이런 의도적인 시대

---

9 김미란,「시민-소시민 논쟁의 정치학—주체 정립 방식을 중심으로 본 시민·소시민의 함의」, 한국문학연구학회,『현대문학의 연구』29, 2006, 264쪽 참조.

착오는 『소시민』 전체를 일관하는 특징이라고도 할 수 있다. 그렇다면 이 시대착오는 어떤 효과를 불러오는가? 『소시민』이 시점을 혼동하고 과거와 현재를 원칙 없이 뒤섞는다고 한 정명환의 비판을 우회해보자.

한데 이와 같이 소설을 하나의 실질적 체험의 터전으로 알고 읽어나가려고 할 때 『소시민』은 어떤 양상으로 나타나는 것일까? 우리는 과거를 되산다는 고마운 환상에서 깨어나고 만다. 이 소설의 주된 내용은 1951년의 것이지만 사실은 1965년의 세상에서 씌어졌다는 것을 작가 자신이 서슴지 않고 드러내고 있기 때문이다. (……) 따라서 작가는 과거의 일을 현재의 일처럼 겪어보려는 독자를 애써 끌어내서 과거와 현재 사이에서 갈팡질팡하게 만든다.[10]

결국 소설이 시점을 무원칙하게 뒤섞어 리얼리티의 환상을 깨트린다는 말이다. 이러한 비판은 리얼리즘 소설의 규범에 따르면 물론 지극히 온당하다. 그러나 이는 거꾸로 (정명환의 의도와는 달리) 『소시민』의 진정한 문학적 특징과 의의가 어디에 있는지를 징후적으로 암시한다. 즉 『소시민』은 그런 식의 시대착오를 통해 독자에게 과거의 일 그 자체를 체험하게 하기보다 오히려 그런 '과거를 되산다는' 환

---

10 정명환, 앞의 글, 243쪽.

상을 깨트리면서 그 과거의 진상과 의미를 오늘의 시점에서 사회학적으로 분석하고 해석하는 텍스트가 되고 있다. 물론 이것이 작가 자신이 전적으로 의도한 것이라고 볼 순 없다. 오히려 이는 단편의 세계에서 리얼리즘 장편의 세계로 넘어오면서 노출된 장편소설 작법의 기술적 미숙함에서 비롯되었을 가능성이 크다. 그러나 중요한 것은 의도가 아니라 그것이 결과적으로 불러일으키는 효과다. 어찌 됐든 이를 통해 『소시민』은 파행적인 한국적 근대화가 만들어낸 1960년대 소시민의 발생적 기원을 추적하는 임상보고서가 될 수 있었다.

이때 완월동 제면소라는 제한된 공간은 소설에서 관찰과 분석이 이루어지는 일종의 실험실과 같은 기능을 한다. 작가는 전시 부산에서 뿌리를 잃고 부유하는 갖가지 사연의 인간들을 '타락한 소시민'이라는 범주 속에 뭉뚱그려 완월동 제면소라는 한 공간에 몰아넣는다. 그리고 초점화자인 스무 살의 실향민 '나'에게 이들의 행태를 가까이에서 관찰하고 보고하는 역할을 부여한다.[11]

스무 살의 '나'(박씨)는 그들과 함께 얽히고 사건에 휘말리기도 하지만 시종 인물들을 관찰하고 비평하는 관찰자의 역할에 충실하다. 문제는 '나'의 내면이 스무 살이라곤 믿기 힘들 정도로 지나치게 성숙하고 지적이라는 점인데, 이는 1965년 시점의 작가의 내면이 그 위

---

11 이 점은 소설에서도 분명히 제시된다. "과연 이 지점에서 각자는 어느 곳으로 향하고 있는 것인가. 나는 나 나름의 감수성과 비평안으로 이 완월동 제면소를 둘러싼 한 사람 한 사람을 적지 않은 호기심으로 바라보기 시작하였다."(38쪽)

에 겹쳐 있기 때문이다. 그럼으로써 발생하는 시점의 혼동[12]은 분명 문제적인 것이지만, 오히려 거꾸로 두 개의 다른 시간대의 시점이 겹쳐 있는 그런 이중의 내면이 결과적으로는 비평적 관찰자로서 '나'의 기능을 효과적으로 만들어준다는 것만큼은 틀림없다.

하지만 스무 살의 '나'는 분명 사태를 관찰하고 비평하는 분석가로 기능함에도 불구하고 엉뚱하거나 충동적인 정사에 휘말리기도 하고, 인물들에 대한 연민과 경멸 사이를 오락가락하며, 비애와 자기 설움을 못 이기는, 그러면서 (정신분석가의 비유로 말하자면) 전이와 역전이를 무원칙하게 반복하는 서툰 분석가다. 소설에서 이를 보완해주는 것이 바로 그 위에 얹히는 또 하나의 객관적 관찰과 비평의 시점이다. 그것은 바로 15년 후의 (작가 자신을 연상시키는) '나'의 주석적 논평이다.

중요한 것은 바로 그런 시점의 겹침과 다층화를 통해 결과적으로 이 소설이 제면소를 둘러싼 소시민적 삶의 양태들에 대한 일종의 스터디케이스(study-case)로 기능하게 된다는 사실이다. 스무 살의 초점화자인 '나'(박씨)가 이들을 곁에서 함께 겪고 지켜보고 비평하는 역할을 한다면, 주석적 논평의 주체인 15년 후의 화자는 그 모든 것을 메타적 위치에서 조망하고 평가하며 그 사회경제적, 문화적 맥락을 의미화하는 역할을 한다. 『소시민』의 이야기가 소시민이라는 인간

---

12 정명환, 앞의 글, 243~244쪽 참조.

형의 형성에 대한 스터디케이스가 되는 것은 바로 이런 장치들의 효과다.

그렇다면 작가는 소시민의 기원을 어디에서 찾고 있는가? 소설에서 그것은 대부분 메타적 위치에서 주석적 논평의 형태로 설명된다. 예컨대 다음 구절은 소시민이라는 인간형이 발생할 수밖에 없었던 사회경제적 배경에 대한 논평적 서술이다.

어차피 사회 전체의 격동 속에서는 종래의 형태로 있던 사회 각 계층의 단위는 그 단위의 성격을 잃어버리고 한수렁 속에 잠겨서 격한 소용돌이 속에 휘들어 탁류를 이루게 마련이었다. 미국의 잉여물자는 한국의 전쟁판에 그대로 쏟아 부어지고 그런 속에서 미국의 실업계는 새로운 숨을 쉬고 있는 셈이었다. 그리하여 전란은 한국의 강토를 피폐시키고는 있었지만 어느 모로는 전란에 매달려 나머지 한국민은 그날그날의 삶을 이어가고 있었다. 그 무렵 미국의 숨통을 잇는 파이프는 두 가닥으로 부산과 일선으로 이어져 있었다. 그리고 두 곳이 다 상반되는 소모 속에 열을 뿜고 있었다.

미국 물자는 부산 바닥에도 고르게 퍼지는 것이 아니라, 그 본래의 논리를 좇아 지그재그를 이루고 있었다. 그 물자를 둘러싸고 새로운 피나는 경쟁이 벌어지고, 새로운 뜨내기 부유층이 형성되어갔다. 결국 부산은 일선과는 다른 양상으로 밤마다 타오르고, 여기서부터 한국사회의 새로운 지평이 열려지고 있었다. 살아갈 기력이 없는 퇴물들은 쓸려가고 기력이 있

는 자만 살아남게 마련이었다.(37~38쪽)

부산 자유시장의 폭발적인 비대는 곧 우리 구조의 폭발적인 해체와 양면을 이루는 일면이었다. 그러지 않아도 완만한 해체 과정을 겪고 있던 이 땅의 전 구조는 그 첨예한 부분에서부터 자유시장의 소용돌이에 휘어감기고 말았다. (……) 사회적 무정부상태는 사회 내의 도처에 큰 아가리를 뚫어놓고 이러한 공동(空洞)은 금시 탁류에 찬 잡것으로 들이차고 있었다.(142쪽)

전시자본주의의 폭발적인 비대화와 그로 인한 시장의 소용돌이가 사회의 해체와 재편성을 가속화하고 인격의 해체를 초래했다는 얘기다. 『소시민』의 서술에 따르면, 전시 한국의 자본주의는 미국 실업계의 숨통을 틔워주기 위해 투입된 물자들의 유통과 소모를 통해 기이한 활력을 공급받았다. 그 결과 비대화된 자유시장의 소용돌이는 모든 것을 해체하고 인간들을 변모시켰다. 이것이 작가가 생각하는 소시민의 발생적 근원이다.

작가는 이처럼 전쟁 특수에 힘입은 시장자본주의로의 급격한 변화, 그로 인한 '단단한' 한 시대의 몰락이 소시민 형성의 사회경제적 배경임을 적시한다. 여기서 작가가 묘사하는 장면은 마치 끝없이 계속되는 해체와 갱신, 투쟁과 모순, 모호성과 극심한 고통의 소용돌이를 만들어내는, '단단한 모든 것이 대기 속에 녹아 사라지는'(마르크스) 현대성의 경험[13]의 한국적 양상이라 할 만한 것이다. 이호철은 소설에서 그렇게 무정부상태의 소용돌이와 탁류 속에서 해체되고 무너지는 삶의 토대에 대한 서술을 곳곳에서 반복한다. 이러한 서술은 파행적 자본주의의 급속한 팽창이라는 구조적인 요인이 소설에 등장하는 모든 인물들의 일상과 행로를 결정하는 최종심급으로 작용하고 있었음을 암시한다.

흥미로운 것은 한국인들이 "전란에 매달려" "그날그날의 삶을 이어가고 있었다"는 서술이다. 이처럼 모든 삶의 근거를 파괴하는 전쟁이 역설적이게도 삶을 이어가게 하는 생존의 기반이 되었다는 이야기는, 소시민의 일상적 삶이 어떻게 전쟁에 의존하고 있었는가를 암시한다. 그런 측면에서 『소시민』의 작중 상황을 배후에서 결정하는 것은 다름 아닌 전쟁이다.[14] 물론 작중화자인 스무 살의 '나'는 이에 대해 분명한 자의식을 보여주진 않는다. '나'는 이렇게 말하고 있기 때문이다.

한편으론, 이렇게 사람들을 뭉청뭉청 잡아가는 이런 험한 전쟁판에 팅팅 부어오른 괴어 있는 일상 속에 잠겨 이렇게 전혀 쓸모없는 일이나 벌이

---

13 마샬 버먼, 『현대성의 경험』, 윤호병·이만식 옮김, 현대미학사, 1994, 12쪽.
14 『소시민』에서 전쟁은 사망통지서나 징집영장 또는 소문의 형식으로만 전해질 뿐이지만 사회
   변동의 결정적 원인을 제공하는 중요한 계기로 암시된다. 김한식, 「전쟁과 유민, 도시에서 살
   아남기—이호철의 『소시민』 연구」, 한국비평문학회, 『비평문학』 34, 2009, 136쪽.

고 있는 이 완월동 제면소라는 곳이 어이가 없었다. 싸움은 일선에서 하고, 이따금 사망통지서가 날아올 때마다 후방의 사람들은 어리둥절해지고, 그리고는 다시 일상의 물길에 휘어감긴다. 심지어는 일선과 후방 사이의 어느 근처쯤에 완강한 장막 하나가 가려 있는 듯이도 여겨졌다.(184쪽)

일선과 후방이 '완강한 장막'을 사이에 둔 전혀 다른 세상이었다는 얘기다. 한쪽엔 험악한 전쟁이 있지만 다른 한쪽엔 그와 상관없이 흘러가는 어이없는 일상이 있다. 그럼에도 작가는 소설의 곳곳에서 피난지 부산이라는 공간 자체가 전쟁 때문에 새롭게 재편된 공간이었고 끊임없이 전쟁의 소식이 들려오고 징집에 대한 불안이 지배하는 곳이었음을 환기한다. 실제로 『소시민』에서 부산은 일상적인 삶의 질서와 기이한 활기가 지배하는 생활의 공간으로 그려지지만, 전쟁은 그 일상을 유지하게 해주는 보이지 않는 원인으로 작동하고 있었다. 뿐만 아니라 전쟁은 그렇게 전시 부산의 일상의 활력을 지탱해주는 뒤편에서 징집영장과 전사(戰死) 소식 등을 매개로 수시로 일상의 질서를 균열시키는 방식으로 실질적인 영향력을 발휘하고 있었다. 즉 전쟁은 전시 부산의 일상과 상징질서, 더 나아가 마음과 정신구조를 근원에서 구조화하는 (라캉적 의미에서) 실재(the Real)와 같은 것으로 작용하고 있었다.

『소시민』에서 전쟁은 그렇게 서사의 표면에 부각되지 않고 소문으로만 존재하는 것으로 나타난다. 그러나 이 소설은 오히려 바로 그 때문에 의도치 않은 효과를 발생시킨다. 즉 이 소설은 그럼으로써 휴전이 된 후에도 분단체제의 영향력 속에서 살아온 한국인의 일상적 의식을 보이지 않게 지배했던 생존의 공포와 그것이 만들어낸 생존논리의 발생적 근원을 예시하는 소설이 될 수 있었다.

몰락과 애도

『소시민』에 따르면 전시 한국의 팽창하는 자본주의는 단단한 구조를 해체했고 그 구조의 해체는 다시 인간의 해체를 불러왔다. 소설에서 그러한 변화의 요체는 다름 아닌 한 시대의 몰락 혹은 무너짐으로 요약된다. 이호철은 이를 소설 곳곳에서 반복적으로 환기한다. 예컨대 한때 땅마지기나 있는 집안 태생이었으나 지금은 식모로 전락한 천안색시를 보며 '나'는 "한 시대가 무너지고 있는 모습"(36쪽)을 본다. 그렇게 "모두가 한 색깔로 떨어져가고" 있다고 생각하며 '나'는 이렇게 말한다. "그(정씨—인용자)가 아직 지키고 있는 그 규범과는 거꾸로 소리를 지르며 급강하를 이루어 부서져가고 흘러가고 있는 이 세상이라는 것을 잠시 생각해보았다."(84쪽)

무너지는 것은 세상만이 아니다. 한 시대가 무너진다는 것은 인간을 떠받치던 토대 혹은 발판이 무너진다는 것이다. 한 시대가 무너짐과 동시에 인간도 무너진다. 한때 조직운동가였다가 지금은 약삭빠른 생활인으로 변신한 김씨를 보며 '나'는 생각한다. "그러나 지금은 그도 지난날 그를 떠받들어주고 있던 모든 발판이 와해된 속에서 이렇게 일개 소시민으로 떨어져 있는 것이었다."(34쪽) 같은 조직운동 가였던 정씨도 그의 수하에 있었던 김씨의 변화를 이렇게 예의 '무너짐'으로 요약한다. "난 김씨에게서 김씨가 무너지고 있는 것도 보지만, 내가 무너지고 있는 것도 봐요."(46쪽) 그들은 그렇게 모두 무너지고 있다. 이처럼 '나'가 회고하는 전시 부산의 한때는 "모든 사람이 미치기 시작하고 무너지기 시작하는 마당"(48쪽)이고, 그렇게 해서 결국 "한 세월의 완연한 끝맺음이 벌어지는 자리"(57쪽)다.

그런데 무엇이 무너진다는 것인가? 이호철은 『소시민』에서 그 무너짐의 실체를 '정신적인 것'의 몰락으로 요약한다. 그 정신적인 것의 몰락을 대표하는 것은 한때 "왕년의 남로당과 약간은 연줄이 닿아 있었던"(13쪽) 것으로 짐작되는 정씨의 몰락이다. 부서지고 무너져가는 세상에서 힘겹게 버티고 있는 정씨는 한때 강건한 이념의 소유자였으며 조직운동가였다. 그러나 지금은 일개 제면소의 직원으로 겨우 밥을 벌어먹는 처지로 전락했다. '나'가 제면소에 처음 들어왔을 때는 그래도 정씨는 일꾼들에게 노예근성을 버려야 한다고 주장하기도 하고 주인과 싸우면서 대거리를 할 정도로 결기와 강기를 지닌 인물이었다. '나'의 표현에 따르면 그는 "물들지 않는, 오염되지 않는 정신"(131쪽)의 소유자였으며 모든 것이 무너지는 와중에도 "어느 모서리 아직 냉엄하고 건실한 것을 견지"(48쪽)했던 인물이다. 정씨의 누이 정옥의 표현에 따르면 그의 그런 정신은 "이상주의"(134쪽)로 요약되는 것이었다. 그러나 그는 생활의 압력에 떠밀려 결기를 잃고 속절없이 무너져내리고, 의지했던 누이마저 죽어버리자 점점 치명적인 좌절과 무기력에 잠겨 들어간다. 특히 지고한 정신성의 소유자로 묘사되는 정옥의 죽음은 그러한 정신적인 것의 몰락이 완성되었음을 보여주는 상징적인 장치다.

그런데 『소시민』에서 그 정신적인 것이란 단지 이념을 가리키는 것만은 아니다. 작가는 스러져가는 지난 시대의 습속이나 분위기를 간직하고 있는 것들에서도 몰락해가는 정신적인 것의 흔적을 발견한다. 그것은 예컨대 '주인마누라'를 중심으로 조성된 예의 없고 천박한 완월동 제면소의 풍습과는 정반대의 자리에 놓인 것들이다. 정씨의 초대로 그의 집을 방문해 정옥을 만나는 '나'는 그곳에서 "조촐하고 가라앉은 조선사람 분위기"(85쪽)를 느끼는데, 이는 눈이 하나밖에 없지만 신비스런 정결함을 간직한 정옥의 이미지와 결합해 지금은 스러져가는 어떤 전통적인 정신성의 흔적으로 비친다. 그것은 '정옥(貞玉)'이라는 이름이 표상하는 것처럼 어떤 정결함과 지조의 세계에 가까운 것이다.

소설의 결말 부분에서 '나'가 징집영장이 나온 뒤에 방문한 주인형 집에서 "수줍은 듯한 느낌과 짙은 향수 같은 것"(228쪽)을 느끼는 것도 유사한 맥락이다. '나'는 무언가 서글픈 듯한, 육중한 안정감이 감도는 그 세계에 편안함을 느낀다. 물론 여기에는 지금은 가지 못하는 고향이나 스러져가는 전통의 가치에 대한 향수가 어느 정도 착종되어 있는데, 작가는 그러한 가치들을 '무너짐'이라는 측면에서 정신적인 것과 같은 자리에 놓는 셈이다.

그 점은 소설에서 작가가 '위엄'이라는 단어를 빈번하게 반복적으로 사용하는 데서도 징후적으로 드러난다. 작가는 정씨를 포함해서 특히 급변하는 세태에 적응하지 못하고 죽거나 무기력하게 무너져가는 사람들을 묘사할 때 '위엄'이라는 단어를 집중적으로 쓰고 있다. 동경 일교(一橋)대학 출신의 좌익운동가였으나 '보련(보도연맹)' 가입 후 망가져 지금은 부인에게 버림받고 제면소에 기식해 연명하는 강씨, 좋은 집안 태생이었으나 식모로 전락했고 남편이 전사한 뒤엔 김씨와 살림을 차리는 천안색시, 성공한 제면소 주인인 동생과 달리 날품팔이 지게꾼으로 생계를 이어가는 주인의 형 등이 바로 그들이다. '나'는 정씨에게서 "고독해 보이는 사람의 그 위엄"(20쪽)을 보고, 한밤중에 술에 취해 쉴 새 없이 눈물을 흘리는 강 영감에게서 "여느 때 느낄 수 없는 위엄"(10쪽)을 발견한다. 또 어느 날 일선에서 찾아온 남편을 소개하는 천안색시에게서 '나'는 "큰 집안의 아내 풍의 위엄"(54쪽)이 발산되는 것을 느낀다. 그리고 갓을 쓰고 두루마기를 입은 주인의 형에게서 '나'가 발견하는 것은 "은근텁텁한 위엄"(22쪽)이다.

이 소설에서 작가는 위엄이라는 표현을 이처럼 빈번하게 즐겨 쓰는데, 심지어 정옥을 만나고 돌아온 날에 '나'에게서도 "신비스러운 위엄"(111쪽)이 발산된다고 할 정도다. 이때 위엄이라는 표현은 그 인물들이 처한 지금의 궁색한 처지와 아이러니한 대비를 이룬다. 그리고 이를 통해 범접할 수 없는 어떤 정신적 풍모라는 위엄의 원래 함의가 상대화되면서 쓸쓸함의 정조가 유발된다. '나'가 여기에서 실감하는 무너진 세월의 여운이, 어떤 정신적 가치의 무너짐을 이야기하는 이 소설의 주제선과 맥이 닿는 것임은 말할 것도 없다.

그렇게 이제 옛것이 돼버린 정신적인 가치의 무너짐을 목도하는 '나'의 반응은 대체로 서글픔에 젖어들거나 설움에 북받치는 것이다. 예컨대 징집영장을 받고 방문한 주인의 형 집에서 짙은 향수를 느끼는 '나'는 "웬일인지 가슴 한 모서리가 우지끈우지끈 아파왔다"(228쪽)고 하는가 하면, 강 영감이 죽은 뒤에는 "스스로 생각해도 왜 이렇게 설움이 복받치는지 알 수가 없었다"(42쪽)고 말한다. 이는 그 세계는 무너짐이 불가피한 것임을, 그리고 다시는 돌아오지 않을 것임을 직감하는 자의 반응이다. 작품에서 자주 반복되는 설움이나 서글픔 같은 '나'의 감상적인 반응은 어느 면에선 지나친 감상주의로 볼 수도 있겠지만, 달리 보면 그렇게 불가피하게 스러져가는 모든 정신적인 가치에 대한 애도의 표현이기도 하다.

『소시민』의 중심에는 이처럼 무너지고 스러져가는 모든 정신적인 것에 대한 애도가 자리 잡고 있다.[15] 애도란 잃어버린 가치가 다시는

---

15 『소시민』이 이념(성)의 해체에 대한 애도를 보여준다는 지적(박진영, 앞의 글)은 적절하다.

돌아오지 않을 것임을 인정하고 수용하는 마음의 작용이다. 이제 그것들은 돌이킬 수 없는 것이다. 『소시민』은 무너지는 것들을 떠나보내고 애도하면서도 그 돌이킬 수 없음에 대한 비애로 가득한 작품이다. 소설에서 그려지는 많은 죽음들, 즉 강 영감, 천안댁의 남편, 정씨, 정옥의 죽음은 이를 극적으로 상징하는 장치라고도 할 수 있다. 한 시대는 어차피 종말을 고했고, 이제 시대는 우리의 의지와는 상관없이 제 갈 길을 갈 것이다. 이호철은 이를 '상황의 메커니즘'이라는 말로 정리한다.

> 모든 상황은 그 상황 자체의 논리를 좇아 뻗어가는 것이고, 일단 그 상황 속에 잠긴 사람들은 어쩔 수 없이 그 상황의 논리에 휘어들게 마련일 것이다. 이른바 상황의 메커니즘이라는 것이다. 그 상황의 메커니즘이 급한 소용돌이를 이루면 이룰수록 그 속에서의 사람들의 변모해가는 과정도 속도를 지니게 된다.(141쪽)

모든 것이 상황 자체의 논리를 따라간다는 것은 이러한 흐름 자체가 불가피하다는 말이다. 그러니 그 상황 속에 잠긴 사람들이 상황의 논리에 휘말리는 것도 불가피하다. 『소시민』에서 '나'가 생활력의 화

그러나 『소시민』에서 애도의 대상은 단지 이념뿐만이 아니라 그것을 포함해 어떤 정신적인 가치를 간직했다고 여겨지는 사라져가는 옛것이라고 보는 것이 작품의 실상에 좀 더 부합한다.

신이 되어가는 김씨에 대해 보이는 감정이나 태도도 이런 인식에 기반한다. '나'는 김씨를 한편으론 거리를 두고 못마땅해하면서도 다른 한편으론 어쩔 수 없이 이해하고 인정한다.

며칠 전만 해도 무너져가는 이 거리의 어느 외곽에서 정씨 혼자 완강히 버티고 있다고 생각했었는데 지금의 내 생각은 정반대였다. 결국 정씨도 별수 없이 무너지기 시작하고 이제 사그리 무너져가고 있는 이 바닥 한가운데서 육중하게 버티고 걸어가는 것은 차라리 이 김씨라는 생각이었다. 전차에 올라탄 김씨는 그렇게 당당하고 번들번들한 모습이었다.(103쪽)

무너지고 지나간 것에 대한 애도는 현실의 논리를 불가피한 것으로 인정하고 수용하는 태도와 뗄 수 없이 결합해 있다. '나'가 과거를 지우고 상황의 논리를 적극적으로 수용하고 이용하는 김씨를 인정하는 데서 나아가 어떨 땐 심지어 감탄까지 하는 것은 그런 맥락이다. 예컨대 "니 내가 좋나?" 하는 김씨의 물음에 '나'가 "야, 마주 있으면 좋은데, 나 혼자가 되면 다시 싫어져요."(106쪽)라고 답하는 장면은 김씨에 대한 '나'의 양가감정을 그대로 보여준다. 그리고 '나'의 이런 양가감정은 소설이 씌어진 1965년 현재 작가 자신의 그것이기도 하다. 즉 작가는 상황의 메커니즘 혹은 시류에 편승해 자기 이익을 추구하는 삶의 행태에 대해 비판적 시각을 가지면서도 한편으론 그것이 어쩔 수 없는 불가피한 삶의 논리였음을 승인하는 셈이다.

이 작품의 주제를 단순히 소시민에 대한 비판이라고 단선적으로 파악할 수 없는 것은 이 때문이다. 그렇다고 해서 이를 보수주의라고 단정해버리는 것도 일면적인 파악이다. 오히려 여기에는 어떤 이념이나 관념으로 쉽게 재단할 수 없는 삶의 복잡성에 대한 인식이 가로놓여 있다고 해야 할 것이다.

속물의 정치경제학

앞에서도 지적했듯이 『소시민』은 한국적 근대가 만들어낸 독특한 근대적 인간형의 발생적 기원에 대한 임상보고서다. 작중화자이자 관찰자/보고자인 스무 살의 '나'는 때로 자기 설움과 지나친 감상에 젖어들긴 하지만, 대체로 이 관찰과 보고의 역할에 충실하다. 그리고 메타적 위치에서 작중 상황을 조망하는 논평자로서 기능하는 또 다른 시점은 스무 살의 '나'가 듣고 보고 경험하는 상황들의 의미를 보다 넓은 사회경제적 맥락 속에 위치짓는다. 작가가 무너지고 스러져가는 사람들이나 시류에 편승하는 사람들(특히 김씨) 사이에서 일방적으로 어느 한쪽 편도 들지 않는 것은 소설의 구도 자체가 그런 관찰과 보고에 더 큰 무게중심이 주어져 있기 때문이다. 물론 그 근원에는 삶의 복잡성을 인정하고 어느 하나의 잣대로 재단하지 않는 창작 태도가 있다. 『소시민』이 기원을 되돌아보는 치밀한 고고학적 탐구가 될 수 있었던 것은 그에 힘입은 것이다.

이호철이 『소시민』에서 그리는 이른바 '소시민'은 사실 한국문학사에 전례가 없던 새로운 인간형[16]이다. 그들은 한마디로 단순하게 정의할 수 없는 인간들이다. 그들에게는 한국적 근대에 대한 동의와 편승, 타협과 적응, 체념과 무반성 등의 태도가 복잡하게 뒤얽혀 있으며, 그런 만큼 그들은 모순적이고 양가적인 존재들이다. 그들은 한편으론 무기력하거나 순종적인 기생적 존재이지만, 다른 한편으론 욕망을 따라 앞으로 달려나가는 능동적인 존재이기도 하다. 또 그들은 말 그대로 천박하기도 하지만 가련하기도 하고, 연민을 자아내지만 경멸을 불러일으키기도 한다. 한편으론 수치를 모르고 당당하지만 다른 한편으로는 비관과 염세에 젖어들기도 하고, 한편으론 우스꽝스럽지만 뒤편에선 모종의 비애를 머금고 있기도 하다.

『소시민』에 등장하는 인물들 자체가 그렇게 쉽게 도식화할 수 없는 존재들이고 어느 하나로 규정하거나 재단할 수 없는 자들이다. 이호철은 그들의 양면성과 모순성을 어느 한쪽으로 치우치지 않고 그려놓는다. '나'의 태도도 그에 따라 한편으론 그들을 연민하면서도 경멸하고, 한편으론 못마땅해하면서도 감탄하는 등의 이중적 태도를 유지한다. 이는 작가가 단지 중간자적 혹은 중립적 시각을 내세우기 때문이 아니다.[17] 오히려 사실은 거꾸로다. 즉 일차적으로는 그들 자

---

16 심진경, 「소시민, 천박하거나 가련한」, 『국민일보』, 2017년 6월 2일.

체가 이미 양면성과 모순성을 지니고 있기 때문이고, 이를 어느 하나의 잣대로 재단하기보다 있는 그대로 추적하고 관찰하는 태도가 결과적으로 중간자적 혹은 중립적 입장으로 비치는 것일 뿐이다. 그 점에서 작가는 소시민의 발생에 대한 임상보고 혹은 고고학적 탐구라는 의도를 충실히 관철하는 셈이다.

이호철은 『소시민』에서 등장인물을 크게 두 부류로 분별하는데, 하나는 상황의 논리에 적응하지 못하고 무너져가는 인물들, 다른 하나는 시류에 적극적으로 편승해 왕성한 생활력으로 자기 이익을 좇는 인물들이다.[18] 작가는 상황에 휩쓸리는 그 모든 인물을 소시민이라는 범주 속에 뭉뚱그린다. 그런 측면에서 이 소설에서 작가가 무차별적으로 사용하는 소시민이라는 용어는 엄밀하게 보면 그리 적절치는 않다. 왜냐하면 그것은 서로 다른 성격과 특징을 갖는 인물들의 차이를 무화하고 단일화해버리기 때문이다. 그럼에도 불구하고, 『소시민』의 진정한 의의는 그런 한계 속에서도 그 뭉뚱그려진 소시민'들'의 한가운데서 그것을 초과하는 새로운 정체성이 분화되어나가는 것을 부각한다는 점이다. 그 새로운 정체성의 다른 이름은 바로 '속물'

---

17 이호철의 『소시민』이 중립적 시각 또는 중간자적 입장을 견지한다고 보는 대표적인 논의로는 박진영, 앞의 글과 정원채, 「이호철의 『소시민』에 나타난 인식적 특성과 소설미학적 특징」(국어국문학회, 『국어국문학』 159, 2011)이 있다.

18 정호웅은 이를 전락하는 인물과 상승하는 인물로 분류한다. 정호웅, 「탈향, 그 출발의 소설사적 의미―이호철의 『소시민』론」, 문학사와비평연구회, 『1960년대 문학연구』, 1993, 85∼92쪽 참조.

이다.

속물은 유례없이 성공적으로 형성된 한국의 근대성이 체계적으로 주조해낸, 특별한 종류의 근대적 인간형이다.[19] 소시민과 속물의 차이가 있다면 그것은 속물에겐 최소한의 수치와 염치도 존재하지 않는다는 데 있다. 물론 이호철은 소설에서 속물이라는 말을 직접적으로 쓰진 않는다. 대신 그가 보여주는 것은 정신적인 가치가 무너지고 스러진 자리에서 무치(無恥)와 몰염치가 대세를 형성해가는 과정이다. 이를 통해 『소시민』은 먹고살아야 한다는 생존의 논리가 모든 가치와 염치를 집어삼키던 전시자본주의의 시대가 어떻게 속물을 만들어내는가에 대한 하나의 사례를 보여준다.

동시에 작가는 어떻게 속물들이 스스로의 속물성을 합리화하는가를 예리하게 포착한다. 이를 대표하는 인물이 바로 김씨다. 그는 과거의 이념이나 신념에 매달리지 않고 주어진 상황에 편승해 돈을 버는 길을 충실히 따라가는 인물이다. 김씨는 돈 되는 일이라면 염치 안 가리고 무슨 일이든 하는 "생활 그 자체의 화신"(99쪽)이다. 그는 말한다.

쌍놈이 안 되면 대관절 어쩌겠다는 거고? 어쩔기여? 내 원 참, 대관절 어찌 됐다는 거고? 별의별 쌍놈의 짓 다 해서라도 돈만 벌면, 그날부터 양

---

19 장은주, 『인권의 철학』, 새물결, 2010, 416쪽.

반도 될 수 있능기여. 그래서, 그래서 그게 어찌 됐다는 거고?(105쪽)

김씨는 스스로를 '쌍놈'이라 자처하며 돈만 벌 수 있으면 무슨 짓이든 할 수 있다고 말한다. 실제로 그에겐 수치도 없고 염치도 거추장스럽다. 속물의 특징은 치부와 성공을 위해 수단을 가리지 않는 피상성과 천박성을 있는 그대로 긍정하고 드러내는, 신념에 충만한 당당함과 과시적인 파렴치[20]에 있다. 김씨의 위 진술은 속물의 그런 특징을 정확하게 예시한다. 김씨가 돈과 신분상승에 대한 노골적인 욕망을 아무런 수치심도 없이 공공연히 과시하는 이 진술은, 그런 측면에서 일종의 속물 선언이라고도 할 수 있다.[21]

그리고 광석이 아저씨가 있다. 그는 '나'와 같은 고향 사람으로, 농사를 짓다가 전쟁통에 피난지 부산으로 떠밀려와 부두노동자에서 시작해 풀빵장사를 하며 생계를 이어가던 소심하고 평범한 사람이었다. 그러던 그는 부두에서 불법으로 유출되는 물건을 팔아 돈을 모으더니 자유시장에 어엿한 점포까지 내고 성공하면서 급격하게 속물로 변신한다. 김씨가 돈을 벌기 위해 이승만정권의 앞잡이가 되었듯이,

---

20 김홍중은 이를 속물의 특징으로 설명한다. 김홍중, 『마음의 사회학』, 문학동네, 2009, 66쪽.
21 김씨의 다음 진술은 속물들이 자신의 그런 노골적인 욕망을 어떻게 상황의 논리로 합리화하는가를 전형적으로 보여주는 대목이다. "그전에는 저자(정씨―인용자)와 나를 묶고 있던 것이 공통의 이념이라는 얄량한 것이었지만, 이제부턴 생활력으로 둔갑을 했능기라. 돈 많은 놈이 우위에 서게 되능기라. 내가 아무리 그리 안 되려고 발버둥을 쳐도 헌 실상은 그렇지라 못하지러. 안 그렇교?"(102쪽)

그 또한 이승만의 관제데모에 가담한다. '나'는 광석이 아저씨의 변화를 이렇게 보고한다.

사실 광석이 아저씨는 그 뒤 급속도로 달라져갔다.

두 달 뒤에는 자유시장 안에 제대로 점포를 하나 잡아, 제법 구색 맞춘 잡화상을 차린 것이다. 이렇게 되면서 그는 날로 대한민국의 충성스런 국민의 한 사람이 되어갔다. 이승만 씨에 대한 평가도 확고부동이었다. 이북 농촌 구석의 한 사람이었던 자기에게 별안간 이런 길을 열어준 것이 이승만 씨의 그 민주주의의 덕이라고 생각하고 있었다. 민주주의란 그의 경우 이 점에서 가장 좋은 체제인 것이다. 광석이 아저씨는 모든 인습적인 것, 농촌적인 것을 타기하려 들고 제 나름으로 가장 진취적인 사람으로 자처해나갔다.(171쪽)

『소시민』은 광석이 아저씨의 사례를 통해 경제적 인간인 속물이 어떻게 지배체제와 결탁하고 그 이데올로기를 내면화하면서 억압적 국가체제의 일원으로 자발적으로 통합되어갔는가를 상징적으로 보여준다. 한국전쟁은 '국민을 창출하는' 가장 중요한 역사적 기간이었다.[22] 『소시민』이 여기서 보여주는 것은, 한국전쟁은 또한 '속물을 창

22 강인철, 「한국전쟁과 사회의식 및 문화의 변화」, 윤해동 외 엮음, 『근대를 다시 읽는다 1』, 역사비평사, 2006, 355쪽.

출하는' 역사적 기간이기도 했다는 사실이다. 이호철에 따르면, 속물과 국민은 하나다. "이렇게 되면서 그는 날로 대한민국의 충성스런 국민이 되어갔다"는 진술은 속물들의 욕망의 경제가 어떻게 억압적 국가체제와 공모하게 되는가를 한마디로 요약한다. 그리고 이는 먹고사는 일 이외의 가치는 돌아보지 않는 경제적 인간을 끊임없이 요청하고 개발의 주체로 호명하고 동원했던 1960~70년대 박정희체제에서 벌어졌던 일이기도 했다. 이호철이 그려놓은 것은 한국의 파행적, 압축적 근대화가 낳은 독특한 한국적 인간형으로서 속물의 탄생과 그 속물의 정치경제학이 작동하는 원초적 장면이다.

소설의 마지막에 '나'는 군대에 가기 전 자유시장 점포에서 열린 광석이 아저씨의 결혼식에 들른다. 그리고 거기서 결혼식을 보러 온 김씨를 만나고 나서 생각한다.

도대체 이런 김씨와 오늘의 결혼식 장본인과는 어떻게 연결되는 것일까.

그들은 제각기 조건에서의 제각기의 과정을 거친 끝에 이제 같은 줄기에서 합쳐지고 있는 셈이었다. (……) 세상은 바야흐로 이들이 주름잡는 세상으로 접어들고 있었다. (……) 이제 이 모든 사람들은 음산한 정열과 매사에 성실성을 버리고, 상투적으로 겉껍데기로만 살기로 작정하고 있는 듯하였다. 그렇게 누구나가 어떤 수단으로로건 돈을 벌어야 할 것이었다. (……) 시골놈이 부산 내려와서 벼락출세를 한 셈이다. 카메라는 신랑이 김씨와 악수를 하는 것도 놓치지 않았다. 두 사람이 악수하는 그 광경은 역시 나에게 여러 가지를, 많은 것을 새삼 생각하게 하였다.(234~235쪽)

　서로 완전히 다른 출신 배경을 가진 자들이 변모와 타락을 거듭한 끝에 이제는 같은 속물이 되어 하나로 합류한다. 김씨와 광석이 아저씨는 물질적 부를 과시하는 자리에서 만나 악수를 나누고, '나'는 "세상은 바야흐로 이들이 주름잡는 세상으로 접어들"게 될 것임을 직감한다. 이 장면은 이제 한국사회가 속물들의 연대에 의해 지배될 것임을 보여주는 상징적 장면이다. 그들은 한국의 근대화를 이끌어가는 경제 개발의 주체가 될 것이고, 그리하여 속물은 한국사회의 지배적인 인간형이 될 것이다. 이호철이 『소시민』에서 포착하는 것은 1960~70년대뿐만 아니라 이후 포스트-IMF 시대에서도 다른 형태로 반복되는 속물의 시대가 탄생하는 원초적 장면인 셈이다.
　이 장면에 이르러 『소시민』은 1960년대 소시민의 기원을 탐구하는 데서 한발 더 나아간다. 즉 『소시민』은 2000년대 포스트-IMF 시대에 극적으로 극대화된 속물적 망탈리테의 발생학적 기원을 보여주면서도, 이후 그 몰가치적인 경제적 인간이 어떻게 스스로를 정당화하고 억압적 국가체제와 공모하면서 한국적 근대화 과정의 지배적인 대세가 되어갔는지를 앞질러 예시하는 소설이다.

속물의 시대, 그 원초적 장면

이호철은 『소시민』에서 "구조의 폭발적인 해체"를 불러온 "자유시장의 소용돌이"로 인해 모든 단단한 것이 해체되고 무너지는 과정을 상세히 보고한다. 그 보고는 마치 현대화(modernization)에 대한 버먼의 묘사를 연상시킨다. 버먼은 현대성의 경험을 "우리가 가지고 있는 모든 것, 우리가 알고 있는 모든 것, 지금 우리의 모든 모습을 파괴하도록 위협하는 환경 속에 자리 잡고 있는 우리 자신을 발견"[23]하는 것으로 묘사했다. 그런데 버먼에 따르면, 현대화는 인간이 단순한 객체로 휘말려 들어가는 과정이기도 하지만 다른 한편으로는 자신을 변화시키는 세계에 주체적으로 개입해 그것을 변화시킬 수 있는 힘을 부여하고 자신만의 길을 찾을 수 있게 하는 비전과 이념을 배양하는 계기이기도 하다.[24] 그러나 『소시민』에서 그려지는 인간들의 행로는 그런 비전이나 이념과는 아무런 상관이 없다. 오히려 몰가치와 몰염치가 비전과 이념을 대체한다. 이 소설의 인물들은 모든 것을 해체하는 소용돌이에 휘말려 몰락하거나 아니면 시류에 편승해 자신의 잇속을 챙기는 데 몰두한다. 이호철에 따르면 전시 한국사회에서 현대성의 경험은 그렇게 "삶의 가능성과 모험의 경험"(버먼) 대신 거꾸

---

23 마샬 버먼, 앞의 책, 12쪽.(번역 수정)
24 위의 책, 13~14쪽 참조.(번역 수정)

로 삶의 근본을 지탱해주는 정신적인 것의 해체와 이익을 좇아 체제에 영합하는 속물근성을 낳았다. 『소시민』이 포착한 것은 전쟁에서 비롯된 파괴적인 근대 경험이 야기한 바로 그런 시민적 주체 형성의 굴절과 왜곡이었다.

이호철의 『소시민』은 모든 정신적인 가치가 무너진 자리에서 속물이 대세를 형성해가는 과정을 기록한다. 그러면서 작가는 그러한 과정이 먹고사는 것 외에 중요한 가치는 아무것도 없다는 생존이데올로기가 사회 전체를 지배하는 과정과 동시적인 것이었음을 보고한다. 이때 작가는 이들 속물을 소시민이라는 포괄적인 범주 속에 묶어서 다루는데, 이는 아직 작가가 이들을 다른 소시민들과 구별할 수 있는 언어를 갖지 못했기 때문이다. 그럼에도 그는 먹고사는 일이 다른 모든 가치를 압도해버렸던 사회 변동의 시대가 어떻게 속물을 만들어내고 그들이 어떻게 자신의 속물성을 합리화하면서 시대의 주류가 되었는가를 냉철하게 포착한다.

그럼으로써 이호철의 『소시민』은 파행적인 근대화가 만들어낸 근대 한국의 독특한 인간형인 속물의 탄생에 대한 고고학적 탐구이자 임상보고서가 될 수 있었다. 그런 측면에서 이 소설의 의의는 단순히 1960년대 소시민의 기원에 대한 보고서만으로 한정되지 않는다. 『소시민』은 이후 1960년~70년대를 거쳐 포스트-IMF 시대에 절정에 이르는 '속물의 시대'가 발원하는 원초적 장면을 상연한다. 이것이 속물의 고고학으로서 『소시민』이 갖는 현재적 의의다.

언어와 혁명
혁명 이후의 한국문학

ⓒ 김영찬

1판 1쇄 발행　|　2024년 6월 28일

지은이　　　|　김영찬
펴낸이　　　|　정홍수
편집　　　　|　김현숙 이명주
펴낸곳　　　|　(주)도서출판 강
출판등록　　|　2000년 8월 9일(제2000-185호)

주소　　　　|　서울시 마포구 동교로17안길 21(우 04002)
전화　　　　|　02-325-9566
팩시밀리　　|　02-325-8486
전자우편　　|　gangpub@hanmail.net

값 22,000원
ISBN 978-89-8218-345-4　　93810